KEHRWOCHE

Sybille Baecker ist gebürtige Niedersächsin und Wahlschwäbin. Sie studierte BWL, arbeitete als IT-Prozessingenieurin, später als Pressereferentin und lebt heute als Schriftstellerin in der Nähe von Tübingen. Durch ihre Krimiserie mit Whiskyfreund Andreas Brander wurde sie zur Fachfrau für »Whisky & Crime«, sodass auch ihre Veranstaltungen häufig von einem Whiskytasting begleitet werden. 2020 wurde sie mit dem Arbeitsstipendium des Autorinnennetzwerkes »Mörderische Schwestern« ausgezeichnet.
www.sybille-baecker.de

Dieses Buch ist ein Roman. Handlungen und Personen sind frei erfunden. Ähnlichkeiten mit lebenden oder toten Personen sind nicht gewollt und rein zufällig.

SYBILLE BAECKER

KEHRWOCHE

Schwaben Krimi

emons:

Bibliografische Information der Deutschen Nationalbibliothek
Die Deutsche Nationalbibliothek verzeichnet diese Publikation
in der Deutschen Nationalbibliografie; detaillierte bibliografische
Daten sind im Internet über http://dnb.d-nb.de abrufbar.

© Emons Verlag GmbH
Alle Rechte vorbehalten
Umschlagmotiv: Miss X/photocase.de
Umschlaggestaltung: Nina Schäfer, nach einem Konzept
von Leonardo Magrelli und Nina Schäfer
Umsetzung: Tobias Doetsch
Gestaltung Innenteil: DÜDE Satz und Grafik, Odenthal
Lektorat: Hilla Czinczoll
Druck und Bindung: CPI – Clausen & Bosse, Leck
Printed in Germany 2021
ISBN 978-3-7408-1261-4
Schwaben Krimi
Originalausgabe

Unser Newsletter informiert Sie
regelmäßig über Neues von emons:
Kostenlos bestellen unter
www.emons-verlag.de

Für Frank

Dezember

Die Beleuchtung war schummrig, ganz gleich, zu welcher Tageszeit man durch die Tür hereinkam. Die getönten Buntglasfenster verhinderten, dass Sonnenlicht den Wirtsraum freundlich erhellte. Jetzt im Winter wurde es ohnehin beizeiten dunkel. Die Ausstattung der Kneipe war spartanisch und funktionell und älter als der Wirt. Zur Linken zogen sich entlang der holzvertäfelten Wand kleine Sitzgruppen: dunkle, abgewetzte massive Eichenholztische, drum herum Bänke mit durchgesessenen Polsterauflagen, alles fest im Boden verschraubt. Zur Rechten erstreckte sich eine Theke, die kurz vor dem Durchgang zu den Toiletten abknickte. Vor der Theke standen sieben verschrammte hölzerne Barhocker, die dünnen Sitzpolster nur Makulatur.

Der Schankraum hatte den heruntergekommenen Charme einer Sechziger-Jahre-Kneipe. Das Bouquet von Bier und Trollinger waberte in der Luft. Nur die Nebelschwaden der Zigaretten fehlten. Brandmarken im Holz erinnerten an die guten alten Zeiten, als man zum Rauchen noch nicht vor die Tür geschickt wurde. Sie waren lange vorbei.

Preisgünstige Schnäpse und Liköre reihten sich im Regal an der Wand hinter dem Tresen. Daneben eine bunte Armada Gläser aller Art. Die alten Steinkrüge waren auf ein Regal dicht unter der Decke verbannt worden. Einzig ein moderner Kaffeevollautomat und die Zapfanlage schienen seit Eröffnung der Dorfkneipe in der Mitte des vergangenen Jahrhunderts erneuert worden zu sein.

»Jede Woche, ich schwör.« Die Stimme des Mannes war vernuschelt, die Augen glasig. Meik Hauser ging auf die vierzig zu und würde vermutlich noch ebenso viele Jahre seinen Schlummertrunk in diesem feudalen Ambiente zu sich nehmen, falls seine Leber nicht vorher schlappmachte. Er hob sein leeres Glas. »Siggi, mach ma Luft raus.«

Der Wirt runzelte die Stirn. Eigentlich sollte er den Mann nach Hause schicken. Er wusste, dass Meik am nächsten Tag früh aufstehen musste. Aber die Gäste mochten es nicht, wenn man sich in ihr Leben einmischte. Also zapfte er ein frisches Helles und stellte es vor Meik auf den Tresen. »Tu mal langsam«, ermahnte er den Trinker kumpelhaft.

Die Nase der Frau neben Meik war gerötet, Schatten lagen unter den dunklen Augen. Bianka Keefer war mindestens fünfzehn Jahre älter als ihre beiden Saufkumpane. Das graue Haar hing ihr strähnig in die Stirn. »Jede Woche?«, fragte sie, trotz des Schwurs des anderen noch immer ungläubig.

»Jede Woche, ich hab's gesehen.« Meik wackelte bekräftigend mit dem Kopf. Speichel hatte sich in seinem rechten Mundwinkel gesammelt. Er wischte ihn mit dem rauen Handrücken weg. »Jede Woche.«

Die Frau schnaufte. »Da kommt was zusammen.«

Meik stierte auf sein Bier, dann zum Wirt. »Is ja nur Schaum! Willste mich bescheißen, oder was? Mach ma voll.«

Der Wirt, hager und ein wenig sauertöpfisch dreinschauend, hatte das Glas bis zum Eichstrich gefüllt. Aber es brachte nichts, mit den Gästen zu diskutieren. Schon gar nicht, wenn sie fortgeschritten alkoholisiert waren. Solange sie nicht ausfällig oder gewalttätig wurden, ließ er es sich gefallen. Er nahm das Glas schweigend zurück und gab noch einen Schluck Bier hinein. Stammgäste musste man pflegen. Dieser kleine Schluck, den er extra ausschenkte, würde dafür sorgen, dass die drei an der Theke auch morgen wiederkämen und übermorgen. Jeden verdammten Abend in der Woche.

»Und woher weißte das?«, fragte jetzt der Dritte des Trinkertrios. Randolph Lämmle war der Nüchternste in der Runde. Ein dünner, drahtiger Mann, blassgesichtig, mit kurzem aschblonden Haar. Er spielte gern den Oberlehrer.

»Weil ich's g'sehen hab. Nich nur ei'mal. Echt, ich schwör.«

»Das muss doch jemand mitkriegen.«

»Nur ich. Ich hab's gesehen!« Meik tippte sich mit dem Zeigefinger so heftig auf die Brust, dass es ein Wunder war, dass er dabei das Gleichgewicht behielt und nicht rücklings vom Barhocker kippte.

»Kann man kaum glauben, nich?«, brabbelte Bianka.

»Is aber wahr.«

»Aber kann doch jeder rein da, oder?«, überlegte der Dritte. Meik grinste. »Is ja der Trick. Weiß keiner, kommt keiner.« Er kippte die Hälfte des Bieres in sich hinein.

Der Wirt polierte die Gläser. Dieses ewig sich wiederholende besoffene Geschwätz ging ihm auf die Nerven. Und jeder wusste es ganz genau und meistens auch noch besser. Dabei hatten sie von nichts eine Ahnung. Großtun, das konnten sie allesamt. Je besoffener, umso größer. Da waren ihm die zwei Tschechen am Tisch in der Ecke lieber. Vielleicht waren es auch Rumänen oder Slowenen. Er wusste es nicht. Es interessierte ihn nicht. Die gehörten erst seit Kurzem zu den Gästen, schwätzten nicht viel. Kamen vom Bau, vermutete der Wirt. Erntehelfer waren zu dieser Jahreszeit nur noch selten in der Gegend.

Er stellte ihnen ihr Gedeck hin – ein Bier, einen Schnaps –, dazu ein paar kalte Fleischküchle mit Kartoffelsalat, füllte nach, wenn die Gläser leer waren. Die zwei aßen, tranken und stierten sich den Abend über an. Halb elf war Zapfenstreich, dann gingen sie in ihre Unterkunft, wo auch immer die war.

Auf der anderen Seite saß der Stammtisch und zockte Karten. Waren in ihrer Jugend alle mal großartige Fußballer gewesen, mindestens zwei von ihnen kurz vor der Auswahl zum Jugendnationalkader, wenn man ihren alkoholgeschwängerten Geschichten glauben wollte. Das Knie, der Bänderriss, die schwangere Freundin – das Aus einer grandiosen Fußballerkarriere, bevor sie überhaupt begonnen hatte. Der Wirt stellte die polierten Gläser zurück ins Regal. Seine Träume hatten auch mal anders ausgesehen.

Diese drei vor ihm an der Theke waren seine treuesten Kunden. Kamen schon seit Jahren, tranken jeden Abend ein paar Biere, die Frau ihren Trollinger, tauschten den neuesten Tratsch aus oder erfanden welchen. Und er zapfte die Biere, machte einen auf Kumpel und hoffte, dass die Bagage Geld hatte, um den Deckel zu bezahlen.

»Und jetzt weißt du das aber«, resümierte Randolph. »Aber der weiß es nich, dass du das weißt.«

»Genau. Weil ich hab's gesehen. Und du ... du weißt es jetz auch.« Meik holte so schwungvoll aus, als er seinem Gefährten mit dem Zeigefinger an die Brust stoßen wollte, dass er nun doch vom Stuhl kippte.

Die Stammtischbrüder lachten. Die zwei Ausländer sprangen herbei und halfen ihm wieder auf die Füße. Ohne ein Wort. Ohne eine Miene zu verziehen. Der eine hob Meiks Jacke auf, die beim Sturz vom Stuhl gerutscht war, klopfte sie ab und reichte sie ihm.

Das war das Aufregendste, was der Wirt an diesem Abend erlebte.

Sonntag – vierter Advent

Die Melodie des Telefons vermischte sich mit dem Blues von Muddy Waters, der aus der Stereoanlage schallte, als Andreas Brander die Backofentür öffnete, um Bratensaft über die Gans zu gießen. Aus dem Inneren strömten ihm in einer dampfenden Wolke verheißungsvolle Düfte in die Nase und ließen ihm das Wasser im Munde zusammenlaufen.

Noch eine Stunde, dann konnte das Festmahl zum vierten Advent beginnen. Es wurde Zeit, die Klöße vorzubereiten. Aber erst musste er dieses störende Telefon abstellen. Brander groovte zur Musik in den Flur, um das Gespräch entgegenzunehmen. Die Melodie verstummte, als er die Hand nach dem Hörer ausstreckte. Rufnummer unterdrückt.

»Dann eben nicht.« Im Rhythmus wippend kehrte er in die Küche zurück. Wie zum Hohn erklang »Long Distance Call« aus den Boxen. Als Altherrenmusik betitelte Nathalie seinen Musikgeschmack respektlos. Jetzt war seine Tochter mit Cecilia zusammen in der Kirche. Früher hatte es traditionell im Hause Brander am vierten Advent einen Brunch gegeben. Seit Nathalie erfahren hatte, dass sie als Baby getauft worden war, hatte sie beschlossen, auch den Gottesdienst hin und wieder zu besuchen, und der Brunch hatte dem Krippenspiel in der Michaelskirche weichen müssen.

Sein Neffe Julian war auf dem Weg nach Schönaich, um Branders Eltern zum Essen mit nach Entringen zu bringen. Brander genoss die kurze Zeit, die er das Haus für sich allein hatte. So konnte er ungestört durch die Küche tanzen und mit Muddy Waters im Duett singen, ohne dass jemand seine Sangeskunst kommentierte.

Sein Blick glitt zum Fenster. In wenigen Tagen war Weihnachten, die Sonne strahlte von einem pastellblauen Himmel, und ein paar kecke Frühblüher streckten wagemutig die ersten zarten grünen Spitzen aus dem kleinen Beet vor Branders Doppelhaushälfte, als erwarteten sie den umgehenden Beginn des Frühlings. Es fehlte nur noch das muntere Gezwitscher der Vögel. Dabei würde er gleich mit seiner Familie ein köstliches Adventsessen genießen.

Und das als »richtige« Familie, wie Nathalie sagen würde. Im vergangenen August hatten er und Cecilia zum neunzehnten Geburtstag ihrer Pflegetochter beschlossen, ihren sehnlichsten Wunsch zu erfüllen und sie zu adoptieren. Da Nathalie volljährig war, benötigten sie das Einverständnis ihrer leiblichen Mutter nicht mehr. Gudrun Böhme hätte nie ihre Zustimmung gegeben. Die alkoholkranke Frau war mittlerweile obdachlos, hatte jedoch jegliche Hilfsangebote der Ämter ausgeschlagen. Nathalie hatte nach einem heftigen Zwischenfall vor zwei Jahren vollständig mit ihr gebrochen.

Durch das Küchenfenster sah Brander Karsten Beckmann auf die Garageneinfahrt fahren. Der Dreiundvierzigjährige trug einen eng anliegenden Radlerdress, der seine sportliche Figur betonte, die kurzen dunklen Haare schimmerten unter dem schnittigen Helm hervor.

Beckmann war aus Tübingen nach Entringen geradelt, um am Adventsessen teilzunehmen. Seinen besten Kumpel hatte Brander zwar nicht adoptiert, aber auch er gehörte zur Familie. Beckmann hatte Brander schon oft mit seinen Kochkünsten beeindruckt. Heute war es an ihm, Familie und Freunden einen wahren Gaumenschmaus zu präsentieren. Er drehte die Musik leiser, ging in den Flur und öffnete die Haustür, als die Melodie eines Smartphones auf der Ablage des Garderobenschranks erklang.

Beckmann spazierte gut gelaunt herein. Er stellte den Rucksack auf den Boden, nahm den Helm ab und fuhr sich mit den Fingern durch das dichte Haar. Seine Nase wanderte schnüffelnd Richtung Küchentür. »Und? Ist die Gans schon angebrannt?«

»Du wirst dir die Finger abschlecken«, erwiderte Brander selbstbewusst.

Beckmann legte den Helm auf die Hutablage der Garderobe. Sein Blick fiel auf das musizierende Smartphone. »Willst du nicht rangehen?«

»Ist Nathalies.«

Beckmann drehte den Kopf so, dass er das Display lesen konnte. »Wer ist Marvin?«

»Keine Ahnung.«

Branders Kumpel grinste. »Oh, là, là, hat sie einen Verehrer?«

»Nicht dass ich wüsste.« Einen winzigen Augenblick stach Brander die Neugier, und er überlegte, an den Apparat zu gehen. Hatte dieser Marvin es vorher auf dem Festnetz versucht? Er widerstand der Versuchung. »Zieh dich um. Ich brauche einen Assistenten in der Küche.«

»Hab uns noch was mitgebracht.« Beckmann zog eine Packung aus seinem Rucksack, schwarz-blau gehalten mit silbernem Schriftzug: »Auchentoshan – Three Wood«. »Unser Vierter-Advent-Whisky.«

»Ein Lowland«, stellte Brander fest, die Destillerie lag nordwestlich von Glasgow. Er studierte mit Vorfreude die Informationen auf der Verpackung. Dreifach destilliert – was selten war für einen Scotch Single Malt Whisky –, gereift in Ex-Bourbon-, Oloroso- und Pedro-Ximénez-Sherry-Fässern. Fruchtige sowie nussige und würzige Aromen wurden angekündigt. Das klang vielversprechend. Auf seinen Kumpel war Verlass.

Während Beckmann im Bad verschwand, um sich frisch zu machen, ging Brander zurück in die Küche. Er naschte einen der in Kräuterbutter gerösteten Brotwürfel, die gleich in die Kartoffelklöße kommen würden, füllte Wasser in den großen Topf und schaltete die Kochplatte ein. Das Rotkraut stand bereits auf dem Herd. Er holte die Kloßmasse aus dem Kühlschrank.

»Lecker.« Beckmann hatte den Brotwürfeln auch nicht widerstehen können, als er in die Küche kam, und sich bedient. Er hatte seine Sportkleidung gegen Hemd und Anzughose getauscht. Brander sah an sich hinunter: Jeans und Longshirt.

Vielleicht sollte er sich zur Feier des Tages auch etwas festlicher kleiden. Cecilia würde es sicherlich gefallen.

Sein Kumpel ging vor der Ofentür in die Hocke. »Sieht gar nicht mal so schlecht aus.«

Brander lächelte selbstgefällig. »Die ist perfekt.«

Draußen hielt ein Wagen, Türen wurden zugeschlagen. Beckmann hatte sich wieder aufgerichtet. Sein Blick glitt an Brander vorbei. »Hast du deine Kollegen auch eingeladen?«

»Nein.« Brander wandte sich zum Fenster um. Er erkannte die große rothaarige Frau, die zusammen mit einem jungen Mann aus dem Auto gestiegen war. Corinna Tritschler vom Kriminalkommissariat in Tübingen. Weder sie noch der Mann an ihrer Seite machten den Eindruck, als ob sie sich selbst zum Essen einladen wollten. Brander ging zur Tür.

»Ich habe heute frei«, begrüßte er die beiden.

»Ich weiß. Hallo, Andi.«

Corys angespannte Miene verscheuchte Branders gerade noch so gelöste Stimmung. Sein Blick wanderte zwischen ihr und dem jungen Mann, den er nicht kannte, hin und her. Das war kein privater Besuch. Sein Puls beschleunigte sich. »Ist etwas passiert?«

»Ist Nathalie zu Hause?«

»Sie ist in der Kirche.« Brander sah auf die Uhr. »Sie war es. Sie müsste jeden Augenblick nach Hause kommen. Was ist denn los?«

»Können wir kurz reinkommen?« Sie wies auf ihren Begleiter. »Das ist Kriminalkommissar Tristan Vogel. Ihr kennt euch noch nicht. Er ist seit Anfang des Monats bei uns.«

Das schlechte Gefühl verstärkte sich. Brander trat einen Schritt zur Seite, um die beiden in sein Haus zu lassen. Beckmann erschien im Rahmen der Küchentür und sah fragend in die Runde.

Einen Moment lang stand Brander unschlüssig im Flur, dann wies er zu seiner Rechten. »Gehen wir ins Wohnzimmer.«

Sie setzten sich um den kleinen Couchtisch, der unter einem

ausladenden Adventsgesteck fast verschwand. Brander musterte Cory, die ungewohnt befangen wirkte, obwohl sie sich bereits seit Jahren kannten. Ihr Kollege saß diensteifrig neben ihr und versuchte anscheinend, die Situation zu analysieren.

»Hat Nathalie etwas angestellt?«, fragte Brander.

»Nein … Nein, das nicht.« Ihr Blick fiel auf Beckmann. »Könnten Sie uns bitte allein lassen?«

»Cory, Becks gehört zur Familie. Raus mit der Sprache.«

Während Cory noch mit sich rang, wurde die Haustür geöffnet, und eine Schar fröhlicher Menschen stolperte plaudernd herein.

»Wir sind da!«, rief Nathalie.

»Und wir haben Hunger! Wir wollen Klöße!«, rief Julian.

Brander hörte Cecilia und seine Eltern lachen.

»Cory, das ist ja eine Überraschung.« Cecilia kam ins Wohnzimmer und strahlte die Frau auf dem Sofa an. Auf halbem Weg stutzte sie.

»Setz dich kurz zu uns, Ceci.« Brander stand auf und ging in den Flur. »Nathalie, kommst du mal bitte.«

Hatte seine Tochter ihm gerade noch breit grinsend entgegengesehen, wurde ihr Blick jetzt misstrauisch. Sie hatte die beiden Gäste im Wohnzimmer entdeckt. Sie kannte Cory und zog eine Grimasse. »Ey, ich hab nix gemacht.«

Brander versuchte ein Lächeln. »Ich weiß. Komm, bitte.«

Beckmann schob sich an Brander vorbei aus dem Wohnzimmer und lotste den Rest der Familie in die Küche. Brander setzte sich mit Nathalie auf das Sofa, seinen Kollegen gegenüber. Sie saßen abwartend um den Tisch herum.

Cory beugte sich vor, die Unterarme auf die Oberschenkel gelegt, die Finger leicht verschränkt. Ihre makellos manikürten Fingernägel zierte ein rubinroter Nagellack.

»Was 'n los?«, fragte Nathalie ungeduldig.

»Nathalie, ich muss dir eine traurige Mitteilung machen.« Cory suchte den Blickkontakt zu ihr. »Deine Mutter wurde heute früh tot aufgefunden.«

Das kam unerwartet. Instinktiv legte Brander seine Hand auf Nathalies. Tausend Fragen stiegen in seinem Kopf auf. Er sah zu Cory, die sich jedoch auf die junge Frau neben ihm konzentrierte.

In Nathalies Miene regte sich nichts, lediglich ihr Blick wanderte kurz zu Cecilia, dann zurück zu den Beamten. »Meine Mutter ist hier. Da sitzt sie. Quicklebendig.«

Ohne ein weiteres Wort stand sie auf und verließ das Zimmer.

Einen Moment wollte sich lähmende Stille ausbreiten, dann erhob sich Cecilia. »Entschuldigt.« Sie folgte ihrer Adoptivtochter.

»Wir hatten eigentlich noch ein paar Fragen an Nathalie.« Cory sah zur Wohnzimmertür, die Cecilia hinter sich geschlossen hatte.

Endlich fand Brander seine Sprache wieder. »Was ist denn passiert?«

»Das wissen wir nicht genau«, erwiderte Cory. »Frau Böhme wurde heute Morgen tot aus dem Neckar geborgen. Es könnte ein Unfall gewesen sein, aber wir können auch Fremdverschulden nicht ausschließen.«

»Die Obduktion ist für morgen früh angesetzt«, ergriff Tristan Vogel zum ersten Mal das Wort. Eine kräftige, klare Stimme, die deutlich werden ließ, dass er einen emotionalen Abstand zum Geschehen hatte. »Die Tote hat einige Verletzungen, die die Vermutung nahelegen, dass sie vor ihrem Tod eine Auseinandersetzung hatte.«

Die Tote. Es schauderte Brander. Die Tote war Gudrun Böhme. Nathalies Mutter.

Der junge Kommissar nahm sein Smartphone aus der Tasche, tippte darauf herum. »Wann hatten Sie zuletzt Kontakt zu Frau Böhme?«

Brander stieß grübelnd die Luft aus. »Das ist Monate her. Ich glaube, es war im April. Sie war stark alkoholisiert nachts aufgegriffen worden. Sie hatte in der Stadt herumgepöbelt. Die

Kollegen hatten sie über Nacht in Gewahrsam genommen. Ich habe am nächsten Morgen mit ihr gesprochen. Wir wollten sie überreden, in eine Obdachlosenunterkunft zu gehen.«

»Wir?«

»Meine Frau und ich.«

»Und?«

»Sie wollte nicht. Sie wollte keine Hilfe von uns.« Wir haben ihr ihre Tochter weggenommen, ergänzte Brander stumm für sich. Das warf sie ihnen beiden vor, seit sie Nathalies Pflegschaft übernommen hatten.

»Wann hatte Nathalie zuletzt Kontakt zu ihrer Mutter?«

Brander hob die Schultern. »Vermutlich vor zwei Jahren.«

Vogel studierte sein Smartphone. »Sie meinen den Oktober vor zwei Jahren? Als es zu der Tätlichkeit zwischen Nathalie und ihrer Mutter kam?«

»Frau Böhme hat meine Frau angegriffen, und Nathalie hat meine Frau lediglich verteidigt.«

»Frau Böhme kam mit einer Gehirnerschütterung ins Krankenhaus.«

Die Fragen gefielen Brander nicht. Er zog die Augenbrauen zusammen. »Herr Vogel, worauf wollen Sie hinaus?«

»Es steht nicht fest, wie Frau Böhme zu Tode kam. Wir können Fremdverschulden nicht ausschließen und müssen in alle Richtungen ermitteln.«

Der Kollege verschanzte sich hinter einer Standardfloskel. Doch Brander war lange genug im Geschäft, um zu wissen, in welche Richtung die Überlegungen des jungen Mannes gingen. Für einen Moment verschlug es ihm die Sprache. Er räusperte sich.

»Das ist jetzt nicht euer Ernst«, presste er verärgert hervor, bemüht darum, seine Stimme nicht zu erheben. Seine Gäste mussten hiervon nichts mitbekommen. »Ihr wollt Nathalie unterstellen, dass sie ihre Mutter umgebracht hat?«

Cory hob beschwichtigend die Hände. »Niemand will Nathalie etwas unterstellen, aber sie ist kein unbeschriebenes Blatt, das weißt du besser als ich. Es gab immer mal wieder körperliche Auseinandersetzungen zwischen ihr und ihrer Mutter.«

»Wenn du damit meinst, dass ihre Mutter sie in ihrer Kindheit verprügelt hat, ja, da stimme ich dir zu«, erwiderte Brander grimmig.

»Andi, wir müssen diese Fragen stellen.«

Natürlich machten die beiden nur ihren Job. Aber die Vorstellung, dass Nathalie etwas mit dem Tod ihrer Mutter zu tun hätte, war einfach absurd. »Seit dem Vorfall vor zwei Jahren hatte Nathalie keinen Kontakt mehr zu ihrer Mutter. Wo habt ihr sie überhaupt gefunden? Der Neckar ist lang.« Mehr als dreihundertsechzig Kilometer.

»Am Stauwehr.«

Für diese bereitwillige Auskunft erhielt Cory einen missbilligenden Blick von ihrem jungen Kollegen. »Wo war Nathalie gestern Abend zwischen zehn und zwölf?«, fragte Vogel.

Der Ton, den Corys junger Kollege ihm gegenüber anschlug, gefiel Brander ebenso wenig wie dessen Fragen.

»Sie war mit Julian im Kino. Gegen halb zwölf war sie wieder zu Hause.«

»Wer ist Julian?«, fragte Vogel.

»Mein Neffe.«

»Können Sie mir bitte die Kontaktdaten geben?«

Brander diktierte ihm Julians Telefonnummer.

»Andi.« Cory bedachte ihn mit einem tadelnden Blick. Sie hatte Julian beim Hereinkommen gesehen.

»Dein Kollege hat nach den Kontaktdaten gefragt.« Brander stand auf und ging zur Tür. »Julian, kommst du bitte mal zu uns?«

Brander stand an der Haustür und sah dem Wagen der Kollegen hinterher, die sich wieder zurück auf den Weg nach Tübingen machten. Er brauchte einen Moment, um seinen inneren Aufruhr in den Griff zu bekommen. Dieser übereifrige Jungkommissar hatte sich ruckzuck seine Meinung gebildet.

Er verurteilte Nathalie, obwohl nicht einmal mit Sicherheit feststand, dass es sich bei Gudrun Böhmes Tod um ein Tötungsdelikt handelte. Zerrüttete Familie, gewalttätige Auseinandersetzungen zwischen Mutter und Tochter, Rumtreiberei, Ladendiebstähle – das waren genug Argumente, um genauer nachzuhaken. Insbesondere bei einem angesehenen Kollegen, da durfte man nicht nachlässig sein. Dass der Leichenfundort unweit des Kinos an der Blauen Brücke war, schien Vogel in seiner vorgefassten Meinung noch zu bestätigen.

Was wusste der Bursche schon? Wie oft hatte Nathalie den Notarzt gerufen, weil sich ihre Mutter ins Koma gesoffen hatte? Wie oft hatte das Mädchen von Gudrun Böhme oder ihren Saufkumpanen Prügel bezogen, sodass sie abgehauen und nachts durch die Straßen geirrt war und selbst den Trost im Alkohol gesucht hatte? Brander stieß wütend die Luft aus den Lungen. Er hob den Blick zum Himmel, der noch immer in einem unschuldigen Blau erstrahlte. Er schien ihn zu verhöhnen. Nathalie ging in die Kirche, und im nächsten Augenblick wurde sie des Muttermordes verdächtigt. Auch wenn sie mit ihren neunzehn Lenzen kein kleines Mädchen mehr war, sie brauchte ihn jetzt. Brander atmete noch einmal tief durch, dann ging er zu seiner Familie in die Küche.

»Ich habe mir erlaubt, die Klöße ins Wasser zu tun.« Beckmann stand am Herd, Cecilias Schürze um die Hüfte gebunden. »Was ist denn los?«

»Nathalies Mutter ist tot.«

»Oh nein.« Beckmann fragte mit abgespreizten Daumen und kleinem Finger seiner rechten Hand wortlos, ob sie sich zu Tode getrunken hatte.

Brander hob die Schultern. »Vermutlich ist sie im Neckar ertrunken.«

»Wieso wollten die wissen, ob Nathalie mit mir im Kino war?«, fragte Julian.

Er hatte bestätigt, dass sie dort gewesen waren. Sie hatten nach der Vorstellung beim Hinausgehen noch zwei Bekannte von Nathalie getroffen, die anscheinend ein paar Reihen hinter ihnen gesessen hatten, und sich kurz mit ihnen unterhalten. »Ich glaube, das waren zwei Typen von der Feuerwehr«, hatte Julian gesagt. Nathalie war seit Jahren ehrenamtlich aktives Mitglied der Freiwilligen Feuerwehr Ammerbuch und kannte auch viele Kollegen anderer Einsatzstellen. Die Namen der Männer wusste Julian jedoch nicht.

»Routine«, erwiderte Brander auf seine Frage. Er wollte nicht, dass die anderen erfuhren, welcher unausgesprochene Verdacht im Raum stand. Beckmann warf ihm einen skeptischen Blick zu. Er hatte genug Erfahrung mit der Polizei, dass er ahnte, was hinter den Fragen steckte.

Cecilia kam die Treppe herunter.

»Wie geht es ihr?«, fragte Brander.

»Sie kommt gleich zu uns. Sie möchte nicht, dass wir über Gudruns Tod sprechen.«

Nathalies Smartphone im Flur verkündete erneut einen Anruf.

Montag

Branders Laune war im Keller, als er am Montag in der Frühe um sechs durch das dunkle Ammertal von Entringen nach Tübingen radelte. Der Himmel war bewölkt, sodass weder Mond noch Sterne seinen Weg erhellten. Es war ihm ganz recht. Der Adventssonntag lag ihm auf der Seele. Die gebratene Gans war ein Gedicht gewesen, aber sie hatten sie nicht genießen können. Auch auf den Whisky hatten sie am Abend verzichtet.

Der Ärger über Tristan Vogels forsches Vorgehen und die Sorge um Nathalie ließen ihn kräftig in die Pedale treten. Trotz der Temperaturen nahe dem Gefrierpunkt war er durchgeschwitzt, als er vor der Haustür seiner Kollegin Persephone Pachatourides stand.

Sie öffnete ihm mit einem »Hey«, dessen Tonlage ihm offenbarte, dass sie bereits im Bilde war. Sie trug ihre dezent gemusterte Bluse leger über der Jeans und strich sich die langen schwarzen Locken aus der Stirn, als sie ihn hereinließ.

»Hat er den Fall übernommen?« Mit »er« meinte Brander Peppis Langzeitverlobten Staatsanwalt Marco Schmid.

»Marco hatte am Wochenende Bereitschaft. Aber er gibt den Fall ab.«

»Warum?«

Peppi lächelte nachsichtig. »Befangenheit.«

»Jetzt sag nicht, dieser Schwachsinn, dass Nathalie ihre Mutter umgebracht hätte, kommt von ihm!«, brauste Brander auf.

»Nein, dieser *Schwachsinn* kommt nicht von *ihm*.« Schmid war zu ihnen in den Flur gekommen. »Aber nur, weil Gudrun Böhme eine stadtbekannte Trinkerin ist, darf ich nicht automatisch davon ausgehen, dass es ein Unfall war. Und ich kann die Beziehung zwischen Frau Böhme und ihrer Tochter nicht blindlings außer Acht lassen, weil sie die Adoptivtochter eines geschätzten Kripobeamten ist.«

»Jetzt zieh dich erst einmal um.« Peppi deutete mit dem Kopf zur Badezimmertür. »Dann reden wir in Ruhe.«

»Da gibt es nichts zu reden.« Brander warf dem Staatsanwalt einen grimmigen Blick zu. »Sofern es sich tatsächlich um Fremdverschulden handeln sollte: Nathalie hat ein wasserdichtes Alibi.«

»Das ist äußerst erfreulich.« Schmid kehrte in die Küche zurück.

Peppi funkelte ihn verärgert an. »Andi, reiß dich zusammen! Marco macht nur seine Arbeit.«

»Tristan Vogel, kennst du den?«

»Ist der Neue in Tübingen, oder? Soll ganz fähig sein.«

Brander schnaufte verächtlich und verschwand im Bad, um Radkleidung gegen Jeans und Hemd zu tauschen. Er warf einen schlecht gelaunten Blick in den Spiegel. Das Gesicht, das ihm entgegenblickte, gefiel ihm nicht. Angespannt und griesgrämig. Falten zogen sich um Augen- und Mundwinkel.

Er strich sich über den kahlen Schädel. Schmid hatte recht. Er half niemandem, wenn er sich gebärdete, als wäre Nathalie allein aufgrund ihrer persönlichen Beziehung zu Brander über jeglichen Verdacht erhaben. Die Kollegen machten ihre Arbeit. Und die machten sie gründlich, so, wie er es bei jedem anderen Fall von ihnen erwartet hätte und auch selbst tun würde. Er stieß die Luft kräftig aus den Lungen und bemühte sich um einen entspannteren Gesichtsausdruck.

Schmid schob ihm eine Tasse Kaffee über den Tisch, als er in die Küche kam.

»Tut mir leid, dass ich hier gerade so reingepoltert bin.«

»Deswegen werde ich den Fall abgeben. Peppi kann es nicht leiden, wenn ihr liebster Staatsanwalt mit ihrem liebsten Arbeitskollegen Trouble hat. Das stresst sie. Und das kann ich auf gar keinen Fall verantworten.« Er zog lächelnd Peppis Hand zu seinen Lippen und küsste ihre Fingerspitzen.

Schmid war sechs Jahre jünger als Branders Kollegin, was ein Grund gewesen war, dass sie lange gezögert hatte, sich auf einen realen Hochzeitstermin festzulegen. Nun stand der Termin fest: der erste April. »Dann kann ich immer noch sagen, es war ein Aprilscherz, falls es in die Hose geht«, hatte sie ihren Terminwunsch begründet.

Brander ignorierte das verliebte Geplänkel und setzte sich. »Darfst du mir irgendetwas über die Ermittlungen sagen?«

»Nur das, was in der Zeitung steht.«

Brander schätzte Marco Schmid sehr. Der Staatsanwalt war nach Tübingen gekommen, als Nathalie Branders Weg während einer Ermittlung im wahrsten Sinne gekreuzt hatte. Damals war es auch Winter gewesen. Es schien Ewigkeiten zurückzuliegen. Zum freundschaftlichen Du waren Schmid und Brander allerdings erst an Peppis fünfzigstem Geburtstag vor wenigen Monaten übergegangen.

»Wer wird den Fall bei euch übernehmen?«, fragte Brander.

»Das weiß ich noch nicht. Ich werde schauen, was ich machen kann, damit er in gute Hände kommt.« Schmids Miene wurde ernst. »Andi, tu dir und uns einen Gefallen und halte dich aus den Ermittlungen raus. Sorg stattdessen lieber dafür, dass Nathalie sich von ihrer kooperativen Seite zeigt, wenn die Kollegen sie zur Sache befragen werden. Das ist für niemanden von uns einfach. Wir alle kennen Nathalie und Gudrun Böhme.«

Nicht alle, dachte Brander bei der Erinnerung an Tristan Vogel. Sein Diensthandy meldete einen Anruf. Käpten Huc – Kriminaloberrat Hans Ulrich Clewer, Leiter der Kriminalinspektion 1 in Esslingen.

»Guten Morgen, Hans«, begrüßte Brander seinen Chef.

»Na, so gut ist der nicht.«

Natürlich wusste Clewer bereits von Gudrun Böhmes Tod und den eingeleiteten Ermittlungen.

»Aber darüber reden wir später«, fuhr der Inspektionsleiter fort. »Bist du noch zu Hause?«

»Nein, ich bin bei Peppi, wir wollten gleich los.« Ein Blick auf die Uhr verriet Brander, dass sie sich sputen mussten, wenn sie pünktlich zur morgendlichen Teamsitzung in Esslingen erscheinen wollten. Es war zehn nach sieben, und der Berufsverkehr wurde von Minute zu Minute dichter.

»Das heißt, ihr seid noch in Tübingen?«

»Ja.«

»Das hatte ich gehofft. Wir haben einen Leichenfund in Tübingen, Gewerbegebiet Süd. Opfer weiblich, Identität unbekannt, der Arzt attestierte einen unnatürlichen Tod, mutmaßlich erschlagen. Die Tübinger Kollegen sind zurzeit unterbesetzt und haben bereits den Fall Böhme auf dem Tisch. Daher übernehmen wir den ersten Angriff. Fahr bitte mit Persephone zum Leichenfundort. Macht euch ein Bild, und dann schauen wir, wie wir weiter verfahren. KT habe ich informiert, die sind bereits unterwegs.« Clewer diktierte ihm die Adresse der Firma »Facility Service – Walter Dieken«.

Eine halbe Stunde später parkte Peppi den Wagen am Straßenrand im Gewerbegebiet. Sie hatten sich mühsam durch Tübingens Berufsverkehr schlängeln müssen. Auf den letzten Metern hatten Radfahrer, Fußgänger und Schülerbusse ihre Anfahrt verzögert – das Gewerbegebiet Süd grenzte an das Schulzentrum mit mehreren Gymnasien, Real- und Berufsschulen.

Brander versuchte, seine privaten Sorgen beiseitezuschieben und sich auf seine Arbeit zu konzentrieren. Eine zweite Leiche in derselben Stadt innerhalb von vierundzwanzig Stunden. Es legte den Verdacht nahe, dass beide Fälle zusammenhingen. Brander fragte sich, ob das zweite Opfer ebenfalls eine obdachlose Frau war.

Es dämmerte, als sie aus dem Wagen stiegen. Die Straßenbeleuchtung war noch nicht ausgeschaltet und spendete diffuses Licht für die Kulisse, die sich ihnen bot. Die Umgebung um das Gebäude der Firma Dieken war bereits weiträumig mit Absperrband gesichert, mehrere Fahrzeuge von Schutzpolizei und Kriminaltechnik standen am Straßenrand, ein Leichenwagen wartete auf seinen Einsatz. Zwei Journalisten reckten hinter der Absperrung die Hälse.

Zu Branders Erleichterung gab es nur wenige Schaulustige. In diesen Teil Tübingens verirrten sich an einem Montagmorgen nur die Menschen, die in der Gegend zu tun hatten. Die meisten hatten es eilig, um pünktlich zur Arbeit zu kommen. Gaffer wurden von den uniformierten Kollegen weitergeschickt. Allerdings bescherte der Leichenfundort vermutlich auch nur wenige Zeugen.

Brander zog den Schutzanzug an. Sein Blick wanderte über das Gelände vor ihm. Ein flaches Gebäude mit glatter heller Fassade stand wenige Meter entfernt, ein Stück vom Straßenrand nach hinten versetzt. Es wirkte unscheinbar zwischen den großen Komplexen der Medizintechnikfirma Erbe und der Paul-Horn-Werke. Neben dem Eingang prangte das Logo der Reinigungsfirma in Form von Kehrblech und Wischmopp. Zwischen Fußweg und Gebäude war ein gepflasterter Parkplatz, auf dem drei Kleintransporter und ein silberner Kombi parkten. Die Seiten der Transporter zierte die Firmenaufschrift »Facility Service – Walter Dieken – Meisterbetrieb«. Darunter folgte eine knappe Auflistung der angebotenen Dienste: Gebäude- und Büroreinigung, Unterhaltsreinigung, Grundreinigung sowie Entrümpelung. An der rechten Seite des Gebäudes hatten die Kriminaltechniker einen Sichtschutz aufgebaut und waren dabei, Scheinwerfer aufzustellen. Der bedeckte Himmel würde selbst nach Tagesanbruch zu wenig Licht bieten.

»War mir nie bewusst, dass man als Reinigungskraft auch einen Meister machen kann«, stellte Peppi fest.

Sie wiesen sich bei einem Kollegen der Schutzpolizei aus, sodass ihnen Zutritt zum abgesperrten Gelände gewährt wurde. Über einen markierten Pfad gelangten sie zu dem Sichtschutz, hinter dem das Opfer auf einer Wiese lag, die an das Gebäude angrenzte.

Die Frau war klein. Um die eins fünfzig, tippte Brander. Nicht schlank, nicht dick. Sie lag bäuchlings vor ihnen, war mit einem Oversizeshirt, Leggins und Sneakers bekleidet. Am Hinterkopf klaffte zwischen den langen dunklen Haaren eine Wunde.

»Guten Morgen, ihr zwei.« Kriminaltechniker Manfred Tropper war neben Brander getreten. »Ganz schön was los dieses Wochenende in Tübingen.«

»Morgen, Freddy. Hat man sie so gefunden?«

»Soweit ich weiß.«

»Hast du noch mit dem Arzt gesprochen?«

»Nein, bin selbst gerade erst gekommen. Laut Auskunft der Kollegen war nur der Notarzt hier. Er war schon weg, als wir kamen. Wurde zum nächsten Einsatz gerufen. Herzinfarkt, konnte nicht warten.«

»Haben wir seinen Namen?«

»Jannes Neubauer. Er hat uns seine Kontaktdaten dagelassen.«

»Konnte sie schon identifiziert werden?«, fragte Peppi.

»Nein, sie hat keine Papiere bei sich, kein Smartphone, keine Handtasche, keine Jacke. Bekleidet war sie lediglich so, wie sie hier liegt.«

»Keine Jacke?« Brander betrachtete das Opfer stirnrunzelnd. Der Dezember war zwar recht mild, aber nachts wurde es dennoch sehr kalt. So leicht bekleidet ging da niemand joggen oder spazieren.

»Keine Jacke«, bestätigte Tropper. »Der Mann, der sie gefunden hat, kennt sie nicht. Er heißt Walter Dieken, ist der Inhaber der Firma.« Tropper deutete auf das Gebäude neben ihnen.

»Wo ist er?«

»Drinnen, in seinem Büro.«

Brander trat näher an die tote Frau heran. Er ließ den Blick über Kopf, Rücken, Gesäß und Beine wandern. Sie war jung, höchstens Mitte zwanzig, schätzte er.

»Die Verletzung ist offensichtlich: Sie bekam einen kräftigen Schlag auf den Hinterkopf«, fuhr Tropper fort.

Brander ging neben der Toten in die Hocke und betrachtete die Kopfverletzung genauer. Sie war nahe am Scheitelbein, das deutete definitiv eher auf einen Schlag denn auf einen Sturz hin. Zudem lag sie auf dem Bauch.

»Wurde die Tatwaffe gefunden?«

»Bis jetzt nicht.«

Brander prüfte Beweglichkeit von Fingern und Handgelenk.

»Fass die Kleidung bitte nicht an«, bremste Tropper ihn. »Herr Dieken hat sie berührt, als er sie entdeckt hat. Das will ich erst abkleben.«

»Okay. Rigor mortis ist fortgeschritten, aber noch nicht voll ausgebildet«, stellte Brander fest.

Tropper gesellte sich zu ihm in die Hocke. »Demnach, würde ich schätzen, liegt der Todeszeitpunkt grob zwischen vier bis sechs Stunden zurück.«

Das war noch nicht allzu lange. Brander betrachtete die schmalen Finger, deren Enden sauber lackierte, künstliche Fingernägel zierten. Am Ringfinger der rechten Hand war der Nagel jedoch abgesplittert. Brander deutete darauf. »Wurde der irgendwo gefunden?«

»Nein«, erwiderte Tropper. »Aber wie gesagt, wir sind erst seit ein paar Minuten vor Ort.«

»Ihr wart auch schon mal schneller.« Brander relativierte seine Stichelei mit einem freundschaftlichen Lächeln.

Vom Parkplatz des Reinigungsunternehmens erschallte eine männliche Stimme.

Peppi trat hinter dem Sichtschutz hervor. »Geht's ein bisschen leiser?« Sie lauschte einen Moment, dann wandte sie sich Brander zu. »Herr Dieken möchte wissen, wann er wieder über seine Transporter verfügen darf.«

»Wenn wir mit der Spurensicherung durch sind«, erwiderte Tropper. »Vielleicht ist die Dame ja mit einem der Wagen transportiert worden.«

»Das wird Herr Dieken gern hören«, erwiderte Peppi sarkastisch. »Ich rede mit ihm.«

»Denkst du, sie ist transportiert worden?«, fragte Brander.

»Keine Ahnung. Im Moment bin ich so schlau wie du.«

»Das bezweifle ich.«

»Obacht, Kollege.« Tropper hob mahnend den Zeigefinger. Sie wandten sich wieder der Toten zu.

Branders Gelenke schmerzten, als sie die Leichenschau beendet hatten. Knie und Rücken protestierten gegen die anhaltende gebückte Haltung. Mit steifen Schritten ging er neben Tropper zu einem Einsatzwagen, an dem Peppi stand.

»Die Kollegen haben uns Kaffee und Brezeln organisiert«, verkündete sie.

Brander bediente sich. »Der Leichenfundort ist mutmaßlich nicht der Tatort. Die Leiche wurde transportiert. Wir können noch nicht sagen, wie lange, wie weit und womit, aber sie wurde allem Anschein nach nicht hier auf der Wiese niedergeschlagen.«

Das hatten sie anhand der postmortalen Druckstellen und Hautabschürfungen am Körper erkennen können, nachdem sie die Leiche entkleidet hatten. Die Kopfverletzung hatte vermutlich nicht extrem geblutet, dennoch hätten sie mehr Blutspuren in der unmittelbaren Umgebung finden müssen, als sie bisher entdeckt hatten. Allerdings erschwerte die Lage auf der Wiese die Spurensuche.

»Todeszeitpunkt?«

»Wir tippen auf drei Uhr morgens, plus/minus zwei Stunden. Vielleicht können unsere Rechtsmediziner den Zeitraum konkreter eingrenzen.« Brander knibbelte die Salzkrümel von seiner Butterbrezel.

Peppis Blick wanderte zu dem Sichtschutz, hinter dem der Abtransport der Leiche vorbereitet wurde. »Ist sie vergewaltigt worden?«

»Augenscheinlich nicht. Ihre Kleidung war unversehrt. Abgesehen von dem Schlag auf den Schädel haben wir keine Spuren einer tätlichen Auseinandersetzung oder Abwehrspuren entdecken können. Keine sonstigen schwereren Verletzungen, keine weiteren Blutanhaftungen oder offensichtliche Spermaspuren. Aber warten wir ab, was unsere Rechtsmediziner noch herausfinden.«

Peppi nippte gedankenverloren an ihrem Kaffeebecher. »Wisst ihr, was ich mich frage?«

»Verrat's uns«, forderte Brander.

»Wieso hat man sie hier draußen abgelegt? In einem Gewerbegebiet. Warum nicht in einem Wald? Oder irgendwo anders in der Einsamkeit?«

»Vielleicht wollte der Täter, dass sie schnell gefunden wird«, schlug Tropper vor.

Peppi schüttelte den Kopf. »Dann hätte er sie an einem stärker frequentierten Platz ablegen müssen.«

»Da wäre aber die Gefahr einer Entdeckung größer gewesen«, widersprach Brander.

»Und hier nicht? Schau dich mal um: Hier sind große Firmen, die haben sicher Videoüberwachung. Vielleicht haben einige Firmen Nachtschichten, wo die Mitarbeiter nachts mal vor die Tür gehen, um eine zu rauchen. Und sicherlich fährt regelmäßig ein Wachdienst durch die Straßen und schaut nach dem Rechten.«

»Unsere Peppi, am frühen Montagmorgen schon so pfiffig«, bemerkte Tropper anerkennend.

»Was ist mit Walter Dieken?«, wandte Brander sich an seine pfiffige Kollegin. »Hat der Videoüberwachung oder einen Wachdienst engagiert?«

»Keine Videoüberwachung. Wachdienst hab ich vergessen zu fragen, sorry«, erwiderte Peppi.

»Wann hat er die Frau entdeckt?«

»Heute früh gegen Viertel vor sechs. Normalerweise ist er früher im Geschäft, aber montags fangen sie etwas später an. Zwei seiner Mitarbeiter kamen kurz nach ihm. Er hat sie vorhin nach Hause geschickt, nachdem klar war, dass wir seine Transporter vorläufig nicht freigeben. Dieken ist ein wenig in Aufruhr, weil er seine Leute heute Morgen nicht zum Putzen rausschicken konnte. Die Kollegen haben auch Aussagen von den beiden Mitarbeitern aufgenommen. Keiner von ihnen kennt die Frau.«

Brander bemerkte aus den Augenwinkeln eine Bewegung. Er sah zum Firmengebäude. Diekens Gestalt stand im Eingang. Mittelgroß, gedrungene Figur. Er hatte breite Schultern und einen massigen Nacken, der seinen Hals verschwinden ließ. Die

Mimik war hinter einem dichten Bart und einer Hornbrille mit dunklem Rand verborgen.

»Dann fragen wir Herrn Dieken doch geschwind noch, ob ein Wachdienst sein Gelände bewacht.« Der letzte Bissen von Branders Brezel verschwand in seinem Mund. Er wischte sich einen Krümel von der Unterlippe. »Stellst du mich vor?«

Peppi grinste amüsiert. »Seit wann bist du so schüchtern?«

***

Walter Dieken hatte sie in sein Büro geführt: ein heller Raum mit großer Fensterfront, die einen Blick auf das Nachbargebäude zur Linken des Reinigungsunternehmens sowie auf die Straße vor der Firma bot. Der Duft von Neutralreiniger und Limette hing in der Luft. Aber das war wohl in einer Reinigungsfirma nicht anders zu erwarten. Ein mächtiger Schreibtisch, der gut und gern zwei Personen Platz bot, stand im Zentrum des Büros. An der vorderen und rechten Außenkante lagen ordentlich übereinandergestapelt Aktenmappen und Ausdrucke. Schreibtischunterlage, Tastatur und Computermonitor nahmen die andere Hälfte des Arbeitsplatzes ein. Hinter dem Schreibtisch befand sich ein wuchtiger, aber bequem aussehender lederbezogener Bürosessel. Ein ergonomisch geformter Bürostuhl stand an der kurzen Seite, zwei schlichte Stühle waren vor dem Schreibtisch platziert.

Brander ließ den Blick über die deckenhohen metallenen Aktenschränke zu seiner Linken und hinüber zu einem lang gezogenen Sideboard an der rechten Wand schweifen. Die daraufstehenden Pokale und Trophäen weckten sein Interesse. Bilder und gerahmte Urkunden zierten die Tapete darüber. Er hätte den Meisterbrief des Inhabers, Zertifizierungen für besondere Putzdienstleistungen oder Qualitätssiegel zur Einhaltung bestimmter Reinigungs-DIN-Normen erwartet. Die Auszeichnungen galten jedoch einer anderen Tätigkeit. »Sie sind Ringer?«, fragte er.

»Ich war es.« Diekens Mundwinkel hoben sich unter dem

dichten Bart zu einem Lächeln. »Zugegeben, ich bin ein bisschen stolz darauf. Ich habe in meiner Jugend einige Meisterschaften gewonnen, war sogar zeitweise in die Nationalmannschaft berufen worden und habe von den Olympischen Spielen geträumt.« Er deutete auf die Stühle vor seinem Schreibtisch, während er selbst dahinter Platz nahm. »Bitte, setzen Sie sich.«

»Ringen ist olympisch?«, wunderte sich Peppi.

»Oh ja! Ringen ist eine der ältesten Sportarten, die es überhaupt gibt. Es gehörte schon zu den Olympischen Spielen der Antike.«

Brander schmunzelte in sich hinein. Da musste sich seine griechische Kollegin von einem Schwaben über die Errungenschaften ihrer Vorväter aufklären lassen. Dieser Tag hielt für Peppi einige neue Erkenntnisse bereit.

»Sind Sie noch aktiv?«, fragte Brander.

»Nein, das ist lange vorbei. Soweit ich weiß, gibt es in Tübingen bisher auch keinen Verein, der Ringen im Angebot hat.«

»Wo haben Sie denn trainiert?«

»In Aalen, meiner Heimat. Nach Tübingen kam ich erst nach meiner aktiven Zeit.«

Brander riss sich vom Anblick der Pokale und Urkunden los und setzte sich dem Mann gegenüber. »Sie haben eine beachtliche Anzahl an Auszeichnungen erkämpft. Warum haben Sie aufgehört?«

»Ich hatte einen Motorradunfall. Eigenes Verschulden, ich hatte meine Fähigkeiten überschätzt. Ich bin noch glimpflich davongekommen, ein paar Brüche, Gehirnerschütterung, aber an eine Karriere als Leistungssportler war nicht mehr zu denken.«

»Das tut mir leid.«

»Es ist lange her. Aber ich erinnere mich gern an die Zeit.« Diekens Blick wanderte versonnen zu seinen Auszeichnungen.

Die Urkunden waren auf die achtziger Jahre datiert. Demnach musste der ehemalige Ringer heute Mitte fünfzig sein, schätzte Brander.

»Wie kamen Sie auf die Idee, ein Reinigungsunternehmen zu gründen?«

»Ermangelung eines Plan B.« Dieken zuckte die Achseln. »Für mich gab es immer nur den Sport. Ich hatte keine Ahnung, was ich beruflich machen sollte. Aber irgendwann musste ich Geld verdienen. Die Ausbildungsstelle zum Gebäudereiniger hat mir meine Mutter damals vermittelt, sie hat jahrelang als Putzfrau gearbeitet. Nachdem klar war, dass meine Karriere als Spitzenathlet beendet war, habe ich die Ausbildung durchgezogen. Dann war es mir irgendwann zu dumm, für andere zu arbeiten. Geputzt wird immer, ist 'n krisensicherer Job, hab ich mir gedacht. Hab meinen Meister gemacht, nebenbei einen Businessplan entwickelt, Geld bei der Bank aufgenommen und mich selbstständig gemacht.«

Es klang, als hätte er das alles mühelos durchgezogen.

»Die Auftragslage ist gut?«, erkundigte sich Brander.

»Ich kann nicht klagen. Es ist natürlich ein harter Konkurrenzkampf. Aber gute Arbeit spricht sich rum.«

»Wie viele Mitarbeiter haben Sie?«

»Um die zwanzig. Mal mehr, mal weniger. Viele arbeiten in Teilzeit oder auf Minijobbasis, dazu kommen ein paar Aushilfen, die nur sporadisch eingesetzt werden, wenn kurzfristig ein Großprojekt ansteht. Ich habe drei Vollzeitkräfte, meine Vorarbeiter, die die Projekte vor Ort leiten und anspruchsvollere Reinigungsaufgaben übernehmen können. Dazu kommt eine Büroassistentin, die mir bei der Auftragsbearbeitung und der Buchhaltung hilft. Frau Hentschel kommt aber nur halbtags, und ausgerechnet heute hat sie frei, wo ich sämtliche Kunden anrufen musste, um zu erklären, dass wir heute Vormittag nicht kommen können.«

Dieken beugte sich vor, legte die Unterarme locker verschränkt auf der Schreibtischunterlage ab. »Sucht die Polizei noch Reinigungskräfte? Ich kann Ihnen ein Angebot machen.«

»Das fällt nicht in meinen Zuständigkeitsbereich.« Dafür, dass Peppi gesagt hatte, der Mann wäre ein wenig in Aufruhr, zeigte er sich jetzt sehr entspannt und geschäftstüchtig. Brander beschloss, den Small Talk zu beenden. »Wann sind Sie heute in Ihrer Firma eingetroffen?«

Kaum merklich ging eine Wandlung durch Walter Diekens Körper. Er lehnte sich wieder zurück, verschränkte die Hände in seinem Schoß. »Ganz genau weiß ich es nicht … Was hatte ich Ihnen gesagt?« Er sah kurz zu Peppi, bevor er selbst die Antwort gab: »Gegen drei viertel sechs muss es gewesen sein. Ich hatte die Frau erst gar nicht bemerkt. Als ich sie dann da liegen sah, dachte ich, sie wäre betrunken und würde ihren Rausch ausschlafen. Ich bin zu ihr, habe an ihrer Schulter gerüttelt. Sie fühlte sich seltsam an. Ich kann es gar nicht richtig beschreiben … Aber mir war gleich klar, dass da etwas nicht stimmt.«

Sie hatte eine Kopfwunde, dachte Brander. Aber andererseits war es so früh am Morgen noch dunkel gewesen, und die Wiese wurde kaum von der Straßenbeleuchtung erfasst. »Was taten Sie dann?«

»Nichts, ich wartete, dass jemand kommt.«

»Von wo aus haben Sie den Notruf abgesetzt? Von Ihrem Büro?«

»Nein, draußen, mit dem Handy.«

»Es war sonst niemand bei Ihnen?«

»Ich war allein. Zwei meiner Mitarbeiter kamen gegen sechs hinzu, und kurz darauf waren auch schon der Notarzt und Ihre Kollegen da.«

»Haben Sie irgendetwas verändert? Haben Sie die Frau vielleicht bewegt?«, fragte Brander.

»Nein! Warum hätte ich das tun sollen? Ich habe nur an der Schulter gerüttelt. Die linke Seite war es.«

Brander nickte, Tropper hatte die Stelle abgeklebt. »Meine Kollegin sagte mir, dass Sie keine Videoüberwachung haben?«

»Nein, wozu?«

»Gibt es einen Wachdienst, der Ihr Gebäude überwacht?«

»Das Geld spare ich mir. Was sollte man hier stehlen?« Er lachte kurz auf. »Ein paar Putzmittel?«

Brander schürzte unwissend die Lippen. »Ich kenne mich da nicht so aus. Vielleicht gibt es ja besonders gefährliche Reinigungsmittel?«

»Die verwahren wir in einem extra gesicherten Schrank. Aber ganz ehrlich: Wer würde denn in ein Reinigungsunternehmen einbrechen, um Putzmittel zu stehlen? Und was anderes ist hier nun wirklich nicht zu holen.« Dieken hob die Schultern. »Wir haben zwei Bewegungsmelder nach vorn. Aber die dienen eher der Beleuchtung, wenn meine Mitarbeiter morgens im Dunkeln zur Arbeit kommen und die Wagen beladen.«

»Ist Ihnen sonst etwas aufgefallen? Haben Sie vielleicht jemanden gesehen, als Sie gekommen sind?«

Der Mann ließ sich Zeit mit einer Antwort. Sein Blick wanderte grübelnd zur Seite. Schließlich schüttelte er den Kopf. »Nein, tut mir leid. Ich habe ja selbst die Frau im ersten Augenblick gar nicht wahrgenommen.«

»Kennen Sie die Frau?«

Er bekräftigte sein »Nein« mit einem erneuten Kopfschütteln.

Das war alles wenig hilfreich, stellte Brander frustriert fest. »Wir müssen Ihre Mitarbeiter befragen. Können Sie uns eine Auflistung der Namen und Kontaktdaten zur Verfügung stellen?«

Dieken sog zögernd die Luft ein. »Was genau benötigen Sie denn? Sie wissen ja, der Datenschutz …«

»Fürs Erste würden uns Namen und Telefonnummern reichen. Es ist wichtig, dass wir die Identität der Frau so schnell wie möglich klären.« Als der Unternehmer noch immer zögerte, ergänzte Brander: »Sie würden uns sehr helfen. Vielleicht kennt ja einer Ihrer Mitarbeiter zufällig die Frau.«

»Nun gut, ich stelle Ihnen eine Liste zusammen. Aber ich werde meine Mitarbeiter natürlich darüber informieren.«

»Das können Sie gern machen.« Allzu viel Hoffnung legte Brander nicht in eine Mitarbeiterbefragung, aber vielleicht gab es einen Grund dafür, dass der Täter die Frau neben dem Gebäude des Reinigungsunternehmens abgelegt hatte. Oder spielten die anderen Firmen eine Rolle? Die großen Unternehmen

drum herum? Die Kfz-Werkstatt auf der anderen Straßenseite?
»Ist Ihnen in den letzten Tagen etwas aufgefallen? War etwas ungewöhnlich?«

»Ich befürchte, da kann ich Ihnen nicht weiterhelfen. Wenn ich im Geschäft bin, sitze ich am Schreibtisch oder bin hinten im Lager, da schaue ich nicht, wer draußen vorbeifährt. Und dann ist da ja auch gleich die Autowerkstatt schräg gegenüber, da ist ein ständiges Kommen und Gehen. Tut mir leid.«

Vielleicht war den Mitarbeitern der umliegenden Firmen etwas aufgefallen, hoffte Brander. Er beendete die Befragung. Der Geschäftsinhaber begleitete sie durch den Flur zur Tür. Sie hatten sich schon verabschiedet und standen draußen, als Brander sich noch einmal zu ihm umdrehte. Dieken strich gedankenverloren mit dem Daumen über einen Fleck am Türrahmen.

»Ach, Herr Dieken«, sprach Brander ihn noch einmal an. »Ich schicke gleich noch einen Kollegen zu Ihnen. Wir benötigen Ihre Fingerabdrücke und eine Speichelprobe.«

»Wozu das?«

Brander registrierte, dass der Mann die Hände eilig in die Hosentasche steckte. »Für den Abgleich. Sie haben die Frau angefasst, und dann können wir Ihre Spuren schon mal zuordnen und ausschließen.«

»Ach so ... Ja, dann schicken Sie ihn vorbei. Ich bin hier.«

»Danke. Eine Frage noch, Herr Dieken. Waren Sie gestern in der Firma?«

»In der Frühe, ja. Wir hatten Sonntagfrüh einen Reinigungsauftrag nach einer Firmenweihnachtsfeier.«

»In welchem Zeitraum waren Sie hier?«

»Gegen halb fünf habe ich meine Mitarbeiter getroffen. Um fünf waren wir beim Kunden, gegen acht kamen wir wieder zurück.« Er zog grübelnd die Stirn in Falten. »Ich hab dann noch ein wenig aufgeräumt. Ich glaube, ich bin so um zehn rum gegangen.«

»Habe ich das richtig verstanden, Sie sind gemeinsam mit Ihrer Putzkolonne zu Ihrem Kunden gefahren?«

»Ja, das haben Sie richtig verstanden. Sonntagszulagen sind teuer. Da spare ich lieber ein bisschen Geld und schwinge selbst mal den Wischmopp.« Dieken grinste halbherzig. »Gelernt ist gelernt.«

Brander ging mit Peppi zu den Einsatzwagen zurück. »Siehst du Parallelen zu dem Fall Böhme?«, fragte er, als sie außerhalb Diekens Hörweite waren.
»Spontan nicht wirklich.«
»Die Frau hier wurde erschlagen. Gudrun auch?«
Peppi blieb stehen und wandte sich ihm zu. »Es ist noch nicht klar, wie Gudrun Böhme zu Tode kam. Sie wurde tot aus dem Neckar geborgen. Ob man sie vorher niedergeschlagen hat, weiß ich nicht.«
»Die müssen doch bei der Leichenschau festgestellt haben, ob Gudrun ertrunken ist oder bereits tot war, bevor sie in den Neckar fiel.«
»Andi, ich weiß genauso viel wie du.« Sie sah ihm streng in die Augen. »Gudrun Böhme ist nicht unser Fall. Cory und Hendrik haben ihn übernommen.«
»Ich frage lediglich, um festzustellen, ob es Parallelen zwischen den Fällen gibt.«
»Na klar«, erwiderte Peppi zweifelnd.
»Das würden wir bei jedem anderen Fall auch machen, wenn zwei Tötungsdelikte im selben Ort so zeitnah beieinanderliegen. Immerhin sind beide Opfer weiblich, und in beiden Fällen ist der Leichenfundort nicht der Tatort«, gab Brander verstimmt zurück. »Und einen Wohnsitz der Toten kennen wir bisher auch nicht. Sie könnte ebenfalls eine Obdachlose gewesen sein.«
»Das bezweifle ich aber stark. Dafür war sie viel zu gepflegt.«
»Das muss nichts heißen.« Brander rieb sich über den Nacken. Unweigerlich dachte er an Nathalie, die als junger Teenager so manche Nacht unter freiem Himmel verbracht hatte. Verwahrlost hatte sie dennoch nicht ausgesehen.
»Wie geht es ihr?«, fragte Peppi in seine Gedanken hinein.

»Wem?«

»Nathalie. Du hast gerade an sie gedacht. Es stand auf deiner Stirn.« Sie zog mit Daumen und Zeigefinger eine imaginäre Linie vor seinem Gesicht. So viele Jahre arbeiteten sie mittlerweile zusammen – Peppi kannte ihn einfach viel zu gut.

Wie ging es Nathalie? Das war eine Frage, die Brander sich selbst stellte, seit Cory ihnen von Gudruns Tod berichtet hatte. Nathalie hatte nicht darüber reden wollen. Schon vor Jahren hatte sie ihre Mutter aus ihrem Leben verbannt. Gudrun hatte sie zu oft enttäuscht.

Am Tag zuvor war Nathalie sicherlich nicht fröhlich gewesen, aber am Morgen war sie zu ihrer Ausbildungsstelle gefahren, ohne ein Wort darüber zu verlieren, dass sie in Trauer war und lieber zu Hause geblieben wäre. Sie hatte agiert und ihr Inneres nach außen abgeschottet. Darin war sie gut.

»Ich kann's dir nicht sagen«, erwiderte Brander aufrichtig. Er hoffte, dass Gudruns Tod sie nicht zu sehr aus der Bahn warf. Sie machte eine Ausbildung zur Berufskraftfahrerin bei einem Reutlinger Spediteur und sollte sich eigentlich auf ihre Zwischenprüfung vorbereiten.

»Ich hoffe, dass sich der Fall schnell klärt. Und zu deiner Beruhigung: Ich gehöre nicht zu der Fraktion, die glaubt, dass Nathalie etwas mit Gudruns Tod zu tun haben könnte.«

»Das hätte mich auch sehr enttäuscht.«

Hinter ihnen wurde eine Tür zugeschlagen. Als Brander sich umwandte, sah er den Bestatter in den Wagen einsteigen.

Wer war die Frau, deren junges Leben so ein gewaltsames Ende erfahren hatte? Gab es einen Grund, dass der Täter sie ausgerechnet in diesem Gewerbegebiet zwischen den großen Tübinger Firmen abgelegt hatte, oder war der Ort zufällig gewählt? Sein Blick glitt über die Umgebung, und ihn beschlich das Gefühl, etwas Wichtiges zu übersehen.

***

Kriminaloberrat Hans Ulrich Clewer hatte sein Team nach Branders und Peppis Ankunft in der Esslinger Dienststelle zu einer Besprechung zusammengeholt. Es war eine überschaubare Mannschaft, die sich im Konferenzraum der Kriminalinspektion 1 einfand. Zahlreiche Kollegen befanden sich bereits im Weihnachtsurlaub. Neben Brander und Peppi waren Stephan Klein, Fabio Esposito und Peter Sänger anwesend.

Ein Teller mit Lebkuchen und Spekulatius erinnerte an das bevorstehende Weihnachtsfest. Clewer sortierte seine Unterlagen und richtete dann seine Aufmerksamkeit auf das Team. Das Gesicht des Sechzigjährigen war leicht gebräunt, er war gern und viel im Freien unterwegs. Bis vor anderthalb Jahren war er ein passionierter Bergsteiger gewesen. Nach einem Herzinfarkt, den er nur knapp überlebte, hatte er diese Leidenschaft aufgeben müssen. Auch beruflich hatte er einen Gang zurückgeschaltet. Brander, als sein informeller Vertreter, versuchte ihn, so gut er konnte, zu unterstützen.

Nach seiner Rückkehr in den Dienst hatte der Inspektionsleiter spontan beschlossen, dass das förmliche Sie aus dem Team verbannt wurde.

»Mehr werden wir wohl heute nicht«, stellte er bedauernd fest. »Ihr habt es mitbekommen: Das vergangene Wochenende hat uns zwei mutmaßliche Tötungsdelikte in Tübingen beschert. Sonntagfrüh wurde eine Frau tot aus dem Neckar beim Stauwehr geborgen. Die Kollegin Tritschler war vor Ort und konnte die Frau als Gudrun Böhme identifizieren. Das Opfer ist dreiundvierzig Jahre alt. Sie war alkoholkrank und wohnungslos. Ob es sich um ein Kapitaldelikt handelt, ist noch nicht geklärt. Die Obduktion wird zurzeit durchgeführt. KHK Hendrik Marquardt hat die Leitung der Ermittlungen übernommen.«

Unwillkürlich wanderten die Blicke der Kollegen fragend zu Brander. Sie wussten, wer Gudrun Böhme war.

»Ein zweites Tötungsdelikt wurde heute Morgen in Tübingen gemeldet«, lenkte Clewer die Aufmerksamkeit wieder auf sich. »Eine junge Frau, Anfang, Mitte zwanzig, wurde mutmaßlich erschlagen. Ihre Identität konnte bisher nicht geklärt werden. Da die Tübinger mit dem Fall Böhme beschäftigt sind, werden wir hier unterstützend den neuen Fall übernehmen. Andreas«, übergab der Inspektionsleiter das Wort an Brander.

»Die Frau wurde gegen Viertel vor sechs im Gewerbegebiet Süd in Tübingen auf einer Wiese neben dem Reinigungsunternehmen ›Facility Service – Walter Dieken‹ aufgefunden«, berichtete Brander. »Sie war für die Jahreszeit relativ leicht bekleidet: ein dünnes Longshirt und Leggins.«

»Eine Joggerin?«, fragte Peter Sänger.

»Das glaube ich nicht. Das Shirt war ihr mindestens zwei Nummern zu groß, damit geht man nicht joggen, und die Schuhe waren eher modisch und nicht funktional«, widersprach Peppi.

»Sie hatte weder Papiere noch Smartphone oder andere persönliche Gegenstände bei sich, die bei der Identifizierung helfen könnten«, fuhr Brander fort. »Walter Dieken und seine Mitarbeiter, mit denen wir bisher sprechen konnten, kannten die Frau nicht. Allerdings war ein Großteil der Mitarbeiter nicht in der Firma. Herr Dieken hat uns eine Liste mit Kontaktdaten erstellt, die Befragungen laufen noch. Hierfür wurden uns Kollegen von der Tübinger Dienststelle zur Verfügung gestellt.«

»Du hattest mir ein Foto von der Toten geschickt«, meldete sich Fabio Esposito zu Wort. »Ich bin die Vermisstenmeldungen durchgegangen. Bisher konnte ich keine Meldung finden, die zu der Frau passt.«

»Wir sollten auch die internationalen Vermisstenmeldungen prüfen.« Peppi betrachtete das Bild, das über den Beamer an die Wand gestrahlt wurde. »Wenn ich mir ihre Gesichtszüge anschaue, dazu die dunklen Haare, würde ich sie in Südosteuropa verorten – die Balkanstaaten: Slowenien, Ungarn, Bulgarien ...«

»Okay, ich überprüfe das.«

»Die Leichenschau vor Ort ergab, dass der Leichenfundort mit großer Wahrscheinlichkeit nicht der Tatort ist«, fuhr Brander fort. »Das konnten wir aufgrund der postmortalen Verletzungen feststellen, zudem passen die Blutspuren am

Fundort nicht zu der Verletzung am Hinterkopf. Die Wunde muss extrem geblutet haben, am Fundort haben wir jedoch so gut wie gar kein Blut gefunden.« Brander ließ ein Foto von der Umgebung des Leichenfundorts an der Wand erscheinen.

»Das ist eine Wiese. Kann das Blut nicht versickert sein?«, fragte Peter.

»Es war trocken in der Nacht und hat seit Tagen nicht geregnet. Der Boden ist knüppelhart. Zumindest am Gras hätten wir noch Spuren finden müssen. Da war aber nichts, mit Ausnahme einer geringfügigen Blutanhaftung hier.« Er deutete auf ein Zahlenschild vor ein paar Grashalmen wenige Zentimeter rechts neben dem Kopf der Toten.

»Woher diese kleine Blutanhaftung stammt, ist unklar. Durch den Zeugen, der die Tote aufgefunden hat, und den Notarzteinsatz war leider das Gras um die Frau herum heruntergedrückt, sodass die Spurenlage verändert ist. Es könnte sein, dass die Tote erst auf dem Rücken abgelegt und dann auf den Bauch gedreht wurde.«

»Da wäre unser Täter aber dumm gewesen«, stellte Stephan Klein fest.

»Warum?«

»Hätte er sie auf dem Rücken liegen lassen, hätte die Person, die sie findet, und dementsprechend vielleicht auch der hinzugerufene Arzt vermuten können, dass sie gestürzt und auf den Hinterkopf gefallen ist.«

Brander schüttelte den Kopf. »Die Wunde ist relativ hoch am Hinterkopf.«

»Das mit der Hutkrempenregel haben die Medizinstudenten doch vergessen, sobald sie ihren Rechtsmedizinschein in der Tasche haben«, wiegelte Stephan ab. »Und kurz vor den Feiertagen will keiner unnötig Arbeit.«

»Wie dem auch sei: Das KTI wird uns mitteilen, ob es ihr Blut ist, dann sehen wir weiter.«

»Was ist mit den umliegenden Firmen?«, fragte Clewer. »Haben die etwas mitbekommen?«

»Die Befragungen laufen noch. Stand bisher: Viele Firmen beginnen nicht vor sechs mit der Arbeit, und bei den anderen Firmen waren die Leute von der Nachtschicht nicht mehr da«, berichtete Brander. »Die kommen frühestens heute Abend wieder rein. Wir haben die Firmen gebeten, ihren Mitarbeitern mitzuteilen, dass sie sich bei uns melden sollen, wenn sie etwas beobachtet haben.«

»Videoüberwachung?«

»Dieken hat keine«, antwortete Peppi. »Einige der umliegenden Firmen haben Überwachungskameras auf ihrem Firmengelände, aber ohne Sicht auf die öffentlichen Straßen und Wege. Es gibt einen Wachdienst, der von ein paar kleineren Unternehmen in der Umgebung engagiert wird. Den Wachmann, der vergangene Nacht im Gewerbegebiet Süd unterwegs war, habe ich noch nicht erreicht. Ich habe auf seinem AB eine Nachricht hinterlassen, und sein Arbeitgeber weiß Bescheid, dass er sich bei uns melden soll.«

»Wir stochern also mächtig im Dunkeln«, stellte Clewer bedauernd fest. »Die Obduktion ist auf sechzehn Uhr angesetzt. Andreas, Persephone, das übernehmt ihr bitte. Stephan, Peter, ihr kümmert euch um die Befragungen der Mitarbeiter. Fabio, wenn du mit den Vermisstenmeldungen durch bist, unterstützt du die Kollegen. In vier Tagen ist Weihnachten, da will ich den Fall abgeschlossen haben. Also, Leute, an die Arbeit. Andreas, du bleibst bitte noch kurz hier.«

Hans Ulrich Clewer wartete, bis alle Kollegen den Raum verlassen hatten, dann wandte er sich Brander zu. »Wie geht's daheim?«

Brander hob die Schultern. »Schwer zu sagen. Ich denke, Nathalie hat noch nicht realisiert, was tatsächlich geschehen ist. Im Moment ist ja auch alles etwas unklar.«

»Hendrik Marquardt und Corinna Tritschler sind erfahrene Ermittler. Du hältst dich bitte aus allem raus.«

»Hans, das musst du mir nicht extra sagen«, erwiderte Brander unwirsch. Es ärgerte ihn, dass sein Vorgesetzter offensichtlich meinte, ihn prophylaktisch schon mal in die Schranken weisen zu müssen.

Der Inspektionsleiter musterte ihn einen Moment nachdenklich. »Du kannst Urlaub nehmen, wenn es dir gerade zu viel wird.«

»Nein. Ich habe Anfang Januar Urlaub. Und Peppi möchte zwischen den Feiertagen freihaben.« Er wusste, dass Peppis Eltern am 23. Dezember aus Griechenland kommen wollten, das würde er ihr nicht verderben.

»In Ordnung, aber wenn du doch freimachen willst, sag einfach Bescheid. Es wird natürlich schwer, aber wir kommen auch mal ein paar Tage ohne dich klar.« Clewer deutete ein schiefes Lächeln an.

»Danke.«

»Gut.« Clewer räusperte sich, klickte auf den Druckknopf seines Kulis und zog einen Block heran. »Nathalie war Samstagabend im Kino?«

»Ja.«

»Gibt es dafür Zeugen?«

Brander zog irritiert die Stirn in Falten. »Hans, fragst du mich jetzt gerade nach Nathalies Alibi?«

»Tut mir leid, ja. Du weißt, wie das Spiel läuft.«

Allerdings. Brander schluckte den erneut aufsteigenden Ärger runter. »Dann solltest du mich vorher über meine Rechte belehren.«

Clewer hob den Blick von seinem Block. In den hellgrauen Augen las Brander, dass sein Chef sich seines Versäumnisses sehr wohl bewusst war.

»Das lass mal meine Sorge sein. Im Übrigen kennst du den Sermon. Also: Gibt es Zeugen?«

»Das heißt, Gudruns Tod war kein Unfall?«

Clewer lehnte sich zurück und verschränkte die Arme vor der Brust. Er sah Brander einen Moment lang grübelnd an, dann atmete er hörbar aus und löste die Arme wieder. »Was soll's, du wirst es eh erfahren. Aus der Zeitung oder von wem auch immer. Gudrun Böhme ist ertrunken, aber sie hat Verletzungen, die darauf hindeuten, dass sie kurz vor ihrem Tod eine körperliche Auseinandersetzung mit jemandem hatte. Ob sie infolgedessen in den Neckar gestoßen wurde oder gefallen ist, konnte die Obduktion nicht eindeutig klären. Können wir die Befragung jetzt hinter uns bringen?«

Also würden die Kollegen den Fall nicht so schnell ad acta legen, bedauerte Brander. »Ja.«

»Wer kann bezeugen, dass Nathalie am Samstagabend im Kino war?«, startete Clewer einen dritten Versuch.

»Julian Brander, mein Neffe.«

»Sonst noch jemand?«

»Vielleicht Leute vom Kinopersonal. Ach, und Julian sagte, es waren zwei von Nathalies Feuerwehrkameraden im selben Film.«

»Namen?«

Brander hob die leeren Handflächen. »Das muss ich Nathalie fragen. Julian kannte die beiden nicht.«

»Du hast den Kollegen gestern gesagt, dass Nathalie keinen Kontakt mehr zu ihrer Mutter hatte.«

»Ja.«

»Bist du dir ganz sicher?«

»Ja, aber ich kann sie gern noch mal fragen.«

»Das wirst du so oder so tun.« Clewer sah ihm wissend in die Augen.

»Sie hat ihre Mutter nicht umgebracht.«

»Eine Tat im Affekt?«

»Nein.« Brander schnalzte ärgerlich mit der Zunge. »Wann hätte sie es denn überhaupt machen sollen?«

»Vielleicht hat sie die Kinovorstellung zwischendurch verlassen?«

»Hans, also wirklich! Wie stellst du dir das vor? Sie verlässt die Vorstellung, trifft sich – warum auch immer – mit ihrer Mutter, es kommt zu einem Handgemenge, sie stößt die Frau ins Wasser, geht dann seelenruhig wieder zurück ins Kino und kommt anschließend fröhlich lachend nach Hause?« Brander schüttelte energisch den Kopf. »Ich habe sie Samstagnacht noch gesehen, als sie nach Hause kam. Herrgott noch mal! Wenn die Kollegen weiterhin diese schwachsinnige Spur verfolgen, dann verschwenden sie kostbare Ermittlungszeit!«

Er hatte sich in Rage geredet und atmete tief durch, um sich wieder zu beruhigen. »Entschuldige, aber das ist kompletter Blödsinn! Dass ein Tristan Vogel in seiner Unerfahrenheit und seinem Übereifer hier ein ideales Täterprofil zu erkennen glaubt, das akzeptiere ich gerade noch mal als Anfängerfehler, aber –«

»Herr Vogel ist kein Anfänger, und er hat bisher überall hervorragende Beurteilungen bekommen.«

War Vogel also ein kleiner Überflieger, dachte Brander zynisch. »War's das?«

»Nein, leider nicht.« Clewer zögerte. »Cecilia und du, was habt ihr am Samstagabend gemacht?«

Die Frage seines Vorgesetzten verschlug Brander die Sprache. Einen Moment lang starrte er ihn ungläubig an, dann stand er auf und trat ans Fenster. Er hob den Blick zum grauen Himmel. Wenn jetzt Blitz und Donner heruntergekommen wären, es hätte ihn nicht gewundert. Aber trotz dichter Wolkendecke sah es nicht nach Unwetter aus. Allenfalls vielleicht etwas Regen. Clewer wartete geduldig auf seine Antwort.

»Wir waren bis circa halb zehn in Esslingen auf dem Weihnachtsmarkt. Auf dem Mittelaltermarkt haben wir gegessen, diese mit Käse und Schinken gefüllten Brötchen, und danach einen Glühwein getrunken, vielleicht können sich die Mitarbeiter, die uns bedient haben, an uns erinnern. Zudem haben wir Fabio und seine Frau getroffen, die beiden kamen mit ihren Mädels aus dem Zwergenland am Kleinen Markt. Und Staatsanwältin Isabella Mertens hat uns ebenfalls gesehen. Sie war mit einem Bekannten am Hafenmarkt in der Nähe der Bühne. Ceci und ich sind mit der S-Bahn um einundzwanzig Uhr achtundvierzig nach Herrenberg gefahren und von dort aus mit der Ammertalbahn weiter nach Hause. Wir waren gegen Viertel nach elf zu Hause. Die Kollegen können sich ja die Videoüberwachungen der Verkehrsbetriebe besorgen. Wir saßen in einem der mittleren S-Bahn-Wagen.«

»Andreas, ich stelle dir diese Fragen nicht, um dich zu schikanieren.«

Brander wandte sich vom Fenster ab. »Ich weiß.« Er war froh, dass es Clewer war, der ihn befragte, und nicht Tristan Vogel. Dem Jungen hätte er sicher ordentlich die Meinung gegeigt. Diese ganze Situation war einfach zu grotesk.

**

Die Rechtsmedizinerin Margarete Sailer war überrascht, als Brander um vier Uhr nachmittags mit Peppi im Tübinger Institut für Pathologie, wo auch die forensischen Autopsien durchgeführt wurden, eintraf. Sie stand mit ihrem Kollegen allein vor dem Obduktionssaal. Normalerweise wurden die beiden Rechtsmediziner bei den Untersuchungen von einem Pulk Medizinstudenten umringt, deren Lehrplan die Pflichtteilnahme an einer Obduktion vorsah. Aber die Studenten waren anscheinend bereits in den Weihnachtsferien.

»Welch Glanz in unseren sterilen Räumen«, begrüßte Sailer ihn.

Brander hob mahnend den Zeigefinger. »Keine Späße über meinen kahlen Schädel.«

Sailer lachte. »So hatte ich das eigentlich nicht gemeint. Du bist nur ein so seltener Gast bei uns.«

Dem konnte er nicht widersprechen. Die Anwesenheit bei einer rechtsmedizinischen Leichenschau gehörte nicht zu seinen favorisierten Aufgaben. Wenn möglich ließ er seinen Kollegen den Vortritt, auch wenn es ihn um die Chance brachte, direkt vor Ort Fragen an die Mediziner zu richten.

»Dann macht euch mal hübsch, damit wir uns Linda anschauen können.« Margarete Sailer hatte die Angewohnheit, allen nicht identifizierten weiblichen Opfern auf ihrem Seziertisch den Namen »Linda« zu geben. Die männlichen nannte sie »Larry«.

Brander und Peppi zogen die sterile Schutzkleidung über und gesellten sich zu den Rechtsmedizinern. Die äußere Leichenschau führte zunächst zu den gleichen Ergebnissen, zu denen Brander am Morgen bereits mit Manfred Tropper gekommen war.

»Sie bekam mit einem stumpfen Gegenstand einen kräftigen Schlag gegen den Hinterkopf. Die Auftrittsfläche liegt relativ hoch am Scheitelpunkt, ich würde sagen, der Schlag wurde mit Schwung von oben nach unten geführt. Sie ist vermutlich zusammengesackt und dann nach vorn gestürzt. Das Hämatom im vorderen Stirnbereich deutet darauf hin, dass sie den Aufprall des Kopfes am Boden nur geringfügig abgefedert hat.«

»Schaut mal hier.« Sailers Kollege deutete auf den rechten Ellbogen. »Da hat sie ebenfalls ein frisches Hämatom. Sie könnte im Sturz irgendwo angestoßen sein.«

Margarete Sailer nickte. Es bestätigte, dass der Leichenfundort nicht der Tatort sein konnte. Auf der Wiese gab es nichts, woran die Frau sich den Ellbogen hätte stoßen können.

Die Mediziner wendeten die Tote von der Rücken- in die Bauchlage und setzten ihre Arbeit fort.

»Das ist interessant«, stellte Sailer fest. Sie deutete auf den oberen Rücken der Frau. »Wir haben hinten im oberen Bereich der Schulterblätter eine Ablassung und dann hier an der Rückseite der Waden eine ähnliche. Das sind Druckspuren. Sie könnte irgendwo aufgelegen haben, eine relativ gerade Kante. Ich würde vermuten, dass man sie post mortem rücklings in ein Behältnis gelegt hat, in das sie jedoch nicht der Länge nach vollständig hineinpasste.«

»Was für ein Behältnis könnte das gewesen sein?«, fragte Peppi.

»Spontan kommt mir eine Schubkarre in den Sinn«, schlug Sailers Kollege vor. »Mit ihren eins achtundvierzig könnte sie da ganz gut reingepasst haben.«

Brander rief sich den Leichenfundort ins Gedächtnis. Hatte es eine Reifenspur gegeben? Er machte sich gedanklich eine Notiz, dass er Manfred Tropper danach fragen musste. »Sie wurde also definitiv umgelagert?«

»Ja«, erwiderte Sailer. »Zunächst stürzte sie nach vorn und landete in Bauchlage. Sie war vermutlich nicht sofort tot. Aber sie hat sicherlich ein schweres Schädel-Hirn-Trauma erlitten, das zunächst zur Bewusstlosigkeit führte und unbehandelt dann zum Tode. Da kann ich dir nachher Genaueres sagen, wenn wir uns die Dame von innen angesehen haben. Wenige Stunden nachdem sie verstorben war, wurde sie in Rückenlage irgendwo hineingelegt, aber ihr habt sie ja nicht in einem Behältnis gefunden, sondern in Bauchlage auf einer Wiese. Ergo ist sie aus diesem Behältnis herausgenommen und dann auf der Wiese abgelegt worden. Das Ganze geschah nicht in einem Zug, sondern sie verweilte in jeder Lage eine gewisse Zeit. Daher haben wir diese doppelte Totenfleckbildung an Vorder- und Rückseite ihres Körpers.«

Die Fortsetzung der Leichenschau brachte neue Erkenntnisse.

»Sie ist Mutter«, stellte Sailer fest.

Brander starrte die Rechtsmedizinerin an. »Bist du sicher?«

»Ja. Sie hat mindestens ein Kind entbunden.«

»Wann?«

Sailer warf ihm einen nachsichtigen Blick zu. »Gibst du mir bitte mal die Glaskugel? Dann sage ich es dir. In Anbetracht dessen, dass sie noch relativ jung ist, würde ich vermuten, dass das Kind noch nicht allzu alt ist.«

»Und wo ist das Kind?«, fragte Peppi entsetzt.

»Hier nicht«, erwiderte Sailers Kollege nüchtern.

»Wir müssen Hans informieren.« Branders Puls trieb ihm den Schweiß auf die Stirn. War irgendwo ein Kleinkind hilflos allein in einer Wohnung? Sie mussten so schnell wie möglich die Identität der Toten klären.

Es war dunkel, als die Obduktion beendet war und Brander und Peppi das Tübinger Institut verließen. Morgen wäre der kürzeste Tag des Jahres, Wintersonnenwende, dann würden die Tage endlich wieder länger werden. Sie blieben auf dem Absatz oberhalb der breiten steinernen Treppenstufen vor den hohen Türen stehen. Brander sog die kühle Abendluft tief in seine Lungen, um die Gerüche von Desinfektionsmittel und Tod aus der Nase zu vertreiben.

Die Untersuchungen der Rechtsmediziner hatten aufgezeigt, dass die junge Frau unter leichter Mangelernährung litt, dies hatte den Medizinern der Zustand von Zähnen und Haut verraten. Ihre Organe waren jedoch in guter Verfassung. Die Schnelltests hatten keinen Hinweis auf Drogen- oder Alkoholmissbrauch angezeigt. Beim Tatwerkzeug gingen die Rechtsmediziner von einem metallenen Gegenstand aus. In der Wunde hatten sie minimale metallene Abriebspuren entdecken können. »Eine simple Eisenstange oder ein Brecheisen wären denkbar«, hatte Sailer vermutet.

»Was ist mit dem Vater?«, überlegte Peppi. »Ob das Kind bei ihm ist?«

»Hoffen wir mal.«

»Hätten wir dann nicht längst eine Vermisstenmeldung bekommen? Ich meine, sie ist ja offensichtlich Sonntagnacht nicht nach Hause gekommen.«

»Tja …« Brander hob ratlos die Schultern. Fabio hatte mehrfach alle aktuellen Meldungen gesichtet. Aber es gab keinen Treffer. Nicht eine einzige Vermisstenmeldung passte auch nur annähernd auf die junge Frau. Der daktyloskopische Abgleich hatte ebenfalls keinen Hinweis auf ihre Identität gebracht.

»Der Vater könnte der Täter sein«, überlegte Peppi weiter.

Die Option schien Brander gut möglich. Es hatte keinen Kampf zwischen Täter und Opfer gegeben. Lediglich ein einziger kräftiger Schlag. Eine Tat im Affekt, ein Streit, der eskaliert war.

»Das Ergebnis sehen wir: Schädelbruch plus Contre-coup-

Verletzung«, hatte Sailer bei der Obduktion nach Öffnung der Schädeldecke festgestellt. »Das könnte darauf hindeuten, dass der Täter sie nicht im Stehen erwischt hat, dann wäre der Treffer noch ein kleines Stück weiter oben gewesen, und wir hätten vermutlich keine Contre-coup-Verletzung. Ich könnte mir vorstellen, dass sie sich von ihm fortbewegt und der Schlag sie dadurch kurz unterhalb des Scheitelpunktes getroffen hat.«

Brander kannte dieses Verletzungsmuster von anderen Fällen. Bei einer Contre-coup-Verletzung wurde das Gehirn doppelt verletzt. Zunächst durch den Schlag – in diesem Fall auf den Hinterkopf. Die Frau war gestürzt, der Aufprall auf dem Boden hatte die Bewegung des Kopfes abrupt abgebremst. Die Reaktion des Gehirns, das im Schädel in Hirnflüssigkeit schwamm, war jedoch träger. Es bewegte sich weiter vor und stieß dadurch auf der gegenüberliegenden Seite gegen den Schädelknochen. Dies hatte im Fall der jungen Frau zu einer starken Hirnquetschung mit Blutung und Bildung eines Ödems geführt.

»Der Tod trat innerhalb weniger Minuten bis maximal einer halben Stunde ein«, hatte die Rechtsmedizinerin resümiert. »Selbst wenn man sie sofort ins Krankenhaus gebracht hätte, wären ihre Überlebenschancen sehr gering gewesen. Und sie hätte auf jeden Fall eine schwere Hirnschädigung davongetragen.«

Peppi strich sich mit den Händen die dunklen Locken aus dem Gesicht. »Wahrscheinlich finden wir in den nächsten Tagen einen toten Mann mit einem toten Baby in einer Wohnung.« Sie hob den Blick zum Himmel. »Gott, bitte keine Familientragödie, nicht vor Weihnachten.«

»Jetzt mal langsam«, bremste Brander seine Kollegin. »Die Öffentlichkeitsfahndung läuft. Hoffen wir mal, dass jemand sie erkennt und sich bei uns meldet.«

Clewer hatte, nachdem er von Brander die Information über die Mutterschaft der jungen Frau bekommen hatte, beschlossen, mit einem Foto über die Medien an die Öffentlichkeit zu gehen.

»Wie machen wir zwei jetzt weiter?« Peppi mochte anscheinend noch nicht an Feierabend denken.

»Lass uns ins Gewerbegebiet fahren.« Noch immer war da dieses diffuse Gefühl, dass er etwas am Leichenfundort übersehen hatte. Vielleicht half es seinem Gedächtnis auf die Sprünge, wenn er sich den Ort noch einmal in Ruhe ansah, ohne dass Kollegen, Presse und Schaulustige um ihn herumwuselten.

Peppi parkte den Wagen wie am Morgen am Straßenrand, ein paar Meter von der Zufahrt des Reinigungsunternehmens entfernt. In Walter Diekens Büro brannte Licht. Auf dem Hof vor dem Gebäude stand einsam sein privater Pkw. Die drei Kleintransporter fehlten. Die Arbeitszeit der Putzkolonnen begann meistens erst dann, wenn sie für viele andere endete. Der Sichtschutz neben dem Gebäude des Reinigungsunternehmens war abgebaut, lediglich rot-weißes Absperrband grenzte die Wiese vom Fußweg ab.

Peppis Handy klingelte, als sie gerade aus dem Wagen steigen wollte. Sie zog es hervor. »Das ist Marco.«

Brander stieg aus, um seiner Kollegin Privatsphäre zu gewähren. Er schlenderte über den Fußweg zur Wiese. Straßenlaternen beleuchteten die Umgebung, und auch im nahen Autohaus brannte noch Licht, obwohl die Geschäftszeiten längst vorbei waren. Vermutlich wurden in der Werkstatt Überstunden gemacht, damit die Kunden an Weihnachten mit einem intakten Auto zu den Familienbesuchen aufbrechen konnten.

Brander blieb am Rande der Wiese stehen und blickte auf das abgesperrte Viereck. Er vergrub die Hände in den Jackentaschen. Es wehte ein kühler Wind, den er durch die Strickmütze auf seinem kahlen Kopf spürte. Warum hatte der Täter die Frau an diesem Ort abgelegt? Und wie hatte er sie hergebracht? Mit einem Pkw oder Van? Unwillkürlich glitt sein Blick zu den leeren Stellplätzen vor dem Gebäude. Hatten die Kollegen von der KT alle drei Transporter untersucht? Wenn überhaupt, vermutlich nur von außen. Es bestand kein Tatverdacht gegen Walter Dieken oder einen seiner Mitarbeiter, der eine Durchsuchung der Wagen gerechtfertigt hätte.

Er wandte sich wieder dem Fundort der Leiche zu. Mit dem Auto war der Täter nicht auf die Wiese gefahren, die Spuren hätten sie gesehen. Auch Schleifspuren fehlten. Entweder stimmte die Idee der Rechtsmediziner, dass die Frau in einer Schubkarre oder Ähnlichem transportiert worden war, oder jemand musste sie das Stück vom Straßenrand zur Wiese getragen haben. Der Weg war nicht weit, und die kleine Frau wog kaum fünfzig Kilo. Das war zu schaffen.

Ein Rascheln störte seine Grübeleien. Er sah nach rechts. Eine hagere Frau mit weißgrauen Locken schlurfte über den Weg. Sie trug einen langen grauen Tweedrock und hohe gefütterte Stiefel, dazu einen dunklen Mantel. Sie zog einen Trolley hinter sich her. Die Kleidung war alt und schlackerte um ihren Körper. Als sie Branders Blick bemerkte, sah sie auf. Ein schmales Spitzmausgesicht, das so faltig war, dass Brander ihr Alter weit jenseits der achtzig vermutete, musterte ihn kurz, dann gesellte sie sich zu ihm. Sie reichte ihm kaum bis zur Schulter.

»Wer sind Sie?« Sie hatte den Blick zu ihm gehoben und sah ihm ohne Scheu in die Augen.

»Andreas Brander, Kripo Esslingen. Und Sie sind?«

»Marthe.«

»Marthe. Und wie weiter?«

»Hm«, piepste sie. Sie hob die Schultern und verzog die Lippen, als wäre es nicht von Belang.

Der Duft von Lavendel stieg Brander in die Nase.

»Der Tod war hier«, erklärte Marthe.

»Ja.«

Die Alte blickte gedankenverloren auf die Wiese. »So jung«, wisperte sie.

Brander horchte auf. »Haben Sie die Tote gesehen?«

»Die Leute reden.«

»Waren Sie letzte Nacht zufällig in der Gegend unterwegs?«

Sie sah erneut zu Brander auf. »Nachts sind alle Kater grau. Aber es gibt dünne Kater und dicke Kater. Sie werfen unterschiedliche Schatten.«

»Ja«, erwiderte Brander matt. Kurzzeitig hatte er gehofft, die Alte wäre keine verwirrte Seele. Aber die junge Frau, die sie hier am Morgen gefunden hatten, war ganz gewiss nicht von einem Kater getötet worden. Weder dick noch dünn.

»Sie haben Sorgen.« Marthe nestelte in der Tasche ihres Mantels herum, zog ein kleines Säckchen hervor und hielt es ihm hin. Wieder kroch ihm Lavendelduft in die Nase.

»Das sorgt für gute Träume. Nehmen Sie.« Sie ergriff seine Rechte, legte das Beutelchen hinein und drückte seine Finger sanft drum herum. Die unerwartete Geste hatte ihn überrumpelt. Sie tätschelte zufrieden lächelnd seine Hand, wandte sich ab und verschwand in die Richtung, aus der sie gekommen war. Er sah ihr verwundert hinterher.

»Wer war das?« Peppi war aus dem Auto gestiegen und kam zu ihm.

Er drehte sich zu ihr um. »Das war Marthe. Sie hat mir ein Lavendelsäckchen geschenkt.«

»Du weißt aber schon, dass ein Beamter im Dienst keine Geschenke annehmen darf, oder?«

»Kannst mich ja verpfeifen.«

»Das hebe ich mir für den passenden Moment auf. Jetzt hab ich dich in der Hand, Kollege.« Sie rieb mit diebischem Grinsen die Hände aneinander. »Hat sie dir auch verraten, wer unser Täter ist?«

»Sie hat von Katzen gefas…« Brander unterbrach sich selbst. Nachts sind alle Katzen grau. Aber sie hatte Kater daraus gemacht. Dicke und dünne Kater. Verfluchter Mist, hatte sie ihm damit etwas sagen wollen? Er wandte sich suchend um, aber so schnell und leise, wie die alte Frau aufgetaucht war, war sie nun wieder verschwunden. »Sie hat etwas gesehen«, zischte er ärgerlich.

»Dann geben wir mal eine Suchmeldung nach Marthe mit Lavendelsäckchen raus. Marco wird den Fall übrigens übernehmen.«

»Welchen?«

»Unseren.« Peppi deutete mit der Hand zur Wiese. »Falls wir ihn bis Weihnachten nicht abgeschlossen haben, können wir zumindest beim Aktenwälzen zusammen Plätzchen essen.«

»Und deine Eltern?«

»Die müssen die Plätzchen backen.«

Vier Tage bis Weihnachten. Das war nicht viel Zeit. Brander sah zu der Autowerkstatt. »Ob die etwas gesehen haben?«

»Die haben Sonntagnacht nicht gearbeitet. Als die Ersten zur Arbeit kamen, waren die Kollegen hier schon im Einsatz. Außerdem …« Peppis Blick wanderte skeptisch von der Autowerkstatt zur Wiese. »Die hätten ziemlich genau herschauen müssen. Zum einen standen die Transporter auf dem Vorplatz und versperrten teilweise die Sicht, zum anderen ist die Wiese leicht abschüssig. Außerdem war es noch dunkel.«

»Straßenlaternen.« Brander deutete auf die Lampe wenige Meter von ihnen entfernt.

»So hell funzeln die nicht.«

Brander nickte nachdenklich. Bei Peppis Bemerkung war ihm ein Gedanke gekommen. »Lass mich mal was testen.« Er wechselte die Straßenseite, blickte zu der Wiese rüber. »Kannst du dich da mal hinlegen?«, rief er Peppi zu.

Seine Kollegin zeigte ihm einen Vogel.

»Im Auto ist eine Decke.«

»Leg du dich da doch hin.«

»Ich muss gucken.«

Peppi stöhnte genervt, erbarmte sich aber und ging zum Auto, um eine Decke zu holen. Sie breitete sie direkt vor dem abgesperrten Viereck aus und legte sich rücklings auf die Decke.

Peppi hatte recht, stellte Brander fest, wenn man nicht bewusst zu der Stelle sah, fiel es einem nicht auf, dass da jemand lag. Insbesondere, wenn der Blick darauf zum Teil noch von Diekens Transportern versperrt war. Und selbst wenn man konzentriert hinsah, wäre die Frau in der Senke kaum zu erkennen gewesen, sie war kleiner und schmaler als seine Kollegin. Er kehrte zurück auf die andere Seite.

»Bleib noch kurz liegen«, bremste er Peppi, die schon wieder aufstehen wollte. »Sag mal, stand der Wagen von Walter Dieken heute Morgen auf demselben Platz, wo er jetzt steht?«

Peppi stützte sich mit einem Ellbogen auf und reckte den Hals, um die Stellplätze sehen zu können. »Glaub schon.«

»Einen Moment noch. Du bist gleich erlöst.« Brander lief zu dem Kombi, stellte sich neben die Fahrertür und sah zu Peppi. Zumindest zu der Stelle, von der er wusste, dass sie dort lag. Er sah sie nicht. Er ging vom Wagen zur Eingangstür des Unternehmens. Die Sicht wurde nicht besser. Das war es, was er am Morgen nicht bemerkt hatte.

Er kehrte zu Peppi zurück und reichte ihr die Hand zum Aufstehen. »Ich möchte noch mal mit Walter Dieken sprechen.«

Brander marschierte zum Eingang der Reinigungsfirma. Er suchte vergeblich eine Klingel, zog probehalber an der Tür, die sich daraufhin öffnete. Aus der Ferne hörte er eine Stimme. »Herr Dieken?«, rief er in das Gebäude.

Schritte erklangen. Statt aus seinem Büro kam Walter Dieken aus dem hinteren Teil des Baus. Sein Gesicht unter dem Bart war gerötet. »Ach, hör doch auf!« Er verstummte, als er die Kommissare im Flur stehen sah. »Es ist alles geschwätzt, basta«, beendete er eilig das Gespräch auf seinem Smartphone. »Wie kommen Sie hier rein?«

Offensichtlich hatte der Unternehmer Branders Rufen nicht gehört. »Durch die Tür. Sie stand offen.«

Dieken sah an ihm vorbei. »Haben meine Mitarbeiter vorhin anscheinend nicht richtig zugezogen. Die schließt ziemlich schwer. Das muss ich mal reparieren.«

»Hätten Sie ein paar Minuten für uns?«, fragte Brander.

»Es ist gerade ungeschickt. Durch den Vorfall heute Morgen bin ich zeitlich in Verzug mit einigen Arbeiten.«

»Wir halten Sie nicht lange auf.«

Der Mann haderte mit sich, schließlich gab er sich einen Ruck. »Kommen Sie geschwind mit ins Büro.«

Er ging ihnen voraus und setzte sich hinter seinen Schreibtisch. Der Raum wirkte unverändert zum Morgen. Lediglich ein Eimer mit Wischmopp stand an einer Wand. Das Reinigungsmittel verströmte einen beißenden Geruch.

»Die eigenen vier Wände muss man auch putzen«, stellte Peppi fest.

»Ja.« Dieken strich sich über den Bart. »Ich habe ein neues Putzmittel getestet. Aber es riecht nicht besonders angenehm.«

Peppi nickte naserümpfend. »Ziemlich scharf. Davon würde ich Kopfschmerzen bekommen.«

»Was kann ich für Sie tun?«

Brander suchte den passenden Einstieg. »Sie waren heute Morgen als Erster vor Ort und haben die Frau neben Ihrem Gebäude entdeckt, korrekt?«

»Ja.«

»Könnten Sie bitte kurz mit uns rauskommen?«

Dieken zog missmutig die Augenbrauen zusammen, stand dann aber achselzuckend auf und begleitete sie vor die Tür.

»Wo standen Sie heute Morgen, als Sie die Tote entdeckt haben?«

»Wo?« Er blies vibrierend die Luft durch die Lippen. »Ich hab sie ja nicht gleich entdeckt. Ich kam mit dem Auto, stieg aus –«

»Sie hatten dort geparkt?« Brander zeigte auf Diekens Wagen.

»Ja, der Wagen steht seit heute Morgen da. Ich war den ganzen Tag hier.«

»Sie stiegen also aus. Und?«

»Nun ja, ich verriegelte den Wagen und ging zur Tür.«

»Zeigen Sie mir das bitte mal.«

»Wozu soll das gut sein?«

»Tun Sie mir bitte einfach den Gefallen, umso schneller sind Sie uns wieder los.«

Dieken ging widerwillig zu seinem Wagen, stellte sich, wie Brander kurz zuvor, neben die Fahrertür. Sein Blick wanderte von Brander unsicher zur rechten Seite seines Gebäudes. »Es war früh, ich war in Gedanken.«

»Das heißt, beim Aussteigen haben Sie die Frau noch nicht bemerkt?«

»Nein, ich, ähm ... Das sagte ich Ihnen ja heute Morgen schon.« Er ging ein paar Schritte Richtung Firmeneingang, blieb stehen. »Meine Transporter standen hier. Ich bin die Reihe abgegangen. Ich schaue morgens immer kurz überall nach dem Rechten.«

Er schritt nach rechts, marschierte an der Reihe leerer Stellplätze vorbei, wandte sich am Ende um. »Hier. Ich glaube, hier war es. Als ich mich umdrehte, um zurückzugehen, sah ich sie dort liegen.«

Brander strich sich nachdenklich über das Kinn. Er ging zu Dieken. Von der Position am rechten Rand des Platzes hatte er einen ungehinderten Blick auf die Wiese. Diekens Erklärung, nach dem Rechten zu schauen, klang plausibel, dennoch spürte er die Anspannung des Geschäftsinhabers neben sich.

»Brauchen Sie mich noch? Ich habe gerade wirklich viel zu tun.«

»Waren Sie zwischen gestern Abend, sagen wir so gegen sechs, und heute früh in der Firma?«

»Nein, das sagte ich Ihnen bereits.«

»Wo waren Sie in der Zeit?«

Dieken sah ihn verstört an. »Zu Hause.«

»Allein?«

»Ja, ich bin geschieden. Ich lebe allein. Warum fragen Sie das?«

»Routine.« Brander lächelte unverbindlich. »Kennen Sie eine Marthe?«

»Marthe?« Der abrupte Themenwechsel wunderte den Unternehmer offensichtlich. »Sie meinen die alte Frau, die immer mit so einem alten Rollkoffer umherzieht?«

»Ja.«

»Wie kommen Sie denn jetzt auf die?«

»Sie kennen die Frau also?«

»Ja, aber die habe ich schon lange nicht mehr gesehen.«

»Kennen Sie ihren Nachnamen?«

»Nein.«

»Wissen Sie vielleicht, wo sie wohnt?«

Dieken schüttelte den Kopf. »Die taucht auf und verschwindet wieder. Was wollen Sie denn von Marthe?«

»Nichts.« Brander entließ den Mann mit einem Nicken aus dem Gespräch. »Vielen Dank für Ihre Zeit.«

***

Ein Holzstern leuchtete zur Begrüßung im Küchenfenster, als Brander endlich von der Arbeit kam.

»Du kommst spät.« Cecilia hatte im Wohnzimmer ferngesehen und begrüßte ihn im Flur.

»Es gab heute Morgen einen zweiten Leichenfund in Tübingen.« Er gab ihr einen Kuss. »Tut mir leid, ich hätte dich anrufen sollen. Wie ist die Lage hier?« Er deutete mit dem Kopf nach oben zu Nathalies Zimmer.

Cecilia runzelte die Stirn. »Deine Kollegen haben sie morgen zu einer Befragung vorgeladen. Weißt du was Genaueres?«

»Gudrun ist ertrunken, aber Fremdverschulden lässt sich leider nicht ausschließen. Es scheint so, als hätte sie kurz vor ihrem Tod noch Streit mit jemandem gehabt. Und mir wurde mehrfach gesagt, dass ich mich aus dem Fall rauszuhalten habe. Haben Sie dich auch zu einer Befragung vorgeladen?«

»Bis jetzt nicht.«

»Schlamperladen.«

»Warum sollten sie mich befragen?«

»Um Nathalies Alibi zu bestätigen. Um zu erfahren, wo du zur Tatzeit warst. Um zu erfragen, ob du dir vorstellen könntest, dass jemand Gudruns Tod gewollt hätte. Und wenn ja, wer?«

»Oh Gott, Andi.«

Brander strich ihr zärtlich über die Wange. »Es ist ein blödes Gefühl, selbst im Fokus einer Ermittlung zu stehen.«

»Deine Kollegen ermitteln doch nicht ernsthaft gegen uns?«, fragte Cecilia entsetzt.

»Standardvorgehen«, versuchte er, seiner Frau die Sorge zu nehmen, obwohl es ihm selbst so gegen den Strich ging. »Die meisten Tötungsdelikte sind Beziehungstaten. Die Kollegen müssen das Umfeld abklopfen. Es wird sich alles klären. Hendrik und Cory bearbeiten den Fall, und sie haben beide beim besten Ermittler gelernt, den ich kenne.« Mit diesem Eigenlob zauberte er ein Lächeln auf das Gesicht seiner Frau. »Hast du morgen Zeit, Nathalie zu begleiten?«

»Das wird sie nicht wollen.«

»Ich rede mit ihr.«

Er duschte eilig, schlüpfte in einen Jogginganzug und klopfte an Nathalies Tür. Sie saß an ihrem Schreibtisch und wandte sich ihm zu, als er hereinkam. Es war nach elf, eigentlich hätte sie um diese Zeit schlafen sollen.

»Wie geht's, meine Kleine?«, fragte er seine Adoptivtochter, die mit ihren eins dreiundsiebzig keine zehn Zentimeter kleiner war als er.

Nathalie zuckte die Achseln.

Brander setzte sich auf die Bettkante und klopfte auf den Platz neben sich. Sie folgte seiner Aufforderung. Er legte den Arm um sie, drückte sanft ihre Schulter.

»Ich weiß nicht, was ich fühlen soll.« Sie klang trotzig und ratlos zugleich. »Ich bin irgendwie stinksauer auf sie.«

»Weil sie tot ist?«

Wieder zuckte Nathalie mit den Achseln. »Weil sie mich da schon wieder mit reinzieht.«

»Das war vermutlich keine Absicht.«

Nathalie gab ein zweifelndes »Hm« von sich.

»Hast du sie in den letzten Monaten mal gesehen?«

»Nein.«

»Wann zuletzt?«

»Ey, nee, was soll denn jetzt die Frage?«, fuhr Nathalie auf. Sie schüttelte seinen Arm ab. »Seit ich ihr damals eins aufs Maul gehauen hab, hab ich sie nicht mehr gesehen!«

Der Vorfall lag zwei Jahre zurück. Ihre Empörung über seine

Frage war für Brander nachvollziehbar, aber so durfte sie auf keinen Fall am nächsten Tag bei der Befragung im Kriminalkommissariat reagieren. Es wäre ein gefundenes Fressen für Überflieger-Kommissar Tristan Vogel.

»Meine Kollegen werden dich dazu morgen befragen. Da wäre es gut, wenn du dich etwas gepflegter ausdrücken würdest.«

»Ey, ich hab die doch nicht umgebracht! Diese versoffene Scheißkuh. Die macht mir alles kaputt.« Sie sprang auf, ballte die Hände zu Fäusten, wusste nicht, wohin mit ihrer Wut.

»Ich weiß, dass du sie nicht umgebracht hast.« Es war so absurd, dass er tatsächlich mit Nathalie dieses Gespräch führen musste. Er verfluchte innerlich seine Kollegen – auch wenn sie lediglich ihre Arbeit taten – und insgeheim auch Gudrun Böhme, weil sie nicht einfach friedlich eingeschlafen war. Warum musste Nathalie das jetzt auch noch durchmachen?

Brander stand auf. Er legte die Hände auf ihre Schultern, drehte sie zu sich, damit sie ihn ansah. »Bitte versprich mir, dass du morgen bei der Befragung versuchst, ruhig zu bleiben. Du wirst alle Fragen vernünftig und sachlich beantworten.«

»Ich geh da nicht hin.«

»Doch, das wirst du.« Seine Stimme blieb ruhig, duldete aber keinen Widerspruch. »Cecilia wird mit dir hinfahren.«

»Ich will da aber nicht hin!«

»Jetzt mach es nicht schlimmer, als es ist. Du hast doch nichts zu befürchten.«

»Hast du 'ne Ahnung. Einmal Asi, immer Asi.«

»Mach dich nicht zum Opfer deiner Vergangenheit, Nathalie.«

»Ist doch so!«

»Nein, ist es nicht«, widersprach Brander energisch. »Sei bitte ein bisschen kooperativ. Es geht lediglich um eine Befragung, mehr nicht.«

Sie sah ihn störrisch an. »Ich hab keinen Bock auf diese Scheißbefragung!«

Sie war durcheinander und vermutlich auch verängstigt durch den Verdacht, der gegen sie im Raum stand. Trotz und Wut waren ihre Art, darauf zu reagieren. »Du hilfst niemandem, wenn du jetzt zumachst. Am allerwenigsten dir selbst.«

»Jetzt komm mir nicht mit solchen Scheißsprüchen! Ist ja nicht deine versoffene Mutter, die dir im Tod noch versucht, eins reinzuwürgen! Die kotzt mich so an, die verfick–«

»Nathalie, stopp!«

Sie biss die Zähne zusammen. Einen Moment lang verharrte sie wutschnaubend, dann wandte sie den Blick ab. »Wenn du denkst, ich vergieß auch nur eine Träne um die Bitch, hast du dich geschnitten.«

Brander zwang sich zur Ruhe. Ihre Aggression ließ ihn innerlich erschauern. Es war lange her, dass Nathalie dermaßen ausfällig geworden war. All diese Kraftausdrücke hatten Ceci und er ihr vom ersten Tag an in ihrem Haus verboten. Sie hatte sie dennoch nicht verlernt, und ihre unbändige Wut auf ihre Mutter hatte sie offensichtlich in all den Jahren noch nicht verarbeitet. Er gab ihr ein paar Atemzüge Zeit, sich wieder zu beruhigen.

»Können wir jetzt wie zwei erwachsene Menschen miteinander reden?«, fragte er schließlich.

Sie drehte sich wieder zu ihm. »Dumm, dass du mir jetzt nichts mehr vom Taschengeld abziehen kannst, oder?«

»Ich behalte einfach dein Weihnachtsgeschenk.« Er lächelte versöhnlich. »Ich kann deine Wut verstehen, Nathalie.«

»Kannst du nicht.«

»Ich versuche es.«

Sie nickte akzeptierend.

»Aber ich verlange trotzdem von dir, dass du morgen zu der Befragung gehst.«

»Scheiße, Mann, die denken echt, ich war das, oder?«

»Das glaube ich nicht, aber es ist im Moment unklar, was geschehen ist, und da müssen sie einfach alles abklären.«

»Das ist wieder so eine beschissene Bullenfloskel.«

»Es ist die Realität.«

»Scheißrealität.«

Brander fragte sich, ob sie ihn mit ihren Kraftausdrücken provozieren wollte. Ihre Wut brauchte ein Ventil. Vielleicht war es gut, dass sie ihm gegenüber ihren Zorn in diesem geschützten Raum ungehemmt herausließ. Wenn es nicht schon bald Mitternacht wäre, hätte er sie aufgefordert, ihre Trainingsklamotten anzuziehen und mit ihm eine Runde durch den Schönbuch zu laufen. Sport hatte ihr noch immer am besten geholfen, ihre Aggressionen abzubauen.

»Ceci wird dich morgen begleiten. Du bist volljährig, daher werden sie dich allein befragen wollen. Möchtest du einen Rechtsbeistand dabeihaben?«

»Wozu? Ich hab nix gemacht.«

Es wäre Brander dennoch lieber gewesen, jemanden bei ihr zu wissen, der einschreiten könnte, falls sie die Beherrschung verlor.

»Du wirst alle Fragen meiner Kollegen offen und ehrlich beantworten. Du wirst nicht ausfällig werden oder mit Kraftausdrücken um dich schmeißen. Du bleibst ruhig und beantwortest die Fragen, okay? Du kriegst das hin. Das weiß ich.« Er kam sich vor wie ein Coach im Boxring.

Sie zuckte resigniert die Achseln.

Er wünschte, er könnte bei der Befragung dabei sein. Nein, er wünschte, er könnte Nathalie das alles irgendwie ersparen.

***

Das Trio saß am Tresen vereint. Die Stimmung war schlecht. Meik, der jüngere der beiden Männer, war gerade erst gekommen – später als gewöhnlich –, und er sah nicht so aus, als ob er einen guten Tag gehabt hätte. Der Wirt zapfte ein frisches Pils und stellte es vor ihm hin. Biankas Trollingerglas war noch halb voll, und Randolph nippte an seinem schal gewordenen Bier. Er war ein langsamer Trinker.

Die zwei Ausländer schlabberten stumm ihr Bierchen. Teller

und Schnapspinnchen waren leer. Ob die zwei an Weihnachten in ihre Heimat fahren würden? Vielleicht sollte er über die Feiertage schließen, überlegte Siegfried Wankmüller, während er Gläser polierte, als gäbe es einen Preis zu gewinnen. Vom Stammtisch waren heute nur zwei gekommen. Ausgerechnet die beiden, die den ganzen Abend an einem Viertele nuckelten. Montags war weniger los als an den anderen Abenden, und die Zeit schien schier stillzustehen.

»Was 'n los, Meik?« Bianka stierte den jüngeren Mann auf dem Hocker neben sich an.

»Scheiße ist's.« Meik setzte das Glas an die Lippen, leerte es in zwei Zügen. »Der Alte hat mich rausgeschmissen.«

»Wie jetzt?«

Meik schnippte mit den Fingern vor ihrer Nase. »Na, einfach so! Zack! Fristlos.«

»Warum das denn?«

Siggi stellte dem Mann ein frisch Gezapftes vor die Nase. »Geht aufs Haus.«

»Danke, Siggi.«

»Der kann dich nicht einfach rausschmeißen. Der muss sich an die Kündigungsfristen halten«, kam es von Randolph in seinem belehrenden Ton, den er gern anschlug, wenn er der Meinung war, etwas äußerst Wichtiges zu sagen.

»Soll ich ihn verklagen, oder was?«

»Ja, klar. Wenn das keine ordnungsgemäße Kündigung war, dann muss er dich wieder einstellen, und deinen Lohn muss er dir auch weiterzahlen.«

»Ich weiß gar nicht, ob ich für den Arsch überhaupt noch arbeiten will.«

»Ich kann mal meinen Chef fragen, der sucht immer Leute«, bot Bianka an.

»Der zahlt doch nix«, murrte Meik. Er trank einen großen Schluck, sah betrübt auf sein halb leeres Glas. »Drei Tage vor Weihnachten. So ein Arsch.«

»Der muss doch einen Grund haben«, beharrte Randolph.

»Einen Grund, einen Grund«, wiederholte Meik gereizt. »Der hat einen an der Klatsche!«

Die Tür wurde geöffnet, und der kühle Luftzug, der mit dem neuen Gast hereinwehte, ließ die Anwesenden verwundert aufblicken. Zu solch später Stunde verirrte sich sonst kein Kunde mehr in diese Kneipe.

Der Mann schien unbeeindruckt davon, dass er von allen Seiten misstrauisch beäugt wurde. Er war groß, hatte einen Stiernacken und massige Schultern. Die grauen, etwas zu langen Haare und die Falten im Gesicht verrieten, dass er sicherlich schon die fünfzig überschritten hatte. Er erweckte dennoch nicht den Anschein, als hätte er ein Problem damit, ordentlich auszuteilen, wenn ihm jemand dumm kam.

Sein Blick glitt durch den schummrigen Raum, dann zog er die Lederjacke aus und steuerte auf einen freien Barhocker an der Theke zu. Unter der Jacke trug er lediglich ein dunkles T-Shirt, sodass die muskulösen tätowierten Unterarme zum Vorschein kamen.

Der Wirt beobachtete ihn mit Argwohn. Der Mann hatte Hitze, und mit solchen Kerlen hatte man nur Ärger. Das waren Gäste, auf die er keinen Wert legte. »Wir schließen gleich«, versuchte er den neuen Kunden abzuwimmeln.

»Na, ein frisch Gezapftes für meine trockene Kehle wirste ja wohl noch haben.«

Die Stimme klang weniger aggressiv, als Siggi erwartet hätte. Der herausfordernde Blick, den der Neue ihm zuwarf, duldete jedoch keine Absage, und der Wirt hielt ein Glas unter den Zapfhahn. Ein Bier konnte er kriegen, aber keinen Schnaps. Typen wie den machte der Schnaps streitsüchtig.

Der Fremde sah sich um. »Ist hier Reden verboten, oder warum schwätzt da keiner?«

Die wenigen Gäste senkten die Köpfe wieder über ihre Gläser. Siggi stellte dem Fremden das Bier vor die Nase. Der Mann griff mit der großen Pranke danach, leerte es mit einem kräftigen Schluck zu zwei Dritteln, wischte sich mit dem Handrücken den Schaum von den Lippen und seufzte zufrieden. »Kannst gleich noch mal eins zapfen.«

Siggis Blick glitt verstohlen zu den Tätowierungen des Mannes. Waren das Symbole eines Rockerclubs oder sonst einer unguten Vereinigung? Das fehlte ihm noch, dass eine Rockerbande sich seine Kneipe als neuen Treffpunkt auspähte oder, schlimmer noch, mit Schutzgeldforderungen kam. Na, zumindest musste dem Kerl beim Betreten der Kneipe gleich klar gewesen sein, dass bei ihm nicht viel zu holen war.

»Kriegt man hier auch was zu beißen?« Der Fremde sah zu Siggi und nickte dann mit dem Kopf in Richtung der leeren Teller, die vor den beiden Ausländern standen.

»Nur kalte Küche, Fleischküchle mit Kartoffelsalat.«

»Dann mach mir mal 'n Tellerchen, Herr Wirt.« Er leerte sein Glas und fügte, nachdem Siggi keine Anstalten machte, seiner Aufforderung zu folgen, hinzu: »Bitte.«

Während der Wirt hinter dem Tresen verschwand, um in der kleinen Küche im Hinterraum das Essen anzurichten, rückte der Fremde einen Hocker weiter, sodass er direkt neben Meik saß. Er hob sein Glas und hielt es ihm hin. »Ich bin der Bruno.«

Meik sah den Mann an, unsicher, wie er reagieren sollte. Abwimmeln? Oder mit dem Kerl ein Glas trinken? Ärger mit so einem Koloss war das Letzte, was er an diesem Tag brauchen konnte.

»Bruno, wie der Bär aus Bayern, den se erschossen haben. Mich haben sie noch nich erschossen.« Bruno lachte eine Spur zu laut, als rechnete er jeden Augenblick damit, dass ihm tatsächlich jemand eine Knarre an den Schädel hielt.

Die Mienen der beiden Ausländer hatten sich verfinstert. Sie zählten ihr Geld, legten es auf den Tisch und verließen wortlos die Kneipe.

Bruno sah ihnen hinterher. »Tschüss, ihr beiden.«

Dienstag

Zu wenig Schlaf, zu viele Sorgen. Brander war müde, als er am frühen Morgen im Konferenzraum der Soko »Gewerbegebiet Tübingen« in der Esslinger Dienststelle saß. Käpten Huc wirkte ausgeschlafener als er. Alle im Team wirkten ausgeschlafener. Brander schnaufte missmutig.

Jemand berührte ihn an der Schulter und hielt ihm einen Pott Kaffee vor die Nase.

»Hier, mein Freund.« Stephan Klein ließ sich auf dem freien Platz neben ihm nieder. Der Stuhl knarzte unter dem Gewicht des knapp zwei Meter großen, muskulösen Mannes.

»Danke.« Brander nickte dem Hünen zu.

»Hab den Obduktionsbericht gelesen, Scheißsituation.«

»Ja.«

»Hast du Nathalie für die Befragung gut geimpft?«

Branders Kopf fuhr herum. »Meintest du gerade den Bericht von Gudruns Obduktion?«

»Guter Mann.« Stephan tippte sich anerkennend an die Schläfe. »Wirste langsam wach?«

»Und?«

»Wie gesagt, Scheißsituation. Aber das wird schon. Margarete schaut sich die Frau noch mal an.«

In Branders Kopf begannen die Gedanken zu rotieren. Was genau war mit Nathalies Mutter geschehen?

»Nachdem nun alle anwesend sind, können wir ja beginnen.« Hans Ulrich Clewer warf Stephan einen mahnenden Blick zu. »Würdet ihr eure Privatgespräche bitte auf später verschieben?«

»Leg los, Chef«, gestattete Stephan großzügig.

»Die junge Frau, die gestern in Tübingen tot aufgefunden wurde, konnte bisher nicht identifiziert werden. Es läuft eine Öffentlichkeitsfahndung sowohl in der Presse als auch in den sozialen Medien. Einige Meldungen gingen schon ein, bisher jedoch noch nichts Brauchbares. Andreas, gibt es neue Erkenntnisse von der Obduktion?«

»Nur das, was im Bericht steht«, erwiderte Brander. »Keine besonderen körperlichen Merkmale, die einen Hinweis auf ihre Identität geben könnten. Einzig aufgrund der leichten Mangelerscheinungen liegt die Vermutung nahe, dass sie aus ärmeren Verhältnissen stammt. Haut- und Haarfarbe deuten an, dass sie Migrationshintergrund hat.«

»Was ist mit den Befragungen in den umliegenden Firmen?«

»Bisher keine hilfreichen Hinweise«, antwortete Peter Sänger. »Zwei Lehrlinge aus der gegenüberliegenden Autowerkstatt meinten, dass sie die Frau schon mal in der Gegend gesehen haben, waren sich aber nicht hundertprozentig sicher. Wer sie ist, wussten sie nicht. Die Firmenmitarbeiter von Dieken haben wir noch nicht alle erreicht. Da machen wir heute weiter.«

»Vermisstenmeldungen Fehlanzeige. Ich bin die Meldungen mehrfach durchgegangen«, ergänzte Fabio Esposito.

»Irgendjemand muss diese Frau doch vermissen.« Peppi schüttelte verständnislos den Kopf. »Sie ist eine junge Mutter. Das Kind kann noch nicht so alt sein! Was ist mit Ärzten, Hebammen, Kliniken, Geburtshäusern?«

»Die Geburt könnte schon länger zurückliegen«, gab Fabio zu bedenken. »Sie könnte als Teenager das Kind bekommen haben.«

»Das muss trotzdem überprüft werden«, beharrte Peppi. »Was ist, wenn irgendwo ein Kleinkind hilflos in einer Wohnung liegt?«

»Könnte sie eine Zwangsprostituierte gewesen sein?«, überlegte Stephan. »Vielleicht haben die ihr das Kind gleich nach der Geburt weggenommen.«

»Und was haben sie dann mit dem Baby gemacht?«

Stephan hob die breiten Schultern. »Verkauft, verscharrt, in den Müll, was weiß ich?«

»Ihr Körper wies keine Verletzungen auf, die darauf hindeuten, dass man sie zur Prostitution gezwungen hätte«, stellte

Brander klar. »Drogen oder Alkohol ebenfalls Fehlanzeige. Das passt nicht in das Profil einer Zwangsprostituierten.«

»Hatte sie vor ihrem Tod Geschlechtsverkehr?«, hakte Clewer nach.

»Nein.«

»Es kann sicher nicht schaden, in den Kliniken in der Region mal nachzufragen. Fabio, setz das bitte auf deine Liste.« Der Inspektionsleiter wandte sich dem Kriminaltechniker zu. »Herr Tropper, was hat die Spurensicherung ergeben?«

»Wir haben einiges an Spurenmaterial, ein paar DNA-Spuren konnten wir auf ihrer Kleidung sicherstellen, Hautschuppen, Haare. Hinten links an ihrer Schulter waren ein paar Hautabriebspuren, vermutlich die Stelle, an der Walter Dieken sie berührt hat. Wir haben alles ans KTI geschickt und den Abgleich mit Diekens Probe veranlasst. Ergebnis steht noch aus.«

»Was ist mit Fingerabdrücken?«, fragte Brander.

»Bisher nichts Brauchbares. Aber zu der Blutanhaftung, die wir rechts von ihr im Gras gefunden haben, gibt es ein positives Ergebnis: Das Blut stammt von unserem Opfer. Der Täter könnte sie also tatsächlich zunächst in Rückenlage dort abgelegt und dann auf den Bauch gedreht haben.«

»Warum sollte er das tun?«, fragte Fabio.

Tropper zuckte die Achseln. »Vielleicht ertrug er den Anblick der toten Augen nicht.«

»Habt ihr um den Leichenfundort herum Reifenspuren entdeckt?«, fragte Brander. »Die Rechtsmediziner vermuten, dass sie in einer Schubkarre oder Ähnlichem transportiert wurde.«

»In einer Schubkarre?« Tropper schürzte grübelnd die Lippen. »Da war was ... Aber die Spuren waren nicht von einer Schubkarre, die waren zu schmal.«

»Spuren?«

»Ja, aber wir sind nicht sicher, ob die Spuren zum Tatgeschehen gehören. Könnten auch von der Trage der Sanitäter stammen.«

»Das heißt, es waren zwei Reifenspuren nebeneinander?«, fragte Peppi.

»Ja, mit größerem Abstand«, erwiderte Tropper.
»Rollkofferbreite?«
Der Kriminaltechniker stieß unschlüssig die Luft aus. »Kommt auf den Koffer an.«
»Persephone, unser Täter wird die Leiche doch nicht in einem Koffer transportiert haben.« In Stephans ohnehin zerfurchtem Gesicht bildeten sich tiefe Falten.
»Hat's alles schon gegeben. Ich sag nur: Schlossgarten Stuttgart.«
»Das passt aber nicht zum Spurenbild an der Leiche«, hielt Brander dagegen.
»Ich habe auch nicht sagen wollen, dass der Täter sie in einem Koffer transportiert hat, aber du erinnerst dich vielleicht an die Lavendel-Oma von gestern Abend? Die mit dem Rollköfferchen?«
Marthe. War die alte Frau bei der Leiche gewesen? Hatte sie etwas verändert? Und vor allem: Hatte sie etwas beobachtet? Brander ärgerte sich erneut, dass er die Frau einfach hatte davonziehen lassen. Dünne und dicke Kater. Was hatte sie ihm sagen wollen?
»Freddy, prüf das bitte«, bat Brander. »Der Koffer war nicht allzu groß – ich schätze, ein Radabstand von vielleicht fünfzig Zentimetern.«
»Ist notiert.«
Ein Klopfen unterbrach sie. Clewer ging zur Tür und öffnete sie. Vor ihm stand eine junge Frau in Uniform. Unter der Mütze kamen lange blonde Haare zum Vorschein, die sie im Nacken zu einem Zopf geflochten hatte.
»Es tut mir ganz arg leid. Die Bahn hatte Verspätung.«
»Stellen Sie sich bitte erst einmal vor.«
»Entschuldigen Sie, Polizeiobermeisterin Frege, Polizeirevier Tübingen. Ich war gestern mit einem Kollegen als Erste am Tatort. Herr Kriminaloberrat Clewer hat mich gebeten, heute zur Sitzung der Ermittlungsgruppe hinzuzukommen.«
»Das war dann wohl ich.« Clewers Gesicht hellte sich auf.

»Dann kommen Sie mal rein, Frau Frege.« Er wich zur Seite, um der Beamtin Zutritt in den Konferenzraum zu gewähren. Sie blieb unschlüssig vor dem Team stehen.

»Setzen Sie sich.« Clewer wies auf einen freien Stuhl neben Peter Sänger. »Wir haben schon angefangen, aber vielleicht können Sie uns kurz die Auffindesituation schildern?«

»Ja, natürlich.« Sie nahm die Mütze ab und setzte sich auf den zugewiesenen Platz. Kleine Schweißperlen standen auf ihrer Stirn. Brander vermutete, dass sie vom Bahnhof zur Dienststelle gerannt war und ihr nun in dem geheizten Raum der Schweiß den Nacken hinunterlief.

»Hans, jetzt überfall die Kollegin doch nicht so.« Stephan grinste die junge Frau, die ihm gegenübersaß, freundschaftlich an. »Willst 'nen Kaffee?«

»Ähm ...«

Stephan stand auf und hielt eine Tasse unter eine der bereitstehenden Thermoskannen.

»Ich denke, man kann Kaffee trinken und reden. Nicht wahr, Frau Frege?« Clewer sah auffordernd in Richtung des neuen Teammitgliedes.

»Ja, bitte entschuldigen Sie.«

»Jetzt hör mal auf, dich zu entschuldigen.« Stephan stellte ihr die Tasse vor die Nase.

Sie lächelte nervös und setzte sich aufrecht hin. »Danke, Herr ...«

»Stephan. Und du bist die?«

»Indra. Danke, Stephan.« Sie wandte sich Clewer zu. »Ich hatte gestern meinen Dienst gerade aufgenommen, als wir von der Leitstelle zu dem Notruf geschickt wurden. Der Notarzt traf zeitgleich mit uns ein. Vor Ort waren drei Männer: Walter Dieken, der Inhaber des Reinigungsunternehmens, er hatte die Tote entdeckt und den Notruf abgesetzt, und zwei seiner Mitarbeiter: Hasan Yüksel und Meik Hauser. Herr Dieken sagte uns, dass er die Frau tot neben dem Firmengebäude gefunden habe, als er morgens ins Geschäft kam. Ich ging zu dem Notarzt.

Er hatte bereits mit der Untersuchung des Opfers begonnen. Die Frau lag auf dem Rücken, sie hatte –«

»Stopp«, bremste Brander sie. »Die Frau lag auf dem Rücken?«

»Ja.«

»Sind Sie sicher?«

»Ja.«

»Sie lag auf dem Bauch, als wir kamen«, erklärte Brander.

»Das war der Notarzt. Sie hatte Blutspuren im Gesicht, und er wollte schauen, woher es stammt. An der Stirn war ja nur das Hämatom. Darum hat er sie auf den Bauch gedreht. Als er die Wunde am Hinterkopf entdeckt hat, hat er sofort seine Untersuchung abgebrochen. Wir haben die Leitstelle informiert und die Umgebung abgesperrt. Der Notarzt wollte sie nicht mehr bewegen, darum ließ er sie auf dem Bauch liegen, und dann kam ja auch gleich der nächste Call für ihn.«

»Warum hat man keine Fotos von der Auffindesituation gemacht?«

»Es ging alles so schnell …«

Brander fluchte innerlich. »Die Information über die veränderte Lage hätte man uns zumindest zeitnah mitteilen sollen.«

»Es tut mir leid. Der Notarzt war so schnell wieder weg. Ihre Kripokollegen kamen, ich wurde abgestellt, um Schaulustige fernzuhalten.« Sie presste schuldbewusst die Lippen zusammen. »Da habe ich wohl einen Fehler gemacht.«

»Sie waren ja nicht allein vor Ort«, beruhigte Brander die junge Frau. »Das hätten die anderen Kollegen uns ebenfalls sagen können.«

»Das heißt, der Täter hat sie in Rückenlage dort abgelegt und nicht herumgedreht. Das erklärt, woher die Blutanhaftung im Gras kommt«, stellte Peppi fest.

Tropper nickte zustimmend und studierte die Aufnahmen vom Leichenfundort auf seinem Laptop.

»Frau Frege, ist Ihnen sonst noch etwas aufgefallen?«, hakte Clewer nach. »Waren weitere Personen vor Ort? Ist Ihnen jemand auf dem Weg zum Leichenfundort begegnet?«

Die junge Frau überlegte einen Moment, schüttelte schließlich den Kopf. »Da waren nur der Firmeninhaber und seine beiden Mitarbeiter. Sie wirkten recht angespannt, aber das ist ja auch verständlich, wenn man eine tote Frau findet.«

»Angespannt – können Sie das genauer beschreiben?«

»Die haben nicht viel geredet. Auch nicht miteinander ... Eigentlich hat nur Herr Dieken gesprochen. Ich denke, sie waren ziemlich verstört.«

»Ich muss mal kurz unterbrechen«, meldete Tropper sich zu Wort. »Wenn die Frau beim Auffinden in Rückenlage auf der Wiese lag, dann können die Hautabriebspuren, die wir an ihrer Kleidung an der rückseitigen Schulter gefunden haben, nicht von Walter Dieken sein.«

»Aber Herr Dieken hat Ihnen gesagt, dass er sie dort berührt hat?«, fragte Clewer.

»Er sagte ›Schulter oben links‹.« Tropper verzog verärgert über sich selbst das Gesicht. »Ich bin davon ausgegangen, dass er die Rückseite meinte. Ach verflucht! Ich rufe im KTI an, die sollen die Vorderseite des Shirts noch mal auf Spuren untersuchen.«

»Leute, hier ist gerade was reingekommen.« Fabio Esposito las eine Nachricht auf seinem Tablet-PC. »Eine Reaktion auf unsere Öffentlichkeitsfahndung. Anscheinend hat sich eine Frau gemeldet, die meint, unsere Tote erkannt zu haben. Die Kollegen haben uns ihre Kontaktdaten geschickt und schon mit ihr gesprochen. Sie heißt Miriam Weingärtner und arbeitet für ein Versicherungsunternehmen in Stuttgart. Und ... *No, non ci credo!* Das ist jetzt echt der Knaller.«

»Was, Fabio? Spann uns nicht auf die Folter«, forderte Clewer ungeduldig.

Der junge Italiener riss sich von seinem Bildschirm los. »Frau Weingärtner sagte, sie kennt zwar den Namen der Frau nicht, aber sie wüsste, wo sie arbeitet. Sie hätte Ende letzter Woche das Haus ihrer verstorbenen Mutter in Bühl räumen lassen, und damit hat sie die Firma ›Facility Service – Walter Dieken‹

aus Tübingen beauftragt. Und sie ist sich ziemlich sicher, dass eine der Mitarbeiterinnen die Frau auf dem Foto ist, mit dem wir gefahndet haben.«

»Das ist nicht dein Ernst«, entfuhr es Brander.

»Doch, hier, lies selbst.« Fabio schob seinen Tablet-PC zu ihm rüber.

Peter Sänger runzelte skeptisch die Stirn. »Aber Diekens Mitarbeiter haben ausgesagt, dass sie die Frau nicht kennen. Die können doch nicht alle lügen.«

»Wie sicher können wir sein, dass die Zeugin sich nicht vertan hat?« Clewer klopfte grübelnd auf die Tischplatte. »Vielleicht sieht sie der Toten nur sehr ähnlich.«

»Das wäre aber schon ein sehr außergewöhnlicher Zufall«, erwiderte Brander, während er die Meldung überflog. »Wieso sollte unsere Tote ausgerechnet einer Mitarbeiterin der Firma Dieken zum Verwechseln ähnlich sehen?«

»Wie gehen wir vor?« Clewer stand auf und lief ein paar Schritte durch den Raum. »Fabio, sag mir mal die Telefonnummer der Zeugin an.«

Clewer beugte sich über den Tisch zum Konferenztelefon und tippte die Nummer ein, die Fabio ihm diktierte. Er stellte den Lautsprecher ein, sodass alle mithören konnten.

»Weingärtner.«

»Frau Weingärtner, Kripo Esslingen, Clewer mein Name. Sie hatten sich aufgrund unserer Personenfahndung bei meinen Kollegen gemeldet.«

»Ja.«

»Sie sagten aus, dass sie die Frau auf dem Foto als Mitarbeiterin der Firma Dieken in Tübingen erkannt haben.«

»Ja.«

»Wie sicher sind Sie sich?«

»Das haben mich Ihre Kollegen auch schon gefragt. Sehr sicher.«

»Gibt es irgendwelche Merkmale, anhand derer Sie die Frau wiedererkannt haben?«

»Sie war klein, höchstens eins fünfzig, und sie hatte ein hübsches Gesicht, leicht brauner Teint, dunkle Augen, und sie hatte ein kleines Muttermal links auf der Wange, mittig unter dem Auge, so, wie die Frau auf dem Foto.«

Clewer sah zu Fabio, der auf seinem Tablet-PC das Foto aufrief und nickte.

»Haben Sie mit der Frau gesprochen?«

»Nein, ich glaube, sie sprach, wenn überhaupt, nur gebrochen Deutsch. Es gab so was wie einen Vorarbeiter, Jügse oder so ähnlich hieß der, der hat ihr Anweisungen gegeben, aber fragen Sie mich nicht, in welcher Sprache.«

Vermutlich meinte sie Diekens Mitarbeiter Hasan Yüksel, überlegte Brander.

»Wann haben Sie die Frau gesehen?«, fragte Clewer.

»Vergangenes Wochenende, Freitagnachmittag und Samstag, da haben wir das Haus meiner Eltern ausgeräumt.«

»War noch jemand bei Ihnen, der die Frau ebenfalls gesehen hat?«

»Mein Bruder war dabei und von der Firma Dieken der Herr Jügse und drei weitere Mitarbeiter, zwei Männer, eine Frau.«

»Geben Sie mir bitte die Kontaktdaten Ihres Bruders?«

»Ich gebe Ihnen seine Handynummer. Er ist heute früh nach London geflogen. Es kann sein, dass Sie ihn im Moment noch nicht erreichen.« Sie diktierte Clewer die Telefonnummer.

»Vielen Dank, Frau Weingärtner. Falls Ihnen im Nachhinein noch irgendetwas einfällt, melden Sie sich bitte bei uns.«

Clewer beendete das Gespräch. »Was halten wir davon?«

»Sie klang glaubwürdig und schien sich sehr sicher«, befand Peppi.

Der Inspektionsleiter nickte nachdenklich. »Und uns liegt bisher nichts über Walter Dieken vor?«

Fabio bemühte wieder seinen Tablet-PC. »Bei uns ist er bisher nicht aktenkundig geworden. Ich kann eine Backgroundrecherche machen.«

»Ja, mach das bitte. Andreas, Persephone, unterhaltet euch

noch mal mit Walter Dieken«, delegierte Clewer. »Peter, die Mitarbeiter des Reinigungsunternehmens werden allesamt einbestellt. Auch die, die schon befragt wurden. Ich will von jedem einzelnen schriftlich protokollierte Aussagen.«

»Warum sollten die alle lügen?« Es wollte Brander nicht in den Kopf, dass sowohl Firmeninhaber als auch Mitarbeiter behaupteten, die Frau, mit der sie anscheinend zwei Tage zuvor noch zusammengearbeitet hatten, nicht zu kennen.

***

Brander und Peppi hatten Indra Frege die Bahnfahrt zurück nach Tübingen erspart und sie im Dienstwagen mitgenommen.

»Die scheint mir ganz pfiffig«, bemerkte Peppi, nachdem sie die junge Frau in der Konrad-Adenauer-Straße abgesetzt hatten. »Vielleicht kann Käpten Huc sie für uns zur Verstärkung anfordern.«

»Kannste ihm ja vorschlagen«, erwiderte Brander abwesend. Er hatte seinen privaten Wagen am Straßenrand stehen sehen. Anscheinend war Cecilia gerade mit Nathalie bei der Befragung. Er hoffte, dass das Gespräch gut verlief.

Die Fahrt ins Gewerbegebiet Süd war kurz.

Peppi parkte am Straßenrand.

Diekens Kombi stand auf dem Firmenparkplatz, daneben ein Transporter mit geöffneten Hecktüren. Ein Mitarbeiter schob einen Putzwagen aus dem Firmengebäude, als sie aus dem Auto stiegen. Der Mann verharrte auf halbem Weg, als er die beiden auf sich zukommen sah.

Brander zog seinen Dienstausweis hervor und hielt ihn dem Mann hin. Er schätzte Diekens Mitarbeiter auf Anfang vierzig. Er hatte fast schwarze Augen, Kinn und Kiefer zierte ein dunkler Dreitagebart. Das schwarze Haar wurde zum Großteil von einer Strickmütze verdeckt.

»Brander, Kripo Esslingen. Und Sie heißen?«

»Hasan Yüksel?« Der Mann schien sich nicht sicher zu sein,

ob er seinen Namen tatsächlich nennen wollte. Sein Blick wanderte beunruhigt zwischen Brander und Peppi umher.

»Sie sprechen Deutsch?«

»Ja-a?«

Aus seiner Stimme war noch immer deutliches Unbehagen herauszuhören, stellte Brander fest. »Herr Yüksel, Sie waren gestern Morgen dabei, als Ihr Chef die tote Frau entdeckt hat?«

»Nein. Ich kam später. Aber jetzt muss ich arbeiten.« Er wollte den Wagen mit den Putzmitteln weiter zu dem Transporter schieben.

»Einen Moment noch«, bremste Brander ihn. »Sie haben die tote Frau doch gestern dort liegen sehen.« Er deutete zu der Wiese neben dem Gebäude.

»Ja-a ...«

»Lag die Frau in Bauch- oder in Rückenlage am Boden?«

»Halten Sie meine Leute schon wieder von der Arbeit ab?«, erschallte es hinter ihnen.

Brander drehte sich um. Walter Dieken stand im Eingang des Firmengebäudes, die Hände in die Hüften gestemmt.

»Hasan, mach voran. Du bist spät dran.«

»Herr Dieken, schön, dass Sie da sind. Wir müssten uns noch einmal miteinander unterhalten.« Brander wandte sich dennoch wieder an Hasan Yüksel. »Sie müssen Ihre Aussage bei uns schriftlich zu Protokoll geben. Kommen Sie bitte heute nach der Arbeit zum Kriminalkommissariat hier in Tübingen, Konrad-Adenauer-Straße.«

»Ihre Kollegen waren gestern hier und haben bereits unsere Aussagen aufgenommen«, erwiderte Dieken ungehalten.

»Ja, und diese Aussagen müssen protokolliert werden.«

»Hören Sie, Herr ... ähm ...«

»Brander.«

»Herr Brander, ich habe ein Unternehmen zu führen. Ich bin Arbeitgeber, und ich habe Aufträge zu erfüllen, da kann ich nicht ständig mal eben geschwind ein paar Stunden einfach so schließen oder meinen Mitarbeitern freigeben.«

»Das hat auch niemand verlangt.«

»Wir haben unsere Aussagen gemacht. Sie haben mir gestern schon einen ganzen Tag lang Verspätungen und Arbeitsausfall bereitet. Jetzt halten Sie meine Leute nicht weiter von der Arbeit ab. Hasan, sieh zu, dass du den Wagen belädst.«

»Herr Dieken«, fuhr Brander den Mann scharf an. »Dies ist eine polizeiliche Ermittlung. Eine Frau wurde gewaltsam getötet, und ich habe das ganz starke Gefühl, dass Sie unsere Ermittlungen absichtlich behindern. Sind Sie sich darüber im Klaren, dass eine Falschaussage strafbar ist?«

Hasan Yüksel umklammerte den Griff des Putzwagens, sein Blick war auf seinen Arbeitgeber geheftet und schwankte zwischen Loyalität und Angst.

»Was reden Sie denn da?«, empörte sich Dieken, aber in seiner Stimme schwang Unsicherheit mit.

»Ich rede darüber, dass gestern eine Frau neben dem Gebäude Ihrer Firma tot aufgefunden wurde. Eine Frau, die angeblich weder Sie noch Ihre Angestellten kennen.«

Diekens Augen flackerten nervös hinter der Brille. »In Gottes Namen, dann kommen Sie rein.« Er untermalte seine Einladung mit einer unwirschen Geste. »Und Hasan, du machst dich auf den Weg.«

»Nicht so schnell.« Brander zog das Foto der Toten aus seiner Jackentasche und hielt es Hasan Yüksel hin. »Sie haben meinem Kollegen gegenüber gestern ausgesagt, dass Sie diese Frau nicht kennen.«

Yüksel starrte auf das Bild. Sein Kiefer malmte nervös. Plötzlich stieß er mit einem heftigen Ruck den Putzwagen gegen Peppi und stürmte davon. Sie strauchelte zurück. Brander fasste ihren Arm, um einen Sturz zu verhindern.

»Bist du okay?«

»Ja.«

Brander sprintete dem Mann hinterher. Yüksel floh über die Wiese zur Steinlachwasen, rannte blindlings über die Straße. Ein Pkw-Fahrer bremste scharf und hupte erbost. Brander winkte hektisch, damit der Wagen weiterfuhr. Er überquerte die Straße, sah Yüksel Richtung Mühlbach laufen. Brander beschleunigte. Der Mann verschwand im Gestrüpp.

Brander hielt inne, scannte die Büsche nach einer verräterischen Bewegung. So schnell konnte der Kerl doch nicht verschwinden. Ein paar Zweige wippten. Er rannte hin. Hinter den Sträuchern war niemand.

»Verdammt!« Brander formte mit den Händen vor seinem Mund einen Trichter: »Herr Yüksel!«

Nichts rührte sich.

Hinter sich hörte er Schritte. Peppi war ihm gefolgt. »Verstärkung kommt«, erklärte sie, als sie bei ihm war. »Wohin ist er?«

Brander breitete die Arme aus. Der Mann konnte in jede Richtung geflohen sein. Polizeisirenen kündigten Unterstützung an.

Während die Kollegen das Gewerbegebiet absuchten, kehrten Brander und Peppi zu dem Reinigungsunternehmen zurück. Zu Branders Erleichterung hatte Walter Dieken nicht auch noch die Flucht ergriffen. Er führte sie in sein Büro. An der kurzen Seite seines Schreibtisches saß eine Frau, die wenige Jahre älter zu sein schien als er.

»Heike Hentschel«, stellte Dieken sie vor. »Frau Hentschel kümmert sich um meine Buchhaltung.«

Brander musterte die Frau flüchtig. Sie trug einen hellen Rollkragenpullover, den sie jetzt bis zum Kinn hochzog. Ihre halblangen Haare waren schwarz gefärbt und die Augen hinter der dunkel umrandeten Brille kräftig geschminkt. Er nickte ihr kurz zu und wandte sich wieder an Dieken: »Wissen Sie, wo wir Herrn Yüksel finden können?«

»Er hat die Frau nicht umgebracht!«

»Ihr Mitarbeiter ist meine Kollegin körperlich angegangen und geflüchtet.«

»Deswegen ist er kein Mörder!«

»Das sagt auch niemand. Aber eine Tätlichkeit gegen eine Beamtin ist kein Kavaliersdelikt.«

Dieken schnaufte ungehalten und trat ans Fenster.

»Darf ich Ihre Toilette benutzen? Ich würde mich gern kurz frisch machen.« Peppi wedelte mit der Hand imaginären Schweiß aus dem Gesicht.

»Im Flur die Tür schräg links gegenüber«, gestattete Dieken mürrisch. »Ahnen Sie eigentlich, was Sie mir für Scherereien bereiten? Jetzt muss ich schon wieder einem Kunden eine Verspätung erklären und jemanden finden, der für Hasan einspringen kann.«

»Wir haben Herrn Yüksel nicht gebeten, davonzurennen«, erinnerte Brander den Mann an das Geschehen. Er zog das Foto der toten Frau aus der Jackentasche. Es war etwas zerknittert, weil er es bei Yüksels Flucht eilig eingesteckt hatte. »Frau Hentschel, kennen Sie diese Frau?«

Die Angestellte sah flüchtig auf das Bild in Branders Hand, dann glitt ihr Blick unsicher zu ihrem Chef.

»Sie hat ein-, zweimal ausgeholfen. Mehr nicht«, herrschte Dieken Brander an.

»Schauen Sie sich die Leute nicht an, die für Sie arbeiten?«

»Natürlich schau ich mir meine Leute an.«

»Und dennoch haben Sie die Frau gestern nicht erkannt, als sie tot vor Ihnen im Gras lag«, erwiderte Brander grimmig. Seine Geduld mit dem Unternehmer hatte sich erschöpft. Hatte dieser Mann ernsthaft geglaubt, dass sie nicht erfahren würden, dass die Frau für ihn gearbeitet hatte? »Wenn Sie mir bitte den Namen Ihrer verstorbenen Mitarbeiterin verraten würden.«

»Sie heißt Vasila Cazacu«, knurrte Dieken.

»Und wohnt wo?«

»Irgendwo in Rumänien.«

»Das heißt, Frau Cazacu hat sich morgens in den Zug gesetzt, um hierherzufahren und für Sie zu arbeiten, und nach ihrer Schicht ist sie wieder nach Rumänien zurückgefahren?«

»Ich habe keine Ahnung, wo sie gewohnt hat.«

Heike Hentschel senkte den Blick und zog den Kragen ihres Pullovers bis zur Nasenspitze. Brander hatte das Gefühl, dass die Frau sich gern unsichtbar gemacht hätte.

»Es ist wichtig, dass wir die Unterkunft von Frau Cazacu so schnell wie möglich finden. Sie hat ein Kind!«

»Soweit ich weiß, ist das Baby bei den Großeltern.«

Brander sog fassungslos die Luft ein. Mehr als vierundzwanzig Stunden waren seit dem Leichenfund vergangen. Kostbare Zeit, um den Täter zu finden. »Warum haben Sie uns das nicht bereits gestern gesagt?«

»Weil ich nichts mit der Sache zu tun habe.«

»Es geht hier nicht um eine Sache, sondern um einen Menschen!«, wurde Brander laut. »Eine junge Frau und Mutter wurde erschlagen. Mit Ihrer Falschaussage haben Sie eine polizeiliche Ermittlung erheblich behindert!«

»Ich habe sie aber nicht umgebracht!«

»Wissen Sie, wer Frau Cazacu umgebracht hat?«

»Nein!«

Peppi kehrte zu ihnen zurück.

»Die tote Frau heißt Vasila Cazacu, sie kommt aus Rumänien und hat als Aushilfe für Herrn Dieken gearbeitet. Gibst du das bitte an die Kollegen weiter?«, bat Brander.

Peppi nahm stirnrunzelnd ihr Smartphone, um in der Dienststelle anzurufen.

»Und jetzt noch einmal zu Ihnen, Herr Dieken.« Brander konzentrierte sich wieder auf den Geschäftsmann. »Weder Sie noch ein einziger Ihrer Angestellten hat uns den Namen der Frau genannt. Alle haben behauptet, die Tote nicht zu kennen. Können Sie mir bitte einmal verraten, warum? Was haben Sie damit bezweckt?«

»Ich weiß nicht, was Sie mir unterstellen wollen«, brummte Dieken ungehalten unter seinem Bart.

»Warum ist Herr Yüksel vor uns geflüchtet, als wir ihn auf Frau Cazacu angesprochen haben?«

»Woher soll ich das wissen? Vielleicht hat er schlechte Erfahrung mit der Polizei, so, wie Sie hier reingepoltert sind.«

»Niemand ist hier hereingepoltert, Herr Dieken. Aber vielleicht finden wir ja in diesen Räumen einen Hinweis darauf, was Frau Cazacu widerfahren ist. Möchten Sie mir dazu etwas sagen?«

Dieken verschanzte sich wieder hinter sturem Schweigen.

Brander wandte sich der Angestellten zu. »Ich benötige umgehend sämtliche Unterlagen, die Sie über Frau Cazacu haben. Adresse, Telefonnummern, Notfallkontakt, Sozialversicherungsnummer, Kontaktdaten der Eltern. Alles, haben Sie das verstanden?«

»Ja, sofort«, wisperte die Frau eingeschüchtert.

»Halt, halt, halt! So einfach geht das nicht«, bremste Dieken seine Mitarbeiterin, die die Finger bereits auf der Tastatur hatte. »Es gibt Datenschutzbestimmungen, Herr Brander. Ohne einen offiziellen Beschluss gebe ich Ihnen doch nicht sämtliche persönliche Daten meiner Mitarbeiter raus.«

»Das habe ich schon bemerkt«, knurrte Brander. »Behindern Sie ruhig weiter unsere Ermittlungen.«

»Ich halte mich lediglich an gesetzliche Vorschriften.«

»Ich habe Sie nicht um die Daten sämtlicher Beschäftigter gebeten, sondern lediglich um die Daten von Frau Cazacu.«

»Ohne offiziellen Beschluss bekommen Sie gar nichts von mir.« Dieken verschränkte die Arme fest vor der Brust.

Heike Hentschel schluckte. Ihre Augen bekamen einen feuchten Glanz.

»Wann hat Frau Cazacu zuletzt für Sie gearbeitet?« Brander beobachtete, wie Diekens Augen unruhig durch den Raum wanderten, dabei flüchtig den Blick seiner Angestellten streiften, die sofort die Augenlider wieder senkte. Sie schniefte, eine Träne tropfte auf ihren Schoß.

»Das weiß ich aus dem Stegreif nicht«, erwiderte Dieken schließlich unwirsch. »Wie ich schon sagte: Sie war nur eine Aushilfe.«

»Haben Sie so ein schlechtes Gedächtnis? Ich weiß nämlich ziemlich genau, dass Frau Cazacu zumindest noch am Samstag, vor gerade mal drei Tagen, bei einer Wohnungsentrümpelung in Bühl für Sie im Einsatz war. Herr Yüksel war ebenfalls dabei«, half Brander dem Erinnerungsvermögen des Unternehmers auf die Sprünge.

Heike Hentschel begann zu schluchzen. Sie suchte hektisch ein Taschentuch in ihrer Handtasche. Peppi kam der Frau zuvor und hielt ihr eine Packung Papiertücher hin.

»Muss ich Ihnen das noch einmal erklären, Herr Dieken? Das ist eine polizeiliche Ermittlung, und wenn Sie uns Wissen vorenthalten, das zur Aufklärung dieses Tötungsdelikts beitragen kann, machen Sie sich strafbar.«

»Woher soll ich wissen, was für Ihre Ermittlung relevant ist?«

»Beantworten Sie einfach meine Fragen. Und zwar ehrlich! Dann können wir entscheiden, was wichtig ist und was nicht.«

Dieken rieb sich über den Nacken und senkte den Kopf. »Ich muss nicht mit Ihnen reden.«

Das Weinen von Heike Hentschel verstärkte sich. Dieken legte beruhigend eine Hand auf ihre Schulter.

Irgendetwas stimmte in diesem Laden ganz gewaltig nicht. Brander wandte sich dem Unternehmer wieder zu. »Haben Sie eine Idee, wo wir Herrn Yüksel finden können?«

Dieken zuckte die Achseln. »Vermutlich zu Hause bei seiner Familie.«

»Andere Orte?«

»Woher soll ich das wissen? Er ist mein Angestellter, mehr nicht.«

»Gibt es einen Umkleideraum für Ihre Mitarbeiter?«

»Ja.«

»Würden Sie mir den bitte zeigen?«

»Nein, das werde ich nicht. Das ist mein Haus. Ohne einen Durchsuchungsbeschluss schauen Sie sich hier gar nichts an. Ich werde auch keine Ihrer Fragen mehr beantworten. Und jetzt fordere ich Sie auf, zu gehen.«

»Herrgott noch mal, Herr Dieken«, riss Brander der Geduldsfaden. »Wen wollen Sie schützen? Sich selbst oder Ihren Mitarbeiter?«

Heike Hentschel geriet völlig aus der Fassung und schluchzte hemmungslos auf. Peppi sah stirnrunzelnd zu Brander.

»Och, Heike.« Dieken drückte tröstend ihre Schulter. »Bitte, beruhig dich doch wieder.«

Aber die Frau war nicht zu beruhigen.

»Ich rufe jetzt meinen Anwalt an. Und Sie verlassen auf der Stelle mein Haus!«

Unverrichteter Dinge mussten sie abziehen. Brander ließ sich wutschnaubend auf den Beifahrersitz fallen. »Der Laden stinkt zum Himmel.«

»Ja, nach Putzmittel. Mensch, Andi, jetzt komm mal wieder runter. Du bist doch sonst nicht so leicht aus der Ruhe zu bringen.«

Brander schnaufte genervt. »So eine verlogene Bande! Das Opfer lag neben dem Firmengebäude. Alle behaupten, die Frau nicht zu kennen. Der Yüksel geht stiften. Die Angestellte kriegt einen Nervenzusammenbruch, ohne dass wir sie etwas Kritisches gefragt haben. Erzähl mir nicht, dass das die normale Reaktion auf den gewaltsamen Tod einer Mitarbeiterin ist!«

»Nein, sicher nicht. Aber ohne einen Beschluss rückt der Dieken gar nichts mehr raus.«

»Den kann er haben.« Brander zog sein Smartphone aus der Jackentasche.

»Bevor du den Chef anrufst, lass mich dir erst noch was zeigen.« Sie tippte auf ihrem Smartphone herum und hielt ihm ein Foto hin. »Schau mal.«

Brander sah auf das Display. Es zeigte das Bild eines etwas verbeulten metallenen Containers auf Rollen. Er musterte Peppi prüfend. »Wo hast du das aufgenommen?«

Sie deutete auf das Unternehmensgebäude. »Der stand im Flur um die Ecke.«

»Auf dem Weg zur Toilette?«

Peppi grinste ertappt. »So ungefähr, du weißt ja, mein Orientierungssinn ...«

»... ist hervorragend.«

»Ich hab nur kurz um die Ecke geschaut.«

»Schon mal was von Beweisverwertungsverbot gehört?«

»Deswegen habe ich drinnen ja auch nichts gesagt. Wir müssen uns eine kluge Strategie überlegen.«

»Was ist das da unten?« Er deutete auf dem Foto auf einen kleinen Stick, der neben einem der kleinen Räder des Containers lag.

»Mein Lippenstift. Damit Freddy einen Maßstab hat, um den Reifenabstand zu berechnen. Ich hab ihm das Foto direkt geschickt. Wäre doch gut möglich, dass die Spuren, die er am Leichenfundort gefunden hat, zu so einem Rollcontainer passen.«

»Da haben sie dich ja nicht ganz umsonst auf die Polizeischule geschickt.«

Peppi boxte ihm gegen die Schulter.

Branders Laune hob sich ein wenig. Durch die Frontscheibe sah er, wie Walter Dieken mit seiner Mitarbeiterin das Gebäude verließ. Heike Hentschel ging mit hängendem Kopf, ihre Schultern zuckten unkontrolliert, und sie tupfte sich unentwegt über die Augen. Dieken öffnete die Beifahrertür seines Wagens, half ihr beim Einsteigen und fuhr vom Hof.

»Wo die zwei wohl hinfahren?« Brander legte den Sicherheitsgurt an. »Fahr mal hinterher.«

Die Verfolgung von Diekens Auto endete unspektakulär in der Weststadt vor dem Mehrfamilienhaus, in dem Heike Hentschel wohnte. Der Chef begleitete die Frau ins Haus und erschien eine gute Viertelstunde später wieder davor. Im Anschluss kehrte Dieken in seine Firma zurück.

Unterdessen meldete Manfred Tropper sich telefonisch. »Der Reifenabstand könnte zu unseren Abdruckspuren passen«, verkündete er.

»Also könnte die Tote mit so einem Rollcontainer transportiert worden sein?«, hakte Peppi nach.

»Schon möglich. Allerdings hat der Container – Kastenwagen nennt man die Dinger übrigens – eine Tiefe von mehr als siebzig Zentimetern und eine Länge von fast einem Meter dreißig. Die Frau war klein, man hätte sie komplett dort hineinlegen können, aber sie hat Druckstellen an Schultern und Beinen. Daher würde ich eher davon ausgehen, dass sie in einem kleineren Behältnis transportiert worden ist.«

»Also doch eine Schubkarre?«, überlegte Brander.

»Oder ein kleinerer Kastenwagen.«

»Warum hätte Dieken oder einer seiner Mitarbeiter einen kleineren Rollcontainer für den Transport der Leiche nehmen sollen?«, fragte Peppi.

»Na ja, es ist eine Sache, eine Leiche in so ein Ding hineinzulegen«, erwiderte Tropper. »Aber heb die Frau da mal wieder raus.«

»Hatte Dieken auch kleinere Kastenwagen?«, wandte Brander sich an Peppi.

»So viel Zeit, mich umzusehen, hatte ich nicht.«

»Wir brauchen unbedingt einen Durchsuchungsbeschluss.«

»Viel Glück. Ich mach Mittagspause.« Tropper legte auf.

»Und wir zwei?«, fragte Peppi.

»Wir auch.«

»Wohin?«

»Irgendwo, wo's schnell geht.«

Während Peppi in die Südstadt fuhr, rief Brander den Staatsanwalt an. Motorengeräusche erklangen im Hintergrund. Anscheinend war Schmid ebenfalls gerade mit dem Auto unterwegs.

»Marco, ich bin's, Andi, wir benötigen einen Durchsuchungsbeschluss für das Unternehmen Walter Dieken.«

»Und ich benötige ein Weihnachtsgeschenk für Peppi.«

»Da wird's Zeit. Der Durchsuchungsbeschluss wäre ein Anfang. Ich hab dich übrigens auf der Freisprechanlage.«

»Hallo, Schatz«, säuselte Peppi.

»Das war gerade ein Scherz«, wand Schmid sich raus.

»Weiß ich doch.« Peppis Blick verriet Brander, dass sie ihrem Lebensgefährten nicht glaubte.

»Begründung?«, kam Schmid auf Branders Anliegen zurück.

»Dieken und seine Mitarbeiter haben uns belogen. Die Tote hat für ihn gearbeitet.«

»Ich dachte eher an so etwas wie einen begründeten Tatverdacht gegen ihn oder einen seiner Mitarbeiter.«

Brander berichtete ihm von den Geschehnissen des Vormittags.

»Das spricht aber eher gegen Hasan Yüksel«, resümierte Schmid.

»Der Dieken hat etwas zu verbergen.«

Der Staatsanwalt lachte auf. »Das ist ein Grund, der jedes Richterherz höherschlagen lässt. Soll ich ihn beschuldigen, bei der Kehrwoche zu schummeln?«

»Besorg uns den Durchsuchungsbeschluss, und ich liefere dir etwas Konkretes.«

»Das mag sein, nur funktionieren unsere Gesetze so herum leider nicht.«

»Das weiß ich selbst«, murrte Brander frustriert.

»Vorschlag: Ich erwirke ein gerichtliches Auskunftsersuchen, damit er uns zumindest schon mal die Daten von Vasila Cazacu rausgeben muss.«

»Und in der Zwischenzeit hat Dieken alle Zeit der Welt, etwaige Beweise verschwinden zu lassen.«

»Ganz ehrlich, Andi: Wenn unser Putzmeister etwas mit Frau Cazacus Tod zu tun hat, habe ich Zweifel, dass wir in der Firma überhaupt irgendetwas finden werden, egal ob jetzt sofort oder morgen. Er hatte bereits mehr als vierundzwanzig Stunden Zeit, alle Spuren zu beseitigen.«

»Gebäudereinigermeister«, korrigierte Peppi. »Und Junior-Vize-Europameister im Ringen von neunzehnhundert-irgendwann. Der hat bestimmt auch einen Griff drauf, um eine eins fünfzig große Frau aus einem Kastenwagen zu heben.«

»Was für ein Kastenwagen?«
Peppi biss sich auf die Lippe.
»Die Frau ist doch in irgendeinem Behältnis transportiert worden«, half Brander aus. Der Staatsanwalt musste nicht wissen, dass seine Lebensgefährtin versehentlich einen Blick hinter die Kulissen des Reinigungsunternehmens geworfen hatte.
»Gibt es da etwas, das ich wissen sollte?«
»Schick uns einfach das Auskunftsersuchen, dann können wir gleich nach dem Essen noch mal hinfahren«, wiegelte Peppi ab. »Und hättest du mir am Samstagmorgen zugehört, dann wüsstest du, was ich mir zu Weihnachten wünsche.«
»Was hast du dir denn gewünscht?«, fragte Brander neugierig, nachdem das Gespräch beendet war.
»Das werde ich dir verraten, damit du nachher Marco anrufst und es ihm weitersagst. Nee, nee, so leicht mach ich es ihm nicht.«
Brander musterte seine Kollegin prüfend. »Du hast ihm am Samstag gar nichts gesagt.«
Peppi lächelte schweigend vor sich hin und lenkte den Wagen auf den Parkplatz eines Einkaufszentrums in der Eugenstraße. Sie versorgten sich mit Junkfood – Cheeseburger mit Pommes – und aßen ihr feudales Mahl stehend an den Dienstwagen gelehnt. Zur Wintersonnenwende gab die Mittagssonne alles, was sie aufzubieten hatte, und schickte wärmende Strahlen vom Himmel.
Peppi hielt den Burger von sich gestreckt. Soße lief über ihre Finger. »Ich hätte doch 'ne Currywurst nehmen sollen, die ist leichter zu essen.«
»Du hast dich schon bekleckert.« Brander deutete auf ihre Jacke.
»Oh, Mist.« Peppi legte den halben Burger zurück in die Schale und zupfte ein Stück Gurke von der Jacke.
»Wer ist unser Mann? Yüksel oder Dieken?«
»Ich tippe auf verschmähte Liebe.« Sie versuchte, mit einem Taschentuch die Soße abzuwischen. »Yüksel war scharf auf sie, sie hat ihn zurückgewiesen, er schlägt sie nieder.«

»Und legt sie dann ausgerechnet neben das Firmengebäude, in dem er arbeitet?«
»Demnach wären sie alle aus dem Schneider. Dieken inklusive. Verdammt, hoffentlich krieg ich den Fleck wieder raus.«
»Ich schenk dir zu Weihnachten ein Lätzchen.«
Peppi funkelte ihn böse an.
»Lassen wir Dieken und seine Mitarbeiter mal außen vor. Sie kam aus Rumänien. Könnte es um Menschenhandel gehen?«
»Eine Schlepperbande, die Putzkräfte vermittelt? Ist damit Geld zu verdienen?«
»Die verdienen Geld damit, dass sie die Leute in den Straßen betteln lassen«, gab Brander zu bedenken. »Da wäre sie mit einer Putzstelle noch ganz gut dran gewesen, und für die Schlepper bedeutet das ein geregeltes Einkommen.«
»Wir können mal bei den Kollegen von der OK fragen, ob die Rumänen hier zurzeit in dem Bereich aktiv sind.«
»Müssen nicht die Rumänen sein.« Die Melodie seines Smartphones unterbrach Brander. Er zog es aus der Jackentasche. »Stephan, was gibt's?«
»Na, mein Freund, wie man hört, ist dir heute ein Kunde abhandengekommen.«
»Halt die Klappe.« Brander hatte noch nicht verdaut, dass Hasan Yüksel ihm entwischt war. Er biss in seinen Cheeseburger.
»Stör ich gerade beim Mittag?«
»Yep.«
»Pass auf, ich verkünde frohe Botschaft: Ich habe das entflohene Schäflein gefunden. Wir haben ihn in die Dienststelle nach Tübingen gebracht. Hans hat uns einen Raum organisiert.«
»Wir sind unterwegs.« Brander verspeiste eilig den letzten Bissen.
»Na prima, und ich kann nachher kalten Burger essen«, murrte Peppi.
»Ich fahr, dann kannst du dich weiter bekleckern.«

Als sie in der Konrad-Adenauer-Straße ankamen, trafen sie Stephan Klein und Kriminaloberrat Hans Ulrich Clewer im Foyer der Dienststelle wartend vor dem Fahrstuhl. Zu Branders Tübinger Zeiten war sein Büro in der ersten Etage gewesen, die paar Stufen hatte er locker jederzeit zu Fuß genommen. Seit der Polizeireform waren die Überbleibsel der Tübinger Kripo in die siebte und achte Etage aufgestiegen.

»So schnell hatten wir gar nicht mit dir gerechnet«, flachste Stephan.

Brander warf ihm einen finsteren Blick zu.

Der Kollege lachte. »Nimm's dir nicht so zu Herzen. Wo war denn unsere Persephone, als der Kerl stiften ging?«

»Der Kerl hat mir seinen Putzwagen in den Magen gerammt.«

»Tätlichkeit gegen eine Beamtin«, stellte Clewer fest. »Warst du beim Arzt?«

»So schlimm war es nicht. Das blöde Ding hat mich einfach nur behindert.«

»Wo habt ihr ihn gefunden?«, erkundigte sich Brander.

»Wollte zu Frau und Kind. Dummerweise saß ich bei seiner Familie am Mittagstisch. Frau Yüksel macht wunderbare Köfte.« Stephan rieb sich grinsend über den Bauch.

»Hat er schon was gesagt?«, fragte Brander.

»Dass er unschuldig ist und nichts mit dem Tod der Frau zu tun hat.«

»Wie lange dauert das denn?« Clewer sah ungeduldig auf die geschlossenen Türen des Aufzugs. »Da bin ich ja schneller zu Fuß oben, als dass hier mal ein Fahrstuhl auftaucht.«

»Du schon, aber der Andreas kommt nicht so schnell hinterher.«

»Stephan«, tadelte der Inspektionsleiter den Kollegen.

»Was machen wir mit der Familie von Frau Cazacu?«, fragte Peppi.

»Ich habe mit dem Auswärtigen Amt und der rumänischen Botschaft telefoniert«, berichtete Clewer. »Die werden ihre Eltern informieren.«

»Und das so kurz vor Weihnachten.«
»In Rumänien sind die meisten orthodox«, wusste Stephan. »Die feiern erst Anfang Januar Weihnachten.«
»Das ist auch nicht mehr lange hin.«
Endlich glitten die Türen auf. Hendrik Marquardt und Corinna Tritschler kamen heraus.
»Man hat oben schon munkeln hören, dass eine Esslinger Delegation im Anmarsch ist«, grüßte Hendrik.
»Wenn ihr euer Tübingen nicht im Griff habt, müssen halt die Esslinger Profis anrücken«, gab Stephan zurück.
Hendrik lachte auf. »Der war gut.«
»Andi, wo du gerade da bist.« Cory lächelte unverbindlich. »Kann ich dich kurz sprechen? Dauert nicht lang.«
Sie deutete ihm mit einem Kopfnicken an, mit ihr ein Stück zur Seite zu gehen.
»Ich komme gleich nach«, erklärte Brander seinen Kollegen und folgte Cory. Er spürte deutlich Clewers missfallenden Blick im Rücken, bevor der Inspektionsleiter im Fahrstuhl verschwand.
Cory wartete, bis auch Hendrik durch die Tür zum Parkplatz verschwunden war. Obwohl sie nun unter sich waren, senkte sie die Stimme. »Es geht um Nathalies Aussage.«
»Sie war doch da? Unser Auto stand –«
»Ja, sie war da, nur ...« Auf dem Gesicht der Kollegin zeichnete sich Unschlüssigkeit ab. »Tristan und ich haben sie zu Samstagabend befragt. Sie sagt, sie war im Kino, was Julian bereits bestätigt hatte. Julian hat aber auch gesagt, dass sie beim Hinausgehen zwei Bekannte von Nathalie getroffen hätten. Davon hat Nathalie bei der Befragung heute Morgen nichts erwähnt, obwohl wir sie explizit gefragt haben, ob sie jemanden dort getroffen hat, der ihre Aussage bestätigen könnte.«
»Dann hat sie in dem Moment vielleicht nicht daran gedacht«, suchte Brander eine Erklärung.
»Das war auch meine Vermutung. Also habe ich ihr gesagt, was Julian uns berichtet hat, und sie behauptet, sie wüsste nicht

mehr, wer die beiden Männer gewesen wären, die sie getroffen haben.«

Das war typisch für Nathalie. Immer erst einmal auf stur stellen. Warum machte sie sich das Leben nur so schwer? »Du weißt schon, dass du mir das nicht sagen solltest.«

»Ja«, erwiderte Cory zerknirscht. »Aber du wirst sie doch ohnehin nach dem Gespräch mit uns fragen. Was soll ich von ihrer Aussage halten? Wenn sie nicht ehrlich ist, bringt sie sich in Teufels Küche.«

»Du bringst uns beide mit dieser Aktion in Teufels Küche.« Er deutete auf Cory und auf sich. »Verdammt, Cory, mein Chef stand gerade neben mir. Er kennt eure Ermittlung. Er wird Nathalies Aussage lesen. Meinst du nicht, der reimt sich eins und eins zusammen?«

»Ich –«

»Wahrscheinlich steht euer Tristan in irgendeiner Ecke und beobachtet uns. Der sucht doch nur nach einer Möglichkeit, sich zu profilieren, und du gibst ihm eine Steilvorlage.« Brander stieß ärgerlich die Luft aus.

»Der ist gerade unterwegs. Und du tust ihm unrecht. Er ist ehrgeizig, aber kein falscher Hund.«

»Hast du das Gespräch mit mir wenigstens mit Hendrik abgesprochen?«

»Nein, das war spontan. Als ich dich gerade gesehen habe … Mensch, Andi, mir tut das doch auch alles so leid. Ich hab selbst eine Tochter!«

»Lass deine persönlichen Gefühle zu Hause. Du ermittelst in einem mutmaßlichen Tötungsdelikt, da spielt meine Beziehung zu Nathalie oder zu dir keine Rolle, okay?«, erwiderte Brander streng. Er konnte sie so gut verstehen. Aber ihre Kollegialität durfte die Ermittlungen nicht gefährden. Sein Ton wurde versöhnlicher.

»Ich habe volles Vertrauen zu dir und Hendrik. Ihr werdet herausfinden, was geschehen ist.«

Brander hatte nicht die Geduld, auf den Fahrstuhl zu warten, und wählte den Weg über das Treppenhaus. Die acht Etagen brachten ihn ins Schwitzen, aber die Bewegung half ihm zumindest, innerlich wieder etwas ruhiger zu werden. Warum hatte Nathalie Cory nicht die Namen der beiden Feuerwehrmänner genannt? Offen und ehrlich sollte sie antworten, darum hatte er sie eindringlich gebeten. In mancher Hinsicht blieb ihm das Mädchen ein Rätsel. Er schob seine Sorgen zur Seite und suchte das Besprechungszimmer, das die Tübinger ihnen zugewiesen hatten.

Clewer musterte ihn prüfend, als er hereinkam, wollte ihn aber offensichtlich nicht vor den Kollegen zur Rede stellen.

»Hol dir 'nen Kaffee.« Stephan streckte ihm seine Tasse entgegen. »Und wenn du schon mal unterwegs bist, kannst du mir auch noch einen mitbringen. Wir warten auf einen Rückruf von Fabio.«

Als Brander zurückkehrte, klang die Stimme des Kollegen aus dem Telefon. Clewer hatte den Lautsprecher eingestellt. »Fabio, wie weit bist du mit der Backgroundrecherche zu Walter Dieken?«

»Viel habe ich leider nicht. Dieken lebt seit rund zwanzig Jahren in Tübingen, zuvor in Aalen, da hat er für ein Reinigungsunternehmen gearbeitet und seinen Meister gemacht. Mit dem Umzug nach Tübingen hat er sein eigenes Unternehmen gegründet. Finanzielle Lage überblicke ich im Moment nicht, aber auf seiner Website hat er einige große Firmen als Kunden gelistet, vielleicht läuft es gut, vielleicht ist es auch nur Marketingstrategie.«

»Und privat?«, fragte Clewer.

»Dieken war verheiratet, ist seit acht Jahren geschieden, die Ehe war kinderlos. Seine Ex lebt in Tübingen, Iris Dieken, vierundfünfzig, sie hat den gemeinsamen Ehenamen nach der Scheidung behalten, lebt aber anscheinend wieder in einer neuen Beziehung und ist mit ihrem Partner gerade irgendwo auf den Malediven. Was sie beruflich macht, konnte ich noch nicht herausfinden.«

»Danke, Fabio. Hast du schon Infos zu Frau Cazacu?«

»Vasila Cazacu … Moment.« Im Hintergrund hörten sie Fabio tippen. »Dreiundzwanzig Jahre, ledig, gemeldet bei den Eltern in einem Dorf in der Nähe von Arad, das ist im Westen Rumäniens, nahe der ungarischen Grenze. Sie hat eine Tochter, sieben Monate alt.«

»Laut Aussage von Dieken hat sie das Kind bei den Großeltern gelassen«, ergänzte Peppi.

»Es muss doch auch einen Vater zu dem Kind geben«, überlegte Clewer.

»Dazu habe ich noch nichts«, antwortete Fabio. »Sie war anscheinend öfter als Saisonarbeiterin in Deutschland tätig. Als Erntehelferin auf den Fildern, zuletzt im Oktober letzten Jahres.«

»Das stimmt nicht«, widersprach Brander. »Sie hat aktuell als Aushilfe für Walter Dieken gearbeitet.«

»Wenn sie tatsächlich für ihn gearbeitet hat, hat er sie bisher nicht angemeldet. Als EU-Bürgerin benötigt Vasila Cazacu zwar kein Visum für ihren Aufenthalt in Deutschland, aber wenn sie für Dieken gearbeitet hat, wäre sie als Saisonarbeitskraft sozialversicherungspflichtig«, erklärte Fabio. »Dieken hätte sie entweder in Deutschland oder in Rumänien melden müssen, je nachdem, ob sie in Rumänien eine reguläre Arbeit hat oder nicht und ob sie bezahlten oder unbezahlten Urlaub für ihren Arbeitseinsatz in Deutschland genommen hat, und was weiß ich, was es da alles für unterschiedliche Regelungen gibt. Die Vorschriften sind kompliziert. Fakt ist: Vasila Cazacu ist aktuell weder hier noch dort als Arbeitskraft, Saisonkraft, Aushilfe oder was auch immer gemeldet. Ich kann das aber gern noch mal überprüfen. Ich bin auf dem Gebiet kein Profi. Vielleicht habe ich was übersehen.«

»Dann überprüf bitte auch gleich Hasan Yüksel, ob da alles ordnungsgemäß gemeldet ist«, bat Clewer.

Sì, signor capitano.«

Brander sah zu seinem Chef. »Schwarzarbeit?« War das der

Grund, warum Walter Dieken sich so querstellte und die Mitarbeiter behauptet hatten, Vasila Cazacu nicht zu kennen?

Clewer nickte nachdenklich. »Ich werde mit den Kollegen vom Zoll sprechen. Vielleicht ist die Firma Dieken bei ihnen bekannt.«

※※※

Hasan Yüksel saß mit vorgebeugten Schultern und hängendem Kopf im Vernehmungszimmer. Er trug dieselbe Kleidung wie am Vormittag, als Brander ihn bei der Arbeit angetroffen hatte. An den Knien war seine Hose leicht verschmutzt, als wäre er darauf gestürzt.

»Ich habe nichts getan«, beteuerte Yüksel, kaum dass Brander mit Stephan Klein den Raum betreten hatte. Tiefe Linien zeichneten sich um Mund und Augen des hageren Zweiundvierzigjährigen ab.

»Sie haben uns angelogen«, stellte Brander fest. Er setzte sich dem Mann gegenüber. »Kriminalhauptkommissar Andreas Brander, wir hatten heute Vormittag schon einmal das Vergnügen. Meinen Kollegen Herrn Klein haben Sie bereits kennengelernt. Herr Yüksel, warum haben Sie unseren Kollegen gestern Morgen nicht gesagt, dass Sie die tote Frau kennen?«

Er wich Branders Blick aus. »Ich kenne sie nicht.«

»Hasan, so wird das nix mit uns«, erklärte Stephan in Kumpelmanier.

»Ich kenne die Frau nicht.«

»Pass auf, mein Freund«, Stephan fixierte den Mann mit den Augen, »wir wissen, dass du sie kennst. Dein Chef hat uns nämlich verraten, dass die hübsche Vasila für ihn gearbeitet hat. Und sie war am vergangenen Wochenende mit dir und deinem Putztrupp in Bühl.«

»Das hat mein Chef gesagt?« Yüksel schüttelte misstrauisch den Kopf. »Nein.«

»Woher sollen wir das denn sonst wohl wissen?«

»Hat Frau Cazacu schwarz für Herrn Dieken gearbeitet?«, übernahm Brander wieder.
»Ich kenne die Frau nicht.«
Wie stur war dieser Mann? Brander schlug einen anderen Weg ein: »Wo waren Sie in der Nacht von Sonntag auf Montag?«
»Zu Hause.«
»Kann das jemand bezeugen?«
»Meine Frau.«
»Die hat doch sicher tief und fest geschlafen.« Die Mimik in Stephans faltigem Bulldogengesicht deutete Zweifel an Hasan Yüksels Aussage an.
»Ich war zu Hause! Wir haben zu Abend gegessen, mit den Kindern gespielt, ich bin früh schlafen gegangen. Ich habe nichts getan!«
»Warum sind Sie heute Vormittag vor meiner Kollegin und mir geflüchtet?«, fragte Brander.
»Ich habe nichts getan.«
»Sie haben meiner Kollegin den Putzwagen in den Magen gerammt.«
Yüksel fasste den Mut, Brander ins Gesicht zu sehen. »Habe ich sie verletzt?«
»Sie hat ein paar blaue Flecken.«
»Ich wollte das nicht. Bitte sagen Sie ihr, es tut mir leid.«
Brander meinte, in den dunklen Augen tatsächlich Reue zu erkennen. »Das werde ich.«
»Danke.« Yüksel senkte die Augenlider wieder und starrte auf die Tischplatte.
Brander holte das Foto mit dem Porträt der toten Frau aus seiner Mappe und schob es über den Tisch zu ihm. »Warum leugnen Sie, diese Frau zu kennen? Wir wissen, dass Sie sie kennen.«
Der Mann schwieg.
Stephan sprach Yüksel in seiner Muttersprache an. Er sprach nicht fließend Türkisch, aber doch gut genug, um Fragen zu stellen. Es hatte ihm manches Mal geholfen, als er noch als

verdeckter Ermittler gearbeitet hatte. Es schaffte eine Brücke. Auch jetzt entspann sich ein kurzer, heftiger Dialog, bei dem Stephan immer wieder energisch mit dem Finger auf das Foto von Vasila Cazacu klopfte.

Brander verstand kein Wort. Das Gespräch klang aggressiv in seinen Ohren, aber er konnte nicht einmal erahnen, in welche Richtung es sich entwickelte. Er hasste solche Situationen, zwang sich aber zur Geduld, in der Hoffnung, dass Stephan den Mann zum Reden brachte und dabei die Grenzen des Erlaubten nicht überschritt.

»Und jetzt pass auf, Hasan, das alles, was du mir gerade gesagt hast, sagst du meinem Kollegen jetzt bitte auf Deutsch.« Stephan lehnte sich zurück und verschränkte die Arme vor der massigen Brust. Unter einem Bündchen seines Pullis blitzte eine Tätowierung hervor, ebenfalls ein Relikt vergangener Tage.

Hasan Yüksel benötigte ein paar Atemzüge Anlauf, bevor er schließlich stockend berichtete: »Vasila kam vor zwei Wochen zu Herrn Dieken. Sie hat ausgeholfen. Im Dezember sind viele Feste, und zwischen den Feiertagen haben wir große Reinigungsaufträge von Firmen, die über den Jahreswechsel geschlossen haben. Da kommen oft Aushilfen.«

»Legale Aushilfen?«, fragte Brander.

»Ja, natürlich!«

»Warum haben Sie behauptet, die Frau nicht zu kennen?«

»Das kann ich nicht sagen.«

»Hasan!«, fuhr Stephan den Mann ungeduldig an.

»Es ist schwer ...« Yüksels Blick glitt zur verschlossenen Tür. Der Mann kämpfte mit Gewissenskonflikten.

»Du sagst uns jetzt die Wahrheit«, forderte Stephan. »Das ist der schnellste Weg hier raus.«

»Ich hab das nicht gewollt. Lügen, meine ich. Ich wollte nicht lügen.«

Brander musterte sein Gegenüber abwartend.

»Ich kam gestern zur Arbeit. Früh, um sechs Uhr. Der Chef war schon da. Er ist immer als Erster in der Firma. Er ist ein guter

Chef, er packt mit an. Meik, er ist mein Kollege, war auch schon da. Sie standen vor dem Haus. Herr Dieken sagte, es sei etwas Schlimmes passiert. Er sagte, er habe Vasila gefunden. Sie sei tot. Wir dürften niemandem sagen, dass wir sie kennen. Er hat sie mir gezeigt. Sie lag im Gras. Es ...« Er stockte, rieb sich mit Daumen und Zeigefinger über die Nasenwurzel. »Es war schlimm. Ich wollte nicht lügen, aber ... Bitte, was sollte ich tun?«

»Warum sollten Sie niemandem sagen, dass Sie Frau Cazacu kennen?«, fragte Brander.

»Das ist schlecht für die Firma. Gerede der Leute. Wir würden Aufträge verlieren, und das ist nicht gut. Es gab schlimme Zeiten. Wenig Arbeit, wenig Geld. Bitte, Sie müssen das verstehen. Ich brauche diese Arbeit. Ich muss meine Familie ernähren. Meine Frau, meine Kinder, meine Eltern, meinen Bruder ... Ich bin der Einzige, der gute Arbeit hat.«

»Herr Yüksel, habe ich das richtig verstanden: Herr Dieken hat von Ihnen verlangt, dass Sie uns gegenüber aussagen sollten, dass Sie Frau Cazacu nicht kennen?«

Hasan Yüksel deutete ein kaum sichtbares Nicken an. »Er ist kein schlechter Mensch. Er ist ein guter Chef. Er will, dass wir unsere Arbeit behalten.«

»Was hat Ihr Kollege dazu gesagt?«

»Er hat das verstanden.«

Angst um den Job. Hatten die Mitarbeiter deswegen bereitwillig gelogen? Alle? Nein, nicht alle. Sie hatten noch nicht jeden Mitarbeiter von Walter Dieken erreicht. Hatten sich manche nicht gemeldet, weil sie die Polizei nicht anlügen wollten? Und warum wollte Dieken, dass sie leugneten, die Frau zu kennen? Ein schlechtes Licht auf die Firma, Angst davor, Aufträge zu verlieren. War das der Grund? Oder ging es tatsächlich um Schwarzarbeit?

»Und dann kommen Sie wieder und stellen Fragen. Ich wollte Ihre Kollegin nicht verletzen.« Yüksel sah Brander schuldbewusst an. »Ich wusste nicht, was ich tun soll. Das war Kurzschluss ... Ich darf meine Arbeit nicht verlieren.«

»Jetzt mach dir darüber mal keinen Kopp«, beruhigte Stephan den Mann. »Unsere Kollegin wird dich nicht wegen eines Schubsers anzeigen.«

Brander war sich nicht sicher, ob Käpten Huc und der Staatsanwalt ebenso viel Verständnis aufbringen würden. Gewalt gegen Polizeibeamte hatte in den letzten Jahren zugenommen. Es würde nicht besser werden, wenn die Leute ständig ungestraft davonkämen. »Was wissen Sie über Vasila Cazacu?«

»Nicht viel. Sie sprach kaum Deutsch, ein bisschen Englisch. Aber sie war ein guter Mensch. Sie hat das nicht verdient.«

Alle waren gute Menschen, Dieken, Cazacu, und Yüksel würde sich selbst sicher auch als guten Menschen bezeichnen.

»Wussten Sie, dass sie ein Kind hat?«

Yüksel nickte. »Sie hat mir Fotos gezeigt. Sie war traurig, dass sie nicht bei ihrem Kind sein kann. Eine Mutter sollte ihr Baby nicht alleinlassen. Aber sie hatte hier keinen Platz für das Baby.«

»Waren die Fotos auf Papier, oder waren sie auf einem Smartphone?«, hakte Brander nach.

»Auf ihrem Smartphone.«

»Haben Sie die Nummer?«

Hasan Yüksel zögerte. »Nein, nicht mehr ... Ich hab die Nummer gelöscht.«

»Haben Sie Frau Cazacu mal angerufen?« Vielleicht bestand die Chance, dass die Nummer in den Anrufprotokollen gespeichert war.

»Nein.«

»Woher wusste Frau Cazacu, wann sie arbeiten musste?«

»Der Chef hat es ihr gesagt.«

»Wie ist Frau Cazacu zur Arbeit gekommen?«

»Das weiß ich nicht.« Yüksel hatte wieder Schwierigkeiten, Brander in die Augen zu sehen. »Sie war meistens da, wenn ich kam.«

»Und wenn sie nach Ihnen kam?«

»Ich weiß nicht. Ich habe nicht darauf geachtet.«

Brander hatte das Gefühl, dass Yüksel auch jetzt nicht mit der

Wahrheit rausrückte. »Kam sie zu Fuß? Oder mit dem Fahrrad? Hat sie jemand zur Arbeit gebracht?«

»Ich weiß es nicht.«

»Wo hat Frau Cazacu gewohnt?«

Der Mann geriet aufs Neue in Gewissensnöte. Er rieb sich durch das Gesicht, hob den Blick zur Decke und verfiel in seine Muttersprache.

»Hasan, komm, zieh hier keine Show ab. Wir haben heute noch anderes zu tun, und du willst wieder zu deiner Familie«, drängte Stephan. »Mein Kollege versteht kein Türkisch, also sprich Deutsch mit uns. Wo hat die Kleine gepennt?«

»Ich kann nicht ...«

»Wo, Hasan?«

»In ... in der Firma.«

»Wie bitte?«, fragte Brander überrascht.

»Das weiß niemand.«

»Aber Sie wissen es.«

Yüksel hob die Schultern. »Ich habe sie einmal überrascht. Ich hatte mein Handy in der Firma vergessen und bin spät noch mal hin, um es zu holen. Sie hat da geschlafen.«

»Wo hat sie geschlafen? Hatte sie ein Zimmer?«

»Nein, auf einer Pritsche, im Lager.«

»Ist es normal, dass Mitarbeiter in der Firma übernachten?«

Yüksel verneinte.

»Wie sind Sie in die Firma reingekommen?«

»Ich habe einen Schlüssel.«

»Haben alle Mitarbeiter einen Firmenschlüssel?«

»Nein, nur die Vorarbeiter.«

»Das wären Sie – und wer noch?«

»Meik Hauser und Cosima Fleck.«

»Wussten die beiden auch, dass Frau Cazacu in der Firma schlief?«

»Nein ... Ich weiß nicht. Ich habe es niemandem gesagt. Sie tat mir leid. Bei uns zu Hause ist kein Platz, sonst hätte ich sie mitgenommen. Meine Wohnung ist klein.«

Stephan nickte bestätigend.
»Aber Herr Dieken muss doch davon gewusst haben?«
»Ich weiß es nicht.« Yüksel hob erneut die Schultern. »Ich habe ihn nicht gefragt.«

»Frau Cazacu hat in Diekens Firmengebäude übernachtet?«, fragte Clewer ungläubig.
Brander saß mit ihm, Stephan und Peppi in ihrem Gästequartier des Tübinger Kriminalkommissariats. Sie hatten Hasan Yüksel wieder gehen lassen, nachdem das Gesprächsprotokoll unterzeichnet war.
»In einem der hinteren Lagerräume gibt es eine Pritsche, da hat sie angeblich geschlafen«, berichtete Brander. »Duschen und Toiletten sind vorhanden, dazu ein Kaffeeautomat, Wasserkocher. Da kann man sich eine Weile über Wasser halten.«
Peppi blies sich eine Locke aus der Stirn. »Das muss der Dieken doch bemerkt haben.«
»Obdach gegen Sex, und sie hat ihn zurückgewiesen?«, schlug Stephan vor.
Brander schüttelte den Kopf. »Es gab keine Kampfspuren am Körper der Toten und keine Anzeichen sexueller Gewalt.«
»Vielleicht musste sie bezahlen«, überlegte Peppi. »Das gibt es doch immer wieder, dass Saisonkräfte gegen ein Entgelt, das gleich vom Lohn einbehalten wird, eine Unterkunft bekommen.«
»Tolle Unterkunft. Eine Pritsche im Lagerraum.«
»Es geht schlimmer.«
Da hatte Peppi allerdings recht.
»All diese Informationen sollten doch endlich ausreichen, um einen Durchsuchungsbeschluss für das Firmengebäude von Walter Dieken zu bekommen«, befand Brander.
Clewer hob skeptisch die Augenbrauen. »Außer dass Dieken uns Informationen vorenthalten hat, haben wir keinen konkreten Hinweis darauf, dass er die Tat begangen hat oder daran beteiligt ist. Und nur, weil einer schwindelt, muss er nicht gleich eine Frau erschlagen haben.«

»Wenn Vasila Cazacu tatsächlich in der Firma geschlafen hat, muss es dort persönliche Gegenstände von ihr geben: Kleidung, Kosmetik, Zahnbürste. Wo ist ihr Smartphone? Ihre Papiere?«, sprang Peppi Brander bei. »Bei jedem anderen Tötungsdelikt schauen wir uns die Wohnung des Verstorbenen an. In diesem Fall ist anscheinend Diekens Firma ihre Wohnung.«

»Dazu haben wir lediglich die Aussage seines Mitarbeiters«, relativierte Clewer. »Eines Mitarbeiters, der uns bereitwillig angelogen hat, der dich angegriffen und dann die Flucht ergriffen hat. Vielleicht versucht er nur, von sich abzulenken.«

»Aber Tatsache ist, dass sie für Dieken gearbeitet hat«, hielt Peppi dagegen. »Das hat er selbst zugegeben. Die Mitarbeiter haben doch sicher Spinde, in denen sie ihre persönlichen Sachen einschließen können.«

»Sie ist mutmaßlich nicht während der Arbeitszeit getötet worden, also müssen ihre Sachen nicht dort sein.«

»Ach, verflucht noch eins!« Peppi schlug die Faust auf den Tisch.

»Persephone, ich verstehe deinen Frust, aber wir dürfen uns nicht so sehr auf eine einzige Fährte versteifen. Dafür ist es noch zu früh. Nur weil die Leiche neben seinem Firmengebäude gefunden wurde, heißt das nicht, dass Walter Dieken mit ihrem Tod zu tun hat«, erwiderte Clewer ruhig. »Ganz rational betrachtet: Wenn ich jemanden umbringe, dann lege ich ihn nicht direkt vor meine Haustür.«

»Es muss doch einen Grund geben, warum der Täter sie vor der Tür ihres Arbeitgebers abgelegt hat«, ließ Peppi nicht locker.

»Ich schlage vor, ihr nehmt euch erst einmal die beiden anderen Vorarbeiter vor. Wenn die Yüksels Aussage bestätigen, sollte ein Durchsuchungsbeschluss für Diekens Firma kein Problem sein.«

Brander hatte eine andere Idee. »Haben wir das Auskunftsersuchen von der Staatsanwaltschaft bekommen?«

»Ja«, erwiderte Peppi.

»Dann lass uns noch mal zu Dieken fahren. Cazacu hatte

ein Smartphone. Wenn wir ihre Nummer haben, können wir versuchen, es orten zu lassen.«

»Andreas«, kam es konsterniert von Clewer. »Ignorierst du gerade meinen Arbeitsauftrag?«

»Das kann Stephan doch übernehmen.«

Der Hüne grinste. »Haste Angst, dass dir die beiden auch noch davonlaufen?«

»Die Nummer von Cazacus Smartphone können wir über ihre Familie bekommen«, erklärte Clewer.

»Und wie lange wird das dauern?«, erinnerte Brander ihn an die langen Wege über Botschaften und auswärtige Ämter.

Der Inspektionsleiter gab sich geschlagen.

***

Walter Dieken wollte gerade zu seinen Mitarbeitern in einen Transporter steigen, als Brander und Peppi neben dem Wagen parkten. Auf halbem Weg hielt er inne und starrte ihnen finster entgegen.

»Herr Dieken, wir müssen noch einmal kurz mit Ihnen sprechen.« Brander trat forsch auf den Mann zu.

»Das ist jetzt schlecht.«

»Wir haben ein offizielles Auskunftsersuchen.« Peppi hielt den Schrieb hoch.

Diekens Blick wanderte unschlüssig zwischen dem Papier und seinem Transporter hin und her. Schließlich nahm er den Fuß vom Tritt und reichte dem Mitarbeiter auf dem Beifahrersitz den Schlüssel. »Han, fahr schon mal vor, ich komme nach, so schnell es geht.«

»Ist gut, Chef.« Der Asiate kletterte umständlich hinter das Lenkrad.

»Worum geht es dieses Mal?«, wandte Dieken sich mit grimmigem Blick an Peppi.

»Es geht noch immer um Ihre Mitarbeiterin Vasila Cazacu.«

»Sie war lediglich eine Aushilfe.«

»Wenn Sie uns bitte die Daten geben, um die wir Sie heute Mittag gebeten haben.«

»Kommen Sie mit.« Dieken schritt ihnen energisch voran. In seinem Büro schaltete er den Computer ein und griff zum Telefon.

»Wen wollen Sie anrufen?«, bremste Brander den Mann.

»Meinen Anwalt.«

»Wie geht es Frau Hentschel?«, erkundigte sich Peppi.

»Nach Ihrem Auftritt heute Vormittag? Sie hatte einen Nervenzusammenbruch. Ich musste sie nach Hause bringen.«

»Kannte sie Frau Cazacu gut?«

»Ich werde keine Aussage machen. Sparen Sie sich also Ihre Fragen.« Er setzte seinen Anruf fort. »Karl? Ich bin's. Es geht noch mal um die Sache von heute Mittag.« Er berichtete seinem Anwalt von dem Auskunftsersuchen.

Warum stellte der Mann sich so quer? Damit riskierte er nur, dass er unter Verdacht geriet und sie ihn genauer unter die Lupe nahmen.

Brander ließ den Blick durch das Büro gleiten. Gab es einen Hinweis, der Walter Dieken mit dem Tod von Vasila Cazacu in Verbindung brachte? Aber warum hätte er eine Aushilfskraft erschlagen und neben seinem Firmengebäude ablegen sollen? Die Frau war in der Nacht verstorben. Wäre Dieken der Täter, hätte er alle Zeit und Mittel gehabt, sie an einen anderen Ort zu bringen.

Der Unternehmer beendete das Gespräch, tippte auf der Computertastatur herum und startete einen Druckauftrag. Er hielt ihnen ein einzelnes DIN-A4-Blatt entgegen.

»Das ist alles, was ich von ihr habe.«

»Ist das ihre Handynummer?« Peppi deutete auf eine Zahlenschlange.

»Ja.«

Peppi nahm das Papier und zückte ihr Smartphone.

»Herr Dieken, ich verstehe Sie nicht.« Brander schlug einen neutralen Ton an. »Eine Ihrer Mitarbeiterinnen stirbt eines gewaltsamen Todes. Da müssen Sie doch auch ein Interesse daran haben, zu erfahren, was geschehen ist.«

»Das Leben anderer Leute geht mich nichts an.«

»Und darum haben Sie Ihre Mitarbeiter zu einer Falschaussage aufgefordert?« Brander beobachtete sein Gegenüber. Hinter Bart und Brille war die Mimik des Mannes nur schwer zu deuten.

Dieken wandte das Gesicht zur Seite. »Ich sagte Ihnen bereits, dass ich keine Aussage machen werde. Und jetzt entschuldigen Sie mich, ich muss arbeiten.«

»Wussten Sie, dass Frau Cazacu in einem Ihrer Lagerräume übernachtet hat?«

Von irgendwoher erklang dumpf die Melodie eines Smartphones. Peppi sah fragend von ihrem Apparat auf.

»Ist das Handy eines Mitarbeiters«, sagte Dieken. »Hat er wohl im Spind gelassen.«

»Aha.« Die Musik verstummte. Peppi tippte auf Wahlwiederholung. Erneut erklang eine dumpfe Melodie. »Wohl eher einer Mitarbeiterin. Würden Sie uns bitte zeigen, wo Frau Cazacu ihre persönlichen Sachen aufbewahrte?«

Schweiß bildete sich auf Diekens Stirn. »Das muss ich nicht.«

»Oh doch, das müssen Sie«, erwiderte Brander streng. »Frau Cazacus Smartphone ist ein Beweismittel in einem Tötungsdelikt. Einen vorläufigen Durchsuchungsbeschluss habe ich innerhalb von zwei Minuten. Peppi, rufst du bitte den Staatsanwalt an.«

»Woher soll ich wissen, dass Frau Cazacu ihren persönlichen Kruscht bei mir liegen lässt?«

»Verraten Sie uns einfach, wo.«

Dieken machte keine Anstalten, Branders Aufforderung nachzukommen.

Während Peppi mit Marco Schmid telefonierte, tippte Brander seinerseits Vasila Cazacus Nummer in sein Smartphone ein. Die Melodie ertönte wieder. Er ging in den Flur.

»Was machen Sie denn?« Dieken eilte erbost hinter ihm her.

»Ich suche das Handy Ihrer verstorbenen Mitarbeiterin.«

Brander ging lauschend durch den Gang. Die Melodie kam aus dem vorderen Raum, nahe der Eingangstür. Die Tür war offen. Ein Tisch stand in der Mitte, drum herum Plastikstühle. Spinde säumten die linke Wand. Offensichtlich handelte es sich um den Umkleide- und Aufenthaltsraum der Mitarbeiter. Die Melodie verstummte. Eine Ansage erklang in einer Sprache, die Brander nicht verstand. Er wählte erneut. Die Melodie kam gedämpft aus einem der Spinde.

»Würden Sie mir den Schrank bitte aufmachen?« Brander deutete auf eine mit einem Vorhängeschloss verriegelte Tür.

Dieken war ihm gefolgt und verschränkte die Arme. »Ich habe keinen Schlüssel. Die Schlösser bringen meine Mitarbeiter mit.«

Vasila Cazacu hatte keinen Schlüssel bei sich gehabt.

Ein Brecheisen tut's auch, lag Brander auf der Zunge. Aber er wollte vermeiden, irgendwelche Spuren zu zerstören. Womöglich hatte nicht Vasila Cazacu das Handy dort eingeschlossen. »Unsere Kriminaltechniker werden sich den Spind anschauen. Rühren Sie bitte nichts an.«

Brander rief Manfred Tropper an.

Ein Smartphone, eine Handtasche samt Geldbörse und Reisepass, eine Jacke, dazu ein Pulli, Jeans, T-Shirts und Unterwäsche, alles ordentlich zusammengelegt. Das war das Ergebnis der Durchsuchung des Spindes. Das Smartphone würde Tropper nach der Spurensicherung direkt an Jens Schöne weiterleiten. Der IT-Forensiker sollte ein Bewegungsprofil erstellen und versuchen, an die Daten zu kommen. Vielleicht gaben die letzten Anrufe einen Hinweis darauf, zu wem Vasila Cazacu kurz vor ihrem Tod Kontakt hatte, hoffte Brander.

Walter Dieken hatte seinen Anwalt erneut angerufen. Der war herbeigeeilt, um seinem Mandanten beizustehen. Ein hoch aufgeschossener, schlanker Mann mit Schnäuzer stand neben Dieken. Er trug Anzug und Fliege, und Brander kam spontan der Vergleich mit Pat und Patachon in den Sinn, als er die beiden Männer vor sich sah. Nur dass Patachon eigentlich keinen Vollbart trug.

»Kohl-Konning«, stellte der Anwalt sich vor und reichte Brander die Hand. »Was wird Herrn Dieken vorgeworfen?«

»Behinderung einer polizeilichen Ermittlung aufgrund einer Falschaussage, Anstiftung zur Falschaussage, Unterschlagung von Beweismitteln –«

»Davon wusste ich nichts!«, unterbrach Dieken ihn energisch.

Für Branders Geschmack etwas zu energisch. »Laut unseren Informationen hat die getötete Vasila Cazacu mindestens einmal in diesem Gebäude übernachtet, vermutlich öfter. Die Frau wurde nur wenige Meter entfernt von diesem Gebäude tot aufgefunden. Wir finden ihre persönliche Habe im Mitarbeiteraufenthaltsraum, verschlossen in einem Spind. Dies legt die Vermutung nahe, dass Frau Cazacu sich kurz vor ihrem Tod hier aufgehalten hat.«

»Ich habe nichts mit ihrem Tod zu tun!«

»Das habe ich auch nicht gesagt.«

»Herr Brander, bevor wir dieses Gespräch fortführen«, Kohl-Konning hob bremsend die Hand, »lassen Sie uns bitte erst einmal den Status quo klären. Beschuldigen Sie Herrn Dieken der Beteiligung an einer Straftat, der Tötung oder der Beteiligung an der Tötung von Frau Cazacu?«

»Die Vorwürfe, die gegen Herrn Dieken aktuell im Raum stehen, habe ich Ihnen gerade genannt.«

»Gut. Da Sie gefunden haben, was Sie suchten, möchte ich Sie im Auftrag von Herrn Dieken auffordern, nach Beendigung der Spurensicherung am Spind dieses Haus wieder zu verlassen. Für eine weitere Befragung stehen wir gern nach Übersendung einer offiziellen Vorladung zur Verfügung.«

***

Cecilia war im Wohnzimmer. Sie hatte eine Yogamatte auf dem Fußboden ausgebreitet und saß darauf in einer Position, bei der allein schon der Anblick Brander Schmerzen bereitete.

»Was machst du denn hier mitten in der Nacht für Verrenkungen?«

»Erstens ist es nicht mitten in der Nacht, sondern gerade mal …« Sie neigte den Kopf ein Stück, um die Uhr zu lesen. »Oh, doch schon elf Uhr. Und zweitens sind das keine Verrenkungen. Ich praktiziere Yoga.«

»Das kommt für mich aufs Selbe hinaus.«

Seine Frau warf ihm einen vernichtenden Blick zu und vollbrachte das Kunststück, ihre Arme und Beine wieder in eine Position zu bringen, die Brander wesentlich gesünder erschien.

»Ein bisschen mehr Beweglichkeit könnte dir auch nicht schaden.« Sie klopfte auf den Boden neben sich. »Komm, setz dich zu mir.«

Eigentlich wollte er nur noch schnell duschen und dann ins Bett, aber wann hatte er das letzte Mal neben Cecilia auf dem Fußboden gesessen? Schmunzelnd hockte er sich neben sie auf die Yogamatte. In der weiten burgunderfarbenen Baumwollhose und dem schwarzen Oberteil mit einem fließenden V-Ausschnitt fand er seine Frau äußerst anziehend. Ein Blick auf ihre hübsch geschwungenen Lippen verscheuchte seine Müdigkeit.

»Jetzt ziehst du die Füße zu dir heran, Fußsohlen gegeneinander, Knie fallen nach außen.« Sie machte es ihm vor.

Während ihre Knie fast den Boden berührten, blieben seine auf halber Strecke hängen.

»Komm, da geht noch was«, forderte Cecilia.

»Ich bin nicht aufgewärmt.«

»Du bist gerade mit dem Rad gefahren.«

Das konnte er nicht leugnen, er trug noch seine Radhose. Auf zu enge Kleidung konnte er es daher auch nicht schieben. »Ich will mir aber keine Zerrung holen.«

»Du bist so ein steifer Knochen.«

»Ich zeig dir gleich mal, wie steif ich bin.« Er löste die Stellung und beugte sich zu ihr, um sie zu küssen.

Sie neigte sich lachend zurück. »Nix da, wir müssen reden.«

»Wir können hinterher reden.«

Aber mit Cecilia war nicht zu verhandeln. »Ich habe heute versucht, mit Nathalie über Gudruns Beerdigung zu sprechen.«

»Und?«, fragte Brander, Unheil ahnend.

»Sie will keine Beerdigung. Ich zitiere ihre Worte: ›Gibt doch Armengräber, soll die Alte darin vermodern.‹«

Brander sah seine Frau betroffen an. Das aufkeimende zärtliche Geplänkel zwischen ihnen war auf der Stelle verflogen. Da war so viel Wut in seiner Adoptivtochter. So viele ungelöste Konflikte.

»Das bringe ich nicht übers Herz, Andi.«

»Wenn Nathalie es so will. Wir haben das nicht zu entscheiden.«

»Aber wir haben ein Wort mitzureden. Andi, wir können das nicht zulassen. Irgendwann wird Nathalie trauern, und ich will nicht, dass sie sich dann schämt für das, was sie jetzt tut. Gudrun war für sie und auch uns gegenüber kein besonders liebenswerter Mensch, aber ich bin mir sicher, dass sie ihre Tochter geliebt hat.«

Brander hob zweifelnd die Augenbrauen. »Du kennst Nathalies Kindheit und Jugend. Was war daran gut? Von was für einer Liebe sprichst du?«

Cecilia seufzte schwer. »Denken wir nicht zurück, denken wir an Nathalies Zukunft. Es geht nicht darum, Rache an Gudrun zu üben, sondern Abschied zu nehmen und etwas hinter sich zu lassen. Und zwar so, dass man sich weiterhin im Spiegel anschauen kann. Diese Wut, die Nathalie jetzt empfindet, mag sie heute schützen. Aber wenn sie nicht lernt, ihrer Mutter zu vergeben, wird aus dieser Wut irgendwann eine tiefe Verbitterung werden. Und Verbitterung ist keine gute Basis für ein glückliches Leben.«

Jetzt war es an Brander, ratlos aufzustöhnen. Er konnte seiner

Frau nicht widersprechen. Er wollte, dass Nathalie glücklich war. Wie oft wickelte sie ihn mit ihrem frechen Grinsen um den Finger? Ein erster Schritt, sich mit ihrer Vergangenheit auszusöhnen, war sicherlich, wenn Nathalie ihrer leiblichen Mutter ein anständiges Begräbnis ermöglichte. »Das Finanzielle werden wir übernehmen müssen.«

»Das kriegen wir hin.« Cecilias Gesichtszüge entspannten sich. Sie küsste ihn lächelnd auf die Wange und lehnte sich an seine Schulter. »Jetzt musst du nur noch Nathalie überzeugen.«

***

Eine kleine Wandergruppe hatte sich in die Kneipe verirrt. Fünf Männer jenseits der sechzig, aber rüstig genug, um ein paar kühle Biere und Schnäpse zu trinken. Kartoffelsalat und Fleischküchle waren gefragt. Der Wirt hatte zwei Portionen für seine ausländischen Stammgäste zurückgehalten. Die beiden hatten ihn nicht enttäuscht, waren wie jeden Abend gekommen. Allerdings hatten sie einen anderen Tisch nehmen müssen, da ihrer bereits von den wandernden Rentnern okkupiert worden war. Es hatte den beiden nicht gefallen, hatte Siegfried Wankmüller ihren Blicken entnommen, dennoch hatten sie sich, ohne zu murren, an den mittleren Tisch an der Längsseite gesetzt.

Das Trio war ebenfalls wie allabendlich vertreten. Selbst Meik, der jetzt schauen musste, wie er zukünftig über die Runden kam, war gekommen und schlabberte sein Bier. Als Gebäudereiniger würde er sicher schnell wieder eine Arbeit finden. Reinigungskräfte wurden immer gebraucht. Und Meik hatte Qualifikationen, wenn man seinen Worten glauben durfte.

Noch ein Stündchen, dann war Zapfenstreich. Aber vielleicht blieben die Wanderer auch ein bisschen länger und tranken noch ein paar Gläser. Siggi zapfte eine neue Runde Pils für die Gruppe, als der Fremde hereinkam, der am Abend zuvor schon da gewesen war. Bruno. Der Name passte zu dem Kerl, ein großer, gefährlicher Bär. Zielstrebig steuerte er den freien Platz neben Meik an und setzte sich.

»Kannst mir gleich eins mitmachen, Herr Wirt.« Er sah zu seinen drei neuen Freunden und zwinkerte Bianka zu, die daraufhin tatsächlich kicherte wie ein Schulmädchen.

Wo kam der Kerl immer so spät her?, überlegte Siggi. Im Dorf wohnte er nicht. Er könnte auf dem Bau schaffen. Kräftig genug war er. Nach Feierabend verdiente er sich vielleicht noch irgendwo schwarz was dazu. Zwei Straßen weiter zogen sie gerade ein neues Haus hoch. Vielleicht kam er von dort?

»Und? Wie läuft's, Meik?«, fragte Bruno.

Meik stieß die Luft aus und zuckte die Achseln. »Scheiße läuft's.«

»He, Herr Wirt, mein Freund hier braucht was zur Aufmunterung. Haste mal 'nen guten Tropfen für ihn? Ich geb einen aus.« Brunos Blick wanderte prüfend über die Schnapsflaschen im Regal. Er zog enttäuscht eine Schmolllippe. »So 'nen richtig edlen Tropfen haste aber nicht dabei.«

Wenn es ihm nicht passte, sollte er doch woanders hingehen. Aber das wagte Siggi dem Kerl nicht vor den Kopf zu sagen. Er wollte nicht, dass die anfingen, sich die Kurzen einzuverleiben. Das gab nur Ärger. Meiks Laune würde sich nicht verbessern, Bianka vertrug nix, Randolph wurde noch geschwätziger, und dieser Bruno, dem war nicht zu trauen. Das war ein Hitzkopf. Zwei, drei Schnäpse, und sie mussten jedes Wort auf die Goldwaage legen. Der Kerl suchte doch nur nach Ärger. Siggi bemühte sich um einen gleichmütigen Gesichtsausdruck.

»Da, der Willi, der muss doch weg.« Bruno deutete auf die angebrochene Flasche Williams Christ.

»Jetzt trinkt doch erst mal euer Bier.«

»Siggi, so heißte doch, oder?«

Da schwang ein drohender Unterton in der Stimme mit. Der Wirt nickte mit steifem Nacken.

»Gut, Siggi, was is nu? Biste Geschäftsmann? Willste Umsatz machen, oder nicht?«

Widerstrebend nahm der Wirt die Flasche aus dem Regal und stellte vier Pinnchen auf den Tresen. »Musst du noch fahren?«
»Was geht 'n dich das an?«
»Als Wirt trage ich eine Verantwortung.«
»Vielleicht hast du ja ein Bettchen für mich?«
»Das ist eine Kneipe und kein Hotel.«
Bruno lachte harsch auf, seine Augen blieben kalt. »Dann penn ich wohl im Auto. Und jetzt mach mal voll.«
Siggi füllte die Schnapsgläser, dann nahm er das Tablett mit den frisch gezapften Bieren für die Rentnergruppe. Die waren in bester Stimmung. Einer gab gerade eine Story über den erfolgreichen Verkauf eines Gebrauchtwagens zum Besten. Achttausend Euro in bar und das alles in Fünfzig- und Zwanzig-Euro-Scheinen. Fünfmal hätte er zählen müssen, bis er sicher war, dass der Käufer ihm nicht zu wenige Scheine gegeben hatte.
»Und die hast du jetzt in die Matratze genäht?«, witzelte einer.
»Ah wa, die hat er im Garten vergraben!«, ein Zweiter.
»Ha, auf der Bank, da kriegste ja nix mehr dafür. Da musst du ja jetzt noch zahlen, wenn du Geld hast!«, schimpfte ein Dritter.
»Also, ich tät das Geld im ganzen Haus verstecke, überall a bissle was«, riet der Vierte.
Die Gruppe schaukelte sich hoch, mit immer absurderen Vorschlägen.
Bruno lauschte andächtig. »Wenn ich so viel Kohle daheim hätt, ich würd das ja nicht so in die Welt posaunen«, raunte er seinem Sitznachbarn zu. Er hielt ihm sein Schnapsglas hin. Sein Blick war lauernd. »Nicht, Meik? Man weiß ja nie, wer so mithört.«
Meik stierte ihn an. »Was soll denn das heißen?«
»Nix.«
»Hat er dich geschickt?«
»He?«
»Brauchst dich gar nicht dumm stellen!«

»Jetzt pass mal auf!« Bruno richtete seinen Oberkörper demonstrativ auf.

»Hey, hey, hey! Ich will hier keinen Ärger, Leute!«, rief Siggi aufgeregt dazwischen. Die Ader an seinem Hals pulsierte nervös. Er hatte doch gewusst, dass es mit diesem Kerl nur Stunk gab.

»Keiner will Ärger.« Bruno hob unschuldig die Handflächen zur Decke, behielt Meik aber im Blick.

Der schob sein Schnapspinnchen zu ihm rüber. »Kannste selber trinken. Siggi, ich zahl morgen.« Meik stand auf und ging.

Bruno sah ihm hinterher. »Was hat 'n der?«

»Lass ihn, der ist gerad nicht gut drauf«, erwiderte Bianka und schnappte sich Meiks volles Schnapsglas. »Komm, wir trinken noch einen.«

Bruno rückte auf. »Na denn, haste heut noch 'n Bettchen für mich frei? Der Siggi sagt, ich darf nicht mehr fahren.«

Bianka kicherte wieder.

Einer der Ausländer stand auf und ging zur Toilette. Auf dem Rückweg streifte er den Stuhl des Autoverkäufers. Die Jacke, die über der Stuhllehne gehangen hatte, fiel zu Boden. Er hob sie auf, klopfte den Staub ab. *»Scuze.«*

Mittwoch

Brander war früh aufgestanden, damit er Nathalie abpassen konnte, bevor sie sich auf den Weg zum Bahnhof machte, um zu ihrer Ausbildungsstelle nach Reutlingen zu fahren. Der Kaffee war bereits durchgelaufen, als sie in die Küche kam. Zur engen Stretchjeans trug sie ein dunkel gemustertes Longshirt und eine Kapuzensweatjacke. Ihre gewöhnliche Alltagskleidung, kein Zeichen von Trauer. Die kurzen dunklen Haare standen zerzaust in alle Richtungen ab. *Undone-Look* nannte sich das, hatte er von seiner Adoptivtochter gelernt, als er es einmal gewagt hatte, sie mit Struppi zu begrüßen.

»Guten Morgen.«

»Morgen.« Nathalie schraubte ihren Thermobecher auf, um den Kaffee darin einzufüllen. Im Gegensatz zu Brander war sie kein Morgenmensch.

»Gut geschlafen?« Brander hatte sie am Abend zuvor nicht mehr stören wollen.

Jetzt murrte sie ein muffeliges »Geht so« vor sich hin.

»Ich bringe dich heute zur Arbeit.«

»Hm?« Sie warf ihm einen irritierten Blick zu.

»Oder möchtest du lieber zu Hause bleiben?«

»Wieso das denn?«

Weil deine Mutter gestorben ist, Kind, erwiderte Brander stumm. »War nur eine Frage.«

»Und wieso willst du mich zur Arbeit fahren? Das ist gar nicht deine Richtung.«

So langsam wurde das Mädel wach. »Freu dich doch einfach, dass du nicht mit der Bahn fahren musst.«

Sie musterte ihn mit misstrauisch zusammengekniffenen Augen. »Wenn du mit mir wegen der Beerdigung reden willst, vergiss es.«

»Das ist erst Punkt zwei auf meiner Liste.«

»Boah nee, nicht am frühen Morgen. Ey, ich hatte noch nicht mal 'nen Kaffee.«

Brander deutete auf den Becher in ihrer Hand. »Dann trink jetzt einen Schluck.«

Tatsächlich kam sie seinem Vorschlag nach. »Ich fahr mit der Bahn.«

»Nein, fährst du nicht. Können wir los?«

Nathalie frühstückte morgens nicht zu Hause. Sie nahm sich Kaffee und belegte Brote mit und aß auf dem Weg zur Arbeit im Zug. »Darf ich dann fahren?«

»Kommt gar nicht in Frage. Du hast ja deine Augen noch nicht mal richtig auf.«

Er holte sein Auto aus der Garage, und Nathalie stieg ein. Das Radio war ausgeschaltet, sodass nur das monotone Brummen des Motors zu hören war, während er den Wagen aus dem Wohngebiet zur Bundesstraße lenkte, die Entringen durchzog. So früh am Tag setzte der Berufsverkehr gerade erst ein. Die Straße glänzte feucht im Scheinwerferlicht. Die Temperaturen lagen über null, sodass er nicht mit Glatteis rechnen musste. Es war zwar schade, dass es keine weiße Weihnacht geben würde, dennoch vermisste Brander Schnee und Kälte nicht. Weniger Verkehrschaos auf den Straßen hatte für Berufspendler durchaus seinen Reiz.

»Nathi –«

»Fang nicht mit Nathi an. Was ist Punkt eins?«

Okay, Nathalie war nicht zu liebevollen Vater-Tochter-Gesprächen aufgelegt, lieber mit Volldampf in den Kampf.

»Warum hast du meinen Kollegen gestern nicht die Namen der beiden Männer genannt, die du mit Julian beim Rausgehen aus dem Kino getroffen hast?«

»Weil ich meine versoffene Mutter nicht umgebracht habe und es deine Kollegen einen Scheißdreck angeht, wen ich wann wo getroffen habe. Mann, ich war im Kino. Was wollen die denn von mir?«

»Das ist Routine, eine simple Überprüfung deiner Angaben.«

»Ey, klar.«
»Du hast doch nichts zu befürchten.«
»Ich weiß nicht mehr, wen wir getroffen haben.«
»Nathalie, verarschen kann ich mich allein.«
Sie starrte bockig zum Seitenfenster hinaus.
»Du machst dir das Leben unnötig schwer.«
»Ach ja?« Sie riss den Kopf zu ihm herum. »Weißt du, wer mir das Leben schwer macht? Meine scheißversoffene Mutter. Die hätte doch auch sonst irgendwo krepieren können. Muss die so 'ne fucking Show abziehen!«
»Nathalie!«
»Ist doch so.« Wieder glitt ihr Blick zum Fenster.
Die Bundesstraße hatte keinen Seitenstreifen. Brander fuhr ein Stück weiter, entdeckte einen Abzweig auf einen Landwirtschaftsweg. Er bog ab und hielt an.
»Was 'n jetzt?«
»Schau mich mal bitte an.«
Sie wandte ihm widerwillig ihr Gesicht zu, und er las darin die trotzige Wut, die er an ihr von früher kannte, wenn er sie zur Rede gestellt hatte, weil sie getrunken, Schule geschwänzt oder weiß der Himmel was noch alles getrieben hatte. Es war ihr Schutzwall, sie verschanzte sich dahinter, ging zum aggressiven Frontalangriff über, um ihre Unsicherheit zu verbergen.
»Ich verstehe, dass du wütend bist –«
»Nein, das verstehst du nicht!«
»Dann erkläre es mir.«
»Fuck ey! Nee!«
»Nathalie, komm schon. Gib mir wenigstens eine Chance, dich zu verstehen.«
Wieder schnaufte sie wütend. »Mann, weißt du, wie toll das ist, wenn deine Kollegen zu meinen Kameraden gehen: Ey, die Mutter von der Nathalie, weißt schon, diese stadtbekannte Säuferin, die hat jemand in den Neckar geschubst, und dann ist die Alte da ertrunken. Und jetzt fragen wir mal routinemäßig, ob du die Nathalie zur Tatzeit gesehen hast. Oder hat die ihrer

Mutter vielleicht doch wieder eins auf die Fresse gehauen? Wäre ja nicht das erste Mal. Das kommt richtig gut. Geilo. Echt, ey.«

»So würden meine Kollegen garantiert nicht fragen.«

»Das Ergebnis ist dasselbe! Das sind nicht irgendwelche Leute, die die befragen. Das sind meine Kameraden, verfluchte Scheiße! Ich will nicht, dass die wissen, dass mich diese Frau geboren hat. Die gehört nicht mehr zu mir!«

Er hätte es seiner Adoptivtochter so gern erspart. Aber solange nicht geklärt war, was mit Gudrun Böhme geschehen war, würde sich die Befragung ihrer Kameraden bei der Freiwilligen Feuerwehr nicht vermeiden lassen.

»Die Ammerbucher Kameraden wissen doch längst, wer deine Mutter ist.«

Nathalie biss die Zähne zusammen. Die Auseinandersetzung zwischen ihr und ihrer Mutter vor zwei Jahren hatte in Entringen stattgefunden und war eine Weile Dorfgespräch gewesen. Also mussten die zwei Männer, die sie im Kino getroffen hatte, eher von der Tübinger Feuerwehr gewesen sein, folgerte Brander still für sich.

»Zwei Namen, Nathalie. Die Kollegen finden sie so oder so raus.«

»Ich will das nicht, verdammt! Das ist *mein* Leben!« Nathalie hob den Blick angestrengt zur Decke und kämpfte die aufsteigenden Wuttränen zurück. »Können wir bitte weiterfahren? Ich komm zu spät zur Arbeit.«

Sie brauchte noch etwas Zeit, aber sie würde seine Argumente verstehen und ihm die Namen nennen, war Brander sich sicher. Und über Gudruns Beerdigung würde er später mit ihr reden. Der Leichnam war ohnehin noch nicht freigegeben. »Okay«, lenkte er ein. Er drückte sanft ihre Hand und startete den Motor.

Nachdem er Nathalie in Reutlingen an ihrer Arbeitsstelle abgesetzt hatte, fuhr er weiter nach Esslingen. Er hatte die Stadt gerade hinter sich gelassen, als ihm siedend heiß einfiel, dass die Soko sich am Morgen in Tübingen treffen sollte, wie Clewer am Abend zuvor beschlossen hatte. Fluchend suchte er eine Möglichkeit, zu wenden.

Die Sorge um Nathalie ließ ihn nicht los. Es musste doch einen Weg geben, ihr zu helfen. Schließlich wählte er über die Freisprechanlage Corinna Tritschlers private Telefonnummer. Er hatte Glück und erreichte sie zu Hause.

»Guten Morgen, Cory, hast du eine Minute?«

»Ich räume gerade das Frühstücksgeschirr ab. Was gibt's?«

»Ich habe mit Nathalie gesprochen.«

»Und? Hat sie dir die Namen der beiden Zeugen genannt?«

»Nein, noch nicht.«

Cory seufzte grübelnd. »Andi, vielleicht ist es besser, wenn wir das übernehmen. Du und Cecilia, ihr seid ihre Familie.«

»Und einen Tristan Vogel zuschlagen lassen wie die Axt im Wald?«

»Ich bin ja auch noch da, oder?«

»Dein Kollege hat Nathalie doch schon verurteilt, als er ihre Akte gelesen hatte.«

»Andi, du bist nicht objektiv. Tristan hat seine Arbeit gemacht, mehr nicht. Wir finden die zwei Zeugen, die werden bestätigen, dass Nathalie den ganzen Abend im Kino war, und alles ist gut.«

Als Brander nichts erwiderte, fragte sie zögernd: »Hast du Zweifel an ihrer Aussage?«

»Nein!«

Cory atmete auf. Im Hintergrund klimperte Geschirr. »Ich hab gestern übrigens einen ordentlichen Rüffel kassiert, weil ich mit dir gesprochen habe, erst von Hendrik und dann noch von deinem Chef.«

»Dein Timing war auch denkbar schlecht.«

»Ja, das hast du mir gestern schon gesagt.«

Brander war mit seinen Gedanken noch immer bei Nathalie. »Sag mal, wer hat die Leiche eigentlich geborgen? Waren das unsere Leute?«

»Nein, die Feuerwehrtaucher haben uns unterstützt.«

Dann wussten die Kameraden der Freiwilligen Feuerwehr Tübingen sicher schon mehr, als Nathalie lieb war. »Es waren höchstwahrscheinlich keine Ammerbucher Kollegen, die sie getroffen hat. Ich würde daher vermuten, dass die zwei von der Feuerwehr Tübingen waren. Die Jungs reden ja miteinander, vielleicht kannst du zuallererst mal mit einem der Feuerwehrtaucher sprechen, bevor ihr da den ganzen Laden aufmischt. Vielleicht wissen die, wer Nathalie am Samstag im Kino gesehen hat.«

»Wenn ich dich nicht so gut kennen würde, könnte ich vermuten, dass du gerade versuchst, mir zu sagen, wie ich meine Arbeit machen soll.«

»Ich hab nur laut gedacht.«

Cory lachte trocken. »Dann lege ich jetzt besser auf, und du kannst ganz in Ruhe weiter laut nachdenken.«

***

Vor Tübingen hatte der übliche Pendlerverkehr eingesetzt und Brander ausgebremst. Er hasste es, zu spät zu einer Sitzung zu kommen, und eilte ins Gebäude. Am Fahrstuhl stieß er auf Jens Schöne. Der IT-Forensiker starrte müde auf die verschlossenen Türen.

»Manche Dinge ändern sich nie, oder?«, murrte er genervt. »Wozu beeile ich mich, wenn ich hier drei Tage vor diesem beschissenen Fahrstuhl stehe?«

»Guten Morgen, Jens. So früh am Tag schon schlechte Laune?«, begrüßte Brander ihn. Er freute sich, den Kollegen wiederzusehen. Zu Branders Tübinger Zeiten hatten sie gemeinsam in der Kriminalinspektion 1 gearbeitet, bis Jens für sich beschloss, dass Bits und Bytes ihm eher lagen als getrocknetes Blut und Leichen mit Insektenbefall.

»Morgen, Andi. Ich finde, es sollte eine Dienstvorschrift erlassen werden, die es verbietet, Sitzungen vor zehn Uhr anzuberaumen.« Der Einundvierzigjährige strich sich durch die kurzen blonden Haare, die sich wie eh und je jeglichem Bändigungsversuch mit Kamm oder Bürste standhaft widersetzten.

»Hast du dir wieder die Nacht um die Ohren geschlagen?«

»Wenn ihr mir erst abends um acht ein Smartphone zur Prüfung bringt.«

»Du hättest dir das Ding auch heute Morgen anschauen können.«

Jens warf ihm einen Seitenblick zu. »Du bist doch der Erste, der anruft und nach Ergebnissen fragt. Außerdem kennst du mich: Wenn da Arbeit liegt, dann mach ich die auch. Und das nutzt ihr alle schamlos aus.«

Brander lächelte schuldbewusst. Die Türen des Fahrstuhls glitten auf, und er ließ dem jüngeren Kollegen den Vortritt.

Der kleine Besprechungsraum im Tübinger Kriminalkommissariat war gut gefüllt. Staatsanwalt Marco Schmid war gemeinsam mit Peppi zur Sokositzung gekommen. Die Esslinger Kollegen waren angereist, ebenso der Kriminaltechniker Manfred Tropper. Hinzu kamen ein paar uniformierte Kolleginnen und Kollegen vom Polizeirevier, die Clewer zur Unterstützung angefordert hatte.

Der Inspektionsleiter fasste die Ermittlungsergebnisse des vorangegangenen Tages für das Team zusammen, dann schlug er tatkräftig die Hände zusammen. »Leute, noch zwei Tage bis Weihnachten, da will ich, dass ihr alle bei euren Familien seid. Dafür brauche ich jetzt aber eure hundertprozentige Mitarbeit. Und zwar von jedem Einzelnen.«

»Hans, schwing keine langen Reden, sonst wird das nix mit der Weihnachtsgans bei Hertha«, konterte Stephan.

Hertha war Hans Ulrich Clewers Ehefrau. Brander vermutete, dass sein Chef Stephan Klein an den Feiertagen zum Essen eingeladen hatte. Die beiden Männer verband eine jahrelange private Freundschaft, und Stephan war Witwer.

Clewer schritt zum Whiteboard, schrieb den Namen des Opfers zentriert an den oberen Rand.

»Vasila Cazacu hat laut Aussage von Hasan Yüksel seit gut

vierzehn Tagen aushilfsweise für Dieken gearbeitet – mutmaßlich nicht offiziell gemeldet.« Clewers Blick glitt fragend zu Fabio Esposito.

»Es hat ganz den Anschein. Wir haben ja jetzt ihre vollständigen Daten, und die Überprüfung verlief bisher negativ. Allerdings steht natürlich immer noch die Option im Raum, dass Dieken es aus welchem Grund auch immer bisher einfach nicht geschafft hat, sie anzumelden.«

Schmid schüttelte den Kopf. »Das ist doch das Erste, was man bei neuen Mitarbeitern macht, schon allein, damit sie versichert sind, falls etwas passiert. Wenn er die Frau nicht angemeldet hat, dann ist ihm das sehr wohl bewusst, da gehe ich jede Wette ein.«

»Hast du Hasan Yüksel auch überprüft?«, fragte Clewer.

»Ja, da läuft alles ganz korrekt, soweit ich das überblicke«, erwiderte Fabio. »Ich bin allerdings kein Fachmann in Sachen Arbeitsrecht.«

»Ich habe die Leute vom FKS gestern informiert, die wollen sich unseren Fall mal anschauen.« Damit meinte Clewer den Zollarbeitsbereich Finanzkontrolle Schwarzarbeit. »Sprich mal mit Frau Leibsle, vielleicht kann sie dir weiterhelfen.«

»Okay.«

»Hast du Yüksels Hintergrund recherchiert?«

»Ja.« Fabio suchte eine Datei auf seinem Tablet-PC. »Da hab ich's: zweiundvierzig Jahre, Mittlere Reife, Ausbildung zum Gebäudereiniger, hat für verschiedene Reinigungsunternehmen gearbeitet, seit vierzehn Jahren bei Dieken fest angestellt. Keine Vorstrafen. Er ist verheiratet, drei Kinder, lebt in zweiter Generation in Deutschland, wohnt in der Südstadt, aber das ist ja nach der Aktion gestern hinlänglich bekannt. Er hat einen jüngeren Bruder, achtundzwanzig, der lebt noch bei den Eltern.«

»Ergänzungen?« Clewer sah zu Stephan.

»Hasans Bruder ist schwerbehindert, die Eltern pflegen ihn. Die wohnen alle zusammen, zwei kleine Wohnungen auf derselben Etage. Sein Vater war bis letztes Jahr beim Daimler, ist in Rente. Und Hasans Frau kann verdammt gut kochen.« Stephan grinste bei der Erinnerung an seinen Besuch bei Familie Yüksel.

»Könnte Hasan Yüksel die Frau erschlagen haben?«, fragte Schmid.

»Nee, ist er nicht der Typ zu. Hasan ist 'n anständiger Kerl«, war sich Stephan sicher.

»Und darum ist er gestern Vormittag Peppi angegangen und dann geflüchtet? Sehr anständig.« Der Sarkasmus schwang deutlich in Schmids Stimme mit.

»Der Hasan war in einer Zwickmühle: Er ist seinem Chef gegenüber loyal, aber er wollte auch nicht weiter lügen. Für sein Vorgehen gegen unsere Persephone hat er sich entschuldigt.«

»Er hat gesagt, er hätte Angst, seinen Job zu verlieren«, ergänzte Brander.

Clewer sah grübelnd auf seine Notizen. »Also scheint Walter Dieken doch kein so guter Chef zu sein, wie Hasan Yüksel in seiner Aussage beteuert. Wie glaubwürdig ist Herr Yüksel?«

»Letztendlich so glaubwürdig wie alle, die gelogen haben«, erwiderte Brander.

Clewer trat an das Whiteboard und ergänzte die Namen von Dieken und Hasan Yüksel. »Laut Yüksels Aussage hat Vasila Cazacu nicht nur als Aushilfe für Walter Dieken gearbeitet, sondern auch in dessen Firma übernachtet. Ein Hinweis, der Yüksels Aussage bestätigen könnte, ist das Auffinden ihrer Kleidung und Papiere in einem von Diekens Spinden. Herr Tropper, was hat die Spurensicherung ergeben?«

»Das Interessanteste ist bisher das Smartphone«, erwiderte der Kriminaltechniker. »Wir haben keine Fingerabdrücke auf dem Gerät finden können, was bei einem Smartphone äußerst ungewöhnlich ist. Es ist gereinigt worden, aber in die Ritzen kommt man schlecht rein, und da konnten wir minimale Blutspuren sicherstellen. Die sind beim KTI zum Abgleich. Ergebnis steht noch aus. Aber bevor hier Euphorie ausbricht: Selbst wenn es ihr Blut ist – die Blutspuren können zu jedem beliebigen

Zeitpunkt dahingekommen sein. Vielleicht hat sie sich mal in den Finger geschnitten und dann das Handy angefasst.«

»Das erklärt aber nicht, warum keine Fingerabdrücke auf dem Smartphone sind«, stellte Brander fest. »Wenn ich mein Smartphone putze, dann wische ich über das Display. Aber man hätte doch trotzdem zumindest auf der Rückseite Abdrücke finden müssen.«

»Vielleicht war sie sehr penibel und reinlich«, schlug Tropper vor.

Brander verzog skeptisch das Gesicht. »Ich finde, das hört sich eher danach an, dass sie das Smartphone bei sich hatte, als sie niedergeschlagen wurde, und jemand es im Nachgang gereinigt hat.«

»Wie stellst du dir das vor?«, fragte Peter Sänger. »Unser Täter schlägt die Frau nieder, legt sie auf der Wiese ab, steigt dann bei Dieken ein und legt ihre persönliche Habe in einen Spind?«

»Er muss nicht eingestiegen sein. Er könnte mit einem Schlüssel hineingekommen sein. Sowohl Dieken als auch seine Vorarbeiter haben einen Schlüssel.«

Jens Schöne schnippte mit den Fingern, um auf sich aufmerksam zu machen. »Wenn ich meine fünf Cent dazu beitragen darf.«

»Nur zu«, gestattete Clewer.

»Ich hatte ihr Smartphone heute Nacht auf dem Tisch. Das letzte Telefonat von Frau Cazacu war am Sonntagabend um einundzwanzig Uhr zwölf mit einer Nicola via WhatsApp. Danach gab es ein paar belanglose Chatnachrichten, vermutlich mit Freunden und Familie, allesamt auf Rumänisch. Ich hab sie grob mit Google Translate übersetzt. Die Nachrichten gingen in die Richtung: ›Wir vermissen dich‹, ›Ich vermisse euch auch‹, ›Wir freuen uns, wenn du wieder da bist‹ und so weiter. Sind alle einzeln in meinem Bericht aufgeführt. Nach zweiundzwanzig Uhr war Ruhe, keine weiteren Telefonate oder Nachrichten.«

»Nicola könnte auch ein Männername sein«, warf Stephan ein. »Vielleicht ihr Freund.«

»Oder ihr Vater«, schlug Peppi vor.

»Der heißt Dumitru«, erwiderte Clewer. »Wir sollten herausfinden, wer dieser oder diese Nicola ist. Sonst noch etwas?«

»Ich habe ein grobes Bewegungsprofil erstellt, Zeitraum Samstagmittag zwölf Uhr bis Montagfrüh sechs Uhr. Demnach war sie am Samstagmittag noch in Bühl.«

»Einsatz für die Firma Dieken: die Wohnungsentrümpelung«, kommentierte Peppi.

»Am Abend Rückkehr ins Gewerbegebiet Süd«, fuhr Jens fort. »Da blieb sie anscheinend bis zum Sonntagmorgen. Sonntagvormittag war sie noch einmal in der Tübinger Innenstadt unterwegs.«

»Auf dem Weihnachtsmarkt?«, schlug Peter Sänger vor.

»Nein«, erwiderte Schmid. »Der Weihnachtsmarkt war am Wochenende davor.«

»Sonntag – sie könnte in der Kirche gewesen sein«, überlegte Peppi.

»Lässt sich das Gebiet noch genauer eingrenzen?«, fragte Clewer.

»Das habe ich in der Kürze der Zeit nicht geschafft. Ein paar Stunden Schlaf brauchte ich heute Nacht auch.«

»Sollte keine Kritik sein.«

Jens nickte müde. »Jedenfalls ab Sonntagmittag war das Signal wieder im Gewerbegebiet Süd. Sollte sie noch mal woanders hingegangen sein, hat sie zumindest ihr Smartphone nicht mitgenommen.«

»Demnach könnte an der Aussage von Hasan Yüksel durchaus was dran sein, dass Vasila Cazacu in der Firma übernachtet hat«, stellte Brander fest.

»Was sagt Dieken dazu?«, fragte Clewer.

»Bisher nichts.«

»Er hat eine staatsanwaltliche Vorladung bekommen, heute elf Uhr«, erklärte Marco Schmid.

»Na, dann hoffen wir mal, dass er erscheint.«

Brander strich sich grübelnd über den kahlen Schädel. »Wenn

sie Sonntagnacht in der Firma war, könnte es doch sehr gut sein, dass sie dort auch niedergeschlagen wurde.«

Clewer deutete ein Nicken an.

»Ich sehe da keine Logik.« Peppi blies sich eine Locke aus der Stirn. »Der Täter dringt in die Firma ein, schlägt die Frau nieder, legt ihr Hab und Gut in einen Spind und schafft die Frau dann nach draußen auf die Wiese. Und er muss ja auch im Anschluss noch geputzt haben, sonst hätte Dieken das doch gesehen. Sie hatte eine heftige Kopfverletzung, da muss Blut am Tatort gewesen sein.«

»Und es hätte Einbruchspuren geben müssen«, ergänzte Tropper. »Dieken hat aber nichts von einem Einbruch gesagt.«

»Könnte bedeuten, dass wir unseren Täter tatsächlich in der Firma suchen müssen«, resümierte Brander. »Wenn es keinen Einbruch gab, können es mutmaßlich nur Dieken oder einer seiner Vorarbeiter gewesen sein.«

»Stephan, hast du gestern noch mit den beiden anderen Vorarbeitern sprechen können?«, fragte Clewer.

»Die Cosima war in Reutlingen, musste einen Putztrupp beaufsichtigen. Sie hat eingeräumt, dass sie sich geirrt hat und unsere Vasila doch kannte. Sie kommt heute Nachmittag her, damit wir ihre Aussage protokollieren können«, berichtete Stephan. »Die Aussage von Meik steht noch aus.«

»Ich will, dass sämtliche Mitarbeiter noch einmal befragt werden. Ich will wissen, was sie über Frau Cazacu wissen, ob sie einen Schlüssel für die Firma haben, und ich will von allen ein Alibi für die mutmaßliche Tatzeit.« Clewer sah in die Runde. »Peter, organisierst du das?«

Peter nickte wenig enthusiastisch. »Das Alibi kann ich dir jetzt schon verraten: Die haben alle im Bett gelegen und gepennt.«

»Frag trotzdem«, forderte Clewer mit Nachdruck.

»Ist Vasila Cazacu eigentlich freiwillig nach Deutschland gekommen, oder hat sie jemand hergebracht? Die Frau hat ein Baby, das lässt man doch nicht einfach so wochenlang bei den

Großeltern zurück.« Die Frage kam von Fabio – Vater dreier Töchter.

Stephan musterte mit gerunzelter Stirn das Foto der Toten. »Sie war jung und ganz ansehnlich. Wenn sie Opfer einer Schlepperbande war, dann hätten die sie doch eher in ein Bordell gesteckt.«

»Wäre wahrscheinlicher, muss aber nicht sein«, widersprach Clewer.

»Wie ist sie bei Dieken gelandet?«, ließ Fabio nicht locker. »Schreibt er Stellen in Rumänien aus? Arbeitet er mit einer Agentur zusammen? Die wird ja nicht einfach nach Tübingen gefahren sein und gefragt haben, ob sie für ihn putzen kann.«

»Das läuft oft über Mundpropaganda«, wusste Stephan. »Der eine kriegt mit, dass 'ne Stelle frei wird, und der bringt dann seinen Bruder, seinen Kumpel, seinen Nachbarn oder weiß der Kuckuck wen mit und vermittelt ihm den Job.«

»Hat Dieken weitere rumänische Mitarbeiter?«, fragte Clewer.

Brander überflog die Mitarbeiterliste. »Eine bunte Mischung, aber allein anhand der Namen lässt sich das nicht so leicht feststellen.«

»Peter, setz das mit auf die Liste für die Befragung«, diktierte Clewer dem Kollegen.

»Was ist mit dem Spind und ihren Sachen? Gibt es Spuren, die uns weiterhelfen könnten?«, wandte Brander sich an Manfred Tropper.

»In und am Spind haben wir eine Menge Spuren gefunden, die wir allerdings alle noch zuordnen müssen. Mit Ausnahme der Spinde der Vorarbeiter waren die Schränke niemandem fest zugeordnet. Wer kommt, nimmt sich einen Spind, der frei ist. Da die Spinde vermutlich nicht jedes Mal nach Nutzung fein säuberlich ausgewischt werden, können sich dadurch auch Spuren – Hautschuppen, Haare et cetera – auf Cazacus Kleidung befinden, die erst mit Ablegen im Spind auf die Kleidung gekommen sind.«

»Das ist ein Reinigungsunternehmen. Die sollten ihre Spinde schon sauber halten«, befand Peppi.

»Gibt es außer auf dem Smartphone noch andere Blutspuren?«, hakte Brander nach. »Vielleicht auf ihrer Kleidung?«

»Wir sind noch nicht mit allem –«

Ein Klopfen unterbrach Tropper. Clewer sah zur Tür. »Ja?«

Polizeiobermeisterin Indra Frege kam herein. »Entschuldigen Sie, ich –«

»Frau Frege, hatte der Zug wieder Verspätung?«, fragte Clewer ungehalten.

»Ähm, nein. Ich wurde Ihrem Team nicht zugeteilt.«

»Warum das denn nicht?« Stephan sah zu seinem Chef, als wäre es sein Versäumnis gewesen, die junge Polizistin anzufordern.

»Warum sind Sie dann hier?«, ignorierte Clewer den Vorwurf.

»Es gab einen Notruf. Heike Hentschel hat versucht, sich das Leben zu nehmen. Ich dachte mir, das möchten Sie so schnell wie möglich erfahren.«

Die Beamten sahen überrascht zu der jungen Frau, der die geballte Aufmerksamkeit der Ermittlungsgruppe sichtlich Unbehagen bereitete.

»Stehen Sie da nicht in der Tür.« Clewer wedelte mit der Hand und bot ihr seinen Stuhl an, da alle anderen besetzt waren. »Was ist passiert?«

Indra Frege trat ein, zog es jedoch vor, stehen zu bleiben. »Ich weiß nicht viel. Vor ein paar Minuten ging ein Notruf ein. Walter Dieken hat Frau Hentschel leblos in ihrer Wohnung aufgefunden. Er vermutet, dass sie Tabletten geschluckt hat. Notarzt und Kollegen sind unterwegs.«

»Ist es sicher, dass es ein Suizid war?«

»Das weiß ich nicht.«

Clewer klopfte grübelnd mit den Fingern auf die Tischplatte. »Persephone, Stephan, fahrt in ihre Wohnung und versucht herauszufinden, was passiert ist. Vielleicht gibt es einen Abschiedsbrief. Schaut auch nach Einbruchspuren.«

»Hans, wir wissen, wonach wir gucken müssen.«
»Auf wann wurde Herr Dieken einbestellt?«
»Elf Uhr«, erwiderte Marco Schmid.
»Andreas, übernimmst du das?«
Brander nickte. »Hoffen wir mal, dass er erscheint.«

***

Walter Dieken erschien, entgegen allen Erwartungen, pünktlich in der Tübinger Dienststelle. Sein Anwalt begleitete ihn. Während Karl Kohl-Konning einen eleganten Anzug mit hellblauem Hemd trug, war Dieken legerer gekleidet mit Jeans, kariertem Baumwollhemd und dunkler Steppweste.

Brander führte die beiden Männer in ein Vernehmungszimmer. »Staatsanwalt Marco Schmid«, stellte er den Staatsanwalt vor, der dort auf sie gewartet hatte.

Schmid reichte den Männern die Hand. »Wir haben gehört, was geschehen ist. Wie geht es Frau Hentschel?«

»Das weiß ich nicht.« Dieken war blass. Dunkle Schatten lagen unter seinen Augen, die konnten auch die Brillengläser nicht verstecken. »Ich bin kein Angehöriger. Man darf mir keine Auskunft geben.«

»Sie haben Ihre Mitarbeiterin heute Morgen gefunden?«

Bevor Dieken zu einer Antwort ansetzen konnte, hob Kohl-Konning bremsend die Hand. »Entschuldigen Sie, Herr Kollege, ist das bereits Teil der Befragung?«

»Eigentlich ist es persönliche Anteilnahme«, erwiderte Schmid. »Aber Sie haben recht. Wir wollen nichts durcheinanderbringen.«

Der Anwalt nickte zufrieden.

»Herr Dieken, es geht zum einen um eine Zeugenbefragung im Fall der Tötung von Vasila Cazacu, in diesem Zusammenhang steht die Anschuldigung im Raum, dass Sie die polizeiliche Ermittlung im Fall Cazacu behindert haben: bewusste Falschaussage, Anstiftung zur Falschaussage und Zurückhaltung von

Beweismitteln. Es steht Ihnen frei, sich zur Sache zu äußern. Sie müssen keine Aussage machen, mit der Sie sich selbst belasten. Ebenso haben Sie das Recht auf einen Verteidiger. Dies ist durch die Anwesenheit Ihres Rechtsanwalts Herrn Kohl-Konning gegeben. Das Gespräch wird aufgezeichnet.« Schmid blickte dem Unternehmer prüfend ins Gesicht. »Haben Sie das so weit verstanden, oder haben Sie noch Fragen?«

Dieken sah zu seinem Anwalt. Kohl-Konning saß aufrecht am Tisch, die Hände locker auf einer Aktenmappe liegend, die Finger lose ineinander verschränkt. »Die Geschehnisse der letzten Tage sind äußerst bedauerlich. Ich habe mit Herrn Dieken über den Sachverhalt gesprochen, und er möchte eine Aussage machen.«

Schmid wandte sich dem Unternehmer abwartend zu, doch sein Anwalt ergriff wieder das Wort.

»Herr Dieken bedauert, dass er den ermittelnden Beamten am Montagmorgen nicht sofort den Namen der toten Frau preisgegeben hat. Es lag ihm fern, die Ermittlungen durch sein Verhalten in irgendeiner Weise zu gefährden oder zu verzögern. Er stand unter Schock, als er die Leiche am frühen Morgen neben seinem Gebäude gefunden hat.«

»Ein Schock?«

Kohl-Konning nickte.

»Und dieser Schock hat Herrn Dieken dazu veranlasst, sämtliche Mitarbeiter aufzufordern, uns ebenfalls die Identität der Toten vorzuenthalten?« Schmid hob zweifelnd die Augenbrauen. »Das müssen Sie mir erklären.«

»Wie ich bereits ausführte: Es war der Schock über den unerwarteten Anblick der toten Frau«, antwortete der Anwalt. »Herr Dieken hatte aus dem Schock heraus die irrationale Befürchtung, in das Verbrechen hineingezogen zu werden, und damit einhergehend befürchtete er, dass dies negative Folgen für das Renommee seines Reinigungsunternehmens haben könnte. Er ist Arbeitgeber und hat seinen Mitarbeitern gegenüber eine Verantwortung.«

»Frau Cazacu war eine seiner Mitarbeiterinnen«, erlaubte Brander sich den Hinweis. »Galt diese Verantwortung für sie nicht?«

»Doch, gewiss.« Kohl-Konning räusperte sich. »Aber wie gesagt, als er die Frau dort liegen sah, war es für ihn ein großer Schock. Und ein Mensch sieht im Tod auch verändert aus, ja fremd sogar. Da ist eine Art innere Distanz entstanden. Zudem handeln Personen, die unter Schock stehen, nicht unbedingt rational. Diese Erfahrung haben Sie sicherlich in Ihrem beruflichen Alltag schon öfter gemacht. Außerdem hat Frau Cazacu nur wenige Male für ihn gearbeitet.«

»Herr Dieken hätte uns, nachdem der Schock überwunden war, auch zu einem späteren Zeitpunkt den Namen der Frau mitteilen können und ebenso, dass Frau Cazacu für ihn gearbeitet hat«, erwiderte Brander.

Schmid unternahm einen zweiten Versuch, den Firmenchef direkt anzusprechen. »Herr Dieken, es muss Ihnen doch klar gewesen sein, dass diese Information für unsere Ermittlungen essenziell ist.«

»Wie gesagt, der Schock«, kam Kohl-Konning einer Antwort seines Mandanten wieder zuvor.

»Und der Schock hat sich dann quasi auf die gesamte Belegschaft ausgeweitet, sodass die Angestellten bereitwillig die Polizei angelogen haben?« Schmid blätterte durch seine Unterlagen. »Aussage Meik Hauser: Er weiß nicht, wer die Frau ist. Aussage Hasan Yüksel: Ich kenne die Frau nicht. Aussage Cosima Fleck: Nein, die Frau kenne ich nicht.« Er sah auf. »Frau Fleck hat die Leiche übrigens gar nicht gesehen, sondern nur eine Fotografie. Ihre Schicht begann erst am Montagabend. Muss ich weitermachen?«

»Nicht alle Mitarbeiter kennen sich untereinander. Frau Cazacu war nur eine Aushilfe, die ein-, zweimal für Herrn Dieken gearbeitet hat. Und Herr Hauser und Herr Yüksel waren Montagfrüh vor Ort und wurden dabei unvermittelt mit dem Anblick der Toten konfrontiert. Sie mögen durch Ihre Arbeit an den Anblick eines toten Menschen gewöhnt sein. Herr Dieken und seine Mitarbeiter sind es nicht.«

»Es standen also alle unter Schock?«

»Davon gehe ich aus, ja.«

Schmid nickte langsam. »Herr Yüksel war sogar so schockiert, dass er, als Herr Brander ihn gestern Vormittag mit dem Foto der Toten erneut konfrontierte, eine Beamtin tätlich angriff und die Flucht ergriff. Können Sie uns diese Reaktion erklären, Herr Dieken?«

Walter Dieken saß zurückgelehnt auf seinem Stuhl und starrte stoisch schweigend auf die in seinem Schoß liegenden Hände.

»Herr Dieken ist Ihnen hierzu keine Erklärung schuldig«, erwiderte Kohl-Konning. »Die Antwort kann Ihnen einzig und allein Herr Yüksel geben.«

Schmid konzentrierte sich weiter auf den Unternehmer. »Könnte es sein, dass Sie versuchen, Ihren Mitarbeiter Hasan Yüksel zu schützen?«

»Wovor sollte Herr Dieken Herrn Yüksel schützen wollen?«

»Das liegt doch wohl auf der Hand, Herr Kohl-Konning. Wir haben eine Frau, die eines gewaltsamen Todes gestorben ist.«

»Unsinn, Hasan tut keiner Fliege was zuleide«, brummte Dieken.

»Das würde ich so nicht unterschreiben«, widersprach Brander. »Immerhin hat er den vollbeladenen Putzwagen gegen meine Kollegin –«

»Lassen Sie den Hasan in Ruhe!«

»Herr Dieken, wir hatten etwas besprochen«, mahnte der Anwalt seinen Mandanten.

Schmid studierte seine Notizen. »Gestern Abend wurden in einem Spind im Mitarbeiterraum Ihres Firmengebäudes Kleidung, Handtasche, Geldbörse, Reisepass und Smartphone der Verstorbenen gefunden.«

»Herrn Dieken war nicht bekannt, dass Frau Cazacu ihre persönlichen Gegenstände in den Spind eingeschlossen hatte«, erklärte Kohl-Konning.

»Ebenso wenig, wie ihm bekannt war, dass Frau Cazacu in einem der Lagerräume in der Firma übernachtet hat?« Schmid sah zu Dieken. »Oder wussten Sie davon?«

Diekens Blick verfinsterte sich. »Wer behauptet das?«

»Wussten Sie davon?«

Der Unternehmer sah schweigend zu seinem Anwalt.

»Mein Mandant möchte sich hierzu nicht äußern.«

Brander hob die Augenbrauen. »Laut den Informationen, die wir gestern von Ihnen bekommen haben, lag Ihnen keine Tübinger Adresse von Frau Cazacu vor. Haben Sie sich nicht gefragt, wo sie wohnt?«

Dieken schwieg.

»Frau Cazacu hat nach unseren Informationen seit circa vierzehn Tagen für Sie gearbeitet.« Schmid blätterte suchend in seinen Unterlagen, sah schließlich ratlos auf. »Wie kann es sein, dass sie nirgendwo als Saisonarbeiterin gemeldet ist?«

Dieken schnaufte unwillig. »Das weiß ich nicht.«

»Sie sagen also, Sie haben Frau Cazacu ordnungsgemäß angemeldet?«

»Natürlich.«

»Dann wird es Ihnen ja kein Problem bereiten, mir die erforderlichen Unterlagen zu zeigen.«

»Entschuldigen Sie, Herr Kollege«, mischte Kohl-Konning sich ein. »Ich denke, es geht um das Tötungsdelikt und nicht um die Personalbuchhaltung von Herrn Dieken. Vielleicht könnten wir beim Thema bleiben?«

Schmid hob einen Mundwinkel zu einem kalten Lächeln. »Aber natürlich. Arbeitsrecht ist nicht mein Metier. Ich werde das an die zuständigen Stellen weiterleiten.«

Walter Dieken sog hörbar die Luft ein. »Hören Sie, der Dezember war stressig. Vielleicht ist uns da was durchgerutscht. Spätestens bei der Abrechnung wäre uns das aufgefallen, und wir hätten sie nachgemeldet, falls uns da ein Lapsus unterlaufen sein sollte.«

»Wie gesagt, nicht mein Metier«, hakte Schmid das Thema ab.

»Wie kam Frau Cazacu zu Ihnen?«, fragte Brander.

»Wie meinen Sie das, bitte?«, hakte Kohl-Konning nach.

»Hat jemand Frau Cazacu an Sie vermittelt? Hat sie sich bei Ihnen beworben?«

»Wozu soll das wichtig sein?«, fragte Dieken unwirsch.

»Walter.« Der Anwalt bedeutete seinem Mandaten zu schweigen. »Es ist nicht von Belang, wie der Kontakt zwischen Herrn Dieken und Frau Cazacu zustande kam.«

»Das sehe ich anders«, erwiderte Schmid. »Frau Cazacu wurde getötet. Für uns ist jede Person wichtig, die zu Frau Cazacu Kontakt hatte. Daher ist es für die Ermittlungen durchaus von Belang, zu erfahren, ob das Arbeitsverhältnis zwischen Frau Cazacu und Herrn Dieken durch eine dritte Person vermittelt wurde. Insbesondere, wenn diese dritte Person uns vielleicht Informationen darüber geben kann, wo Frau Cazacu gewohnt hat, während sie für Herrn Dieken tätig war.«

Kohl-Konning sah fragend zu seinem Mandanten. Dieken hob die Schultern. »Ich weiß nicht mehr, wie der Kontakt zustande kam.«

Das glaubte Brander ihm nicht. Dieses ganze Theater, das Dieken mit seinem Rechtsanwalt veranstaltete, ging ihm ordentlich gegen den Strich.

Ein Klopfen an der Tür verschaffte ihm eine Unterbrechung dieses Laienschauspiels. Manfred Tropper streckte den Kopf zur Tür herein. »Kann ich euch zwei kurz sprechen?«

»Wir unterbrechen einen Moment.« Schmid stand auf.

»Ein Schock!«, schimpfte Brander, als er wenig später mit Schmid und Tropper im Konferenzraum saß. »Eine dümmere Ausrede ist denen auch nicht eingefallen.«

»Ein Leichenfund kann durchaus einen Schock auslösen, insbesondere, wenn man die Person kennt, das will ich nicht abstreiten«, erwiderte Schmid. »Allerdings halte ich die wundersame Übertragung auf sämtliche Mitarbeiter für mehr als fragwürdig. Herr Tropper, was gibt es so Wichtiges?«

»Ich habe Rückmeldung vom KTI, es geht um die Hautabriebspuren, die wir auf Cazacus Kleidung gefunden haben. Konkret geht es um das Shirt, das sie getragen hat. Wir haben DNA von Walter Dieken sichergestellt.«

»Er hatte uns zeitnah darüber informiert, dass er sie an der Schulter berührt hat«, erwiderte Schmid.

»Genau. Als wir am Leichenfundort ankamen, fanden wir Frau Cazacu in Bauchlage, daher bin ich davon ausgegangen, dass Walter Dieken sie hinten an der Schulter angefasst hat. Die Stelle habe ich abgeklebt und gesichert. Und die Hautabriebspuren, die wir dort gefunden haben, stammen eindeutig von ihm.«

»Und?«

»Sie hat nicht auf dem Bauch gelegen«, erinnerte Brander den Staatsanwalt an die Information, die Polizeiobermeisterin Indra Frege ihnen gegeben hatte. »Sie lag auf dem Rücken.«

»Exakt. Daher habe ich die Kollegen vom KTI gebeten, die Vorderseite des Shirts ebenfalls nach DNA von Herrn Dieken abzusuchen.« Tropper lächelte zufrieden. »Eines der Härchen, die wir auf der Vorderseite von Cazacus Shirt gesichert haben, stammt in der Tat von Walter Dieken. Allerdings gibt es keine Hautabriebspuren mit DNA von Herrn Dieken im vorderen Schulterbereich. Weder links noch rechts. Wir haben lediglich die eine Spur hinten links an Cazacus Schulter.«

Brander und Schmid kehrten ins Vernehmungszimmer zurück. Brander meinte, eine leichte Spannung zwischen Walter Dieken und seinem Anwalt wahrzunehmen.

»Herr Dieken, können Sie sich inzwischen wieder erinnern, wie der Kontakt zu Frau Cazacu zustande kam?«, fragte Schmid.

Dieken schüttelte den Kopf.

Schmid beließ es dabei. »Wir möchten gern etwas rekonstruieren. Dazu benötigen wir Ihre Hilfe. Sie sagten aus, dass Sie Frau Cazacu, als Sie sie am Montagmorgen neben dem Firmengebäude entdeckt haben, an der Schulter berührt haben.«

»Ich dachte, die Frau wäre betrunken.«
»Und Sie haben Frau Cazacu nicht erkannt?«
»Nicht gleich.«
Schmid nickte. »Herr Brander, würden Sie sich bitte einmal auf den Boden legen?«
Der Staatsanwalt vermied ein vertrauliches Du bei offiziellen Befragungen. Die förmliche Anrede erhöhte jedoch nicht den Reiz der Bitte.
»Hier?« Brander sah wenig begeistert auf den Fußboden.
»Ja, bitte.«
Wenn's der Wahrheitsfindung diente. Brander stand auf.
»Was soll das denn nun werden?«, bremste der Anwalt ihn. »Setzen Sie sich wieder hin.«
»Bitte in Rückenlage, so, wie Frau Cazacu am Montagmorgen auf der Wiese aufgefunden wurde«, bat Schmid und wandte sich wieder an Kohl-Konning und Dieken. »Der Notarzt hat uns mitgeteilt, dass er die Frau in die Bauchlage gedreht hat. Frau Cazacu lag also auf dem Rücken, als Sie sie entdeckt haben. Stimmt das, Herr Dieken?«
Diekens Blick war erstarrt.
»Nun, falls Sie sich nicht mehr erinnern: Es war so. Wir haben mehrere Aussagen von Sanitätern und Polizeibeamten, die das bestätigen«, erklärte der Staatsanwalt. »Herr Brander, bitte legen Sie sich hin.«
Brander tat wie ihm geheißen.
»Herr Dieken, zeigen Sie mir bitte an Herrn Brander, wie Sie Frau Cazacu beim Auffinden an der Schulter berührt haben.«
Dieken rührte sich nicht.
»Herr Dieken?«, forderte Schmid erneut.
Kohl-Konning sah verwirrt zu seinem Mandanten.
»Sie sagten uns, dass Sie Frau Cazacu berührt haben. Wo haben Sie sie berührt?«
»An der Schulter«, murmelte Dieken kleinlaut unter seinem Bart.
»Was soll dieses Theater?«, fragte Kohl-Konning erbost.

»Die kriminaltechnische Untersuchung hat ergeben, dass Herr Dieken Frau Cazacu im hinteren Bereich an der Schulter großflächig berührt hat.« Schmid deutete auf Brander. »Bei einer Person, die in Rückenlage auf dem Boden liegt, ist das schwer möglich.«

Walter Dieken öffnete den Mund, schloss ihn aber wortlos wieder.

»Das impliziert«, fuhr Schmid fort, »dass die Leiche bewegt wurde, nachdem Sie sie berührt haben. Herr Dieken, möchten Sie uns dazu etwas sagen?«

»Ich möchte bitte kurz mit meinem Klienten unter vier Augen sprechen«, bat Kohl-Konning.

»Wie viel Zeit benötigen Sie?«

»Eine halbe Stunde.«

»Ist Dieken unser Mann?«, fragte Schmid. Sie hatten sich mit frischem Kaffee versorgt, um die Wartezeit zu überbrücken.

Brander blies in seine Tasse, um das Getränk abzukühlen. »Schwer zu sagen. Dieses Lügengerüst, das er aufgebaut hat, macht ihn nicht unbedingt vertrauenswürdig.«

»Allerdings nicht. Worum geht es hier? Ein Sexualdelikt schließen wir aus, oder?«

»Es deutet zumindest nichts darauf hin«, stimmte Brander zu. »Was ist mit dem Thema Schwarzarbeit?«

»Das liefert uns aber auch kein Motiv.«

»Vielleicht hat ein Journalist Cazacu undercover eingeschleust, um die dreckigen Machenschaften hinter den Mauern der Putzkolonnen aufzudecken. Mitarbeiter, die unbezahlte Überstunden leisten müssen, nicht gemeldet und nicht versichert sind, auf einer Pritsche im Lager schlafen müssen …«

»Das Tönnies-Syndrom im Putzgewerbe. Wenn dem so ist, sind wir bis Weihnachten nicht fertig.« Schmid lächelte unfroh. »Apropos … Andi, ich bin in Schwierigkeiten. Morgen Abend holen wir Peppis Eltern am Flughafen ab, und ich habe immer noch kein Weihnachtsgeschenk für Peppi. Hast du eine Idee?«

»Ein Lätzchen.«

Schmid starrte ihn entgeistert an. »Sie ist fünfzig.«

»Ich weiß.« Brander feixte und stellte seine Tasse in die Spülmaschine. »Wir sollten dann mal wieder.«

Es herrschte dicke Luft. Brander spürte es sofort, als er mit Staatsanwalt Schmid in den Raum zurückkehrte. Walter Dieken saß zusammengesunken auf seinem Stuhl, Kohl-Konning neben ihm schien angespannt bis in die Haarspitzen.

»Ich möchte noch einmal auf die Auffindesituation am Montagmorgen zurückkommen«, begann der Rechtsanwalt, bevor Schmid auch nur eine Frage stellen konnte. »Herr Dieken hatte zwar angegeben, dass er die Frau berührt hat, um sie wach zu rütteln, jedoch hat er nicht daran gedacht, dass er zu dem Zeitpunkt Handschuhe trug. Es war zu der frühen Stunde noch recht kühl.«

Brander musterte Walter Diekens Gesicht. Der Reinigungsunternehmer hielt den Blick gesenkt. Er würde die Kollegen, die als Erste vor Ort gewesen waren, fragen, ob Dieken bei ihrem Eintreffen Handschuhe getragen hatte, nahm er sich vor, verwarf den Gedanken jedoch gleich wieder. Es spielte keine Rolle, wenn Dieken zu dem Zeitpunkt keine getragen hatte. Zwischen dem Auffinden der Leiche und dem Eintreffen der Kollegen war Zeit vergangen. Da hätte er die Handschuhe zigmal an- und wieder ausziehen können.

»Sie kamen am Montagmorgen mit dem Auto in die Firma?«, fragte Brander.

Dieken nickte, ohne ihn anzusehen.

»Tragen Sie immer Handschuhe beim Autofahren?«

»Diese Frage ist irrelevant. Es geht nicht darum, ob Herr Dieken beim Autofahren Handschuhe trägt, sondern dass er sie anhatte, als er Frau Cazacu gefunden hat.«

»Wie sind die Spuren auf der Rückseite des Shirts zu erklären?«, fragte Schmid.

»Diese Spuren sind höchstwahrscheinlich bereits zu einem

früheren Zeitpunkt entstanden. Frau Cazacu hat für Herrn Dieken gearbeitet, und da kann es durchaus mal vorgekommen sein, dass er sie bei der Arbeit an der Schulter berührt hat.«

Das konnte glauben, wer wollte. Brander glaubte ihm nicht.

Während Schmid nach der Befragung davoneilte, um den häuslichen Weihnachtsfrieden zu retten, ging Brander durch den Flur zurück zu ihrem Behelfsquartier im Tübinger Kriminalkommissariat. Aus einem der Büros erklang eine ihm bekannte Stimme. Er lauschte. Die Stimme kam aus Hendrik Marquardts Büro. Er ging am Raum der Ermittlungsgruppe vorbei und klopfte an die offen stehende Bürotür des Kollegen. »Wenn das nicht Kriminaloberkommissarin Anne Dobler ist.«

»Andi! Wie schön!« Die junge Frau mit dem blonden Pagenschnitt strahlte ihn an.

Ihre leuchtenden Augen verscheuchten seine ärgerlichen Gedanken an Dieken und seine Ausreden. Er begrüßte Anne mit einer herzlichen Umarmung. Die Sechsunddreißigjährige war schon immer zierlich gewesen, aber sie kam ihm dünner vor, als er sie in Erinnerung hatte. »Wo steckst du denn jetzt?«, erkundigte er sich.

»Teilzeit, AB2.« Sie klang nicht mehr ganz so glücklich.

AB2 – das war Arbeitsbereich zwei in Tübingen, zuständig unter anderem für Raub, Erpressung und Einbrüche. »Und die Kollegen behandeln dich nicht gut?«

»Doch, die sind wunderbar. Ich wäre aber trotzdem lieber in deinem Team.«

Hendrik runzelte hinter Annes Rücken die Stirn. Anscheinend war das ein heikles Thema zwischen ihnen. Die beiden lebten zusammen und hatten zwei kleine Kinder, Louis und Vivian. Wie alt waren die beiden jetzt, sechs und vier? Anne hatte einige Jahre in Elternzeit pausiert, was der ehrgeizigen Beamtin nicht leichtgefallen war. Sie liebte ihre Kinder, aber sie hatte auch Karrierepläne gehabt und musste nun zusehen, wie ihr Lebensgefährte den Job hatte, den sie gern gemacht hätte.

»Du bearbeitest den Fall im Gewerbegebiet Süd, oder?«, fragte sie.

»Ja.«

»Und? Wie läuft's?«

»Alle lügen uns die Hucke voll, und wir versuchen herauszufinden, warum. Vielleicht sollten wir dich undercover als Putzfrau in die Firma einschleusen«, scherzte Brander.

Während Annes Augen vor Begeisterung aufblitzten, schoss Hendrik mit dem Blick kleine Giftpfeile auf Brander. »Anne, du musst los«, erinnerte er seine Lebensgefährtin.

Die junge Frau drehte die Augen zur Decke. »Plätzchen backen mit der Mütter-Mafia, damit aus mir auch noch eine richtige Mami wird. Schluss mit Emanzipation und Selbstverwirklichung.«

Hendrik sog hörbar die Luft ein.

»Na, mit Plätzchenbacken lässt du dich doch nicht vom Weg abbringen.« Brander hätte sich gefreut, Anne wieder im Team der K1 zu sehen. »Back mir ein paar Kekse mit.«

»Ich bin nicht sicher, ob du die wirklich essen möchtest.« Sie warf Hendrik eine Kusshand zu und rauschte aus dem Büro.

»Setz ihr doch nicht so einen Floh ins Ohr!«, zischte Hendrik wütend.

»Dass sie für mich Plätzchen backen soll?«

»Undercover als Putzfrau! Geht's noch?«

»Das war ein Scherz.«

»Da kennst du Anne aber schlecht. Solche Sprüche sparst du dir besser in ihrer Gegenwart.«

Brander schüttelte verständnislos den Kopf. »Was bist du denn so schlecht gelaunt?«

»Ich habe einen beschissenen Fall auf dem Tisch liegen und muss zu allem Überfluss ständig miterleben, wie sich jemand darin einmischt, der sich nicht einmischen sollte.«

»Ich habe mich nicht eingemischt.«

»Du hast Cory heute Morgen angerufen.«

»Ich habe ihr lediglich eine Information gegeben, die für euch von Interesse sein könnte.«

Hendrik strich sich seufzend durch die dunklen Haare. An den Schläfen des Einundvierzigjährigen deuteten sich erste graue Strähnen an. »Halt dich aus unseren Ermittlungen raus, okay?«

»Ich habe nur versucht zu helfen.«

»Danke, aber wir kommen auch ohne deine Hilfe klar.«

Zwei Sätze vorher hatte Hendrik nicht so zuversichtlich geklungen.

»Aber da du schon mal hier bist.« Er suchte etwas auf seinem Computerbildschirm und deutete auf den Monitor. »Weißt du, wer das ist?«

Brander trat an den Schreibtisch und sah das Konterfei eines jungen Mannes mit halblangen Haaren. »Nein, kenn ich nicht.«

»Der Typ sieht heute vermutlich anders aus. Kleidung und Haarschnitt nach zu urteilen ist die Aufnahme gut und gern zwanzig Jahre alt.«

»Und wer ist das?«

»Keine Ahnung. Gudrun Böhme hatte das Bild bei sich. War ziemlich ramponiert. Unsere Techniker haben versucht herauszuholen, was noch möglich war.«

»Tut mir leid. Das Gesicht sehe ich heute zum ersten Mal. Hast du Nathalie gefragt?«

»Ja. Sie sagt ebenfalls, dass sie ihn nicht kennt.«

Brander betrachtete die Rekonstruktion des Fotos genauer. Blaue Augen, dunkle Haare, schmale Nase. »Soll ich noch mal mit ihr reden?«

»Du hältst dich bitte aus unseren Ermittlungen raus.«

**

»Heike Hentschel liegt auf der Intensivstation. Sie hat versucht, sich mit einem Cocktail aus Beruhigungs-, Schmerz- und Schlaftabletten das Leben zu nehmen«, berichtete Peppi. Brander saß mit ihr und Stephan Klein im Besprechungszimmer.

»Ihr Zustand ist sehr kritisch. Die Ärzte sind sich nicht sicher, ob sie es schaffen wird. Sie sagten, es grenze an ein Wunder, dass sie überhaupt noch lebend aufgefunden wurde.«

»Weiß man, warum sie versucht hat, sich umzubringen?« Brander sah zu Stephan. »Gibt es einen Abschiedsbrief?«

»In der Wohnung haben wir nichts gefunden.«

»Ist sie psychisch vorbelastet?«

Peppi zuckte die Achseln. »Die Ärzte in der Klinik vermuten es, aber ihnen war nichts Konkretes bekannt.«

»Was ist mit ihrer Familie? Wurde die informiert?«

»Die Eltern sind verstorben, sie ist geschieden, keine Kinder. Sie hat eine Schwester, die lebt bei Nürnberg, die konnten wir bisher aber nicht erreichen.«

»Die Nachbarn, mit denen wir gesprochen haben, schienen sehr überrascht«, ergänzte Stephan. »Sie sagten, die Heike wäre eine ruhige, liebe Frau.«

»So etwas sagt man über jemanden, den man nicht wahrnimmt.« Peppi blies sich eine Haarsträhne aus der Stirn.

»Vielleicht wollte sie nicht wahrgenommen werden?«, überlegte Brander. »Was wissen wir über Heike Hentschel?«

Stephan schürzte die Lippen. »Sie ist sehr ordentlich. Für meinen Geschmack zu ordentlich.«

Peppi nickte zustimmend. »Die Wohnung war picobello aufgeräumt. Kein dreckiges Geschirr in der Spülmaschine. Der Müll war entsorgt. Sie hat sogar noch Wäsche gewaschen. Die hing zum Trocknen im Bad.«

»Macht man so etwas, wenn man vorhat, sich umzubringen? Vorher Wäsche waschen?« Brander zog zweifelnd die Stirn in Falten.

»Vielleicht war ihr der Gedanke unangenehm, dass fremde Menschen nach ihrem Tod ihre schmutzige Kleidung finden würden«, schlug Peppi vor.

Brander verschränkte die Arme vor der Brust und starrte grübelnd ins Leere. Er ging gedanklich den Besuch in Diekens Firma am Tag zuvor nochmals durch. Warum war Heike Hent-

schel zusammengebrochen? Was hatte die Frau so aus der Bahn geworfen, dass sie erst einen Nervenzusammenbruch erlitt und sich wenig später einen Tablettencocktail einverleibte? Kein Abschiedsbrief. Nichts. Es klang nach einer Kurzschlusshandlung – dagegen sprach allerdings die aufgeräumte Wohnung.
»Ist es sicher, dass sie Suizid begehen wollte?«
»Deutet alles darauf hin«, erwiderte Stephan. »Keine Einbruchspuren, keine Kampfspuren. Laut Aussage der Kollegen, die heute früh vor Ort waren, stand auf ihrem Nachttisch eine Flasche Wasser, ein paar leere Tablettenblister lagen daneben.«
»Wenn sie sonst alles so ordentlich hinterlassen hat – warum hat sie die nicht weggeräumt?«
»Hat sie vielleicht nicht mehr geschafft.«
»Walter Dieken hat sie gefunden, oder?«
»Ja, von ihm kam der Anruf in der Notrufzentrale.«
»Warum war er da?«
»Gegenüber den Kollegen hat er ausgesagt, dass die Heike heute Morgen nicht zur Arbeit erschienen ist. Walter hat sich Sorgen gemacht, weil es ihr gestern so schlecht ging. Nachdem sie auf seine Anrufe nicht reagierte, ist er zu ihr gefahren.«
»Wie ist er in die Wohnung gekommen?«
»Sie hat einen Ersatzschlüssel im Büro deponiert, falls sie sich mal aussperrt. Damit hat er sich selbst reingelassen und sie dann im Schlafzimmer in ihrem Bett aufgefunden.«
Brander seufzte unschlüssig. »Glauben wir ihm das?«
»Klingt schon plausibel«, befand Peppi. »Als wir gestern in der Firma waren und sie zusammengebrochen ist, schien er mir tatsächlich ernsthaft um sie besorgt.«
Brander hatte nicht die Ruhe, still zu sitzen. Er stand auf, tigerte durch den kleinen Raum, stellte sich ans Fenster und starrte in die Tiefe. Irgendwann in den letzten Stunden hatte es geregnet. Die Straße glänzte feucht im matten Dezemberlicht. Er wandte sich wieder seinen Kollegen zu. »Was waren das für Tabletten, die sie zu sich genommen hat?«
»Hab ich doch gerade gesagt: Schmerz-, Schlafmi–«

»War davon was verschreibungspflichtig?«

Peppi schob die Brille von den Haaren auf die Nase, nahm ihr Notizbuch und suchte ihre Mitschrift. »Die Schmerz- und Schlafmittel müssten frei verkäuflich gewesen sein. Aber das hier ... Was hab ich da geschrieben? Citelep... Citalopram.« Sie tippte das Wort in ihren Laptop ein. »Selektiver Serotonin-Wiederaufnahmehemmer zur Behandlung von Depressionen, Borderline-Persönlichkeitsstörungen, bipolaren Störungen, Manien, Angst- und Panikstörungen.«

»Wäre interessant zu erfahren, unter welcher dieser Krankheiten Frau Hentschel leidet«, stellte Brander fest. »Maggie soll sich Heike Hentschel anschauen. Ich will wissen, ob die Frau sich die Tabletten tatsächlich selbst einverleibt hat.«

»Denkst du, Dieken hat ihr die Tabletten untergejubelt?« Peppi zog zweifelnd die Augenbrauen zusammen. »Die Ärzte haben nichts von Hinweisen darauf gesagt, dass Hentschel die Tabletten mit Gewalt zugeführt wurden.«

»Dieken lügt uns in einer Tour an, und er war gestern eine gute Viertelstunde in ihrer Wohnung. Er hätte die Möglichkeit gehabt«, erinnerte Brander sie an ihre kurze Observierung. »Ich bin –«

Das Telefon klingelte. Peppi nahm das Gespräch entgegen und hielt Brander kurz darauf den Hörer hin. »Zentrale, für dich.«

Brander ging zum Konferenztisch. »Brander hier.«

»Ich habe einen Herrn Feldkamp in der Leitung, der gern mit Ihnen sprechen möchte.«

»Hat er gesagt, worum es geht?«

»Nein.«

Feldkamp. Der Name sagte ihm nichts. »Stellen Sie ihn durch.« Es klickte in der Leitung. »Brander«, meldete er sich erneut.

»Marvin Feldkamp.« Eine angenehme männliche Stimme. Kräftig und selbstbewusst. »Bin ich da richtig: Sind Sie der Vater von Nathalie?«

»Warum möchten Sie das wissen?« Marvin Feldkamp. Hatte er den Namen schon mal irgendwo gehört?

»Ich bin von der Freiwilligen Feuerwehr Tübingen. Ich bin Feuerwehrtaucher und habe am Sonntagmorgen bei der Bergung der toten Frau aus dem Neckar geholfen. Ich habe mitbekommen, wer die –«

»Stopp«, bremste Brander den Mann eilig. »Wenn es um die Ermittlungen geht, wenden Sie sich bitte an meine Kollegen.«

»Nein, darum geht es nicht.« Feldkamp sog hörbar die Luft zwischen den Zähnen ein. Seine Stimme hatte etwas von der Selbstsicherheit eingebüßt, als er weitersprach. »Ich möchte nur fragen, wie es Nathalie geht?«

»Warum rufen Sie dann mich an?«

»Weil Nathalie weder auf Anrufe noch auf Nachrichten reagiert.«

»Dann wird sie ihre Gründe dafür haben.« Brander zermarterte sich das Gehirn. Marvin. Woher kannte er diesen Namen? Dann fiel es ihm ein: Beckmann hatte den Namen am Sonntagmittag auf Nathalies Smartphone gelesen.

»Es ist nur … Ihre Kollegen haben mich heute Vormittag noch mal zu Nathalie befragt. Sie hat –«

»Herr Feldkamp«, unterbrach Brander den Mann harsch. »Ich werde mit Ihnen weder über Nathalie noch über eine laufende Ermittlung sprechen.«

»Ich möchte doch nur wissen, ob es –«

»Sie haben mich verstanden. Das Gespräch ist beendet.« Brander knallte den Hörer auf den Apparat. Wie kam dieser Feuerwehrmann dazu, ihn bei der Arbeit anzurufen und nach Nathalie auszufragen? Er stützte die Hände auf die Tischplatte, hielt den Kopf gesenkt, um den prüfenden Blicken der Kollegen auszuweichen. Marvin Feldkamp. Nathalie hatte den Namen noch nie erwähnt, da war er sich sicher.

»Andreas? Geht's gut?«, fragte Stephan besorgt.

»Ja.« Brander atmete tief durch und hob den Blick. Er musste raus, brauchte Bewegung, Ablenkung. »Ich will mir die Wohnung von Frau Hentschel selbst anschauen.«

»Ich komm mit«, bot Peppi an.

Es war Brander recht. Seine Gedanken kreisten noch um das Telefonat, während Peppi gewohnheitsmäßig den Platz hinterm Lenkrad übernahm. Sie fuhr leidenschaftlich gern Auto.

»Ist wirklich alles okay?«, fragte Peppi, während sie den Wagen vom Dienststellenparkplatz lenkte.

Brander gab ein unbestimmtes Brummen von sich.

»Du machst dir mächtig Sorgen um Nathalie, oder?«

»Mhm.« Brander starrte auf die vorbeiziehenden Häuser. Viele Fenster waren mit Schwibbogen oder Sternen weihnachtlich dekoriert. Sträucher und Tannen in den kleinen Vorgärten waren mit Lichterketten geschmückt. Er hatte sich die letzten Tage vor Weihnachten anders vorgestellt.

»Es wird sich alles aufklären, Andi.«

»Natürlich wird es das.« Wenn er nur wüsste, wie er Nathalie helfen könnte. Er konnte sich lebhaft vorstellen, wie ›diskret‹ Tristan Vogel die Feuerwehrkameraden nach ihr befragt hatte. So diskret, dass ein Marvin Feldkamp nicht einmal davor zurückschreckte, ihn bei der Arbeit anzurufen. Waren Nathalies Ängste berechtigt? Würden die Kameraden bei der Feuerwehr sie ausgrenzen? Wie gut kannten sie Nathalie?

Es war nicht nur die alkoholkranke Mutter, die seine Adoptivtochter hinter sich gelassen hatte. Das alte, verblichene Foto, das Hendrik ihm gezeigt hatte, schob sich vor Branders inneres Auge. Wer war der Mann? Warum hatte Gudrun Böhme sein Bild bei sich getragen?

※※※

Heike Hentschel wohnte in einem viergeschossigen Mehrfamilienhaus in Tübingens Weststadt. Kinder spielten mit einem Tretroller auf dem Gehsteig, zwei Frauen mit Kopftuch und langen Kleidern schoben Buggys, beladen mit Kind und Einkaufstüten, den Weg entlang. Peppi parkte den Wagen am Straßenrand. Mit dem Schlüssel ließen sie sich selbst ins Haus und stiegen die Treppen in die zweite Etage hinauf. Brander durchschnitt das Siegel, das die Kollegen nach Beendigung der Spurensicherung angebracht hatten.

Sie betraten einen engen Flur. Der Fußboden war mit hellem Teppich ausgelegt, rechts stand ein schmaler weiß lackierter Schuhschrank, darüber befand sich eine Garderobe, an der ein Mantel, eine Strickjacke und mehrere Halstücher hingen. Eine Handtasche stand auf einem Bord. Der blumige Duft eines Raumerfrischers hing in der Luft.

Brander ging durch den Flur und warf flüchtige Blicke in die angrenzenden Zimmer. Zur Linken lagen Bad und Schlafzimmer, geradeaus ein kleines Wohnzimmer, rechts eine schmale Küche. Er ging in das Schlafzimmer. Das Queensize-Bett stand mittig an der hinteren Wand. Das grüne Laken und die Decke mit Blümchenmuster waren zerwühlt. Eine Lampe mit schwenkbarem Kopf war über dem Bett an der Wand angebracht. Daneben hing ein in hellen Farben gemaltes Bild: zwei Hände, die ein Baby trugen. Der Nachttisch auf der linken Seite des Bettes war leer. Nichts deutete auf die gefährliche Tablettenmischung hin, die vor wenigen Stunden dort noch gelegen haben musste.

An der kurzen Seite stand ein Kleiderschrank aus hellem Kiefernholz, die andere Wand zierte ein großes Leinwandfoto mit einer Strandlandschaft: weißer Sand, Palmen, türkisblaues Meer, heller Himmel. Links in der Ecke entdeckte Brander eine bodentiefe Vase mit einem Strauß künstlicher Blumen. Auf einem Stuhl in der anderen Ecke lagen die Kleidungsstücke, die Heike Hentschel am Tag zuvor getragen hatte, sorgfältig zusammengelegt.

Brander ging zu dem Nachttischchen und öffnete die Schubladen: Taschentücher, eine Lesebrille, ein Frauenroman und eine Bibel waren die Ausbeute. Kein Tagebuch. Schrieb heutzutage überhaupt noch jemand Tagebuch? Viele offenbarten ihren Kummer lieber in einem Blog oder in den sozialen Medien. Allerdings war Heike Hentschel mit ihren achtundfünfzig Jahren vermutlich eher noch vom alten Schlag.

Im Kleiderschrank fand Brander das, was zu erwarten war: Hosen, Röcke, Blusen, Unterwäsche, im Fußraum mehrere Paar Schuhe. Ein gewöhnliches Schlafzimmer einer alleinstehenden Frau.

Ratlos ging er ins Wohnzimmer. Ein Adventsgesteck mit goldenen Kügelchen und Engelfiguren zierte den Tisch. Alle vier Kerzen waren angebrannt. Sie hatte den vierten Advent noch gefeiert. Er öffnete die Dose neben dem Kranz, sah auf selbst gebackene Vanillekipferl hinunter. Kurz poppte die Erinnerung an Anne auf, die zum Plätzchenbacken verabredet gewesen war.

Er ließ den Blick über Mobiliar und Wände gleiten. Auch dieser Raum war mit hellen Möbeln eingerichtet. Ein paar Bücher im Regal, hier und da der übliche Dekoklimbim: eine Vase, ein Glas mit Muscheln, daneben bemalte Fische aus Holz, eine Miniatur-Winterlandschaft mit Erzgebirge-Figuren. Im Fenster stand ein Schwibbogen, umrahmt von zwei roten Weihnachtssternen.

Die Wohnung strahlte Ordnung, Sauberkeit und durch die kleinen Details dennoch eine gemütliche Atmosphäre aus. Aber etwas fehlte.

»Wer wohnt hier?«, fragte Brander sich laut.

»Hast du was gesagt?« Peppi kam aus der Küche zu ihm.

»Wer wohnt hier?«

»Jemand, der es ordentlich mag. Schau hier, so schön schreibe ich nicht mal Geburtstagskarten.« Sie hielt ihm eine Kladde hin.

»Du schreibst Geburtstagskarten?«

»Nur an Menschen, die mir lieb und teuer sind. Die anderen kriegen eine WhatsApp.«

Brander deutete auf die Kladde in Peppis Hand. »Was hast du da?«

»Ein Haushaltsbuch.«

»Zeig mal her.«

Sie reichte ihm das Buch. Er blätterte durch die Seiten. »Die hat ja jeden Furz aufgeschrieben. Zwei Brötchen von Lieb, Kaffee und Kuchen bei Röcker –«

»Oh, die haben so leckere Torten«, schwärmte Peppi. »Mist, jetzt krieg ich Lust auf Torte. Machen wir da nachher Kaffeepause?«

»Das kannst du mit deinen Eltern im Urlaub machen«, erteilte Brander ihrem Wunsch eine Abfuhr. Er überflog flüchtig die weiteren Einträge, fand zwei Vermerke über Einkäufe in zwei verschiedenen Apotheken in den vergangenen Wochen. Hatte Heike Hentschel sich nach und nach mit Medikamenten eingedeckt? Dann wäre der Suizidversuch doch keine Kurzschlussreaktion, sondern eine geplante Handlung gewesen. Blieb die Frage, warum. Und von wem hatte sie die Rezepte? »Das nehmen wir mal mit.«

»Ich habe auch noch ein Adressbuch gefunden. Sie scheint keinen allzu großen Bekanntenkreis zu haben. Es stehen nicht viele Namen drin.«

»Mit denen werden wir sprechen. Sag mal ...« Branders Blick glitt erneut durch den Raum. »Hier gibt es kein einziges Foto. Weder von Eltern noch von ihrer Schwester noch von Freunden. Auch keine Urlaubsfotos, nichts Persönliches. Oder hast du etwas entdeckt?«

»Jetzt, wo du's sagst. Aber ... Komm mal mit.« Peppi ging ihm voran in die Küche. »Sie benutzt die Seite des Kühlschranks als Pinnwand. Da oben, in der Mitte, das sieht aus wie ein Werbefoto, das für die Firma gemacht wurde.«

Auf dem Bild standen mehrere Personen nebeneinander in einer Reihe vor dem Gebäude des Reinigungsunternehmens Dieken. Der Unternehmer stand ganz links außen, an seiner Seite Heike Hentschel, dann ein unbekannter Mann, es folgten Hasan Yüksel und eine Frau mit blau gefärbten Haaren, die er nicht kannte.

»Fällt dir was auf?«

Brander zuckte die Achseln. »Das ist ein Foto ihrer Arbeitsstelle.«

»Nein, ich meine das Gesamtbild. Schau dir mal an, wie das alles arrangiert ist.« Peppi machte eine ausschweifende Armbewegung, mit der sie die komplette Kühlschrankseite einrahmte. »Oben links die Übersicht der Gottesdienstzeiten ihrer Kirche im Dezember, darunter der Plan für die Kehrwoche. Dann oben mittig das Firmenfoto, rechts davon ein Zettel mit ihrem nächsten Friseurtermin, darunter ein Termin bei ihrem Gynäkologen.«

»Also links allgemeine Termine, in der Mitte Fotos, rechts persönliche Termine.«

»Genau. Und unter dem Firmenfoto sind vier Magnete.« Sie zeigte auf die vier silbernen Knöpfe. »Aber kein Foto.«

»Und du meinst, da war eines?«

»Möglich, oder?«

Brander fotografierte die Seitenwand des Kühlschranks. »Weißt du was? Wir tüten die Magnete ein und lassen Freddy nach Fingerabdrücken suchen.«

Sie kehrten in die Tübinger Dienststelle zurück. Während Peppi die Magnete zu den Kriminaltechnikern brachte, suchte Brander Peter Sänger, um sich nach den Mitarbeiterbefragungen zu erkundigen. Er fand den Kollegen auf der Dachterrasse des hohen Plattenbaus.

»Schöne Aussicht habt ihr hier.«

»Die Luft könnte besser sein«, erwiderte Brander mit Blick auf die Zigarette in Peters Hand. »Wie läuft es bisher?«

»Wir kommen voran. Ausnahmslos jeder von Diekens Mitarbeitern hat zugegeben, dass sie bei der ersten Befragung nicht ehrlich waren. Sie alle kannten Vasila Cazacu.«

»Und was hat sie dazu bewogen, sie zu verleugnen?«

»Die einen behaupten, sie hätten kaum etwas mit ihr zu tun gehabt und sie daher auf dem Foto nicht erkannt. Ein paar sind eingeknickt und haben erklärt, dass sie am Montagmorgen einen Anruf bekommen haben, bei dem ihnen aufgetragen wurde, uns nicht zu sagen, dass sie Frau Cazacu kennen. Interessanterweise kamen die Anrufe nicht ausschließlich von Walter Dieken, sondern auch von Yüksel und Hauser.«

»Stecken die da alle drei mit drin?«

Peter hob die Schultern.

»Hast du mit Meik Hauser schon gesprochen?«

»Der war auf fünfzehn Uhr vorgeladen, ist aber nicht erschienen.«

»Und?«

»Auf Anrufe hat er nicht reagiert. Ich habe es auch bei Dieken versucht. Hätte ja sein können, dass der Hauser gerade arbeitet. Das wurde verneint. Dann habe ich eine Streife zu ihm nach Hause geschickt, aber da war niemand, zumindest hat niemand die Tür geöffnet.«

»Bleib bitte dran. Wir benötigen seine Aussage.«

»Sollen wir eine Fahndung rausgeben?«

Brander schüttelte den Kopf. »Nur weil er nicht zur Befragung erscheint, können wir nicht gleich nach ihm fahnden lassen. Vielleicht hat er einen freien Tag und ist irgendwo auf einem Weihnachtsmarkt versumpft.«

»Okay.« Peter inhalierte einen tiefen Lungenzug. »Ich sollte aufhören mit dem Scheiß. Käpten Huc hat's auch geschafft, und der hat länger gesmokt als ich.«

»Du könntest eine Menge Geld sparen.« Brander hatte dem Rauchen noch nie etwas abgewinnen können, egal ob Tabak oder E-Zigarette. »Haben die Mitarbeiter gesagt, warum sie so bereitwillig gelogen haben?«

»Ähnlich wie Yüksel – es hieß, es wäre schlecht für die Firma, wenn sie mit dem Tod von Cazacu in Verbindung gebracht würden, und nachdem Dieken nach Aussage der Mitarbeiter im letzten Jahr ganz schön zu tun hatte, sich über Wasser zu halten, hatten sie Angst um ihren Job. Manchmal hat das Beamtendasein durchaus seine Vorteile.« Peter grinste schief und drückte seine Kippe aus.

Bis zur abendlichen Teambesprechung blieb Brander noch etwas Zeit. Auf dem Weg zum Interimskonferenzraum, der gleichzeitig als Büro diente, traf er Stephan Klein, der aus dem Fahrstuhl trat.

»Wo kommst du her?«

»Befragung Cosima. Ich habe sie gerade wieder in die Freiheit entlassen.«

Cosima Fleck, eine von Diekens Vorarbeiterinnen, erinnerte Brander sich. »Und?«

»Lass uns erst mal 'nen Kaffee organisieren.«

Brander begleitete Stephan in die Kaffee-Ecke. Zu seinem Verdruss trafen sie dort auf Tristan Vogel. Prompt tauchte die Erinnerung an Marvin Feldkamps seltsamen Anruf wieder auf und schickte seine Laune zurück in den Keller.

»Hallo.« Der junge Kollege goss Milch in seinen Tee. Brander nickte ihm kurz zu.

»Na, Tristan, alles klar?«, fragte Stephan kumpelhaft.

»Läuft.« Vogel rührte seinen Tee um und stellte die Milch zurück in den Kühlschrank.

»Rück mal 'n Stück und lass die alte Garde an die Kaffeekanne.«

Im Gegensatz zum geräumigen Pausenraum, den sie in der Esslinger Dienststelle hatten, ließ die Kaffee-Ecke im Tübinger Kriminalkommissariat kaum Platz für zwei Mann. Tristan Vogel ging in den Flur, blieb aber noch unschlüssig stehen. Brander füllte eine Tasse mit Kaffee und ließ den Kollegen an die Maschine.

»Herr Brander«, sprach Vogel ihn zögernd an. »Vielleicht haben Sie es schon gehört: Wir haben die beiden Herren gefunden, die Ihre Tochter am Samstag im Kino gesehen haben. Das Alibi ist also bestätigt.«

Wollte der Kerl sich bei ihm einschleimen, oder hörte er da noch immer Zweifel in der Stimme des jungen Kollegen mitschwingen?

»Sie wissen doch, dass Sie mit mir nicht über die Ermittlungen sprechen dürfen«, wies Brander ihn zurecht.

»Ich dachte –«

»Ja, das wäre erfreulich, wenn Sie mal anfangen würden zu denken, anstatt wertvolle Ermittlungszeit zu verschwenden.«

Vogel lief rot an. Er holte Luft, um zu einer Erwiderung anzusetzen.

»Lass gut sein, Tristan«, bremste Stephan eine Eskalation. Er nickte auffordernd in Branders Richtung. »Andreas, wir haben zu tun.«

Auf dem Weg zum Besprechungsraum schob Stephan ihn in ein leer stehendes Büro und schloss die Tür.

»Pass auf, Andreas, ich sag dir jetzt mal was in aller Freundschaft.« Seine Miene ließ nicht auf einen gemütlichen Kaffeeplausch hoffen.

Brander verschränkte die Arme vor der Brust. »Sprich.«

»Mir ist klar, dass deine Nathalie dir heilig ist. Ist 'n tolles Mädel, da gibt's kein Vertun.«

»Was –«

Stephan hob die Hand. »Ich bin noch nicht fertig. Pass auf, du willst deine Kleine schützen – verstehe ich.«

»Fängst du –«

»Lass mich ausreden, verflucht! Ich hab dir nämlich was zu sagen, mein Freund.« Er sah ihm streng in die Augen, um sicherzugehen, dass er gehört wurde.

Branders Blick verfinsterte sich. Es war doch nicht zu fassen, dass selbst Stephan Klein es nicht ausschloss, dass Nathalie etwas mit dem Tod ihrer Mutter zu tun hatte. In Brander brodelte es. Er biss wutschnaubend die Zähne zusammen.

»Andreas, bist 'n guter Mann, aber das gerade eben war Scheiße! Ist dir vielleicht schon mal in den Sinn gekommen, dass die Kollegen nicht gegen, sondern für Nathalie ermitteln?«

»Was ist das für ein Schwachsinn? Der Schnösel –«

»Zuhören, mein Freund!« Stephans Stimme duldete keine weitere Unterbrechung. »Irgendwann kriegen sie den Kerl, mit dem Gudrun Ärger hatte, und wenn der einen findigen Anwalt hat, checkt der erst einmal, ob korrekt ermittelt wurde, schließlich ist Nathalies Adoptivvater ein hoch angesehener Kripobeamter mit besten Beziehungen zum Ermittlungsteam. Und dann die Mutter-Tochter-Beziehung – da gab's doch immer wieder Trouble. Handgreifliche Auseinandersetzungen. Ist sogar aktenkundig. Diese Rechtsverdreher, die gehen dann richtig auf Nathalie los. Die pflücken ihr Leben auseinander, um ihren Mandanten rauszuhauen. Und du weißt selbst am besten, wie das Mädel auf Druck reagiert. Die Beweislage ist mehr als mau. Die Obduktion hat so gut wie keine verwertbaren Spuren mit sich gebracht. Es gibt keine Zeugen. Der Tatort konnte bisher nicht gefunden werden. *Niente.* Nichts. Verstehste? Wenn die Kollegen tatsächlich herausfinden, was geschehen ist, und jemanden dingfest machen, wird das ein Indizienprozess. Und wenn der Tristan da jetzt so hinterher ist, Nathalies Alibi zu überprüfen und lückenlos nachzuweisen, dann ist das gut. Kapiert?«

Das saß.

Die Wut auf Tristan Vogel und Stephan war mit einem Schlag wie weggefegt. Er war blind gewesen, weil er nur Nathalies Unschuld gesehen hatte. Die Akribie der Kollegen war nicht nur Standardermittlungsarbeit, sie war genau das, was Stephan gesagt hatte: dringend notwendige Arbeit, um jeden Verdacht von Nathalie zu nehmen.

Die Sorge um seine Adoptivtochter drückte schwer auf seine Schultern. Er rieb sich energisch über den Nacken. Er brauchte dringend ein paar ruhige Minuten, Bewegung und frische Luft, um den Kopf freizubekommen.

»Nix für ungut, aber das musste jetzt mal gesagt werden.« In Stephans Stimme klang Verständnis mit. »Und die Infos über den Stand der Ermittlungen hast du nicht von mir, dass das klar ist.«

Brander nickte und hob den Blick zu dem Hünen. »Danke.«

***

Das Team hatte sich bereits eingefunden, als Brander mit Stephan zu ihnen stieß. Zwei Teller Spekulatius standen auf den Tischen im Behelfsquartier der Ermittlungsgruppe.

»Hab ich Hendrik geklaut«, gestand Peppi grinsend. Sie wandte sich an Brander. »Käpten Huc schafft's nicht. Du sollst die Sitzung übernehmen.«

Auch das noch. Brander fühlte sich noch matt von Stephans Standpauke. Seine Gedanken kreisten weiter um die Ermittlungen der Soko Neckar. *Ich habe einen beschissenen Fall auf dem Tisch liegen*, echoten Hendriks Worte in seinem Kopf. Dazu stimmten ihn die Informationen zur Spurenlage, die Stephan ihm gegeben hatte, nicht sehr optimistisch.

Er legte seinen Notizblock auf den Tisch, strich sich mit der Rechten kräftig über den kahlen Schädel und versuchte, sich auf seine Arbeit zu konzentrieren. Er war Clewers Stellvertreter. Er hatte diese Sokositzung zu leiten. Eine junge Frau war tot, und die Familie hatte ein Recht, zu erfahren, was geschehen war. Seine privaten Sorgen musste er auf den Feierabend verschieben. Er sah in die Runde. Wo anfangen?

»Wir haben ein Tötungsdelikt und einen mutmaßlichen Suizidversuch, von dem wir nicht wissen, ob er mit dem Tötungsdelikt in einem Zusammenhang steht. Hinzu kommen eine Menge revidierter Falschaussagen und ein Zeuge, der nicht zum Gesprächstermin erschienen ist.«

Brander stand auf und trat an das Whiteboard, auf dem Clewer am Morgen drei Namen geschrieben hatte. Zentriert stand der Name des Opfers: Vasila Cazacu. Darüber der Name ihres Arbeitgebers Walter Dieken, rechts davon Hasan Yüksel. Er zog Verbindungslinien zwischen den Namen, dann fügte er einen vierten hinzu: Heike Hentschel. Er verband ihren Namen mit einem Strich zu Dieken.

»Gibt es eine direkte Verbindung zwischen Heike Hentschel und Vasila Cazacu?« Brander sah fragend in die Runde.

»Auf jeden Fall über die Arbeit.« Peppi zwirbelte grübelnd eine Locke um einen Kuli. »Cazacus Tod scheint die Buchhalterin sehr mitgenommen zu haben, oder wie erklären wir uns ihren Zusammenbruch gestern?«

Brander dachte über das Gespräch vom Tag zuvor nach.

»Ich weiß nicht, ob das tatsächlich der Grund war. Wir haben sie nicht direkt zu Frau Cazacu befragt. Es ging um die Daten, die wir benötigen und die Walter Dieken nicht rausrücken wollte. Sie scheint ein Mensch zu sein, der gern alles akkurat in Ordnung hält, wenn ich an ihre Wohnung denke und mir dieses Büchlein anschaue.« Er tippte auf das Haushaltsbuch, das sie aus Heike Hentschels Küche mitgenommen hatten. »Vielleicht gibt es doch einige Ungereimtheiten in der Personalführung von Walter Dieken. Fabio, hast du weitere Infos über die Firma?«

»Diekens Finanzlage war in den letzten zwei Jahren eine einzige Achterbahnfahrt. Im Moment hält er sich gerade ganz gut über Wasser, aber große Sprünge kann er nicht machen. Einen genauen Überblick habe ich aber noch nicht.«

»Wie sieht es mit dem Thema Schwarzarbeit aus? Hast du mit der Kollegin vom Zoll gesprochen?«

»Ja, es fehlen leider zu viele Informationen. Sie benötigen Kundendaten, Abrechnungen, konkrete Hinweise darauf, dass weitere Mitarbeiter nicht ordnungsgemäß gemeldet sind, um dem nachzugehen. Es kann ja tatsächlich sein, dass Dieken einfach noch nicht dazu gekommen war, Vasila Cazacu anzumelden.«

»Haben die Mitarbeiter von Dieken etwas in Richtung Schwarzarbeit angedeutet?«, wandte Brander sich an Peter Sänger.

»Verständlicherweise nicht.« Er wischte sich ein paar Keksbrümel aus den Mundwinkeln. »Die wollen ihren Arbeitgeber nicht noch mehr in Schwierigkeiten bringen.«

»Und was hatten sie zu Frau Cazacu zu sagen?«

Peter spülte den Rest des Weihnachtsgebäcks mit einem Schluck Wasser herunter. »Einige sagten aus, dass sie im Dezember ein paarmal mitgearbeitet hätte. Es hat sich aber niemand darüber Gedanken gemacht, ob die junge Frau angemeldet war oder schwarzgearbeitet hat. Im Großen und Ganzen reden sie nur in den höchsten Tönen über ihren Chef, der sie durch die

Firmenkrise gebracht hat. Im letzten Jahr hatte er Leute entlassen müssen – die hat er, sobald es wieder besser lief, umgehend wieder eingestellt.«

Stephan nickte zustimmend. »Das hat die Cosima auch ausgesagt.«

»Was hat Frau Fleck noch berichtet?«

»Sie arbeitet seit sechs Jahren für ihn. Erst als einfache Reinigungskraft, dann hat sie ein paar Zusatzqualifikationen gemacht. Ist seit drei Jahren Vorarbeiterin, aber sie hatte noch eine interessante Neuigkeit für uns: Der Walter hat den Meik am Montag fristlos entlassen.«

»Meik Hauser?«, fragte Brander baff.

»Guter Mann.« Stephan nickte bestätigend.

Peter Sänger gab ein verständnisloses »Ha« von sich. Brander sah fragend zu ihm.

»Ich habe erst vor zwei Stunden mit Dieken telefoniert und ihn gefragt, ob Meik Hauser gerade für ihn unterwegs ist, weil er seinen Termin bei uns verpasst hat. Da hat er mit keinem Wort erwähnt, dass Hauser nicht mehr für ihn arbeitet.«

Das war allerdings bemerkenswert, passte aber auch in das Bild, das sich Brander mittlerweile von dem Unternehmer gemacht hatte. Er wandte sich wieder an Stephan: »Wusste Frau Fleck auch, warum er entlassen wurde?«

»Nein. Ihre Vermutung war, dass der Meik dem Walter zu viel getrunken hat.«

»Hat er denn ein Alkoholproblem?«

Stephan hob die Schultern.

Fabio tippte auf seinem Tablet-PC herum. »Da haben wir ihn: Im Februar ist er alkoholisiert am Steuer erwischt worden, anscheinend nicht zum ersten Mal, drei Monate Führerscheinentzug.«

»Also könnte Alkohol tatsächlich der Kündigungsgrund gewesen sein«, überlegte Peppi. »Wir sollten die Kollegen fragen, die am Montagmorgen vor Ort mit ihm gesprochen haben, ob er eine Fahne gehabt hat.«

Brander nickte zustimmend. »Fabio, hast du noch mehr Infos über Hauser?«

»Achtunddreißig Jahre alt, wohnhaft in Kusterdingen, geschieden, hat einen sechzehnjährigen Sohn, der lebt bei der Mutter in Ravensburg. Polizeilich ist er anscheinend sonst nicht weiter in Erscheinung getreten.«

»Seit wann arbeitet er für Dieken?«

»Seit zwölf Jahren«, wusste Peter. »Er ist geprüfte Reinigungskraft und seit acht Jahren Vorarbeiter, wenn die Liste stimmt, die ich habe.«

»Wie passt das jetzt ins Bild?« Brander schrieb den Namen Meik Hauser links neben Dieken auf das Whiteboard, zog eine Verbindungslinie, die er sogleich wieder durchstrich. »Dieken findet Vasila Cazacu tot neben seinem Gebäude. Hauser und Yüksel kommen hinzu, beide helfen Dieken, die Mitarbeiter zu informieren, damit sie uns gegenüber eine Falschaussage machen. Und danach kündigt Dieken Hauser?«

»Fristlos«, bekräftigte Stephan.

»Und seither ist Meik Hauser nicht zu erreichen. Er erscheint nicht zur Befragung, ist nicht zu Hause anzutreffen und geht nicht ans Telefon«, ergänzte Brander. »Stephan, du hast doch auch schon vergeblich versucht, den Hauser zu erreichen?«

»Yep.«

»Klemm dich da bitte noch mal hinter. Ich will mit Hauser sprechen, und mit Herrn Dieken unterhalten wir uns auch noch einmal.« Brander überflog die Namen auf dem Whiteboard. »Was wissen wir über Heike Hentschel?«

»Da habe ich vorhin noch ein wenig recherchiert.« Peppi schob die Brille aus den Haaren auf ihre Nase. »Sie ist geschieden, hat nach der Scheidung ihren Mädchennamen wieder angenommen, die Ehe war kinderlos. Für Dieken arbeitet sie seit fünfzehn Jahren, anscheinend von Anfang an in Teilzeit. Ich habe mir ihr Haushaltsbuch angesehen. Es gibt wiederkehrende Ausgaben in der Apotheke. Dem Betrag nach könnte es sich um Rezeptgebühren handeln. Legt die Vermutung nahe, dass sie regelmäßig Medikamente nimmt. Die einzelnen Medikamente hat sie leider nicht in der Kladde aufgeführt. Aber ich vermute, dass es sich dabei unter anderem um dieses Citalopram handelt.«

»Wer hat die Medikamente eigentlich aus ihrer Wohnung mitgenommen?«

»Die waren schon weg, als wir dort ankamen«, antwortete Stephan. »Ich vermute, dass die Sanis die mitgenommen haben, damit die im Krankenhaus wissen, welchen Cocktail sie zu sich genommen hatte.«

»Und ihr habt nicht im Krankenhaus nachgefragt?«

Peppi zog eine bedauernde Grimasse.

»Standardvorgehen, Leute! Die Tablettenpackungen müssen gesichert werden.«

»Ich kann nach der Sitzung zur Klinik fahren und schauen, ob sie die Blister noch haben«, bot Stephan an.

»Ja, mach das bitte. Freddy, hast du noch was für uns?«

»Die Blutanhaftungen auf Cazacus Smartphone stammen definitiv von unserem Opfer«, berichtete Tropper. »Die Kleidung aus dem Spind haben wir uns auch noch mal vorgenommen, keine weiteren Blutspuren. Verschiedene DNA-Spuren, aber wie ich heute Morgen schon sagte, es wird schwer werden, die Spuren in irgendeinen Tatzusammenhang zu bringen – sowohl die Blutspuren am Smartphone als auch die DNA. Was nicht uninteressant ist: Auf dem Vorhängeschloss von Cazacus Spind konnten wir einen Fingerabdruck sichern, der gehört mit hoher Wahrscheinlichkeit zu Walter Dieken.«

»Warum hast du uns das heute Vormittag nicht gesagt, als wir ihn hierhatten?«

»Weil ich den Abgleich zu dem Zeitpunkt noch nicht hatte. Wir waren heute Vormittag noch mit Cazacus Kleidung beschäftigt und den Hautabriebspuren auf ihrem Shirt. Sei froh, dass wir da so schnell Rückmeldung vom KTI bekommen haben.«

Brander hob beschwichtigend die Hand. »Was ist mit den Magneten? Konntest du dir die schon ansehen?«

»Was für Magnete?«

»Du warst vorhin nicht am Platz. Ich hab sie einem der Tübinger Kollegen gegeben«, antwortete Peppi.

Tropper sah auf seine Uhr. »Ich schau nach der Sitzung, ob noch jemand da ist, ansonsten kümmere ich mich morgen früh darum.«

Eigentlich hatte Brander vorgehabt, direkt nach der Sitzung der Ermittlungsgruppe nach Hause zu fahren, aber nachdem alle Kollegen gegangen waren und Ruhe einkehrte, nahm er Block und Stift zur Hand. Er musste Ordnung in seine Gedanken bringen, und das gelang ihm am besten, wenn er sich eine Skizze zum Fall erstellte.

Was hatte Vasila Cazacu veranlasst, ihr Baby in die Obhut der Großeltern zu geben, nach Deutschland zu gehen und für Dieken zu arbeiten? Welches Symbol passte zu dieser jungen Frau, von der er so wenig wusste? Er skizzierte aus dem Gedächtnis in der Mitte des Blattes das Gesicht der Frau, dazu zeichnete er einen Euroschein und ein in Tücher gewickeltes Baby. Wer war der Vater des Kindes?

Walter Dieken – Ringer und Reinigungsmeister. Für ihn wählte Brander das Firmenlogo. Hasan Yüksel erhielt den Putzwagen, den er gegen Peppi gestoßen hatte.

Heike Hentschel? Brander entschied sich für Brille und Tablettenblister. Er war sich sicher, dass ihr Suizidversuch etwas mit dem Tod von Cazacu zu tun hatte. Die Ereignisse lagen einfach viel zu dicht beieinander.

Meik Hauser hatte er noch nicht kennengelernt, dennoch war das Symbol für ihn klar – eine Flasche Bier. Vielleicht tat er dem Mann damit unrecht. Die Vorarbeiterin Cosima Fleck hatte er ebenfalls noch nicht persönlich gesprochen. Ideenlos skizzierte er einen Putzeimer mit Wischmopp.

Brander betrachtete das Blatt. Hatte er jemanden vergessen oder etwas übersehen? Wer konnte ihnen noch Informationen geben über das, was in der Sonntagnacht geschehen war? Er blätterte durch seinen Notizblock, studierte seine Mitschriften. Eine Notiz ließ ihn innehalten. Er wählte Peppis Nummer.

»Immer noch bei der Arbeit?«, meldete sie sich nach dem dritten Klingeln.

»Sag mal, was ist mit der Aussage von dem Wachmann?«

»Welcher Wachmann?«

»Der in der Sonntagnacht im Gewerbegebiet unterwegs war. Der sollte sich bei dir melden, habe ich mir notiert.«

Peppi stieß hörbar die Luft aus. »Jetzt, wo du's sagst. Der hat sich noch nicht bei mir gemeldet. Ist mir durchgegangen, Mist. Ich ruf ihn gleich noch mal an.«

Brander sah auf die Uhr. Es war halb neun. »Reicht auch morgen früh.«

»Da schmeiß ich ihn aber aus dem Bett, wenn er Nachtschicht hatte.«

»Er hätte sich ja von sich aus melden können«, erwiderte Brander mitleidlos.

Er räumte seinen Platz auf und machte sich auf den Heimweg. Es hatte wieder zu regnen begonnen, dennoch bedauerte er, dass er am Morgen mit dem Auto zur Arbeit gefahren war. Eine Tour mit dem Rad durch das Ammertal hätte ihm gutgetan. Das Ortsschild Tübingen lag gerade hinter ihm, als Peppi anrief. Er nahm das Gespräch über die Freisprechanlage an.

»Ich habe ihn doch direkt angerufen«, begann sie. »Elias Basdekis, Landsmann von mir. Er hat versprochen, morgen nach seiner Schicht zu uns zu kommen, um seine Aussage zu machen. Ich habe ihn trotzdem schon mal telefonisch befragt. Basdekis kommt bei seiner Tour in der Regel drei Mal in der Nacht an Diekens Firma vorbei. So auch in der Nacht von Sonntag auf Montag. Das dritte Mal war er auf dem Weg zurück zu dem Securityunternehmen, für das er arbeitet. Er sagt, ihm sei nichts aufgefallen. Alles war wie immer: Die Transporter standen vor dem Gebäude. Bei seiner dritten Runde war Diekens Auto dabei, im Flur brannte Licht.«

»Das bringt uns nicht wirklich weiter.« Brander ließ den

Wagen ausrollen, als er das Ortsschild Unterjesingen passierte, um das Tempo auf dreißig zu reduzieren.

»Es geht noch weiter: Basdekis hat bestätigt, dass Diekens Auto vor dem Gebäude stand, aber er hat Dieken nicht gesehen.«

»Okay.«

»Es wird noch besser. Es war kurz nach fünf, als Basdekis dort vorbeifuhr. Dieken war also nicht erst um Viertel vor sechs in der Firma, wie er uns erzählt hat, sondern schon wesentlich früher.«

***

Karsten Beckmanns Fahrrad stand auf der Einfahrt, als Brander nach Hause kam. Er stellte den Wagen in die Garage und fand seinen Kumpel zusammen mit Cecilia im Wohnzimmer. Ein deckenhoher Tannenbaum mit ausladenden Zweigen nahm den Großteil der freien Fläche zwischen Wand und Sitzgarnitur ein.

»Das ist aber nicht der Baum, den ich gekauft habe, oder?« Brander betrachtete das Ungetüm überrascht.

»Doch«, erklärten die beiden wie aus einem Mund.

»Der war doch nicht so riesig.«

Beckmann zuckte die Achseln. »Im Freien kann das schon mal täuschen.«

»Wieso habt ihr den überhaupt schon aufgestellt?« Eigentlich war es Tradition, dass Brander den Baum am Abend des 23. aufstellte und ihn mit Cecilia und Nathalie gemeinsam schmückte.

»Du steckst mitten in irgendeiner Ermittlung, und Karsten hat morgen Abend keine Zeit. Allein hätte ich dieses Bäumchen nicht in den Ständer wuchten können.«

»Nathalie ist doch auch noch da.«

»Die ist morgen Abend eventuell mit Karsten bei der Weihnachtsfeier ihrer Taekwondogruppe. Kommt drauf an, wie sie sich fühlt.«

Nathalie trainierte schon Jahre bei Karsten Beckmann, der

seit seiner Jugend Taekwondo betrieb und zwei Abende in der Woche in einem Dojang unterrichtete.

»Hm.« Brander starrte auf das grüne Monster. Das war nie und nimmer der Baum, den er ausgesucht hatte. Sein Augenmaß konnte ihn doch nicht so getäuscht haben. Andererseits, wenn er es sich recht überlegte, hatte er nur danach geschaut, dass der Baum schön gerade und dicht bewachsen war. Beides traf auf diese Tanne zu.

»Das ist ein sehr schöner Baum«, erklärte Beckmann mit dem Brustton der Überzeugung.

»Der ist verdammt groß. Da kriegen wir ja nicht mal mehr eine Spitze drauf.«

»Wer braucht schon eine Christbaumspitze, wenn er so einen schönen Baum hat?«

Brander warf seinem Kumpel einen Seitenblick zu. »Lobst du gerade unseren ungeschmückten Weihnachtsbaum?«

»Wirklich, ein wunderschöner Baum.«

Brander schmunzelte. »Was für einen Whisky willst du?«

»Ich dachte schon, du kapierst es nie. Such du einen aus, der zu diesem niedlichen Bäumchen passt.«

Das Christbaumloben hatte bei ihnen eine lange Tradition und wurde immer mit einem guten Tropfen belohnt.

»Ich mach mich kurz frisch, und dann schauen wir mal, was die Bar hergibt.« Brander stieg in die obere Etage. Bevor er ins Bad ging, schaute er bei Nathalie ins Zimmer. Sie saß an ihrem Schreibtisch und schlug eilig die Kladde zu, in der sie gerade geschrieben hatte. Brander wusste aus früheren Zeiten, dass sie manchmal Gedichte schrieb, in denen sie ihre Gefühle verarbeitete. Er deutete es als ein gutes Zeichen.

»Hey, Große, wie war dein Tag?«

Sie hob die Faust mit dem Daumen nach unten.

Er trat neben sie und lehnte sich mit dem Gesäß gegen den Schreibtisch, um ihr ins Gesicht sehen zu können.

»Kommst du oder gehst du?«, fragte sie.

»Bin gerade gekommen. Wieso?«

»Du hast deine Jacke noch an.«

»Oh.« Die Ansicht des überdimensionalen Tannenbaums hatte ihn zu sehr abgelenkt. Er steckte die Hände in die Taschen, ertastete in der rechten Jackentasche das Lavendelsäckchen, das die alte Frau ihm vor zwei Tagen in die Hand gedrückt hatte. Er zog es hervor und hielt es Nathalie entgegen. »Hier, soll für einen guten Schlaf sorgen.«

Sie nahm das Säckchen und schnupperte daran. »Wo hast 'n das her?«

»Von einer Frau Marthe.«

»Marthe?«

Brander horchte auf. »Du kennst sie?«

Nathalie zuckte die Achseln. »Kennt jeder, der in Tübingen mal auf der Straße gepennt hat.«

»Was ist sie für eine?«

»'ne verrückte Alte, die den Leuten immer irgendwelche Kräuter andreht. Die hat mir mal 'ne Salbe gegeben, als einer von Gudruns Stechern mir eine verpasst hatte und ich so 'n Auge hatte.« Sie hielt die offene Hand vor ihre linke Gesichtshälfte.

Allein der Gedanke schmerzte Brander, und er hätte sie am liebsten fest in seine Arme gezogen. Aber Nathalie mochte dieses Mitgefühl nicht, also ließ er es. »Kennst du ihren Nachnamen?«

»Nö.«

»Weißt du, wo ich sie finden kann?«

»Warum willst du sie finden?« Misstrauen legte sich in ihren Blick.

»Ich habe sie vorgestern getroffen, und da hat sie etwas zu mir gesagt, was ich nicht verstanden habe. Dazu würde ich sie gern noch mal sprechen.«

»Aber du willst sie nicht verhaften, oder?«

»Sie hat sich nichts zuschulden kommen lassen, soweit mir bekannt ist, und sie scheint ja ein netter Mensch zu sein«, versuchte Brander, ihre Bedenken zu zerstreuen.

»Hab sie schon ewig nicht mehr gesehen. Die lebt nicht auf

der Straße, sieht nur so aus. Damals hatte sie eine Wohnung in einem der Blöcke an der B 28, die alten Häuser da zwischen Bahnhof und Bundesstraße. Keine Ahnung, ob sie da immer noch wohnt.«

Das grenzte den Radius, in dem er nach ihr suchen musste, gewaltig ein. »Soll ich sie von dir grüßen, wenn ich sie treffe?«

Nathalie dachte kurz darüber nach, schließlich nickte sie. »Ich glaub, ich hab mich damals nicht bei ihr bedankt.«

Das konnte Brander sich lebhaft vorstellen. Nathalie war ein misstrauischer und wütender Teenager gewesen. Er drückte sanft ihre Schulter, wollte sich schon vom Tisch abstoßen, um ins Bad zu gehen, als sein Blick auf ihr Smartphone fiel.

»Sag mal ... Kennst du einen Marvin Feldkamp?«

Brander bereute seine Frage, kaum dass er sie gestellt hatte. Nathalies Wangen färbten sich rot, ihre Mimik verhärtete sich. Sie schluckte trocken. »Ist einer von der Feuerwehr.«

»Er hat mich heute angerufen. Er wollte wissen, wie es dir geht.«

Ihr Oberkörper verspannte sich noch mehr, sie wandte den Blick ab.

»Macht der Kerl dir Schwierigkeiten?«

Sie schüttelte den Kopf.

»Nathi, was ist los?«

»Nix.«

Ihre Mimik, ihre ganze Körperhaltung straften sie Lügen.

»Ich muss noch ein bisschen was machen.« Sie deutete mit einer unbestimmten Geste auf ihren Schreibtisch.

»Nathalie, wenn ich irgendwas für dich tun –«

»Alles gut.«

Nein, ganz sicher nicht. Gib ihr Zeit, mahnte Brander sich stumm. »Wir sitzen unten zusammen, vielleicht magst du ja nachher noch dazukommen.« Er lächelte sie einladend an und ging zur Tür.

»Andi?«

»Ja?«

»Das mit Gudruns Tod ... Können wir das über die Feiertage mal vergessen? Ich möchte einfach nur ein schönes Weihnachtsfest mit euch.«

Brander blickte in die blauen Augen des Mädchens, das nun schon so lange bei ihnen lebte. Sie war neunzehn, sie war kein Mädchen mehr, sondern eine junge Frau. Aber sie würde für ihn der kleine Wildfang bleiben, den er beschützen wollte. Sie hatte ein unbeschwertes Weihnachtsfest verdient. Er nickte. »Das kriegen wir hin.«

Brander hatte Nathalie nur ungern allein gelassen. Gedankenverloren wusch er sich und kehrte zu Cecilia und Beckmann ins Wohnzimmer zurück. Wer war dieser Marvin Feldkamp, dass sie so heftig auf seinen Namen reagierte?

»Wir haben uns schon mal bedient.« Beckmann deutete auf drei gefüllte Whiskygläser, die gerade noch auf dem Sofatischchen neben dem Adventskranz Platz fanden. »Ich hatte befürchtet, dass du oben eingeschlafen bist.«

»Ich war kurz bei Nathalie.« Brander suchte die zum Inhalt gehörende Flasche. »Wofür habt ihr euch entschieden?«

»Ich dachte mir, zu diesem wunderschönen Tannenbaum passt ein Ausflug in die Mitte Schottlands nach Pitlochry. Und da habe ich diesen vielversprechenden Single Malt in deinem Schrank entdeckt: Blair Athol, zwölf Jahre.«

Den Whisky hatte Cecilia ihm zum Hochzeitstag geschenkt. Mit Pitlochry verbanden sie beide sehr romantische Erinnerungen. Brander setzte sich zu seiner Frau, legte den Arm um ihre Schultern und nahm das Glas, das sein Kumpel ihm entgegenhielt. Er schnupperte am Destillat. Ein florales Aroma stieg ihm in die Nase, dazu Karamell, Apfel – und war da nicht ein Hauch Zimt?

»Auf diesen prächtigen Weihnachtsbaum!« Beckmann prostete ihm zu.

»*Sláinte.*« Brander trank einen Schluck, behielt ihn kurz im Mund, um die Aromen zu schmecken. Der Whisky war cremig am Gaumen. Vielleicht lag es an der Weihnachtszeit, aber er schmeckte Anis und Zitrusfrüchte heraus.

»Ich glaube, der passt wunderbar zu einem Stück Christstollen«, stellte er fest. »Möchte einer?« Brander stand auf und ging in die Küche, um ein paar Scheiben des Dresdener Christstollens abzuschneiden.

Sein Blick wanderte zum Fenster. Der leuchtende hölzerne Weihnachtsstern spiegelte sich in der Scheibe, dahinter tauchte eine Straßenlaterne die Nacht in warmes Licht. Die Welt wirkte so friedlich. Dabei saß Nathalie mit ihrem Kummer allein in ihrem Zimmer, in der Uniklinik kämpften die Ärzte um das Leben einer Frau, die nicht mehr leben wollte, und zwei andere Frauen waren auf gewaltsame Weise zu Tode gekommen.

Hatte Vasila Cazacu tatsächlich in Diekens Firma gehaust? Ohne Wissen des Inhabers? Und warum hatte Dieken gelogen? Zwischen fünf Uhr und drei viertel sechs lagen fünfundvierzig Minuten. Was hatte der Saubermann in seiner Firma getan, bevor er den Notruf absetzte?

»Ey, Stollen essen ohne mich! Geht ja gar nicht.«

Brander drehte sich überrascht zur Tür. Er hatte Nathalie nicht kommen hören. Sie lehnte im Türrahmen, lächelte angespannt, die Hände in den Hosentaschen vergraben.

»Möchtest du ein Stück?«

»Was 'n das für 'ne Frage?« Sie kam herein, schaltete den Wasserkocher ein und legte einen Teebeutel in eine Tasse.

Brander schnitt zwei weitere Scheiben vom Christstollen ab. Das Wasser kochte. Nachdem Nathalie nur stumm auf die Arbeitsplatte starrte, goss er den Tee auf.

»Alles klar?«

Sie hob den Blick zu ihm, legte die Arme um seinen Hals und vergrub das Gesicht an seiner Schulter. »Nur mal kurz festhalten.«

***

Es regnete. Die Feuchtigkeit hing in der Kleidung der Gäste, verfing sich im Raum und sorgte mit der Heizungsluft für ein feuchtwarmes Klima. Nach und nach waren sie alle eingetrudelt. Der Stammtisch war an diesem Abend voll besetzt. Ein paar Jungs vom Posaunenchor hatten sich eingefunden. Die beiden Ausländer trugen Hemden und hatten sich heute sogar einen zweiten Schnaps zum Bier gegönnt. Sie schienen in Festtagslaune. Vielleicht hatten sie ihren Lohnbeutel bekommen.

Bianka war erst spät erschienen, rausgeputzt wie ein amerikanischer Christbaum, mit Glitzertop und langen Ohrringen. Sie kam vom Weihnachtsessen der Firma und hatte schon reichlich getankt, als sie sich auf einen Absacker zu Randolph und Meik gesellte. Zwischen den beiden Männern war die Stimmung nicht so fröhlich. Meik war schweigsamer als üblich, und Randolph schwadronierte darüber, dass die Kündigung nicht rechtens sei und er seinen Chef verklagen solle.

»Herrgott, du Dackel, ich hab's dir schon tausendmal gesagt: Ich hab keine Kohle für 'nen Anwalt!«, motzte Meik genervt, damit Randolph endlich die Klappe hielt.

»Gibt doch Rechtsschutzversicherung.«

»Hab ich nich! Verfluchte Scheiße, hab ich dir auch schon tausendmal gesagt!«

»Versteh ich nicht! Echt, Mann! Wieso hast du keine Rechtsschutz, Alter? Die hat doch jeder.« Randolph bekam schon wieder seinen Oberlehrerton.

»Ich hab keine.«

»Ey, jeder muss die haben! Kann immer mal was passieren, und dann brauchste so was!«

»Geh mir nich aufn Sack mit deinem Rechtsschutzquatsch.«

»Ohne ist natürlich scheiße. Siehst ja, was du da jetzt von hast.«

»Ach, halt doch dei Gosch.« Meik Hausers Laune war auf dem Tiefpunkt angelangt. Erst die tote Frau, dann der Rausschmiss, die Polizei nervte ihn mit irgendwelchen Vorladungen und jetzt auch noch Randolphs Geschwafel um so eine Scheißversicherung. Klar könnte er die jetzt gut gebrauchen. Aber er hatte diese verfluchte Versicherung nun mal nicht. Und jetzt war es zu spät.

Wegen Randolphs blödem Geschwätz hatte er zu schnell getrunken. Der Alkohol machte seinen Kopf ganz duselig. Er zog seine Geldbörse aus der Gesäßtasche. Da war nicht mehr viel drin. Er legte seinen letzten Zehner auf den Tresen und stand auf. »Rest zahl ich morgen.«

»Der Deckel von gestern ist auch noch offen«, beschwerte sich Siggi.

»Ja, morgen.«

»Aber spätestens, dass das klar ist!«

»Jetzt mach dir ma nich ins Hemd. Du kriegst deine Kohle schon noch.«

»So fängt's immer an«, murrte der Wirt.

Einige Gäste sahen neugierig zum Tresen. Das konnte Meik gebrauchen. Er öffnete den Knopf zum Kleingeldfach seiner Geldbörse und ließ den Inhalt auf die Theke kullern. »Rest kommt morgen. Scheiße, Mann, als ob ich je meinen Deckel nicht bezahlt hätt.«

Ohne nach links und rechts zu schauen, marschierte Meik auf die Tür zu und riss sie auf. Beim Hinausgehen stieß er gegen Bruno. Der Schwätzer hatte ihm gerade noch gefehlt.

»Du hast's ja eilig.«

»Leck mich.« Meik stiefelte an ihm vorbei.

Ein Auto stand am Straßenrand. Die Tür wurde aufgerissen. Ein Mann stellte sich Meik in den Weg.

»Was willst du 'n hier?«

Der Kerl packte ihn am Kragen. »Du hast uns alle so was von in die Scheiße geritten!« Er schüttelte ihn kräftig.

»Ey!« Meik versuchte, die Finger des anderen von seiner Jacke zu lösen. Die frische Luft, der Alkohol, die rüttelnde Bewegung, das machte ihn ganz schwindelig. Waren denn heute alle bescheuert?

»Warum hast du das getan, du Arsch?«

»Hey, Mann!« Meik stieß ihn von sich.

Zack. Die Hand des anderen landete mit Wucht auf seiner Wange. Er torkelte zur Seite, wäre um ein Haar gestürzt.

»Ey, tickst du?« Meik wollte zurückschlagen, da hatte er schon den nächsten Hieb kassiert. Er war zu betrunken, um sich zu wehren, strauchelte zurück, hob schützend die Hände.

»Die Heike hat versucht, sich umzubringen! Das ist alles deine Schuld!« Hasan Yüksel schubste ihn zornig vor sich her.

»Schluss jetzt! *Onu rahat birak!*«, brüllte jemand dazwischen.

Bevor der nächste Schlag Meiks Kopf treffen konnte, wurde Yüksel weggezerrt. Aus den Augenwinkeln sah Meik die bärengroße Gestalt von Bruno. Er zischte dem Kerl etwas ins Gesicht und ließ ihn los. »Fahr nach Hause!«

Yüksel blieb wutschnaubend vor Bruno stehen. »Der ist schuld an allem! Der hat –«

»Du fährst jetzt nach Hause zu Frau und Kind. Haben wir uns verstanden?« Brunos Stimme dröhnte durch die dunkle Straße. Er drückte das Kreuz durch und spannte den Latissimus an, was seine Erscheinung noch größer und bedrohlicher wirken ließ.

Yüksels Blick glitt zornig an Bruno vorbei zu Meik. »Du bist schuld, wenn Heike stirbt!«

Bruno wedelte mit der Hand. »*Kaybol!* Verschwinde!«

Der Türke trollte sich. Der Bär wandte sich zu Meik um. »Geht's gut, mein Freund?«

»Danke, Mann.« Meik strich sich über die pochende Schläfe. Der Schlag hatte ihn voll erwischt.

»Du schuldest mir 'ne Erklärung«, gab der Hüne zurück.

Donnerstag

Kriminaloberrat Hans Ulrich Clewer kochte vor Wut. »So etwas kannst du nicht machen! Du hättest das mit mir absprechen müssen, verflucht noch eins!« Er schob den Stuhl zurück und stapfte energisch ans Fenster.

So aufgebracht hatte Brander den Leiter der Kriminalinspektion 1 selten erlebt. Eigentlich noch nie. Brander war früh in die Dienststelle gekommen, in der Absicht, vor der Sokositzung die Protokolle noch einmal in Ruhe zu sichten, und war mitten in dieses Donnerwetter gestolpert. Er hatte Stephan Klein so früh nicht in der Tübinger Dienststelle erwartet, und auch Clewers zeitige Anwesenheit überraschte ihn.

»Hans, du weißt, dass du dich nicht so aufregen sollst«, brachte Stephan vorsichtig an. Dunkle Schatten lagen unter den Augen im faltigen Gesicht des Hünen. Offensichtlich hatte er in der vorangegangenen Nacht nicht allzu viel Schlaf bekommen.

»Was ist denn los?« Brander beobachtete das gerötete Gesicht seines Vorgesetzten mit Sorge. Der Herzinfarkt lag gut fünfzehn Monate zurück. Diese plötzliche Erregung war seiner Gesundheit sicherlich nicht förderlich.

»Du bringst mich ins Grab!« Clewer lehnte die Stirn gegen die kühle Fensterscheibe. »Sieh zu, wie du das Hertha beibringst!«

»Och, Hans, jetzt übertreib mal nicht.«

Der Inspektionsleiter wandte sich ihnen wieder zu. »Keine Alleingänge, Stephan! Keine Überschreitung von Grenzen! Das hattest du mir damals zugesagt. Wie soll ich denn das –«

»Hans, ich hab doch nix gemacht! Ich war zufällig Gast in einer Kneipe und bin zufällig Zeuge eines Vorfalls geworden.«

»Seit drei Tagen wollen wir mit Meik Hauser sprechen, und du trinkst jeden Abend mit dem Kerl gemütlich ein Bierchen!«

»Die Vorladung war für gestern. Und schau: Heute kommt

er. Er ist sogar schon da. Ich hab ihn gleich heute früh abgeholt und mitgebracht.« Stephan grinste zufrieden.

Clewer seufzte resigniert. »Andreas, was sagst du dazu?«

»Ich verstehe nur Bahnhof.« Ratlos sah er von einem zum anderen.

»Du hast also auch nichts davon gewusst?«

»Wovon denn?«

»Unser verehrter Kollege, Kriminalhauptkommissar Stephan Klein, hat sich undercover betätigt. Ohne Genehmigung. Ohne Absprache mit irgendjemandem.«

»Undercover! Jetzt mach aber mal 'nen Punkt!« Stephan hob empört die Hände. »Ich bin zufällig in eine Kneipe gegangen, in der zufällig auch Meik Hauser verkehrt. Ich wusste ja am Anfang gar nicht, dass das unser Meik ist.«

»Willst du mich jetzt völlig zum Narren halten? Du warst nicht nur einmal *zufällig* in der Kneipe, sondern mehrfach!« Clewer schnaufte wütend. »Und was hast du ihm gesagt? Du heißt Bruno?«

»Ist mein Zweitname.«

»Seit wann?«

»Hab ich mir irgendwann mal zugelegt.«

»Du kannst doch den Leuten nicht einen falschen Namen nennen.«

»Ich war privat unterwegs, Hans. Und in welchem Gesetz steht bitte, dass ich mich immer mit dem Namen vorstellen muss, der in meinem Personalausweis steht? Ich bin groß und breit, eben wie Bruno, der Bär. Du bist doch auch der Käpten Huc.«

»Das ist ein Spitzname, den meine Leute hinter vorgehaltener Hand für mich verwenden.« Sein Blick glitt kurz tadelnd zu Brander.

»Den hattest du schon, bevor ich nach Esslingen kam«, wehrte Brander den Vorwurf ab.

»Mein Spitzname steht hier auch nicht zur Debatte. Stephan, du arbeitest für die Polizei, und das bedeutet nicht nur, dass du für die Einhaltung von Gesetzen sorgst, sondern dass du dich selbst an Recht und Ordnung hältst! Meik Hauser ist Teil einer polizeilichen Ermittlung. Wir haben ihn gesucht! Mal abgesehen davon, dass du seine Stammkneipe kennst, hättest du dich ihm gegenüber als Polizist zu erkennen geben müssen.«

»Also, weißte, Hans, wenn ich das nächste Mal in eine Kneipe gehe, rufe ich laut in die Runde: ›Hallo, ich bin der Stephan Klein, und ich bin Kripobeamter‹, damit alle gleich wissen, mit wem sie es zu tun haben. Machst du das immer so?«

»Das war nicht irgendeine Kneipe. Das war die Stammkneipe von Meik Hauser!«

»Konnte ich ja nicht ahnen.«

»Natürlich nicht.« Clewers Stimme triefte vor Sarkasmus. »Und warum warst du dann dort?«

»Ich hatte Durst.«

Clewer sank auf den nächstbesten Stuhl. »Da fällt mir jetzt nichts mehr zu ein.«

»Jetzt ist ja auch mal gut. Ich hol dir 'nen Tee. Wir müssen ein bisschen auf dein Herz achten.« Stephan klopfte seinem Chef jovial auf die Schulter und verschwand.

»Alles, was ich möchte, ist eine ordentliche, vorschriftsgemäße Ermittlungsarbeit meiner Mitarbeiter.«

»Da hättest du vielleicht nicht gerade Stephan ins Team holen sollen, wenn ich mir die Bemerkung erlauben darf.«

Clewer warf ihm einen vernichtenden Blick zu.

»So richtig undercover war das ja nicht«, befand Brander. »Es steht uns doch wohl frei, unser Feierabendbier da zu trinken, wo wir wollen.«

»Fang du auch noch an! Willst du das mit dem Staatsanwalt ausdiskutieren?«

»Och, ich glaub, das überlassen wir Peppi. Die hat 'nen ziemlich guten Draht zu ihm.«

Clewer rang sich ein gequältes Grinsen ab. »Die Befragung von Meik Hauser übernimmst bitte du zusammen mit Persephone.«

Meik Hauser saß mit krummem Rücken im Vernehmungszimmer und hob müde den Kopf, als Brander mit Peppi hereinkam. Sein Jochbein zierte ein Bluterguss, und auch die Schwellung der Unterlippe zeugte von den Schlägen, die Hauser in der Nacht zuvor kassiert hatte. Er musterte Brander und Peppi irritiert.

»Wo ist Bruno?«

»Mein Name ist Brander, meine Kollegin Frau Pachatourides. Sie werden mit uns vorliebnehmen müssen. Möchten Sie einen Rechtsbeistand?«

»Brauch ich einen?«

»Das weiß ich nicht.« Brander setzte sich dem Mann gegenüber.

»Ich kann mir keinen leisten. Und kommen Sie mir jetzt nicht damit, dass das die Rechtsschutzversicherung übernimmt.«

»Das hatte ich nicht vor«, erwiderte Brander verwundert. »Sie werden lediglich als Zeuge im Fall Vasila Cazacu befragt. Möchten Sie etwas trinken? Ein Wasser oder einen Kaffee?«

Der Mann blies den Atem durch die geöffneten Lippen. Es tat der Schwellung nicht gut, er verzog schmerzhaft das Gesicht. Brander roch die Alkoholfahne der vorangegangenen Nacht.

»'nen Kaffee könnt ich vertragen.«

Peppi stand auf, um das Getränk zu holen. »Du auch?«

Brander nickte. »Woher haben Sie die Verletzungen in Ihrem Gesicht?«

Hauser zuckte die Achseln. »Kleine Meinungsverschiedenheit.«

»Mit Herrn Klein?«

»Klein?«

»Bruno.«

»A-wa! Wenn der nicht gewesen wär, sähe ich jetzt anders aus. Hatte gestern ganz schön getankt.«

»Wer hat Sie geschlagen?«

»Weiß ich nicht.«

»Laut Zeugenaussage kannten Sie den Angreifer.«

Hauser legte die Unterarme auf den Tisch, beugte den Oberkörper schwerfällig nach vorn. »Ich war betrunken, keine Ahnung, kann mich an nichts erinnern.«

Peppi kehrte mit den Heißgetränken zurück. Sie stellte die Tassen auf den Tisch und setzte sich neben Brander. »Zeugenbelehrung?«

»Mach du.«

Während Peppi Hauser über seine Rechte und Pflichten aufklärte, musterte Brander den Mann. Dünnes, schütteres blondes Haar, wässrig-blaue Augen, die Haut blass und mit nach unten gezogenen Linien um den Mund. Er wirkte verhärmt. Wenn man kurz vor Weihnachten seinen Job verlor, dazu verkatert und mit Veilchen am frühen Morgen von der Polizei befragt wurde, gab das allerdings auch wenig Anlass für Frohsinn.

»Herr Hauser, Sie hatten gestern Nachmittag eine Vorladung zur Zeugenbefragung. Warum sind Sie nicht erschienen?«, fragte Brander, nachdem Peppi die Belehrung beendet hatte.

»Hab's vergessen.«

»Sie waren am Montagmorgen eine der ersten Personen am Leichenfundort.«

Hauser verzog das Gesicht, als verschaffe ihm allein der Gedanke daran Übelkeit.

»Schildern Sie uns bitte den Ablauf.«

»Was soll ich denn da schildern? Ich kam in die Firma, und der Chef hatte die gefunden.«

»Um wie viel Uhr kamen Sie am Unternehmen an?«

Wieder schnaufte Hauser ratlos. »So gegen sechs. Bisschen früher vielleicht.«

»Und Herr Dieken war zu dem Zeitpunkt bereits anwesend?«

»Ja.«

»Um wie viel Uhr kommt Herr Dieken für gewöhnlich in die Firma?«

»Keine Ahnung, der ist morgens immer schon da, wenn ich komm.«

»Sie kamen also gegen sechs. Kamen Sie mit dem eigenen Wagen?«

»Nee, Fahrrad.«
»Was taten Sie dann?«
»Hä?« Hauser starrte Brander so verwirrt an, als hätte er ihn soeben nach den zehn goldenen Regeln für Reinigungskräfte gefragt.
Brander rief sich den Fundort in Erinnerung. Am Montagmorgen hatte er kein Fahrrad vor dem Gebäude stehen sehen.
»Vermutlich haben Sie Ihr Fahrrad abgestellt. Wo? Und wo war Herr Dieken zu dem Zeitpunkt?«
Hauser stöhnte. »Was Sie alles wissen wollen. Ich stell das Rad immer hinten im Lager ab, damit's keiner klaut.«
»Das heißt, Sie sind vorn ins Haus und haben das Rad durch den Flur zu den Lagerräumen geschoben.«
»Nee, da würd der Chef mir was erzählen! Ich geh hinten rein, durch den Seiteneingang.«
Hinten durch den Seiteneingang. Wo denn nun? »Meinen Sie die Tür auf der rechten Seite des Gebäudes, oder gibt es weitere Türen?«
»Nee, schon die rechts.«
Auf der Seite grenzte die Wiese an das Gebäude. »Haben Sie auf dem Weg dorthin Herrn Dieken gesehen?«
»Ja, logisch.«
Musste man dem Kerl denn jedes Wort aus der Nase ziehen? »Wo stand Herr Dieken?«
»Aufm Weg.«
»Auf welchem Weg?«
Hauser raufte sich seufzend mit den Fingern durch die dünnen Haare. »Der Fußweg vorm Gebäude. Ich kam zur Firma, und der Chef stand da auf dem Weg. Ich hab ihn gegrüßt: ›Morgen, Chef.‹ Der hat gesagt, ich soll das Rad wegstellen und er müsst mit mir reden.«
»Und auf dem Weg zu dem Seiteneingang haben Sie die tote Frau auf der Wiese nicht bemerkt?«
»Ja, schon, aber der Chef hat mich halt vorangescheucht. Ich hab's Rad abgestellt. Er kam hinterher, hat mich zugelabert.

Wär was Schlimmes passiert und dass die Vasila da im Gras liegt und so.«

»Was heißt ›und so‹?«

Wieder strich Hauser sich hadernd durch die Haare. »Na ja, dass das halt scheiße ist für die Firma und so.«

Brander wartete, ob Meik Hauser dem zweiten ›und so‹ noch etwas zuzufügen hätte. Als das nicht geschah, ergänzte er es selbst: »Und darum hat Herr Dieken Sie und auch die anderen Mitarbeiter gebeten, die Frau zu verleugnen.«

»Boah, das klingt jetzt aber echt hart, Mann.«

»War es so?«

»Ja, schon irgendwie.«

»Herr Hauser, können Sie das bitte etwas konkreter beschreiben? Warum haben Sie uns nicht gesagt, wer die tote Frau ist?«

Hauser hob den Blick zur Decke und suchte nach einer Antwort. »Der Chef hat gemeint, dass es Schwierigkeiten geben könnte, wenn rauskommt, dass Vasila für ihn gearbeitet hat.«

»Warum sollte das Schwierigkeiten geben?«

»Weiß ich doch nicht, fragen Sie ihn.«

»Und obwohl Ihnen nicht klar war, warum, haben Sie dennoch bereitwillig mitgespielt«, stellte Brander fest.

Hauser griff nach der Kaffeetasse, nippte daran, vertiefte den Blick ins Innere. »Ging alles so schnell.« Er hob den Blick wieder. »Was ist 'n eigentlich mit der Heike?«

»Sie meinen Frau Hentschel?«

Hauser nickte.

»Was soll mit ihr sein?«

»Der Hasan hat so was gesagt.«

»Wann hat Herr Yüksel was gesagt?«, stellte Brander sich dumm. Stephan hatte ihm berichtet, dass Hasan Yüksel Hauser vorgeworfen hatte, schuld an Heike Hentschels Suizidversuch zu sein.

»Ich weiß auch nicht«, flüchtete Hauser wieder in eine akute Amnesie.

»Walter Dieken hat Sie am Montag fristlos entlassen. Warum?«

Hauser hob die Schultern. »Weil er 'n Arsch ist.«
»Das ist kein Kündigungsgrund.«
»Tja.«
»Sie lügen für Ihren Chef, und dann werden Sie entlassen?«
Hauser zuckte erneut die Achseln.
»Wo waren Sie in der Nacht von Sonntag auf Montag?«, übernahm Peppi. »Zwischen elf Uhr abends und sechs Uhr morgens?«
»Zu Hause.«
»Kann das jemand bezeugen?«
»Nee, ich wohn allein.«
»Hatten Sie am Sonntagabend Kontakt zu Frau Cazacu?«
»Nein.«
»Wissen Sie, ob sie mit jemandem verabredet war?«
»Ich hab mit der nix zu schaffen gehabt, die war in Hasans Trupp.«
»Sie war also eine feste Mitarbeiterin?«
»Die war 'ne Aushilfe.«
»War Ihnen bekannt, dass Frau Cazacu in dem Firmengebäude auch mal übernachtet hat?«, fragte Brander.
»Wieso ›mal‹?« Hauser zog eine Grimasse. »Der Chef hat die da pennen lassen.«
»Regelmäßig?«
»Glaub schon.«
»Hat Herr Dieken öfter Mitarbeiter in seiner Firma übernachten lassen?«
»Weiß nicht. Die kam irgendwann, hatte nix, kannte niemanden, sprach kein Deutsch. Da hat er sie halt da pennen lassen. Hat ja keinen gestört.«
»Und seit wann wohnte Frau Cazacu dort?«
»Wohnen ist 'n bisschen viel gesagt.« Hauser kratzte sich mit der Rechten am Gesäß. »Anfang Dezember, glaub ich. Die war aber schon mal da, im Herbst letztes Jahr irgendwann mal für 'n paar Tage.«
»Können Sie den Zeitpunkt etwas konkreter fassen?«

»Ich glaub, Mitte Oktober war das. Aber ... hm ...« Er hob wieder ratlos die Schultern. »Genau weiß ich das nicht mehr.«

»Kommen wir noch einmal auf den Montagmorgen zurück. Frau Cazacu lag neben dem Firmengebäude auf der Wiese. Haben Sie etwas an der Lage verändert?«

Hauser verzog angewidert das Gesicht. »Nee.«

»Lag Frau Cazacu auf dem Bauch oder auf dem Rücken?«

»Aufm Rücken, glaub ich.«

»Und Sie haben das Opfer sofort erkannt?«

»Ja, schon.«

»Und dennoch haben Sie für Ihren Chef gelogen. Sie hätten im Nachhinein Ihre Aussage korrigieren können.«

»Was hätte das denn geändert? Die war tot.«

»Herr Hauser, Frau Cazacu wurde erschlagen. Sie starb eines gewaltsamen Todes.«

»Aber ich hab damit doch nichts zu tun.«

Konnte man so kaltherzig sein? Brander sah dem Mann fest in die Augen. »Warum haben Sie für Ihren Chef gelogen? Und kurz darauf entlässt er Sie. Das verstehe ich ehrlich gesagt nicht.«

Meik Hauser hatte nicht die Kraft, seinem Blick standzuhalten. Er senkte die Lider, zog mit den Fingern Kreise auf der Tischplatte. Raue Hände, aber saubere, gepflegte Fingernägel. Brander ließ stumm die Zeit verstreichen.

Schließlich räusperte Hauser sich. Er schien mehr zu sich selbst zu sprechen als zu Brander und Peppi. »Der Chef denkt, ich war's. Deshalb hat er mich rausgeschmissen. Ich war's aber nicht. Aber wenn der denkt, ich war's, und ich war's nicht, kann er es ja auch nicht gewesen sein.«

Der Logik konnte Brander nicht widersprechen. »Wie kommt Herr Dieken zu der Annahme, dass Sie Frau Cazacu getötet haben?«

»Weil er denkt, dass ich ihn beklaut hab.«

Peppi sah fragend zu Brander. Auch er verstand den Zusammenhang nicht.

»Was hat das eine mit dem anderen zu tun?«, fragte Brander.
»Der Chef hat 'ne Handkasse in seinem Büro. Und die ist weg. Und die Vasila ist tot. Der denkt, ich war das. Aber ich war das nicht. Ich klau nicht, und ich bring auch niemanden um!«
»Was hat denn die Handkasse im Büro Ihres Chefs mit der toten Frau auf der Wiese zu tun?«
Hauser rieb sich über den Nacken. Unter den Achseln hatten sich Schweißringe gebildet. »Die lag ja nicht auf der Wiese, als er sie gefunden hat.«
»Wo lag sie denn?«
Hauser sah zu Brander auf. »Na drinnen, im Flur.«

»Wie bitte?« Hans Ulrich Clewers Blick war ebenso ungläubig wie Branders eine Stunde zuvor.
»Meik Hauser behauptet, dass Dieken ihm gesagt hat, er hätte Vasila Cazacu bei seinem Eintreffen in der Firma tot im Flur vor einem der Lagerräume vorgefunden«, wiederholte Brander die Aussage des ehemaligen Vorarbeiters.
»Und wie hat Dieken erklärt, dass er die Frau auf die Wiese geschafft hat?«
»Laut Hauser befürchtete er Schwierigkeiten, wenn rauskäme, dass Frau Cazacu für ihn gearbeitet hat.«
»Womit er ja nicht unrecht hat«, stellte Peppi fest. »Er hat sie nicht angemeldet. Schwarzarbeit kann teuer werden.«
»Wie glaubwürdig ist Meik Hauser?«, fragte Clewer. »Immerhin sprechen wir von einem Mitarbeiter, der vor Kurzem fristlos entlassen wurde.«
»Fakt ist, dass Walter Dieken sich bisher wenig kooperativ gezeigt hat, er hat bewusst mehrfach gelogen und seine Mitarbeiter angespitzt, uns ebenfalls zu belügen«, zählte Brander auf. »Wir haben Spuren von ihm an der Toten sichergestellt, die nicht zu der Auffindesituation passen, und wir haben die persönliche Habe von Vasila Cazacu in einem seiner Spinde gefunden.«

»Nicht zu vergessen, dass Dieken anscheinend nicht erst, wie von ihm angegeben, um drei viertel sechs in der Firma war, sondern bereits gegen fünf Uhr morgens«, ergänzte Peppi. »Elias Basdekis war als Wachmann in der Sonntagnacht im Gewerbegebiet unterwegs, und er hat ausgesagt, dass Diekens Wagen dort gegen fünf Uhr vor dem Firmengebäude stand und im Flur der Firma Licht brannte. Er sagte auch aus, dass das nicht ungewöhnlich sei, sondern Dieken nach seiner Beobachtung regelmäßig zu dieser Zeit bereits in der Firma ist.«

Clewer drückte grübelnd auf den Knopf seines Kulis. »Das ergibt alles keinen Sinn. Nach dem, was ihr aufzählt, wäre Walter Dieken unser Mann. Und der denkt angeblich, Meik Hauser hätte die Frau erschlagen. Wie kommt er denn darauf?«

»Es befand sich nach Hausers Angabe Bargeld in der Firma, und das fehlte«, antwortete Brander.

»Und warum hat Dieken den Diebstahl nicht angezeigt?«

»Ich kann nur vermuten, aber vielleicht handelt es sich bei dem Geld in der Handkasse um Einnahmen, die nicht in der Unternehmensbilanz auftauchen.«

»Das würde bedeuten, dass Dieken nicht nur Mitarbeiter illegal beschäftigt hätte, sondern auch Aufträge nicht ordnungsgemäß abgerechnet hat.« Clewer legte den Kuli zur Seite. »Gab es Einbruchspuren am Gebäude?«

»Wir haben bisher nicht danach gesucht. Zudem könnte es jemand aus dem Umfeld gewesen sein. Die Vorarbeiter haben Schlüssel, die müssen nicht einbrechen.«

»Und aus welchem Grund verdächtigt Dieken ausgerechnet Meik Hauser? Was ist mit Hasan Yüksel oder Cosima Fleck?«

»Die Cosima hat ein Alibi«, antwortete Stephan. »Sie war bis halb fünf morgens bei einer Party in Stuttgart und ist dann mit der Bahn zurück nach Tübingen. Deswegen hatte sie die Abendschicht am Montag übernommen.«

»Ist das Alibi überprüft?«

»Kann ich noch machen.«

»Bleiben also Yüksel und Hauser«, fasste Clewer zusammen.

»Und Dieken selbst«, fügte Brander hinzu. »Der steht bei mir ganz oben auf der Liste.«

Clewer sah aufmerksam zu ihm. »Warum?«

»Er findet eine tote Frau in seiner Firma, und anstatt uns zu informieren, schafft er sie aus seinem Gebäude und baut ein unausgegorenes Lügenkonstrukt auf.«

Der Inspektionsleiter war noch nicht überzeugt. »Gesetzt den Fall, Hauser hat uns nicht einen dicken Bären aufgebunden. Was ist mit Hasan Yüksel? Er hat sich ebenfalls verdächtig verhalten. Insbesondere der Angriff gegen Persephone und seine Flucht. Er ist Alleinverdiener und muss für eine große Familie sorgen. Vielleicht braucht er Geld.«

»Aber der Walter hat den Meik entlassen«, gab Stephan zu bedenken.

»Wir müssen Fakten schaffen.« Clewer schlug tatkräftig die Hände zusammen. »Ich beantrage einen Durchsuchungsbeschluss für Diekens Firma, eine richterliche Vorladung zur Vernehmung von Walter Dieken und Hasan Yüksel, und der Hauser soll sich bis auf Weiteres zu unserer Verfügung halten.«

»Stellen wir die drei unter Tatverdacht?«, fragte Brander.

Clewer schnaufte unschlüssig. »Nur Walter Dieken. Wenn an der Geschichte von Hauser was dran ist, können wir zumindest auf Verdunklungsgefahr plädieren. Hasan Yüksel holen wir erst einmal zur erneuten Befragung. Stephan, kümmerst du dich um Yüksel?«

»Klar doch, Hans«, erwiderte Stephan großzügig, froh darum, nicht mehr beim Chef in Ungnade zu stehen.

Es klopfte, und im nächsten Augenblick stand Anne Dobler in der Tür. »Guten Morgen.«

»Hallo, schöne Frau«, begrüßte Stephan sie mit strahlendem Lächeln.

»Anne, komm rein.« Brander winkte sie zu sich. »Was führt dich zu uns?«

Sie hob eine Dose mit Weihnachtsdekor. »Ich bringe Kekse.«

»Oha.« Brander lachte. »Sind die genießbar?«

Anne zuckte die Achseln. »Geschmackssache.«

»Anne Dobler«, stellte Brander sie seinem Vorgesetzten vor. »Wir haben früher hier in Tübingen zusammengearbeitet. Sie ist jetzt beim AB2.«

»Hat es Ihnen bei uns nicht mehr gefallen?«, erkundigte Clewer sich.

Anne verzog bedauernd das Gesicht. »Teilzeit in Esslingen versus Wohnung in Tübingen samt Lebensgefährte bei AB1 und zwei kleine Kinder.«

»Nicht einfach. Aber AB2 ist sicherlich auch interessant.«

»Ich darf mich mit Einbruchserien beschäftigen. Sie kennen vermutlich die Aufklärungsquote?« Die Frustration war der ehrgeizigen Kollegin anzusehen.

Brander kam ein Gedanke. »Gibt es in der Tübinger Region zufällig gerade eine Einbruchserie? Zum Beispiel in kleine oder mittelständische Gewerbebetriebe?«

Annes Augen leuchteten sogleich wieder auf. »Geht es um euren Fall im Gewerbegebiet Süd?«

»Ja.«

»Aktuell hatten wir ein paar Wohnungseinbrüche, die gehen vermutlich auf das Konto einer professionellen Bande.« Anne zog grübelnd die Stirn in Falten. »Gewerbliche Objekte waren nicht dabei. Aber lass mich das noch mal überprüfen. Irgendwelche besonderen Merkmale?«

»Der Einbruch wurde nicht angezeigt, und es gibt keine offensichtlichen Einbruchspuren.«

»Aber ihr seid euch sicher, dass eingebrochen wurde?«

»Sagen wir, es ist eine Option. Wir fahren gleich mit einem Trupp raus, um das Objekt noch mal in Augenschein zu nehmen.«

»Also gehen wir von intelligentem Öffnen oder Nachschließen aus. Optionen wären Nachschlüssel, Lock-Picking oder Elektro-Picking«, überlegte Anne. »Sag der KT, die sollen die Schlösser ausbauen und zur KTU geben.«

Überrascht über den forschen Ton der Kriminaloberkommissarin hob Clewer eine Augenbraue. »Ist das ein kollegialer Vorschlag oder eine Anordnung?«

Anne lächelte selbstbewusst. »Es ist etwas, das Sie auf keinen Fall versäumen sollten.«

»Ja, dann werden wir Ihren Ratschlag gleich an die Kollegen von der Spurensicherung weitergeben.«

»Schickt mir bitte den Bericht von der Spurenlage, dann schau ich, ob ich was Vergleichbares im Angebot habe.«

***

Leichter Nieselregen hatte eingesetzt, als ein Polizeiwagenkonvoi mittags vor dem Firmengebäude des Reinigungsunternehmens anhielt. Diekens Wagen stand auf dem Parkplatz neben einem seiner Transporter, die zwei anderen fehlten. Brander war kaum aus seinem Auto gestiegen, als der Firmenchef vor dem Gebäude erschien. Die Hände in die Hüften gestemmt, schaute er ihm finster entgegen. »Was soll denn das jetzt werden?«

»Herr Dieken, wir haben einen Durchsuchungsbeschluss für Ihre Firma.« Brander reichte ihm das Dokument und zückte gleich ein zweites. »Zudem sind Sie vorläufig festgenommen. Sie stehen unter dem dringenden Tatverdacht der Tötung oder der Beteiligung an der Tötung von Vasila Cazacu.«

»Ich ... Bitte, was?« Diekens Kopf schnellte ungläubig umher, als die Beamten in weißen Schutzanzügen in sein Gebäude marschierten. »Pfeifen Sie sofort Ihre Leute zurück! Das erlaube ich nicht! Ich werde sofort mit meinem Anwalt sprechen, ob das alles überhaupt rechtens ist.«

»Sie können gern Ihren Anwalt anrufen. Die Durchsuchung wurde richterlich angeordnet und findet statt.«

»Ich protestiere!«

»Ist einer Ihrer Mitarbeiter hier vor Ort? Oder sollen wir jemanden anrufen, der herkommt und der Durchsuchung beiwohnt?«, ignorierte Brander den Protest.

»Sie sind doch nicht bei Trost!« Dieken drehte sich um und stürmte in das Gebäude. »Raus hier! Alle, raus!« Er packte eine Beamtin an der Schulter und riss sie zurück.

Brander war in zwei Schritten bei ihm. Er fasste Diekens Arm, drehte ihn auf den Rücken. »Lassen Sie die Kollegen ihre Arbeit machen.«

»Das ist Willkür!«

Brander hatte Mühe, den aufgebrachten Mann festzuhalten. Auch wenn Diekens aktive Ringerzeit lange zurücklag – er war beweglich und hatte Kraft. Er wandte sich aus Branders Griff. Brander parierte mit einem Würgegriff. Peppi sprang ihm zu Hilfe. Gemeinsam brachten sie Dieken zu Boden.

»Herr Dieken! Jetzt beruhigen Sie sich erst einmal.« Brander deutete Peppi mit einer Kopfbewegung an, dem Mann Handschließen anzulegen.

»Das ist Nötigung! Ich zeige Sie an! Ich geh an die Presse!«

Sie halfen ihm wieder auf die Füße. Während Brander ihn sicherheitshalber am Arm festhielt, um einen Fluchtversuch zu verhindern, nahm Peppi ihr Smartphone zur Hand. »Sagen Sie mir bitte die Nummer Ihres Anwalts, dann rufe ich ihn an, und Sie können mit ihm sprechen.«

»Was geht denn hier ab?«, erklang eine ungläubige Frauenstimme hinter ihnen.

Brander sah sich um. Eine große kräftige Frau mit blauen Haaren und Piercings in Nase und Ohren stand an der Tür und sah ihnen kaugummikauend entgegen. Sie trug einen Overall, hatte die Ärmel eines Longshirts hochgekrempelt, am Hals räkelte sich eine Schlange um den Stiel einer Rose zu ihrem linken Ohr.

»Sie sind?«

»Fleck.«

»Sie arbeiten für Herrn Dieken?«

Die Frau sah zu dem Mann neben Brander. »Vorarbeiterin. Verflucht, was machen Sie denn mit meinem Chef?«

Da Diekens Handgelenke in Handschließen steckten, hielt

Peppi dem Unternehmer ihr Smartphone ans Ohr. »Ich habe Ihren Anwalt in der Leitung.«

***

Branders Schulter schmerzte. Bei dem kurzen Kampf mit Walter Dieken hatte er sich allem Anschein nach eine leichte Zerrung zugezogen. Er strich sich missmutig über die schmerzende Stelle. Erst lief ihm der Yüksel davon und jetzt auch noch das. Wurde er langsam zu alt für solche Einsätze? Herrje, er war gerade mal neunundvierzig. Cecilias Stichelei ob seiner Ungelenkigkeit fiel ihm ein. Vielleicht sollte er es doch mal mit Yoga versuchen?

Er schüttelte über sich selbst den Kopf. Yoga. So weit kam es noch! Da würde er eher Nathalie zum Taekwondo begleiten. Becks hätte sicherlich seine Freude daran, ihn auf die Matte zu schicken. Aber die Trainingspläne mussten warten. Dieken saß mit seinem Anwalt im Vernehmungszimmer.

Die Durchsuchung des Firmengebäudes dauerte an. Tropper hatte Verstärkung vom kriminaltechnischen Institut angefordert, um in Diekens Firma nach Blutspuren zu suchen. Der Flur war mit scharfem Reinigungsmittel gereinigt worden, wie Tropper am Zustand einiger Fliesen erkannt hatte. Aber irgendetwas übersieht man immer, hatte er optimistisch prophezeit, und Luminol war ein wahres Wundermittel, um jeden Blutspritzer wieder sichtbar zu machen.

Stephan hatte Hasan Yüksel in die Dienststelle gebracht. Er war gerade von der morgendlichen Schicht bei seiner Familie zum Mittagessen gewesen, als Stephan an der Tür klingelte. Käpten Huc hatte mit Stephan die Befragung übernommen.

»Oh Mist.« Peppi beugte den Oberkörper über die Tischplatte und wischte sich Krümel von der Bluse. Auf dem Tisch lag die andere Hälfte des zerbröselten Weihnachtsgebäcks. Sie schob die Brösel mit den Fingern zusammen. »Anne hat andere Qualitäten.«

Brander grinste. »Ein Schlabberlatz wäre schon ein gutes Weihnachtsgeschenk für dich, oder?«

»Pass bloß auf, Kollege, sonst kriegst du von mir Polierpaste für deine Glatze.«

Brander strich sich über seinen kahlen Schädel. »Mach dich mal salonfähig, damit wir mit der Befragung beginnen können. Du willst doch heute pünktlich Feierabend machen.«

»Bin gleich wieder zurück.« Peppi ließ ihn allein.

Während Brander darauf wartete, dass sie von der Damentoilette zurückkehrte, meldete sein Smartphone einen Anruf.

»Freddy«, begrüßte Brander den Kollegen hoffnungsvoll. »Sag mir, dass ihr in Diekens Flur ein Spurenbild gefunden habt, das zu unserem Tötungsdelikt passt.«

Tropper lachte trocken. »Wo denkst du hin? Wir fangen gerade erst an zu verdunkeln.«

»Warum rufst du mich dann an?«

»Bevor wir die Giftpumpe rausholen, haben wir uns gründlich umgesehen. Und ich glaube, wir haben etwas gefunden, das dich fürs Erste glücklich machen wird. Ich schick dir gleich mal ein Foto.«

Brander war guter Dinge, als er wenig später mit Peppi das Vernehmungszimmer betrat und sich Walter Dieken und seinem Anwalt gegenübersetzte.

»Sie hätten meinen Mandanten nicht in Handschließen abführen müssen«, beschwerte Kohl-Konning sich sogleich. Anzug und Fliege saßen akkurat. Der Blick des Juristen spiegelte seine Empörung über Branders Vorgehen wider.

»Herr Dieken hat eine unserer Kriminaltechnikerinnen tätlich angegriffen«, erwiderte Brander.

»Das ist doch gar nicht wahr!«, erboste Dieken sich.

»Dafür gibt es mehrere Zeugen.«

»Sie wollen mir nur –«

Kohl-Konning hob bremsend die Hand. »Walter, diese Situation ist äußerst unerfreulich, lass uns das bitte in Ruhe klären.«

Er wandte sich Brander wieder zu. »Aus dem Durchsuchungsbeschluss entnehme ich, dass Sie in der Annahme, dass die junge Frau in den Räumen von Herrn Diekens Unternehmen zu Tode kam, nach Blutspuren von Vasila Cazacu suchen.«

»Das ist korrekt.«

»Wie kommen Sie zu dieser Annahme?«

»Herr Dieken hat gegenüber einem seiner Mitarbeiter – inzwischen ehemaligen Mitarbeiter – geäußert, dass er die Frau am Montagmorgen in seiner Firma im Flur tot aufgefunden hat.«

Der Anwalt zog irritiert die Augenbrauen zusammen. »Wieso sollte Herr Dieken so etwas behaupten?«

Brander beobachtete, wie der Blick des Unternehmers nervös zur Seite glitt. Er konnte weder ihm noch seinem Anwalt ins Gesicht sehen.

»Er hat den Mitarbeiter verdächtigt, die Frau getötet und eine nicht unerhebliche Summe Bargeld aus seinem Büro entwendet zu haben.«

»Aha.« Diese Information musste der Anwalt erst einmal verdauen. Er sah zu Walter Dieken, der noch immer in die andere Richtung an die Wand starrte. Nach kurzem Überlegen wandte Kohl-Konning sich wieder Brander zu. »Warum haben Sie dann meinen Mandanten und nicht diesen Mitarbeiter verhaftet?«

»Herr Dieken hat uns gegenüber zu keinem Zeitpunkt einen Verdacht gegen einen seiner Mitarbeiter oder gegen einen ehemaligen Mitarbeiter geäußert, und es gibt keine Hinweise darauf, dass der Zeuge etwas mit der Tat zu tun hat. Aber die Aussage, die uns vorliegt, wirft die Frage auf, warum Herr Dieken die Leiche aus seinem Gebäude geschafft hat, bevor er uns über den Leichenfund informierte.«

»Das beruht ja lediglich auf Hörensagen.«

»Für den Moment ja. Wir müssen dem dennoch nachgehen. Wenn Frau Cazacu nicht in Herrn Diekens Firma zu Tode kam, werden wir dort auch keine entsprechenden Blutspuren finden. Um jeglichen falschen Verdacht auszuschließen, sind unsere Kriminaltechniker vor Ort. Die Räume und insbesondere der

Flur wurden zwar gründlich gereinigt, aber wir haben Mittel, um selbst geringste Blutspuren wieder sichtbar zu machen.«

»Sie verwenden doch wohl nicht dieses Luminol?«, fragte Dieken entsetzt.

»Sie kennen sich aus«, stellte Brander fest.

»Sind Sie wahnsinnig?«, brauste der Unternehmer auf. »Das Zeug ist giftig!«

»Der Fußboden im Flur wurde intensiv mit scharfen Reinigungsmitteln gereinigt. Uns bleibt leider keine andere Wahl.«

»Die Reinigungsarbeiten stelle ich Ihnen in Rechnung!«

»Das dürfen Sie gern machen.«

Kohl-Konning schüttelte verständnislos den Kopf. »Und das alles nur aufgrund der Aussage eines einzelnen Mitarbeiters? Eines ehemaligen Mitarbeiters, wenn ich Sie richtig verstanden habe? Haben Sie vielleicht auch bedacht, dass dieser ehemalige Mitarbeiter diese Aussage böswillig macht, um sich an seinem Arbeitgeber für die Entlassung zu rächen?«

»Das haben wir natürlich in Betracht gezogen. Allerdings liegt uns eine weitere Zeugenaussage vor, dass Herr Dieken am Montagmorgen nicht, wie er uns gegenüber ausgesagt hat, erst um fünf Uhr fünfundvierzig in seiner Firma eintraf, sondern bereits um kurz nach fünf Uhr morgens dort war, wie er es üblicherweise zu sein pflegt, wie wir erfahren haben. Die Mitteilung über den Leichenfund ging bei uns aber erst gegen sechs Uhr ein. Da fragen wir uns natürlich: Was ist in der Stunde geschehen, bevor der Notruf abgesetzt wurde?«

Dieken schluckte trocken. Seine Wangen waren gerötet. Er nestelte nervös an den Ärmelbündchen seines Pullis.

»Zudem haben unsere Kriminaltechniker bei der Spurensuche heute das hier im Flur des Reinigungsunternehmens zwischen zwei Rollcontainern entdeckt.« Brander zog ein Foto aus seiner Mappe. Er hatte das Bild, das Tropper ihm zugeschickt hatte, vor der Vernehmung ausgedruckt.

»Was ist das?«

»Ein Fingernagel.«

»Und?« Kohl-Konning sah Brander ratlos an.

»Vasila Cazacu trug künstliche Fingernägel. Beim Auffinden der Toten wurde festgestellt, dass am Ringfinger der rechten Hand ein künstlicher Nagel fehlte. Der Fingernagel wird noch kriminaltechnisch untersucht, aber Größe und Lackfarbe dieses abgebrochenen Fingernagels passen augenscheinlich zu den Nägeln des Opfers.«

Brander konnte dem Anwalt ansehen, wie sein Hirn mittlerweile auf Hochtouren arbeitete. »Was besagt das schon?«, fragte er schließlich. »Der Fingernagel kann zu jedem x-beliebigen Zeitpunkt abgebrochen sein. Frau Cazacu hat schließlich dort gearbeitet.«

»Ja, da haben Sie recht.« Brander lehnte sich zurück und verschränkte entspannt die Arme vor der Brust. »Warten wir also ab, was das Spurenbild ergibt, wenn unsere Kriminaltechniker ihre Arbeit abgeschlossen haben, und ob sich damit der Verdacht erhärtet, dass Frau Cazacu in Herrn Diekens Firmengebäude zu Tode kam.«

Er sah zu dem Unternehmer. »Warum haben Sie eigentlich nicht zur Anzeige gebracht, dass in Ihrer Firma Bargeld gestohlen wurde? Laut unseren Informationen dürfte es sich dabei um eine Summe von mehreren tausend Euro handeln.«

»Vielleicht wäre es gut, wenn Sie sich mal näher mit diesem ehemaligen Mitarbeiter befassen, was ihn dazu veranlasst, derartige Gerüchte in die Welt zu setzen«, forderte Kohl-Konning.

Brander meinte eine leichte Unsicherheit aus der Stimme des Anwalts herauszuhören. Er nickte Peppi zu, damit sie fortfuhr.

»Herr Dieken, abgesehen von dem Verdacht der mutmaßlichen Tötung von Frau Caza–«

»Ich habe sie nicht umgebracht!«

»… kommt der Verdacht eines mutmaßlichen Sozialversicherungs- und Steuerbetrugs durch das Versäumnis, Frau Cazacu ordnungsgemäß zu melden, hinzu. Darum kümmern sich die Kollegen vom Zoll. Aber vielleicht handelt es sich hierbei ja um ein Versäumnis Ihrer Mitarbeiterin?«

Dieken riss die Augen auf. »Lassen Sie Heike da raus!«
»Das können wir nicht.«
»Herrgott! Heike hat mit alldem doch gar nichts zu tun.«
»Frau Hentschel arbeitet für Sie. Und als Buchhalterin sollten ihr die gängigen Gesetze und Meldepflichten bekannt sein.«
»Heike macht, was ich –«
»Walter!«, bremste Kohl-Konning seinen erregten Mandanten.
Brander musterte den aufgebrachten Mann aufmerksam. »Was macht Frau Hentschel für Sie?«
Kohl-Konning schüttelte mahnend den Kopf. Dieken verschränkte die Arme vor der Brust und presste die Lippen zusammen.
»Herr Dieken, Sie bleiben vorläufig in Haft. Sie werden schnellstmöglich dem Haftrichter vorgeführt.« Brander schob seinen Stuhl zurück.
»Wollen Sie mich ruinieren?«, schrie Dieken auf. »Ich habe ein Unternehmen zu führen! Ich habe Aufträge, die erfüllt werden müssen!«
»Es besteht überhaupt keine Veranlassung, meinen Mandanten noch länger festzuhalten«, protestierte Kohl-Konning.
»Dann schauen Sie doch noch mal in die StPO, Herr Kohl-Konning«, erwiderte Brander scharf. »Wir ermitteln in einem Tötungsdelikt. Abgesehen davon, dass Herr Dieken dringend tatverdächtig ist, besteht nach allem, was uns bisher über Ihren Mandanten bekannt ist, noch immer die Gefahr, dass weitere Beweise vernichtet und Zeugen beeinflusst werden.«
»Ich will eine Aussage machen!« In Diekens Stimme schwang Panik mit.
»Walter, lass uns erst einmal in Ruhe reden.«
»Meine Firma geht den Bach runter, Karl! Ich muss hier raus.«
»Ich möchte mit meinem Mandanten unter vier Augen sprechen«, forderte Kohl-Konning.

»Wenn die sich lange beratschlagen, habe ich ein Problem«, murrte Peppi, während sie neben Brander durch den Flur zu ihrem Interimsquartier ging.

»Wann kommen deine Eltern denn an?«

»Wenn der Flieger pünktlich ist, gegen neunzehn Uhr.«

Brander warf einen Blick auf seine Armbanduhr. Es war bereits fünf Uhr. Die Zeit eilte ihnen voraus. »Dann mach Feierabend.«

»Ich kann doch jetzt nicht gehen!«

»Natürlich kannst du. Du hast dein Soll für heute längst erfüllt.«

»Und die Befragung?«

»Vielleicht sind Stephan und Hans mit Yüksel schon durch, dann kann einer von ihnen einspringen. Und sonst muss die Fortsetzung der Befragung eben auf morgen verschoben werden.«

Sie sah ihn an, hin- und hergerissen zwischen dienstlicher und familiärer Verpflichtung. »Meinst du?«

»Ja, meine ich.«

»Aber ich komm dann morgen –«

»Einen Teufel wirst du! Dein Urlaub wurde genehmigt, und deine Eltern kommen extra aus Griechenland, um mit dir Weihnachten zu feiern.«

»Aber –«

Brander blieb stehen und wandte sich seiner Kollegin zu. »Peppi, zisch ab und genieß die Zeit mit deinen Eltern.«

Ihm wurde schmerzlich bewusst, dass er seine Familie an diesem Weihnachtsfest enttäuschen würde, weil er die Ermittlungen nicht ruhen lassen konnte. Ein Geständnis von Walter Dieken wäre hilfreich, aber sie mussten dennoch Beweise finden, die einer Gerichtsverhandlung standhalten würden.

Peppi umarmte ihn kurz. »Frohe Weihnachten, Andi. Ich werde mich trotzdem zwischendurch melden.«

»Hey, und wer nimmt mich in den Arm?«, beschwerte sich hinter ihnen Stephan Klein.

»Frohe Weihnachten, Bruno-Bär.« Peppi zwinkerte ihm zu und rauschte davon.

»Für dich bin ich der Stephan-Bär«, rief er ihr hinterher. »Dich knuddelt sie, und mich lässt sie im Regen stehen. So wird das nie was mit uns.«

»Sie heiratet im April.«

»Ja und?«

Brander verdrehte die Augen. Seit ihrer ersten Begegnung versuchte Stephan, bei Peppi zu landen. Brander war sich nicht sicher, ob es sportlicher Ehrgeiz war oder wahre Gefühle dahintersteckten. »Wo ist Hans?«

»Pullern.« Stephan hielt zwei Tassen hoch. »Hol uns gerade 'nen Kaffee. Seid ihr fertig mit Dieken?«

»Nein, er berät sich mit seinem Anwalt.« Brander schloss sich dem Hünen auf dem Weg zur Kaffee-Ecke an. »Was sagt Yüksel?«

»Völlig zusammengebrochen, der Junge. Schwört bei Allah und allen Propheten, dass er nichts mit dem Tod von Vasila zu tun hat.«

»Und?«

Stephan schürzte die Lippen. »Ich glaube ihm.«

Sie kehrten in ihren Besprechungsraum zurück. Hans Ulrich Clewer saß über seinen Laptop gebeugt. Er blickte auf, als die beiden Männer hereinkamen. »Sieht so aus, als hätten wir den Tatort.«

Clewer begleitete Brander zur Fortsetzung der Vernehmung von Walter Dieken. Der Reinigungsunternehmer wirkte zermürbt, als Brander sich ihm gegenübersetzte. Kohl-Konning hatte während des Vier-Augen-Gesprächs seine Anzugjacke über die Stuhllehne gehängt. Nun zog er sie wieder an und richtete seine Fliege. Ein äußerer Schutzwall. Brander war gespannt, was Dieken sich bei seinem Anwalt von der Seele geredet hatte.

Kohl-Konning räusperte sich. »Herr Dieken möchte eine Aussage machen.«

»Gut. Wir werden dieses Gespräch aufnehmen.« Brander startete das Aufnahmegerät und diktierte die Formalitäten.

»Herr Dieken«, übernahm Clewer, »bevor Sie eine Aussage machen, möchten wir Sie darauf hinweisen, dass es neue Erkenntnisse gibt. Unsere Kriminaltechniker haben im Flur Ihres Unternehmens mehrere Blutspuren gesichert. Wir gehen davon aus, dass es sich bei dem gefundenen Blut um das Blut von Vasila Cazacu handelt. Das Ergebnis des Spurenabgleichs steht noch aus.«

Diekens Schultern sackten herab. Kohl-Konning sah fragend zu ihm. Sein Mandant nickte resigniert.

»Zunächst möchten wir klarstellen, dass Herr Dieken Vasila Cazacu nicht getötet hat und auch jegliche Tatbeteiligung von sich weist.« Der Anwalt machte eine kurze Pause, um dieser Aussage ausreichend Gewicht zu geben, bevor er eingestand: »Es entspricht leider der Wahrheit, dass Herr Dieken Frau Cazacu am vergangenen Montagmorgen beim Betreten seines Firmengebäudes tot aufgefunden hat. Es war ein Schock für ihn. Und bedauerlicherweise kam es aus diesem Schock heraus zu einer Kurzschlusshandlung, deren Folgen Herr Dieken zu dem Zeitpunkt nicht erkennen und absehen konnte.«

Da war er wieder: der große Schock. Brander und Clewer warteten gespannt auf weitere Erklärungen.

»Herr Dieken bedauert sein Vorgehen außerordentlich und ist bereit, Ihre Ermittlungen mit all seinen Möglichkeiten zu unterstützen, um zur Aufklärung dieses tragischen Todesfalls beizutragen.«

»Dann erklären Sie uns doch bitte erst einmal, was tatsächlich am Montagmorgen in der Firma geschah«, forderte Clewer.

»Herr Dieken kam gegen kurz nach fünf in seiner Firma an. Er betrat das Gebäude und entdeckte Frau Cazacu tot im Flur liegend. Er befürchtete gravierende negative Folgen für sein Unternehmen. Die Zeiten für Kleinunternehmer und Mittelständler sind schwierig.« Der Anwalt machte wieder eine Pause, um sich seine Worte sorgfältig zurechtzulegen.

»Aus diesem Grund hat Herr Dieken Frau Cazacu aus seinem Gebäude entfernt und erst danach den Notruf abgesetzt. Herr Yüksel und Herr Hauser trafen kurze Zeit später ein. Den Rest kennen Sie.«

Das war eine sehr gekürzte Version, stellte Brander fest. Er wandte sich direkt an den Unternehmer. »Herr Dieken, lassen Sie uns den Montagmorgen einmal Schritt für Schritt rekonstruieren. Sie kommen jeden Tag gegen fünf Uhr in Ihre Firma?«

»Ja.«

»Sie kamen also mit dem Wagen an, stiegen aus. Was taten Sie dann?«

»Ich ging ins Gebäude.«

»Welchen Eingang benutzten Sie?«

»Den Vordereingang. Als ich im Flur vor meinem Büro stand, bemerkte ich aus dem Augenwinkel, dass etwas am Boden lag. Ich drehte mich um und sah Vasila dort liegen. Ich konnte sie beim Hereinkommen nicht sofort sehen, da der Flur dort nach rechts abgeht.«

»Sie lag also rechts um die Ecke im Flur«, wiederholte Brander. Das passte zu dem Spurenbild, das die Kriminaltechniker rekonstruiert hatten. »Wenn ich mich richtig erinnere, stehen dort an der rechten Seite einige Rollcontainer mit Putzgeräten, links sind Türen zu den Lagerräumen, korrekt?«

»Ja.«

»Wie lag Frau Cazacu am Boden?«

»Sie lag auf dem Bauch. Sie hatte eine Verletzung am Kopf. Ich habe sie an der Schulter gefasst, an ihr gerüttelt, weil ich dachte, sie wäre nur bewusstlos.«

»In welche Richtung war der Körper ausgerichtet?«

»Wie meinen Sie das?«

»Lag sie mit dem Kopf zum Flur, zur Seite zu den Rollcontainern oder Richtung Seitenausgangstür?«

»Sie lag mit dem Kopf Richtung Seitentür.«

»Hat Frau Cazacu reagiert, als Sie sie an der Schulter berührt haben?«

»Nein, sie war doch tot.«

»Woran haben Sie das bemerkt?«

Dieken sah ihn verwirrt an. »Sie hat nicht reagiert.«

»Sie könnte – wie Sie vermutet hatten – bewusstlos gewesen sein.«

Dieken verstummte verunsichert. Schließlich schüttelte er den Kopf. »Sie war tot. Ich bin mir ganz sicher, dass sie tot war.«

»Woran haben Sie das festgemacht? Haben Sie Puls und Atmung überprüft?«

»Nein, oder vielleicht doch … Ich kann mich nicht mehr erinnern.«

Brander beließ es fürs Erste dabei. »Wie sah die Umgebung aus? Sah es danach aus, als ob ein Kampf stattgefunden hätte?«

»Nein, es war einfach nur Vasila, die am Boden lag. Ich vermutete, dass sie gestürzt war.«

»Sie sagten, sie lag auf dem Bauch. Wie haben Sie sich die Kopfverletzung erklärt?«

Dieken hob die Schultern. »Ich stand unter Schock. Ich habe nicht darüber nachgedacht.«

»Herrschte im Flur in irgendeiner Weise Unordnung? Waren Rollcontainer verschoben, Eimer umgekippt …«

»Nein.«

Es passte zum Obduktionsergebnis, überlegte Brander. Es hatte keinen Kampf zwischen Täter und Opfer gegeben. »Was taten Sie als Nächstes?«

»Ich weiß nicht …« Dieken strich sich über den Bart. »Es war wie ein Blackout. Ich habe gedacht, das ist mein Ruin.«

»Warum sollte das Auffinden einer toten Frau der Ruin für Ihre Firma sein?«

»Das wissen Sie doch. Vasila war nicht … war noch nicht angemeldet. In dem Augenblick wuchs mir das alles über den Kopf. Und da hab ich sie nach draußen geschafft.«

»Es ging Ihnen also um Ihre wirtschaftlichen Interessen«, brachte Clewer es auf den Punkt.

»Ich war in Panik.« Dieken raufte sich nervös die Haare. »Ich kann es nicht anders erklären.«

»Wie ich bereits sagte, Herr Dieken bedauert zutiefst, was geschehen ist«, ergriff der Anwalt das Wort. »Er befand sich in einem Ausnahmezustand.«

Brander nahm es mit einem Nicken zur Kenntnis. »Haben Sie sich nicht gefragt, was Frau Cazacu in der Firma zu suchen hatte?«

»Nein, ich …« Das schlechte Gewissen zeichnete sich deutlich auf Diekens Gesicht ab. »Sie hat ja in der Firma übernachtet.«

»Mit Ihrem Wissen?«

»Ja.«

»Wo hat Frau Cazacu geschlafen?«

»In dem Lagerraum neben der Seitentür steht eine Pritsche.«

»Wer wusste, dass Frau Cazacu in der Firma schläft?«

»Nur Heike und ich. Wir haben mit niemandem darüber geredet.«

»Warum haben Sie Frau Hentschel informiert?«

Dieken rang mit sich. »Ich weiß nicht mehr … Es hat sich so ergeben.«

Brander spürte, dass der Mann nicht die Wahrheit sagte. Versuchte er, seine Mitarbeiterin zu schützen? Wovor?

»Hat Frau Cazacu Ihnen etwas für die Unterkunft gezahlt?«, fragte Clewer.

»Nein!« Dieken verzog empört das Gesicht.

»Haben Sie die Unterkunft mit ihrem Gehalt verrechnet?«

»Herr Dieken hat gerade ausgesagt, dass Frau Cazacu nichts für die Übernachtungsmöglichkeit zahlen musste«, erwiderte der Anwalt mit Nachdruck.

»Kommen wir noch einmal zu den Geschehnissen am Montagmorgen zurück«, übernahm Brander wieder. »Wie haben Sie Frau Cazacu nach draußen gebracht?«

»Ich habe sie auf einen meiner Kastenwagen gelegt und hinausgeschoben. Dort habe ich sie auf der Wiese abgelegt.«

»Demnach haben Sie Frau Cazacu nicht nur an der Schulter berührt.«

Dieken senkte beschämt den Blick. »Ich habe Schutzkleidung und Handschuhe getragen.«

Das klang nicht nach Schock und Panik, sondern sehr durchdacht, fand Brander. »Sie haben Frau Cazacu also draußen auf der Wiese abgelegt. Was taten Sie dann?«

»Ich habe den Notruf abgesetzt.«

»Während Sie in der Schutzkleidung mit dem Kastenwagen neben der toten Frau auf der Wiese standen?«

»Nein, den Wagen habe ich wieder reingebracht und die Kleidung ausgezogen.«

»Wann haben Sie den Flur gereinigt?«

»Die gröbsten Verschmutzungen habe ich entfernt, bevor ich sie rausgebracht habe. Und dann habe ich später noch einmal geputzt.«

Die »Verschmutzungen« waren die Blutspuren, die ihnen wichtige Anhaltspunkte zum Tathergang hätten geben können, ärgerte Brander sich.

»War am Montagmorgen, als Sie in die Firma kamen, außer Ihnen und Frau Cazacu noch jemand im Gebäude?«

»Nein.«

»Standen Eingangstüren oder Fenster offen oder waren nicht ordnungsgemäß verriegelt oder aufgehebelt?«

»Nein.«

»Das heißt, es gab keine Anzeichen dafür, dass sich jemand gewaltsam Zutritt zum Gebäude verschafft hat?«

»Deswegen dachte ich ja ...« Dieken verstummte.

»Dass es einer Ihrer Vorarbeiter war?«, vollendete Brander den Satz.

»Ich weiß nicht, wer das getan hat.«

»Wie sah es in den Räumen aus? Waren Türen, Schränke oder Schubladen geöffnet?«

»Nein, es war alles ...«, Dieken seufzte ratlos, »normal.«

Demnach müsste der Täter gewusst haben, wo Dieken sein

Geld aufbewahrte, überlegte Brander, wenn denn tatsächlich etwas gestohlen worden war. »Könnte es nicht auch sein, dass Frau Cazacu jemanden ins Gebäude gelassen hat?«

»Wen hätte sie denn hereinlassen sollen?«

»Einen Komplizen, um gemeinsam mit ihm das Bargeld aus Ihrem Büro an sich zu nehmen.«

»Vasila wusste nichts von dem Geld.«

Brander triumphierte innerlich, als Dieken arglos zugab, Bargeld in seinem Büro aufzubewahren. »Vielleicht hat Frau Cazacu während Ihrer Abwesenheit ein wenig herumgeschnüffelt.«

»Worauf wollen Sie hinaus?«, fragte Kohl-Konning.

»Wir versuchen herauszufinden, was sich in der Sonntagnacht in Herrn Diekens Firma abgespielt hat«, antwortete Clewer.

Der Anwalt schnaubte verständnislos. »Jemand ist dort eingedrungen und hat Frau Cazacu erschlagen.«

»Und es wurde anscheinend eine größere Summe Geld gestohlen«, ergänzte Brander.

»Hörensagen.«

»Nun, zumindest befand sich ja, wie Herr Dieken gerade bestätigt hat, eine gewisse Summe Bargeld im Gebäude.« Er wandte sich wieder dem Unternehmer zu. »Wo bewahren Sie das Bargeld in der Firma auf?«

»In einer Geldkassette in meinem Schreibtisch.«

»Verschlossen?«

»Natürlich ist die Geldkassette verschlossen.«

»Und der Schreibtisch?«

»An meinem Schreibtisch hat niemand etwas zu suchen.«

»Na ja, wenn ich mich recht erinnere, nutzt auch Frau Hentschel Ihren Schreibtisch.«

»Heike würde mich niemals bestehlen!«

Heike Hentschel, Diekens wunder Punkt. Auf seine Büroangestellte ließ er nichts kommen.

»Hat Frau Hentschel einen Schlüssel zu Ihrem Unternehmen?«, schlug Brander weiter in die Kerbe.

»Nein, was –«

»Aber Vasila Cazacu könnte sie in das Gebäude hineingelassen haben.«

»Hören Sie doch auf! Heike hat mit alldem nichts zu tun! Schlimm genug, dass Ihre penetrante Befragung sie in den Selbstmord getrieben hat!«

Brander hatte Zweifel, dass seine Befragung der Grund für Hentschels Suizidversuch gewesen war. »Wir werden diese Geldkassette auf jeden Fall nach Fingerabdrücken untersuchen müssen.«

Dieken schnaufte grimmig und verschränkte die Arme vor der Brust. »Das wird nicht möglich sein.«

»Warum?«

»Weil sie nicht mehr da ist!«

Hans Ulrich Clewer hatte beschlossen, Walter Dieken in Polizeigewahrsam zu behalten. Er war nicht von der Unschuld des Unternehmers überzeugt. Zu sehr war der Mann darauf bedacht gewesen, sämtliche Spuren zu vernichten. Clewer informierte Marco Schmid und bat ihn bei der Gelegenheit um einen Durchsuchungsbeschluss für Diekens Privatwohnung.

»Könnt ihr euch seine Wohnung heute noch anschauen?«, bat er Brander und Stephan Klein, die als Einzige aus der Ermittlungsgruppe zu der späten Stunde noch in der Dienststelle waren. »Falls der Haftrichter keine Unterbringung anordnet, möchte ich verhindern, dass Dieken Zeit hat, weitere Beweise zur Seite zu schaffen.«

»Die Letzten beißen die Hunde«, ergab sich Stephan in sein Schicksal.

Walter Dieken war Eigentümer einer kleinen Zwei-Zimmer-Wohnung in einem Mehrfamilienhaus im neuen Stadtquartier, das in den letzten Jahren auf dem Gelände des ehemaligen Alten Güterbahnhofs entstanden war. Brander hätte ihn eher in einem kleinen, in die Jahre gekommenen Eigenheim verortet.

Von einer schmalen Diele kamen sie direkt in den Wohn-

und Essbereich mit kleiner Kochnische. Es gab keine Vorhänge vor den bodentiefen Fenstern und der Terrassentür, sodass sich ihre Silhouetten in den Scheiben spiegelten, als sie das Licht einschalteten. Die Einrichtung in dem Raum war schlicht und funktional. Lediglich ein Adventskranz aus Tannengrün mit roten Kerzen zollte der Weihnachtszeit Beachtung.

»Wenn wir hier mal keine Kratzer auf dem Parkett hinterlassen«, befürchtete Stephan.

Brander sah auf die Füße des Kollegen. »Du hast die High Heels ja vorsorglich im Schrank gelassen.«

Während Stephan an die Tür zur Terrasse trat und mit den Händen die Augen beschattete, um in die Dunkelheit hinauszugucken, ging Brander in Diekens Schlafzimmer. Der Unternehmer war geschieden und seither alleinstehend. Dennoch zierte den Raum ein großes Doppelbett. Der Kleiderschrank fiel dafür etwas kleiner aus.

Das Bett war gemacht und der Raum sauber und aufgeräumt. Keine Wollmäuse tanzten übers Parkett. Der Reinigungsunternehmer hielt auch daheim die Kehrwoche ein. Vor dem bodentiefen Fenster stand ein Wäscheständer mit frisch gewaschener Wäsche. Sie war getrocknet, und Brander vermutete, dass Dieken die Kleidung am Montagabend gewaschen hatte. Da er jetzt in einer Gewahrsamszelle saß, war ihm keine Zeit geblieben, die Wäsche abzunehmen und im Schrank zu verstauen. Manchmal muss man Glück haben, dachte Brander. Die Kleidung sollten die Kriminaltechniker mal genauer unter die Lupe nehmen.

»Firmenunterlagen hat er hier keine«, schallte Stephans Stimme aus dem Nebenzimmer.

»Man muss Arbeit und Privatleben auseinanderhalten.«

»Welches Privatleben?«

Brander warf einen Blick in den Kleiderschrank und die kleine Kommode neben dem Bett, die als Nachttisch diente. Er entdeckte ein pflanzliches Schlafmittel und ein Foto, das Dieken in jüngeren Jahren mit einer stark geschminkten, schlanken Blondine zeigte. Unter dem Foto lag eine Schachtel. Brander öffnete sie und sah sich der Blondine in unbekleidetem Zustand gegenüber. Es war eine ganze Fotoserie, in der die Frau in erotischen Stellungen posierte.

»Andreas, du Schlingel, wenn ich das deiner Frau erzähle.« Stephan war neben ihn getreten und schnalzte missbilligend mit der Zunge. »Ist das Walters Ex?«

»Keine Ahnung.« Brander legte die Bilder zurück in die Schachtel und entdeckte beim weiteren Durchstöbern der Schublade ein Notizheft. Er nahm es heraus und blätterte durch die Seiten. Daten, Namen und Zahlen waren darin aufgelistet.

»Was ist das?«

»Lass mal sehen.«

Brander reichte ihm das Notizheft.

»Kundenliste?«, schlug Stephan vor.

»In einem Notizheft?«

Stephan klappte den Block zu. »Schattenwirtschaft. Schon mal von gehört, mein Freund?«

»Also könnte es tatsächlich sein, dass Dieken nicht nur seine Mitarbeiter nicht ordnungsgemäß angemeldet hat, sondern dazu noch Aufträge am Fiskus vorbei abgewickelt hat?«

»Da geh ich von aus. Was soll das denn sonst für Kohle in der verschwundenen Geldkassette gewesen sein? Um fünfzig Euro Portokasse macht doch keiner ein Bohei.«

»Dieken hat kein Bohei gemacht. Er hat ja erst auf Nachfrage eingeräumt, dass eine Geldkassette abhandengekommen ist.« Brander steckte das Büchlein in eine Asservatentüte. »Hast du in der Wohnung Bargeld gefunden?«

»Nichts, was der Rede wert ist. Aber einen erlesenen Weingeschmack hat er. Vielleicht sollten wir da ein paar Flaschen beschlagnahmen.«

»Was willst du denn mit Wein?«

»Scotch hat er leider nicht im Angebot.«

Brander ließ den Blick durch den Raum gleiten. »Was halten wir von Walter Dieken?«

»Ein Saubermann. So ordentlich sieht es bei mir nicht aus.

Wie wär's mit 'nem Absacker?« Anscheinend hatte der Gedanke an Wein und Whisky Stephan durstig gemacht.

»Nein, heut nicht mehr.«

»Du musst mitkommen. Wenn ich noch mal allein in meine neue Stammkneipe gehe, versetzt Hans mich in die Telefonzentrale.«

»Was willst du denn da jetzt noch? Bis wir da sind, macht der zu.«

»Mal horchen, was der Meik so alles am Tresen über seinen Chef zum Besten gegeben hat.«

Brander zuckte resigniert die Achseln. Die unbedachte Bewegung erinnerte ihn schmerzhaft an seine Schulterzerrung. Er verzog das Gesicht.

»Ein bisschen mehr Begeisterung, mein Freund.«

Stephan Klein parkte den Wagen am Straßenrand, schräg gegenüber der Kusterdinger Kneipe, sodass sie den Eingang im Blick hatten. Das Licht schimmerte matt durch die dunklen Buntglasfenster.

»Siggi's Kneiple«, las Brander den Schriftzug an der Mauer. »Der hat das mit dem Apostroph auch nicht kapiert.«

»Auf den Inhalt kommt es an.«

»Und wie ist der?«

»Lass dich überraschen.« Stephan zog seine Mundharmonika aus der Jackentasche.

»Ich dachte, wir gehen da jetzt rein?«

»Geduld, mein Freund. Ist noch zu früh.«

Brander ließ den Blick über die Umgebung gleiten. Es war ruhig in der Straße. Kein Auto kam vorbei, kein Fußgänger spazierte über den Weg. »Kusterdingen liegt nicht gerade auf deinem Heimweg«, stellte er fest. »Wieso hast du Käpten Huc erzählt, du wärst zufällig hier reingeschneit?«

»Weil's Zufall war. Ich bin Montagabend nach Kusterdingen gefahren, um noch mal mit dem Meik zu sprechen. Der war aber nicht zu Hause. Auf dem Heimweg hab ich dieses Schmuckstück entdeckt.« Er grinste. »Ich liebe solche Kneipen. Jedes Gesicht erzählt dir eine Geschichte.«

»Und warum hast du denen erzählt, du heißt Bruno?«

»Muss ja nicht jeder gleich wissen, wer ich bin. Und ich finde, Bruno passt zu mir. Findest du nicht? Dann hab ich den Meik kennengelernt und dachte mir, mal schauen, was der mir im Privaten so erzählt.«

»Vermisst du deine Zeit, als du noch verdeckt ermittelt hast?«, fragte Brander.

»Manchmal.« Stephan spielte die ersten Töne von »Hoochie Coochie Man« auf seiner Mundharmonika. Brander hatte ihn lange nicht mehr spielen hören. Spontan kam ihm die Erinnerung an ihre erste gemeinsame Verhaftung in den Sinn, als Stephan dem armen Mann tatsächlich die Melodie von »Spiel mir das Lied vom Tod« präsentiert hatte. Wenn sie doch jetzt auch schon kurz vor einer Verhaftung stünden.

Drei junge Männer mit roten Zipfelmützen stolperten heraus, laut, lachend und offensichtlich reichlich alkoholisiert.

»Die Bubis habe ich bisher noch nicht in der Kneipe gesehen«, kommentierte Stephan.

Nachdem er einen weiteren Bluessong gespielt hatte, folgten zwei südosteuropäisch aussehende Männer mit ernsten Gesichtern und hochgezogenen Schultern.

»Stammkunden«, erklärte Stephan. »Wenn ich's richtig mitbekommen habe, könnten die beiden Rumänen sein.«

»Rumänen?«

»Yep, oder Italiener mit hartem Dialekt. Schwer einzuschätzen, die reden nicht viel.«

»Kennt Hauser die beiden?«

»Hatte nicht den Anschein.«

Es verging nicht viel Zeit, bis sich die Tür wieder öffnete. Eine Frau schlurfte heraus, korpulent, strähniges graues Haar, Schultern und Kopf vorgebeugt, als trüge sie die Last der Welt.

»Wer ist das?«

»Bianka Keefer.« Stephan steckte die Mundharmonika in

die Jackentasche und stieg aus: »Schätzle, gehst du schon nach Hause?«

Die Frau hob den Blick und strahlte Stephan an. Es verjüngte ihr müdes Gesicht um einige Jahre. »Bruno, wo warst 'n heut?« Sie wankte über die Straße auf ihn zu.

Brander vergewisserte sich besorgt im Rückspiegel, dass kein Auto herannahte, das sie erfassen konnte. Aber die Straße war noch immer verwaist.

»Der Meik war auch nich da. Musst ich mir die ganze Zeit Randolphs Geschwätz anhören.« Sie blieb lächelnd vor Stephan stehen. »Na, kommste heute mit zu mir?«

»Ich kann nicht, Süße. Bin dienstlich hier.«

Sie sah irritiert zu ihm auf. Als Brander ausstieg, wich sie einen Schritt zurück. »Was heißt 'n dienstlich?«

»Brander, Kripo Esslingen.« Er hielt kurz seinen Dienstausweis hoch.

Sie war zu betrunken, um die Schrift fokussieren zu können, und starrte Stephan erstaunt an. »Du bist 'n Bulle?«

»Yep. Und ich muss dich bitten, morgen Vormittag zum Kriminalkommissariat nach Tübingen zu kommen. Wir müssen mit dir sprechen.«

Die Augen der Frau wurden feucht. »Und ich dacht, du magst mich.«

»Och, Schätzle, nicht weinen. Klar mag ich dich.« Er wandte sich Brander zu. »Andreas, gib ihr mal 'ne Karte und schreib ihr auf, wann sie morgen zu uns kommen soll.«

Brander reichte der Frau eine Visitenkarte und sah ihr hinterher, wie sie nun wieder gebeugt die Straße entlangschlurfte.

»Hast du was mit ihr angefangen?«

»Ich war nur nett.«

»Warst du mit ihr im Bett?«

»Andreas, ich war doch im Einsatz.«

»Hans hast du heute Morgen gesagt, dass du privat in der Kneipe warst.«

»Aber nicht auf Brautschau, mein Freund.« Stephan drückte

auf den Autoschlüssel, um den Wagen zu verriegeln, und marschierte auf die Kneipe zu.

»Ist geschlossen«, rief ihnen der Wirt entgegen, kaum dass sie die Tür geöffnet hatten. Er war dabei, die Tische abzuwischen. Ein einsamer Gast saß noch am Tresen.

»Passt schon.« Stephan marschierte in den schummrigen Raum auf den Wirt zu. »Klein, Kripo Esslingen. Mein Kollege, Brander. Wir haben ein paar Fragen.«

Der Wirt, der gerade mit dem Putzlappen über die Tischplatte gewischt hatte, verharrte gebeugt in der Bewegung und sah ungläubig auf Stephans Dienstausweis.

»Was ist los, guter Mann? Ist's dir in den Rücken gefahren?«, fragte Stephan.

Der gute Mann richtete sich im Zeitlupentempo auf. »Kripo?«

Stephan grinste. »Traut mir irgendwie keiner zu.«

»Herr Wankmüller, wir möchten uns kurz mit Ihnen unterhalten.« Brander trat einen Schritt vor. Im Angesicht des betagten Interieurs hatte er sich den Wirt älter vorgestellt. Der Mann war Anfang, höchstens Mitte dreißig. Schlank und schlaksig. Lediglich der abgeschlaffte Blick passte zu der schäbigen Einrichtung. Was hatte ihn dazu bewogen, so eine heruntergewirtschaftete Kneipe zu übernehmen?

»Worum geht's denn?«

»Um einen Ihrer Gäste«, erklärte Brander.

»Ist was mit Meik?«, fragte der Mann, der noch am Tresen saß.

»Sie sind?«

Der Mann richtete seinen Oberkörper auf, offensichtlich erfreut über die Aufmerksamkeit, die er erheischen konnte. »Randolph Lämmle, ich bin jeden Abend hier. Ich kenne alle Gäste.«

Der Wirt ließ sich auf die Bank sinken.

»Der Meik war heut nicht hier«, fuhr Lämmle ungefragt fort. »Bruno, du hast das doch gestern mitgekriegt. Der hatte Ärger da draußen. Irgend so ein Ausländer. Hängt bestimmt mit den zwei Typen zusammen, die jeden Abend hier sind. Da vorn an dem Tisch hocken die immer. Siggi, hab ich dir gleich gesagt, mit denen stimmt was nicht. Wie die jeden Abend da hocken und nix schwätzen. Trinken ihr Bier und schwätzen kein Wort.«

»Randolph, wie wär's, wenn du morgen Vormittag zum Kriminalkommissariat nach Tübingen kommst und uns da alles erzählst?«, schlug Stephan vor.

»Ja, kann ich schon machen.«

»Dann lass uns jetzt mal mit dem Siggi allein.« Stephan formulierte die Aufforderung nicht als Bitte.

»Aber ich hab ja mein Bier noch nicht ausgetrunken.« Er hob zum Beweis das Glas, in dem noch ein schaler Rest schwamm.

»Das geht aufs Haus. Kriegst nächstes Mal ein frisches. Und jetzt ab.« Stephan deutete mit dem Kopf zur Tür. »Sonst behinderst du eine polizeiliche Ermittlung, und das willste ja nicht, oder?«

Schweren Herzens rutschte der Mann von seinem Hocker. »Wann soll ich denn da sein?«

»Zehn Uhr reicht.«

Lämmle leerte das Glas mit dem schal gewordenen Bier und schlurfte zur Tür.

»So, Siggi, jetzt sind wir unter uns.« Stephan zog sich einen Stuhl heran und setzte sich rittlings darauf. »Erzähl mal: Meik Hauser, was weißt du über den?«

Der Wirt hatte noch immer den Putzlappen in der Hand. Als er es bemerkte, ließ er ihn in den Eimer neben der Bank fallen und wischte die Hände an den Hosenbeinen ab. »Der hat seinen Deckel nicht bezahlt.«

Interessant, dass er das als Erstes aufführte, stellte Brander fest. »Kommt das öfter vor?«

»Hin und wieder. Meistens kommt er dann am nächsten Tag und zahlt die Zeche.«

»Der Meik hatte heute 'nen harten Tag«, erwiderte Stephan. »Der kommt sicher morgen.«

»Morgen lass ich zu. Da ist Heiligabend.«

Brander setzte sich ebenfalls an den Tisch. »Herr Hauser ist ein Stammkunde?«

»Ja, der war schon da, als ich den Laden übernommen hab. Er und Randolph und Bianka. Die drei kommen eigentlich fast jeden Abend.«

»Seit wann führen Sie diese Kneipe?«

»Bald sind es drei Jahre.« Es klang desillusioniert.

Brander fragte nicht, ob die Geschäfte gut liefen. Ein Blick auf die betagte Ausstattung sagte ihm, was er wissen musste. Das war nicht retro, das war kurz vor der Insolvenz.

»Herr Hauser hat für ein Reinigungsunternehmen gearbeitet«, fuhr Brander fort. »Hat er mal von der Arbeit erzählt?«

»Mit Sicherheit. Aber da höre ich nicht so genau hin.«

»Siggi, komm, der sitzt jeden Abend vor deiner Nase«, erinnerte Stephan ihn. »Da haste doch sicher mal das eine oder andere aufgeschnappt.«

»Was wollt ihr denn wissen?«

»War er zufrieden? Gab es Probleme?«, fragte Brander.

Der Wirt zuckte die Achseln. »Weiß nicht …«

Nachdem Stephan ungeduldig schnaufend den Mund verzog, fügte Wankmüller hinzu: »Na ja, irgendwas muss vorgefallen sein, die haben ihn vor ein paar Tagen rausgeschmissen. Fristlose Kündigung.«

»Und was war vorgefallen?«, hakte Brander nach.

»Das weiß ich nicht. Aber so kurz vor Weihnachten. Das macht man doch nicht.«

»Sie wissen von dem Leichenfund vom Montagmorgen im Gewerbegebiet Süd?«

Wankmüller nickte. »Stand ja in der Zeitung.« Er senkte den Blick auf die Tischplatte, nahm den Putzlappen aus dem Eimer und wischte einen Bierglasabdruck weg.

»Was hat Herr Hauser darüber erzählt?«

Wankmüller hob die Schultern. »Nicht viel. Dass sein Chef die tote Frau gefunden hat. Also, sein Ex-Chef.«

»Hat er erwähnt, dass er die Frau kannte?«

»Nee, aber der hat ja am selben Tag die Kündigung gekriegt, da hatte er andere Sorgen.«

»Konnte Meik seinen Chef leiden?«, fragte Stephan.

»Keine Ahnung. Ich mein, man schimpft doch immer mal auf seinen Boss, oder?«

»Ja, da ist's manchmal besser, man ist sein eigener Herr.«

»Ja.« Wankmüllers Gesichtsausdruck spiegelte die Zustimmung nicht wider.

Brander kroch in der warmen, abgestandenen Luft des Schankraums die Müdigkeit in die Glieder. Er unterdrückte mit Mühe ein Gähnen. »Hatte Herr Hauser schon vorher mal Sorge um seinen Job?«

»Vor ein paar Monaten musste er seinen Lappen abgeben. Ist wohl betrunken Auto gefahren. Ich glaub, da hatte er schon mal Trouble mit seinem Boss.« Wankmüller sah schuldbewusst zu Brander. »Ich versuch ja, aufzupassen, aber letztendlich leb ich davon, dass die hier jeden Abend trinken. Und der Meik wohnt ja nicht weit von hier, der geht immer zu Fuß. Keine Ahnung, was den geritten hat, mitten in der Nacht mit dem Auto auf die Alb fahren zu wollen.«

»Hat Herr Hauser vielleicht mal angedeutet, dass es eine Schwarzgeldkasse in der Firma gäbe?«

Der Wirt zuckte wieder die Achseln. »Die schwätzen so viel. Wenn ich das alles für bare Münze nehmen tät.«

»Das heißt, Meik Hauser hat von einer Schwarzgeldkasse erzählt?«

Branders eindringlicher Blick behagte Siegfried Wankmüller offenbar nicht. Er verschränkte die Arme vor der Brust und zog den Kopf zwischen die Schultern. »Vor ein paar Wochen hat er mal rumgetönt, dass er da irgendwie was mitgekriegt hätte, dass sein Chef regelmäßig Geld kassiert. Aber ob das Schwarzgeld war? Keine Ahnung. Ich will da niemandem an die Karre fahren. Ich krieg das ja alles nur so halb mit. Und wenn die getrunken haben, darf man denen auch nicht alles glauben. Da schmücken die ihre Geschichten großzügig aus.«

»Was ist denn mit den zwei Ausländern, von denen Randolph gerade sprach?«, fragte Stephan. »Seit wann kommen die zu dir?«

Wankmüller stieß die Luft zwischen vibrierenden Lippen aus. »Mitte, Ende November vielleicht. Vielleicht auch erst Anfang Dezember. Genau weiß ich es nicht. Ich schreib mir das ja nicht auf.«

»Kennt der Meik die?«

»Kann ich mir nicht vorstellen. Geschwätzt hat der mit denen jedenfalls kein Wort. Aber der Randolph hat schon recht, sind seltsame Typen.«

Brander ließ den Blick zur Theke schweifen. »Haben Sie weitere Mitarbeiter, in der Küche oder Servicekräfte?«

Der Wirt lachte unfroh. »Die Massen, die hier jeden Abend reinströmen, kann ich gerade noch selbst versorgen.«

※※※

Es hatte aufgehört zu regnen, aber die Luft war kalt und feucht, als Brander sich auf sein Fahrrad schwang. Cecilia hatte mit ihrer Prophezeiung recht behalten, dass sie am Abend keine Hilfe beim Aufstellen des Christbaums von ihm zu erwarten hätte. Es war weit nach Mitternacht, und er ärgerte sich, dass er Stephans Angebot, ihn zu Hause abzusetzen, nicht angenommen hatte.

Eine Katze sprang ihm aus dem Schatten einer Hecke vor das Fahrrad. Er bremste scharf, das Hinterrad rutschte ihm auf der nassen Straße weg. »Du dummes Vieh!«, schimpfte er dem Tier hinterher, das ungerührt seiner Wege zog.

Er wollte gerade wieder in die Pedale treten, als er eine kleine gebückte Gestalt wenige Meter entfernt von sich stehen sah. Sie blickte ihm entgegen, als hätte sie auf ihn gewartet. Das Rollköfferchen in der einen Hand, die andere Hand in der Tasche ihres Mantels vergraben. Er schob sein Fahrrad in ihre Richtung. »Guten Abend, Marthe.«

»Katzen sind nicht dumm. Wären Sie im Hier und Jetzt gewesen, hätten Sie die leuchtenden Augen am Straßenrand bemerkt.«

Da war was dran. Dünne und dicke Kater, erinnerte Brander sich an die Worte der Alten. Für einen winzigen Moment kam ihm der absurde Gedanke, dass sie auf ihn gewartet hatte.

Ein Lächeln legte sich auf ihr faltiges Gesicht. »Sie sind der Polizist.«

»Ja, und Sie sind immer nachts unterwegs?«

»›Immer‹ ist ein großes Wort.«

»Das stimmt. Marthe, ich habe eine Frage an Sie.«

Sie sah aufmerksam zu ihm auf.

»Als wir uns das letzte Mal trafen, haben Sie von Katern gesprochen. Was haben Sie damit gemeint?«

Sie nickte versonnen. »Ein dünner und ein dicker Kater. Sie werfen unterschiedliche Schatten.«

»Das heißt, sie waren zu zweit?«

»Sie sagten, Sie haben *eine* Frage. Das ist nun schon die zweite.«

Spitzfindig war die Alte also auch. Wie konnte er sie kriegen? »Wir haben eine gemeinsame Bekannte. Sie haben ihr mal geholfen.«

Das machte Marthe neugierig. »Wem habe ich geholfen?«

»Meine Frage gegen Ihre.«

Ein heiseres Lachen kam aus ihrer Kehle. »Sie gefallen mir.«

»Und?«

»Die Raunächte beginnen mit der Thomasnacht.«

»Aber in der Nacht von Sonntag auf Montag war noch nicht die Thomasnacht.«

»Das ist wahr.« Sie suchte in den großen Manteltaschen, zog ein Lavendelsäckchen heraus und schnupperte daran. »So eines habe ich Ihnen gegeben.«

»Ja.«

»Die Nacht war kühl, aber es gab keinen Frost.«

Brander seufzte innerlich. Er war müde und wollte ins Bett.

Er sollte die Frau ziehen lassen. Bei diesem Gespräch kam nichts heraus.

»Es lief einer in die Nacht. Ein Schatten, der alles verdunkelte. Und ich spürte die Vergänglichkeit.«

»Wo sahen Sie jemanden laufen? Aus dem Firmengebäude?«

»Wer ist Ihre Bekannte?«

»Sie heißt Nathalie.«

Die Frau überlegte. »Ich kenne keine Nathalie.«

»Es ist schon einige Jahre her, dass Sie ihr begegnet sind. Sie war ein Teenager, blaue Augen, dunkle Haare.«

Aber auch das half Marthe nicht weiter.

Brander dachte an die Zeit zurück, als Nathalie noch bei ihrer Mutter gelebt hatte. Eine Erinnerung poppte auf. »Sie hat sich Eisblume genannt.«

Marthes Augen weiteten sich. »Eisblume?«

»Ja.«

»Eine Kämpferin.« Ihr Blick wurde weich. »Geht es ihr gut?«

»Ja.« Vielleicht nicht gerade im Moment, ergänzte Brander still für sich.

Die Greisin musterte ihn mit Argusaugen. »Ich spüre Trauer. Jemand ist gestorben.«

»Ihre Mutter.« Warum erzählte er das dieser verrückten Alten?, ärgerte Brander sich, kaum dass ihm die Worte über die Lippen gekommen waren.

Der Blick der Frau wanderte in die Ferne. »Die Frau im Neckar.«

Die Richtung, in die sich das Gespräch entwickelte, gefiel ihm nicht. Er räusperte sich. »Marthe, Sie schulden mir eine Antwort. Wen sahen Sie wo laufen?«

»Es war der Tod, den ich laufen sah. Geht der Kater von links nach rechts, wird's was Schlecht's. Und so war es, unabänderlich, und doch ging einer hin und änderte alles. Es ist nicht gut, die Toten zu stören, wenn ihre Seele noch keine Ruhe gefunden hat.«

Einer veränderte alles. Meinte sie damit Walter Dieken?

Hatte sie beobachtet, wie er die Leiche aus dem Gebäude gebracht hatte? Während Brander versuchte, den Sinn aus ihren Worten zu filtern, griff sie nach seiner Hand und legte das Lavendelsäckchen hinein.

»Geben Sie gut auf das Mädchen acht. Sie ist in Ihrer Verantwortung.« Sie nahm ihr Rollköfferchen.

»Marthe, wir benötigen Ihre Aussage.«

Sie tippte sich an die Stirn. »Nein, nein, ich bin verrückt. Ich rede mit den Pflanzen und den Bäumen und den Geistern. Ich kann nicht aussagen.«

»Ich glaube nicht, dass Sie verrückt sind.«

»Sie brauchen mich nicht. Die Antwort ist in Ihnen. Denn alles ist ein großer Kosmos. Am Ende sind wir wieder eins, und alle Fragen werden gelöst sein.«

Damit ließ sie ihn endgültig stehen.

Brander bemühte sich nicht weiter. Ein dicker Kater, ein dünner Kater, Kosmos und Lavendelsäckchen. Er verschwendete seine Zeit.

Es war zwei Uhr morgens, als Brander endlich die Haustür hinter sich zuzog. Der Tag hatte ihn geschafft. Im Wohnzimmer schimmerte Licht. Er ging hinein und stand vor einem prächtig geschmückten Weihnachtsbaum. Cecilia hatte die Lichterkette nicht ausgeschaltet. Ein warmer Willkommensgruß. Die elektrischen Kerzen funkelten sanft zwischen den dichten Zweigen. Er lächelte wehmütig. Wie gern hätte er mit Cecilia und Nathalie zusammen den Baum geschmückt.

Er war todmüde, aber er hatte nicht die Ruhe, ins Bett zu gehen. Stattdessen holte er die Dose mit Weihnachtsgebäck aus der Küche und schaute in seine Whiskybar. Die Wahl fiel auf den Compass Box Great King Street. Ein Blend Whisky mit leichten Rauch- und mildfruchtigen Sherrynoten, passend zur Jahreszeit, in der in den Kaminen Feuer brannte und Christstollen auf den Tellern lag.

Statt sich auf das Sofa zu setzen, nahm er ein Kissen und

hockte sich im Schneidersitz vor den Tannenbaum. Die Stille, die Wärme und das warme Glitzern der Christbaumkerzen erinnerten ihn an seine Kindheit. Das wunderbare Staunen über den bunt geschmückten Baum, die Freude auf die verpackten Überraschungen und die kindliche Unsicherheit, ob es den Weihnachtsmann tatsächlich gab. Es steckte ein Stück Geborgenheit darin. Er nahm sich fest vor, den Heiligabend mit seiner Familie zu verbringen.

»So ein schöner Baum.« Er hob sein Glas, genoss das fruchtige Sherryaroma des Blends, der wärmend seine Kehle hinunterglitt und im Nachklang noch einmal eine feine Rauchnote offerierte.

Seine Gedanken schweiften zurück zu seinen Ermittlungen. Dieken, Yüksel und Hauser waren die Hauptverdächtigen in diesem Kammerspiel. Waren sie Hauser auf den Leim gegangen? Hatte er versucht, sie mit seiner Aussage gegen seinen ehemaligen Chef auf eine falsche Fährte zu lenken?

Freitag – Heiligabend

Jemand hatte Weihnachtsmann gespielt und im Interimsquartier der Soko »Gewerbegebiet Tübingen« Schokokugeln, Nüsse und Gebäck verteilt. Brander vermutete, dass die kleine Aufmunterung von Clewers Ehefrau kam – die selbst gebackenen Springerle und Nussecken sahen wesentlich appetitlicher aus als die zerbröselnden Plätzchen von Anne Dobler. Ein kleiner Trost für die Beamten, die sich am frühen Morgen des 24. Dezember zur Besprechung eingefunden hatten.

Manfred Tropper brachte Neuigkeiten vom kriminaltechnischen Institut. »Die Blutspuren, die wir im Flur des Unternehmens gefunden haben, stammen definitiv von Vasila Cazacu. Dadurch, dass so gründlich gereinigt wurde, lässt sich nur schwer nachvollziehen, wie Frau Cazacu am Boden lag. Die Spuren sind verwischt und dadurch stark verfälscht. Es ist nur rudimentär ein Streuungsmuster zu erkennen. Dementsprechend können wir leider nicht genau rekonstruieren, von wo der Angriff erfolgte.«

»Dieken hat ausgesagt, dass das Opfer mit dem Kopf Richtung Seitentür lag«, informierte Brander den Kriminaltechniker in der Hoffnung, dass dies nicht gelogen war.

Tropper nickte nachdenklich. »Das ist auch meine Vermutung. Es könnte gut sein, dass sie beim Sturz mit dem Ellbogen rechts gegen einen der Kastenwagen gestoßen ist. Das könnte den Sturz leicht abgebremst haben und würde das Hämatom erklären, das sie rechts am Ellbogen hat. Zudem könnte beim Aufprall der künstliche Fingernagel abgesplittert und zwischen die Kastenwagen gerutscht sein.«

»Wie sieht es mit der Tatwaffe aus?«, fragte Brander. »Die Rechtsmediziner sagen, dass sie mit einem stumpfen, metallenen Gegenstand niedergeschlagen wurde.«

»Da bietet sich in der Firma ja einiges an«, überlegte Fabio,

»wenn ich an die ganzen Putzgeräte denke. Die Wischer haben doch alle einen Stiel, mit dem man sicher gut zuschlagen könnte.«

»Abgesehen davon, dass die Stiele zu leicht sind, sind sie meistens beschichtet«, gab Tropper zu bedenken. »Wenn ich Maggies Bericht richtig in Erinnerung habe, wurden Spuren von Eisen in der Wunde gefunden, oder?«

Brander nickte.

»Daher würde ich Besenstiele ausschließen«, fuhr Tropper fort. »Allerdings gibt es Brecheisen und anderes Werkzeug in der Firma. Die machen auch Entrümpelung und Haushaltsauflösungen, dabei braucht man manchmal schweres Gerät.«

»Wir sollten noch einmal mit Herrn Dieken sprechen, ob er womöglich auch die Tatwaffe gereinigt oder entsorgt hat.« Clewer bediente sich an den Plätzchen. »Ist er noch in Gewahrsam?«

»Sitzt im Café Dobler«, erwiderte Marco Schmid. »Haftprüfungstermin ist um zehn.«

»Café Dobler?«, fragte Clewer irritiert.

»Die U-Haftanstalt in der Doblerstraße«, erklärte der Staatsanwalt. »Betagt, aber bewährt.«

Das Untersuchungsgefängnis lag stadtzentral und direkt neben dem Landgericht. Vermutlich war Letzteres ein Grund, warum das geschichtsträchtige Gebäude noch nicht geschlossen worden war. Seit 1905 beherbergten die dicken Sandsteinmauern Gefangene. Im Innenhof war 1949 die letzte Hinrichtung in Westdeutschland vollstreckt worden. Seit Jahren gab es beim Land Tendenzen, die Anstalt aus Kostengründen zu schließen. Zu klein und zu alt – eine Modernisierung wäre unwirtschaftlich, das Gebäude bot kaum Platz für mehr als siebzig Untersuchungsgefangene, die sich häufig zu zweit die engen Zellen teilen mussten.

»›Café Dobler‹.« Clewer sah kopfschüttelnd auf die Keksdose, die Anne am Vortag vorbeigebracht hatte. »Ich hatte schon befürchtet, er wird mit Frau Doblers Weihnachtsgebäck gefoltert.«

Die Bemerkung sorgte kurz für Erheiterung im Ermittlungsteam.

»Die sind zwar krümelig, schmecken aber gar nicht so schlecht. Man muss sie halt mit dem Löffel essen.« Peter Sänger steckte beherzt seinen Kaffeelöffel in die Keksdose.

»Und mit viel Kaffee runterspülen«, ergänzte Fabio.

»Was ist mit den Türschlössern?«, erinnerte Brander sich an Anne Doblers Forderung.

»Da hat unsere Anne Näschen bewiesen.« Tropper tippte sich an seine eigene Nasenspitze. »Es sieht so aus, als ob sich tatsächlich jemand ohne Schlüssel von der Seitentür aus Zutritt zum Gebäude verschafft hat. Vermutlich via Elektro-Picking.«

»Hat der Mann keine Sicherheitstüren in seiner Firma?«, wunderte sich Clewer.

»Er meint, bei ihm gäbe es nichts zu holen«, wiederholte Brander, was Dieken ihnen bei ihrer ersten Begegnung geantwortet hatte.

»Aber die hantieren doch auch mit gefährlichen Chemikalien.«

»Die bewahrt er in einem Sicherheitsschrank auf«, wusste Tropper.

Fabio zog grübelnd die Stirn in Falten. »Hätte Dieken den Einbruch nicht sehen müssen?«

»Warst du in der Woche krank, als ihr das Thema Einbruchdiebstahl in der Polizeischule durchgenommen habt?«, neckte Tropper den jungen Kollegen.

»Sorry, ich hab Elektro-Picking gerade nicht auf dem Schirm.«

»Das funktioniert nach dem Perkussionsprinzip«, setzte der Kriminaltechniker zu einer Nachhilfestunde an. »Du führst eine Stahlnadel in das Schloss, die Nadel wird von einem Elektromotor in Schwingungen versetzt, dadurch erhalten die Kernstifte im Schloss alle gleichzeitig einen Impuls, den sie wiederum an die Gehäusestifte weitergeben, die dadurch ins Gehäuse geschleudert werden. In dem kurzen Moment, in dem zwischen

Kern- und Gehäusestiften ein Spalt entsteht, kannst du die Tür öffnen. Es zerstört nichts, und es spielt sich alles im Inneren des Zylinders ab. Kurzum: Nein, so ein Einbruch fällt nicht unbedingt gleich ins Auge.«

Brander rieb sich nachdenklich über das Kinn. Diese neue Erkenntnis gefiel ihm ganz und gar nicht. »Wenn wir davon ausgehen, dass sich unser Täter ohne Schlüssel Zutritt zum Gebäude verschafft hat, dann sind Dieken, Hauser und Yüksel aus dem Rennen. Die haben alle einen Schlüssel.«

»Na prima, dann kann ich den Haftprüfungstermin für Dieken absagen.« Schmid lächelte unfroh. »Und dafür hab ich mir gestern den Abend mit Berichten und Protokollen um die Ohren geschlagen.«

»Nicht so voreilig«, bremste Clewer den Staatsanwalt. »Es kann immer noch sein, dass Walter Dieken den Täter deckt. Immerhin hat er vorsätzlich und umfänglich versucht, Spuren zu verwischen.«

Die Frustration in der Ermittlungsgruppe war groß. Brander machte sich nach der Sitzung auf den Weg eine Etage tiefer zu den Kollegen vom Arbeitsbereich 2, um mit Anne Dobler zu sprechen. Doch er fand nur ihren leeren Schreibtisch vor. Es sah nicht so aus, als ob die Kollegin im Büro war. Brander haderte mit sich, ob er sie anrufen sollte. Es war Heiligabend, vermutlich war sie damit beschäftigt, die letzten Einkäufe für die Feiertage zu erledigen. Er wollte unverrichteter Dinge gehen, als Annes Bürokollege Kai Jedele hereinkam.

»Kann ich helfen?«

»Ich habe Anne gesucht«, erklärte Brander.

Jedele musterte ihn. »Sind Sie Andreas Brander?«

»Ja.«

Annes Kollege strich sich grinsend über seine blonden Haare. »Großer Mann mit Glatze, so hat sie Sie beschrieben. Anne schafft heute von daheim, Sie sollen sie anrufen.«

»Danke. Dann werde ich das mal machen.«

Brander kehrte ins verwaiste Konferenzzimmer zurück und wählte Annes Mobilnummer.

»Hallo, Andi«, grüßte sie ihn, kaum dass es einmal geklingelt hatte.

»Großer Mann mit Glatze, ja?«

Anne kicherte. »Du hast mit Kai gesprochen … Und? Was hast du für mich? Wonach soll ich suchen?«

Brander musste über den Diensteifer der Kollegin schmunzeln. Gleichzeitig plagte ihn das schlechte Gewissen. Er wusste um Annes Ehrgeiz, aber sie hatte auch zwei kleine Kinder, die sich auf ein fröhliches, unbeschwertes Weihnachtsfest mit ihren Eltern freuten. Er hatte keine Ahnung, wie weit die Ermittlungen von Hendrik Marquardt zum Tod von Gudrun Böhme vorangeschritten waren, und wollte nicht schuld daran sein, dass zwei Kinder einsam und verlassen vor dem Tannenbaum saßen, während die Eltern sich in Ermittlungsakten vergruben. Daran hätte er allerdings besser gedacht, bevor er Annes Nummer gewählt hatte, rügte er sich. Nun war es zu spät.

»Es hat den Anschein, dass sich jemand ohne Schlüssel Zutritt zu Walter Diekens Firmengebäude verschafft hat. Freddy sprach von Elektro-Picking.«

»Okay, das heißt, ich suche nach Einbrüchen, die mittels Elektro-Picking erfolgt sind und bei denen außer Bargeld sonst nichts gestohlen wurde.«

»Das wäre ein Ansatz.«

»Tatzeitpunkt war Sonntagnacht?«

»Mutmaßlich zwischen ein und fünf Uhr morgens.«

»Sonst noch etwas?«

»Abgesehen davon, dass eine Frau erschlagen wurde, wurde nichts großartig verwüstet.« Sofern auf die Aussage von Walter Dieken Verlass war.

»Das deutet darauf hin, dass der Täter wusste, wo er suchen muss«, überlegte Anne. »Also eher ein Insider. Ich gehe unsere Fälle durch und melde mich wieder.«

»Anne, du denkst aber bitte trotzdem an Weihnachten und deine Kinder?«

»Sagst du das bitte auch Hendrik, wenn du ihn siehst?«

Brander hatte gerade aufgelegt, als das Telefon sogleich das nächste Gespräch verkündete. Es war Manfred Tropper.

»Ich schulde dir noch eine Antwort, ist gestern leider wegen der Durchsuchung von Diekens Firma untergegangen.«

»Was für eine Antwort?«

»Peppi hat uns Dienstagabend doch diese Magnete zur Spurensicherung gebracht.«

»Oh ja. Und?«

»Wir haben Fingerabdrücke von vermutlich mindestens zwei verschiedenen Personen. Die meisten sind aber nicht verwertbar, da es sich nur um Teilabdrücke handelt. Aber einen Treffer haben wir dann doch landen können.«

»Mach's nicht so spannend«, forderte Brander ungeduldig.

»Ein Fingerabdruck ist definitiv von Walter Dieken. Aber was immer diese Magneten mit eurem Fall zu tun haben, eins ist gewiss: Cazacu ist nicht mit einem kleinen Pinnwandmagneten erschlagen worden.«

Brander nahm seine Skizze, die er zwei Tage zuvor erstellt hatte, hervor und betrachtete Namen und Symbole. Dieken könnte die Magnete bei jedem anderen Besuch angefasst haben. Es musste nichts bedeuten. Aber wenn doch? Hatte an Heike Hentschels Kühlschrank ein Foto gehangen, das Dieken entfernt hatte? Was war auf dem Foto abgebildet? Wenn die Frau nur endlich wieder zu Bewusstsein käme. An dieser Stelle kam er nicht weiter.

Brander ergänzte ein Symbol für »Siggi's Kneiple« unten links auf dem Blatt: Er skizzierte einen Tresen mit drei Personen, die auf Barhockern davorsaßen. Stammkunden – Bianka, Randolph, Meik. Jeden Abend ein paar Bierchen, ein Glas Wein, vielleicht auch mal einen Obstler. Bei dem Gedanken an Bianka Keefer kam ihm ungewollt Gudrun Böhme in den

Sinn. Aber die hatte meistens zu Hause getrunken, solange sie noch eine Wohnung hatte. Der Schnaps aus dem Supermarkt war billiger.

Er erinnerte sich an einen Anruf von Nathalie, als sie ihre Mutter besinnungslos in der Küche vorgefunden hatte. Die Angst, die Mutter wäre tot, und später ihre Wut über die Sorge, die ihre Mutter ihr zugemutet hatte. Wie oft hatte das Mädchen ihre Mutter zu Grabe getragen? Und jetzt war Gudrun Böhme tatsächlich tot. Er konnte das Gefühlschaos, in dem seine Adoptivtochter steckte, nur ahnen. Mit Mühe hielt er sich davon ab, zu Hendrik zu gehen und ihn nach dem Stand der Ermittlungen zu fragen.

Er senkte den Blick wieder konzentriert auf seine Zeichnung. Wo gab es Zusammenhänge, die zu Vasila Cazacu führten?

Die zwei Männer, von denen Randolph Lämmle gesprochen hatte, waren – wenn Stephan mit seiner Vermutung richtiglag – Rumänen. War es ein Zufall, dass zwei Rumänen in derselben Kneipe verkehrten wie Meik Hauser? Und war es Zufall, dass sie fast zum selben Zeitpunkt aufgetaucht waren, an dem Vasila Cazacu bei Dieken angefangen hatte zu arbeiten? Brander skizzierte rechts von dem Symbol für Wankmüllers Kneipe einen Tisch mit zwei Stühlen und zog eine gestrichelte Linie zu Vasila Cazacu. Aber aus welchem Grund sollten die zwei bei Walter Dieken einsteigen und ihre Landsfrau erschlagen?

Branders Smartphone riss ihn aus seinen Grübeleien.

»Kleines Weihnachtsgeschenk an euch«, verkündete Jens Schöne gut gelaunt. »Ich habe mich noch einmal mit dem Bewegungsprofil von Vasila Cazacus Smartphone beschäftigt. Sonntagvormittag war sie in Tübingens Innenstadt unterwegs, am Holzmarkt. Sie könnte in der Stiftskirche gewesen sein.«

»Das war der vierte Advent«, überlegte Brander. »Da war die Kirche gerammelt voll. Da wird sich der Pfarrer vermutlich nicht an sie erinnern können.«

»Es gibt häufig Helfer, die an der Tür die Gäste begrüßen und Gesangbücher verteilen. Die könntet ihr fragen. Aber die

Frage ist, ob das überhaupt wichtig ist«, fuhr Jens fort. »Ich habe nämlich noch mehr: Frau Cazacu war in den letzten vierzehn Tagen mehrfach in Tübingens Weststadt unterwegs. Und bevor du jetzt fragst, ob ich das genauer eingrenzen kann: Ja, kann ich. In diesem eingegrenzten Raum befindet sich das Mehrfamilienhaus, in dem Heike Hentschel wohnt.«

»Bist du sicher?«

»Andi, wieso zweifelst du immer an mir? Du weißt doch, was für großartige Möglichkeiten die moderne Technik uns bietet. An ihrem Smartphone war GPS aktiviert. Schau mal in deine Mails, ich habe dir den Verlauf geschickt.«

Brander tat wie ihm geheißen. Jens hatte ihm Screenshots mit Ausschnitten aus dem Tübinger Stadtplan geschickt und erklärte ihm am Telefon die eingetragenen Markierungen. Der IT-Forensiker hatte recht, es sah so aus, als sei Cazacu mehrfach bei der Buchhalterin gewesen.

Heike Hentschel. Die Frau, die seit ihrem Suizidversuch auf der Intensivstation im Uniklinikum Tübingen lag. Die Frau, die Walter Dieken mit allen Mitteln versuchte, aus den Ermittlungen herauszuhalten. Brander sah ratlos auf seine Skizze. »Was halten wir denn jetzt davon?«

***

Brander wäre gern direkt ins Krankenhaus gefahren, um mit Heike Hentschel zu sprechen – doch die Frau war noch nicht wieder bei Bewusstsein, und zudem wartete Randolph Lämmle im Vernehmungszimmer auf seine Befragung. Da Stephan das Gespräch mit Bianka Keefer übernehmen wollte, zog Brander Peter Sänger hinzu.

Lämmle hatte sich rasiert und zum Abschluss reichlich Aftershave aufgetragen. Zur Jeans trug er ein graues Kapuzensweatshirt und eine Lederjacke. Die kurzen aschblonden Haare waren von der Mütze, die er anscheinend zuvor getragen hatte, platt gedrückt.

»Herr Lämmle, wir wollen Sie gar nicht lange aufhalten«, begann Brander. Er hatte keine großen Erwartungen an die Befragung von Hausers Saufkumpanen, zumal Hauser in Anbetracht der neuesten Entwicklungen nicht mehr zu den Hauptverdächtigen zählte.

Lämmle winkte ab. »Wenn ich helfen kann, dann helfe ich gern.«

»Kommen wir kurz darauf zurück, was Sie gestern Abend in der Kneipe gesagt haben: Sie vermuten einen Zusammenhang zwischen einer Schlägerei, die Meik Hauser einen Abend zuvor gehabt hat, und den zwei ausländischen Gästen in der Kneipe.«

»Die waren mir von Anfang an verdächtig.« Lämmle sah Brander wissend an.

»Seit wann kamen die beiden in die Kneipe?«

»Ende November. Kommen jeden Abend, schwätzen nichts, keiner weiß, wo die herkommen, was die schaffen und überhaupt. Sitzen einfach immer nur da.«

»Kennt Herr Hauser die beiden?«

»Der Meik? Nee, also, geschwätzt hat er mit denen nix, und da hätte er die ja zumindest mal gegrüßt, oder?«

»Und dennoch denken Sie, dass der Ärger, den Herr Hauser hatte, mit den beiden Männern zu tun hat?«

»Weiß ich jetzt auch nicht so konkret ... Aber, da war mal was, vor ein paar Wochen.« Lämmle senkte seine Stimme komplizenhaft. »Der Meik hatte 'n bissle viel getrunken. Und da hat er was erzählt, so ein bisschen ausholend, mit Armen und Beinen und so, und da isser vom Stuhl gerutscht. Da sind die zwei gleich hin, haben ihn wieder auf die Füße gestellt. Aber die Blicke ... die Blicke, sag ich Ihnen. Da wusste ich gleich, von denen hält man sich besser fern.«

»Wann war das genau?«

»Na, so Anfang Dezember muss das gewesen sein. War 'n Sonntag. Das weiß ich hundertprozentig.«

»Warum können Sie sich so genau an den Wochentag erinnern?«, wunderte sich Brander.

»Na, da hat der Meik was erzählt. Ha, da weiß ich gar nicht, ob ich das hier sagen darf.« Lämmle nickte bedeutungsschwer mit großen Augen. Es war ihm anzumerken, dass er die Aufmerksamkeit der zwei Kripobeamten, die ihm so genau zuhörten, genoss.

»Das würde uns aber interessieren«, animierte Peter Sänger ihn zum Weiterreden.

»Das ist jetzt aber schon ein bissle heikel.« Wieder ein wissendes Nicken. »Der Meik, der hat nämlich was beobachtet.«

»Und davon hat er Ihnen erzählt?«, fragte Brander.

»Ja, aber«, Lämmle drehte die Finger vor seinen Lippen, als wollte er sie verschließen, »unter dem Siegel der Verschwiegenheit, versteht sich.«

In einer Kneipe seinen Saufkumpanen ein Geheimnis anvertrauen – wie verschwiegen war das?, fragte Brander sich.

»Herr Lämmle, in der Firma, für die Herr Hauser gearbeitet hat, kam eine Frau zu Tode. Es wäre gut, wenn Sie uns sagen, was Herr Hauser Ihnen anvertraut hat. Es könnte wichtig für unsere Ermittlung sein.«

»Ja, natürlich, ich erzähl Ihnen das ja auch. Ist ja wohl meine Pflicht. Aber ich will dem Meik keinen Ärger bereiten. Na ja, seinen Job hat er ja eh los. Ich hab dem Meik gesagt, er soll sich 'nen Anwalt nehmen. Der kann ihn nicht einfach so rausschmeißen. Ich mein, da muss er ja erst mal 'ne Abmahnung kriegen, oder der Meik müsste was ganz was Schlimmes gemacht haben.«

»Herr Lämmle, Sie wollten uns sagen, was Herr Hauser Ihnen vor ein paar Wochen in der Kneipe erzählt hat«, bremste Brander den Redefluss des Mannes. Er bekam fast ein wenig Mitleid mit Bianka Keefer, die den Abend zuvor allein an der Theke mit diesem Schwätzer verbracht hatte.

»Keine Rechtsschutzversicherung hat er! Können Sie sich das vorstellen? Braucht man doch heute –«

»Herr Lämmle, bitte.«

»Ja, also …« Der Mann räusperte sich. »Wie war das? Genau,

vor ein paar Wochen, da hat der Meik erzählt, dass dem sein Chef, also Ex-Chef is er ja jetzt, also der kriegt jeden Sonntag von einem Kunden Cash auf die Kralle. Die putzen Sonntagfrüh in einer Firma, da kommt der Chef immer mit, aber nur sonntags, und danach zahlt der Kunde cash. Bar, verstehen Sie?« Lämmle rieb den Daumen mit Mittel- und Zeigefinger aneinander. »Schwarze Kasse, an der Steuer vorbei. Keine Quittung, nix, einfach nur die Kohle. Und die packt er dann, glaubste echt nicht, in eine kleine Geldkassette in seinem Schreibtisch. Einfach so – muss man sich mal vorstellen! Da kann doch jeder rein in dem sein Büro.«

»Und das hat Herr Hauser Ihnen so frei von der Leber erzählt?«, fragte Brander skeptisch.

»Na, wenn ich's Ihnen sag.«

Brander musterte sein Gegenüber nachdenklich. Er war sich nicht sicher, was er von der Geschichte halten sollte. Es gab zwar möglicherweise Ungereimtheiten in der Buchführung bei Walter Dieken, aber warum sollte Meik Hauser das so offen in der Kneipe zum Besten geben?

»Hat Herr Hauser auch von der neuen Aushilfe erzählt, die seit Kurzem für die Firma Dieken arbeitete?«

»Sie meinen die tote Frau, oder?«

»Hat Herr Hauser von einer neuen Aushilfe erzählt?«

Lämmle schürzte die Lippen und schüttelte den Kopf. »Kann ich mich jetzt nicht dran erinnern. Aber was hätt er denn auch erzählen sollen? War die hübsch?«

»Spielt das eine Rolle?«

»Na, der Meik, der lebt ja allein, seitdem seine Alte mit dem Jungen weg ist. Und ist ja keiner gern allein, oder?«

Und darum macht man die Kneipe zu seinem Wohnzimmer, dachte Brander. »Herr Lämmle, was haben Sie letzten Sonntagabend gemacht?«

»Abends? Da war ich beim Siggi. Da bin ich jeden Abend.«

»Herr Hauser war auch da?«

»Ja.«

»Wissen Sie noch, wie lange Herr Hauser geblieben ist?«

»Na, so bis um zehn oder halb elf vielleicht. Um die Zeit geht er meistens. Der muss ja am nächsten Tag früh raus.«

»Sie nicht?«

»Nee, grad nicht.«

»Sie sind arbeitslos?«

»War ich, jetzt bin ich Hartz IV. Ist schwer, ordentliche Arbeit zu finden, und ich mach ja nicht jeden Scheiß. Hab ja mal was gelernt.«

»Was haben Sie denn gelernt?«, fragte Brander interessiert.

»Ich bin Metallbauer, aber die Scheißkrise … Und Hilfsarbeiter, das mach ich nicht, dafür hab ich nicht gelernt. Man muss sich ja nicht unter Wert verkaufen. Aber so … Muss man halt gucken, wo man bleibt.«

»Wann haben Sie letzten Sonntag die Kneipe verlassen?«

»So gegen elf, halb zwölf, schätze ich, als der Siggi zugemacht hat. Ich schau da nicht auf die Uhr. Aber ich bleib gern bis zum Schluss, dann ist der Siggi da nicht so allein. Seitdem dem seine Freundin weg ist, hat er ja niemanden mehr.«

So einsam wie seine Kunden. Sie spendeten sich wohl gegenseitig Trost, vermutete Brander.

»Was taten Sie danach?«

»Wann?«

»Nachdem Sie die Kneipe verlassen haben.«

»Da bin ich nach Hause, hab noch 'n bisschen Fernseh geguckt, bis Judith nach Hause kam.«

»Judith?«

»Meine Frau. Die schafft in der Gastronomie.«

»Wann kam Ihre Frau nach Hause?«

Brander meinte, ein kurzes Zögern zu bemerken, bevor Lämmle antwortete: »Das weiß ich nicht so genau, müsst ich die Judith fragen. Die kommt ja mal so, mal so nach Hause, je nachdem, wie viel Geschäft die haben. Da muss man flexibel sein.«

»Nur so ungefähr?«, versuchte Brander, dem Mann eine Antwort zu entlocken.

»Gegen fünf vielleicht.«

Brander überlegte, welcher Gastronomiebetrieb Sonntagnacht so lange geöffnet hatte. Spontan fielen ihm nur ein paar Tabledanceclubs ein, und manche Fast-Food-Restaurants hatten rund um die Uhr geöffnet. »Wo arbeitet Ihre Frau?«

»In Stuttgart.«

»Das hätten wir gern etwas konkreter. Wie heißt das Restaurant?«

»Ist 'n Club ... Da ist sie Thekenkraft.«

Brander sah den Mann abwartend an.

»›Five Stars‹«, nannte er schließlich den Namen des Etablissements.

Brander kannte den Nachtclub aus der Zeit, als er noch in Stuttgart gearbeitet hatte. Es lag ewig zurück, und er war fast ein wenig verwundert, dass es den Club noch gab. Der Betrieb ging dort meistens erst nach Mitternacht los, und zumindest damals hatte es keine weiblichen Angestellten gegeben, die lediglich Getränke hinter der Theke verkauften. Brander fragte sich, was für ein Publikum heute in dem Laden verkehrte. Er machte sich eine gedankliche Notiz: Durch die nächtliche Arbeitszeit seiner Frau hatte Lämmle kein Alibi für die Tatzeit.

Hans Ulrich Clewer saß mit Stephan Klein und Fabio Esposito im Besprechungszimmer, als Brander mit Peter Sänger von Lämmles Befragung zurückkehrte.

»Hast du noch mal mit Dieken gesprochen?«, fragte Brander den Inspektionsleiter.

»Nein, der Haftantrag wurde nach den neuesten Erkenntnissen über den mutmaßlichen Einbruch abgelehnt. Im Café Dobler ist er also nicht mehr anzutreffen«, wandte Clewer sein frisch erworbenes Insiderwissen an. »Ans Telefon habe ich ihn auch nicht bekommen.«

»In welche Richtung müssen wir ermitteln?« Brander ging die Namen auf dem Whiteboard durch. »Wir sollten die Saufkumpane von Hauser hinzufügen. Die wussten von dem Bargeld in der Firma.« Er berichtete den anderen von dem Gespräch mit Randolph Lämmle.

»Hat er euch den Namen des Kunden genannt, bei dem Dieken kassiert?«, fragte Fabio. »Das könnte der Kollegin vom Zoll helfen.«

»Nein, Namen wusste er nicht. Er hat übrigens für die Tatzeit kein Alibi. Vielleicht hat er sich selbst das Wissen zunutze gemacht und ist bei Dieken eingestiegen«, legte Brander seine Überlegungen dar. »Lämmle wusste von dem Geld, aber anscheinend nichts davon, dass Vasila Cazacu in der Firma übernachtete. Ihre Anwesenheit könnte ihn überrascht haben.«

Clewer nickte nachdenklich. »Angenommen, Lämmle hat letzten Sonntag um halb zwölf die Kneipe verlassen, er geht nach Hause, holt sein Auto, fährt zu Diekens Firma, dann könnte er gegen halb eins dort eingestiegen sein, wenig später wurde Frau Cazacu erschlagen.«

»Der hatte doch was getrunken«, gab Fabio zu bedenken.

Stephan schürzte grübelnd die Lippen. »Der hockt zwar immer bis ultimo in der Kneipe, aber nippelt meistens nur an seinem Bier. Mehr als zwei oder drei Gläser trinkt der nicht.«

Clewer ging zu der Tafel. »Also setzen wir Randolph Lämmle mit auf die Liste. Noch jemanden?«

»Bianka Keefer.« Brander sah zu Stephan. »Ist die heute Vormittag eigentlich aufgetaucht?«

»Jetzt, wo du's sagst …«

»Hast du ihre Kontaktdaten?«

Stephan schüttelte den Kopf. »Ich kann dir sagen, wo sie wohnt. Aber Telefonnummer – muss ich passen.«

»Gib mal die Adresse«, bat Fabio mit Blick auf seinen Laptop. Er tippte die Daten ein, die Stephan ihm diktierte. »Da haben wir sie. Wer ruft an?«

»Nummer?« Stephan zückte sein Smartphone, legte die Füße auf den freien Stuhl neben sich und lehnte sich gemütlich zurück. Er tippte die Nummer ein und wartete einen Moment. »Hallo, Schätzle, Bruno hier. Hab dich heute Morgen vermisst.«

Der Blick des Inspektionsleiters verdüsterte sich, während er dem Geplänkel lauschte.

Das Gespräch war kurz. Stephan sah schließlich schulterzuckend in die Runde. »Voll wie 'ne Haubitze. Befragung können wir heute vergessen.«

»›Schätzle‹?« Clewer runzelte missbilligend die Stirn.

»Hans, alles ganz harmlos. Kennst mich doch.«

»Eben drum.« Clewer ergänzte den Namen der Frau auf dem Whiteboard.

»So stramm, wie die jeden Abend aus der Kneipe torkelt, kann ich mir nicht vorstellen, dass sie es von Kusterdingen bis ins Gewerbegebiet Süd schafft.« Stephan nahm die Füße wieder vom Stuhl.

Brander starrte grübelnd auf die Namen. »Was ist mit den zwei Ausländern, die in der Kneipe verkehren? Stephan, du hast gesagt, dass die beiden Rumänen sind?«

»Sicher bin ich nicht. Wie gesagt, könnten auch Italiener sein.«

»Wir müssen herausfinden, wer die beiden sind.«

»Heute wird das nix. Die Kneipe ist zu, und 'nen anderen Ansatzpunkt hab ich nicht.«

»Dann schauen wir da morgen Abend vorbei«, beschloss Brander.

Stephan sah zu Clewer. »Hans, darf ich mit dem Andreas morgen Abend in ›Siggi's Kneiple‹ gehen?«

»Du machst doch eh, was du willst«, erwiderte der Inspektionsleiter resigniert.

»Ich wüsste gern mehr über Randolph Lämmle.« Brander sah zu Fabio. »Kannst du eine Hintergrundrecherche machen?«

»Reicht es am 27.?«

»Die Frage war rhetorisch, oder?«

Fabio tippte auf seine Armbanduhr und zog eine Grimasse. »Eh, *collega*, du willst meine *bambini* unglücklich machen, oder?«

»Nicht mehr heute«, entband Clewer den Familienvater von

der drohenden Aufgabe. »Du wolltest doch eigentlich längst weg sein.«

»Mein Fahrer war noch in der Vernehmung.« Fabio deutete mit dem Kopf auf Peter Sänger.

»Na dann, haut ab, ihr beiden. Ich muss auch los. Genießt den Abend mit euren Familien. Ich sehe euch morgen um zehn in Esslingen zur Besprechung.«

»In Esslingen?«, fragte Brander wenig begeistert.

»Andreas, du bist der Einzige, der aus der Tübinger Ecke kommt.« Clewer räumte seine Unterlagen zusammen und steckte seinen Laptop in die Tasche. »Ich wünsche euch allen einen gesegneten Heiligabend. Stephan, achtzehn Uhr, sei bitte pünktlich.«

»Aye, Käpten.«

Ehe er sichs versah, saß Brander allein mit Stephan im Besprechungszimmer.

»Pass auf, Andreas, weißte, was wir zwei jetzt machen? Wir gehen ins Städtle.«

»Ich wollte eigentlich den Fall noch mal durchgehen.«

»Können wir auch unterwegs. Das Gehen bringt den Geist in Fluss«, schwafelte Stephan. Er stand auf und zog seine Jacke an. »Dann schauen wir mal, ob der heilige Vormittag in Tübingen mit Esslingen mithalten kann.«

In Esslingen war es Tradition, sich am Vormittag des Heiligabends in der Stadt auf ein Glas Glühwein oder Sekt zu treffen, sich dabei von den Straßenmusikern in Weihnachtsstimmung bringen zu lassen und mit Freunden einen gemütlichen Schwatz zu halten, bevor es am Abend zu Kirche und Bescherung ging, wusste Brander, seit er dort seinen Dienstsitz hatte. Auch in Tübingen zog es die Menschen zum »heiligen Vormittag« in die Stadt.

»Auf das Gedränge habe ich eigentlich keine Lust.«

»Na, 'n Käffchen bei Ralf geht immer.« Damit meinte Stephan das Weinhaus Beck, das sie sonst eher zu späterer Stunde zum Whiskytasting aufsuchten.

»Ich könnte was zu essen gebrauchen.« Das Frühstück lag schon viel zu lange zurück, und die paar Kekse hatten Branders Magen nicht gefüllt.

»Der hat bestimmt auch 'ne Quiche für dich.«

Brander gab sich geschlagen. Vielleicht war ein bisschen Abstand zu ihrem Fall genau das Richtige, um die Spurenlage mit frischem Blick neu zu bewerten. Er nahm seine Jacke, und sie marschierten von der Dienststelle zum Finanzamt, vorbei am Anlagensee und über das Indianerstegle auf die Neckarinsel. Die alten Platanen, die den Weg säumten, waren grau und kahl, sodass die Gurte sichtbar wurden, die die schweren Äste vor dem Abbrechen schützen sollten. Die Sonne schien von einem dunstig-blauen Himmel. Eltern mit Kindern, Studenten, Rentner, kleine Grüppchen und Pärchen schlenderten vorüber, zum Teil bepackt mit den letzten Weihnachtseinkäufen oder schon festlich gekleidet für den Familienbesuch.

Stephan blieb stehen und sah auf die Postkartenidylle auf der anderen Seite des Neckars mit Hölderlinturm und bunten Giebelhäusern, im Hintergrund erhob sich der Turm der Stiftskirche. Die Stocherkähne befanden sich im Winterquartier, dafür glitten zwei Schwäne anmutig über das Wasser. »Hübsch, hübsch«, murmelte der Hüne.

Brander hatte keinen Blick für die Schönheit. »Gehen wir mal von einem Einbrecher aus, der muss ja irgendwie Wind davon bekommen haben, dass es sich insbesondere sonntagabends lohnt, bei Dieken einzusteigen. Wäre interessant zu erfahren, wer der Kunde ist, der sonntags immer bar bezahlt.«

Stephan warf ihm einen tadelnden Blick zu. »Das mit dem Pausemachen ist nicht so dein Ding, oder?«

»Das Schloss wurde via Elektro-Picking geöffnet. Das deutet doch darauf hin, dass unser Täter nicht zum ersten Mal irgendwo eingestiegen ist. Das Werkzeug bekommst du ja nicht für drei fünfzig im Supermarkt.«

»Lag vielleicht in seinem Nikolausstiefel.«

»Stephan, jetzt mach doch mal mit!«

Der Kollege seufzte ergeben. »Also gut, wir haben es mutmaßlich mit einem Profi zu tun. Jemand, der einbricht, ohne viele Spuren zu hinterlassen.«

»Das wissen wir nicht. Dieken hat alles gereinigt, und wir haben nur seine Aussage, dass angeblich nichts verwüstet oder zerstört worden ist.« Brander skizzierte mit dem Fuß einen groben Grundriss des Reinigungsunternehmens in den trockenen Boden. »Spielen wir das Geschehen mal durch. Der Mann verschafft sich über den Seiteneingang Zutritt.«

»Könnte auch eine Frau gewesen sein.«

»Ja, auch möglich.« Heike Hentschel kam ihm wieder in den Sinn. Aber besaß die Buchhalterin die Kaltblütigkeit, mittels Elektro-Picking mitten in der Nacht in die Firma ihres Arbeitgebers einzusteigen? Welchen Grund sollte sie dazu haben? Welche Frau kam noch in Frage? Bianka Keefer – aufgrund ihres Alkoholkonsums eher unwahrscheinlich. Cosima Fleck hatte ein Alibi für die Tatnacht und besaß einen Schlüssel.

»Wenn man über den Seiteneingang reinkommt, befindet sich rechts die Tür zu dem Lagerraum, in dem Cazacu übernachtet hat.« Brander machte ein Kreuz in das Viereck, das den Lagerraum darstellte. »Hat sie den Einbrecher gehört? Was hat sie gemacht?«

»Auf jeden Fall hat sie ihn nicht gestört«, erwiderte Stephan. »Der Täter hatte Zeit, in Walters Büro zu gehen und die Geldkassette an sich zu nehmen.«

»Er hat also gewusst, wo er suchen muss, sonst wäre er doch systematisch durch die Räume gegangen und hätte Cazacu relativ schnell entdeckt.«

»Sie kann sich versteckt haben.«

»Aber das hat sie nicht. Sie war im Flur, und laut Aussage von Dieken lag sie mit dem Kopf zur Seitentür, das heißt, sie muss sich in Richtung des Lagerraums bewegt haben, in dem sie übernachtet hat«, stellte Brander nachdenklich fest.

»Oder zum Seitenausgang.«

»Wäre auch möglich. Warum war sie im Flur?«

»Gute Frage, Andreas. Das sollten wir bei einem Kaffee besprechen.«

Sie marschierten zur Neckarbrücke.

»Wir suchen einen Einbrecher, der von dem Geld in Diekens Firma wusste, aber nichts von Vasila Cazacu, richtig?«

»Das ist eine Theorie«, stimmte Stephan zu.

»Hast du eine andere?«

»Nee, aber warum begeht die Heike einen Suizidversuch? Das macht man nicht aus 'ner Laune raus.«

»Sie war anscheinend psychisch labil.«

»Was war der Auslöser? Laut Jens war Vasila öfter bei der Heike. Was hat sie da gemacht? Weißte, wenn die beiden Frauen befreundet waren, dann hätte die Heike die Vasila doch bei sich pennen lassen können. Selbst auf dem Fußboden in ihrer Küche wäre es gemütlicher gewesen als in der Firma.«

»Vielleicht ist das der Grund für den Suizidversuch: Sie macht sich Vorwürfe, dass sie genau das dem Mädchen nicht angeboten hat.«

»Oder *sie* hat das Mädel erschlagen.«

»Ich kann mir einfach nicht vorstellen, dass Heike Hentschel die Nerven hat, nachts in die Firma einzubrechen, um die Geldkassette zu klauen.« Brander schüttelte den Kopf. »Dieken vertraut ihr. Da hätte sie doch andere Möglichkeiten gehabt, an das Geld zu kommen. Und außerdem wusste sie, dass Vasila Cazacu sich dort aufhält.«

»Wir denken zu eindimensional«, stellte Stephan fest. »Was wäre denn, wenn Einbruch und Totschlag gar nichts miteinander zu tun haben?«

Brander sah zu dem Hünen neben sich. »Das würde unsere Ermittlungen nicht gerade erleichtern.«

Das Weinhaus, das sich direkt an das Rathaus am Marktplatz anschloss, war gut besucht, aber Brander und Stephan fanden zwei freie Plätze im vorderen Schankraum. Sie setzten sich an den kleinen Tisch. Brander bestellte einen Espresso als Aperitif und Quiche und Apfelschorle zum Hauptgang. Stephan tat es ihm gleich, nur dass er sich statt Apfelschorle ein alkoholfreies Weizenbier gönnte.

Sie hatten ihren Espresso getrunken, als die Tür aufging und drei junge Männer hereinkamen und sich suchend umsahen. Stephan nickte einem von ihnen zu. Er grüßte irritiert zurück. Offensichtlich wusste der Mann nicht, wo er Stephans Gesicht einordnen sollte.

»Du kennst auch überall jemanden«, bemerkte Brander.

»Der war vor zwei Tagen bei uns. Ist einer von den Feuerwehrtauchern, weißt schon …«

Brander schenkte dem Mann an der Tür mehr Beachtung. »Der heißt nicht zufällig Marvin Feldkamp?«

Stephan ließ die Lippen vibrieren. »Marvin? Hm, kann schon sein.«

Brander stand auf.

»Was 'n jetzt?«

»Bin gleich zurück.« Brander ging zur Tür. »Herr Feldkamp?«

Der Mann, dem Stephan zugenickt hatte, sah ihn fragend an. »Ja?«

»Andreas Brander. Kann ich Sie kurz sprechen?«

Auf dem jungen Gesicht zeichnete sich Unbehagen ab. »Ähm … Ja.«

Er hatte Branders Größe, ein breites Schwimmerkreuz, rotblonde kurz geschnittene Haare, Kinn und Kiefer zierte ein Drei-Tage-Bart. Brander schätzte den Mann auf Mitte zwanzig. Er erweckte den Eindruck eines großen Lausbuben.

»Gehen wir nach draußen.« Brander deutete zum Ausgang.

»Sucht schon mal 'nen Platz. Ich komm gleich nach«, bat er seine Freunde. Er ging Brander voran, stieg die paar Stufen hinunter auf den Marktplatz und wandte sich entschlossen zu ihm um. »Herr Brander, es tut mir leid, dass ich Sie letztens bei der Arbeit gestört habe. Ich glaube, Sie haben da etwas missverstanden.«

»Ich weiß nicht, was Sie mit Ihrem Anruf bei mir bezweckt haben«, Brander sah dem jungen Mann prüfend in die Augen, »aber ich gebe Ihnen einen guten Rat: Setzen Sie keine Gerüchte über Nathalie in Umlauf.«

Feldkamp erwiderte seinen Blick verdutzt. »Warum sollte ich das tun? Ich mache mir lediglich Sorgen um sie.«

»Und das ist alles?«

»Was denn sonst?«

Das Erstaunen war nicht gespielt. Andreas, du Idiot, rügte Brander sich innerlich. In seinem Bedürfnis, Nathalie zu schützen, sah er in allem eine Bedrohung. Er hatte kein Recht, sich derart in das Leben seiner Adoptivtochter einzumischen. Und diese Aktion trug sicher nicht dazu bei, ihre Situation zu verbessern. Was war nur in ihn gefahren?

Sie standen sich gegenüber, jeder mit Fragen beschäftigt, von denen er sich eine Antwort vom anderen erhoffte. Wer war dieser junge Mann, der so besorgt um Nathalie war? Sie und er gehörten zu unterschiedlichen Feuerwehren.

Marvin Feldkamp ergriff als Erster das Wort. »Als ich am Sonntag mitgekriegt habe, wen wir aus dem Wasser geborgen hatten … Es tut mir so leid.« In seinen Gesichtszügen spiegelte sich aufrichtige Anteilnahme wider. »Ich will Nathalie ganz sicher nichts Böses. Denkt sie das?«

Brander stieß ratlos die Luft aus den Lungen und deutete ein Kopfschütteln an. Was genau Nathalie dachte, wusste er nicht. »Woher kennen Sie sich?«

»Ich habe sie vor ein paar Jahren bei einer Fortbildung kennengelernt, als sie noch bei der Jugendfeuerwehr war. Und sie kommt immer zum Neckarabschwimmen, also, als Zuschauerin.«

Brander kannte die Veranstaltung. Was einst als Trainingseinheit für die Taucher begonnen hatte, war schnell zur Tradition geworden. 2020 war das fünfzigjährige Jubiläum der Tübinger Feuerwehrtaucher gewesen, und so hatte man die Veranstaltung, die sonst tagsüber am Dreikönigstag stattfand, in die

Abendstunden verlegt. Taucher aus der ganzen Region waren gekommen, um bei frostigen Temperaturen und Fackelschein vom Campingplatz bis zur Neckarbrücke zu schwimmen. Es war ein stimmungsvolles Event. Er war mit Cecilia ebenfalls unter den Zuschauern gewesen.

»Warum reagiert sie nicht auf meine Nachrichten?«, fragte Marvin Feldkamp in Branders Gedanken. »Und es sind ja nicht nur meine Nachrichten. Sie ignoriert alle.«

»Es ist erst fünf Tage her. Geben Sie ihr ein bisschen Zeit.«

»Okay.« Überzeugt klang der junge Mann nicht.

»Ihre Kameraden warten drinnen.« Brander deutete seinem Gegenüber mit einer Geste an, dass er aus dem Gespräch entlassen war und zu seinen Freunden gehen sollte. »Und entschuldigen Sie meine Unterstellung.«

»Schon in Ordnung.« Feldkamp wollte gehen, hielt dann doch in der Bewegung inne und wandte sich wieder Brander zu. »Dass Nathalies Mutter Alkoholikerin war, wussten wir schon, bevor wir sie aus dem Neckar gezogen haben. Geht es darum?«

»Woher wissen Sie das?«, wunderte sich Brander. Nathalie hatte ihm das sicher nicht persönlich erzählt.

»Wir haben Nathalie mal abends getroffen, als wir mit ein paar Kameraden in der Stadt waren. Eine Bedienung in einer Kneipe hat sie erkannt. Die hat früher in einem Laden gearbeitet, in dem Nathalie öfter Schnaps für ihre Mutter organisiert hat.« Er zögerte. »Sie hat uns auch noch andere Sachen von ihr erzählt.«

»In Nathalies Gegenwart?«, fragte Brander überrascht.

»Nein, sie hat es zwei Kameraden erzählt, die Getränke bei ihr geholt haben.«

Er sah Brander fragend an, aber er würde einen Teufel tun und ihm etwas von Nathalies Jugend erzählen.

Feldkamp nickte verstehend. »Ich fand es ziemlich mies, dass die Kellnerin so hinterrücks getratscht hat. Die kriegen eine Menge über ihre Kunden mit, aber das sollten sie für sich behalten. Nathalie sollte selbst entscheiden können, wem sie was erzählt. Wir haben sie nicht darauf angesprochen.«

Der junge Mann sah Brander aufrichtig ins Gesicht. »Nathalie ist eine klasse Frau. Und ich verurteile sie nicht. Sie kann nichts für ihre Mutter. Und die Kameraden sehen das genauso. Wenn es darum geht, dann sagen Sie ihr das bitte. Sie ist eine von uns, und das wird sie auch bleiben.«

Große Worte. »Wie gesagt, geben Sie ihr ein bisschen Zeit.«

Feldkamp vergrub die Hände in den Jackentaschen. »Ist ein mieses Gefühl, wenn man nicht helfen kann, obwohl man es gern möchte. Trotz allem, frohe Weihnachten.«

»Frohe Weihnachten.« Brander sah dem Feuerwehrmann nach, der die Stufen zum Weinhaus hinaufsprang und im Inneren verschwand. Er wollte ihm gerade folgen, um seine Quiche zu essen, als Stephan herauskam.

»Wir müssen los.«

»Aber ich hab –«, setzte Brander an.

»Die Chance hast du vertan. Cosima hat mich gerade angerufen. In Diekens Firma gibt es Ärger.« Stephan sprintete los.

Zwei Einsatzwagen parkten vor dem Reinigungsunternehmen. Die uniformierten Kollegen waren schneller vor Ort gewesen als Brander und Stephan. Sie standen zusammen mit zwei Männern vor den Streifenwagen. Cosima Fleck beobachtete vom Firmeneingang das Geschehen aus sicherer Entfernung.

»Cosima, alles klar?«, rief Stephan der jungen Frau zu, während er die Wagentür zuschlug.

Diekens Vorarbeiterin nickte. Auf Brander wirkte sie dennoch eingeschüchtert. Er steuerte mit Stephan auf die Streifenwagen zu und hielt den Kollegen seinen Dienstausweis entgegen. »Was ist hier los?«

»Das versuchen wir gerade herauszufinden«, antwortete ein Uniformierter. »Wir haben bisher nur die Personalien aufnehmen können. Matai Goian und Nicola Cazacu, beide rumänische Staatsbürger.«

Brander sah zu den beiden Männern, deren Mimik Verunsicherung und Wut gleichermaßen widerspiegelte. »Wer von Ihnen ist Nicola Cazacu?«

»Die sprechen kein Deutsch«, belehrte ihn der Kollege.

»Nicola Cazacu?« Mit fragendem Blick deutete Brander nacheinander auf die zwei Männer. Sie waren beide im selben Alter, Anfang bis Mitte dreißig, schätzte er. Einer der Männer hob zaghaft die Hand.

»Andreas Brander.« Er zeigte auf seine Brust. »*Police. You understand?*«

Nicola Cazacu deutete ein Nicken an und sah fragend zu seinem Gefährten.

»*English only ...*« Matai Goian hob die rechte Hand und presste Daumen und Zeigefinger zusammen, um anzudeuten, dass sie nicht besonders gut Englisch sprachen.

Brander fluchte innerlich. Wo sollten sie an Heiligabend so kurzfristig einen Dolmetscher herbekommen? Er suchte nach einfachen Worten, sprach langsam zu den Männern: »*Why are you here?*«

Nicola Cazacu begann lauthals in seiner Muttersprache zu reden, deutete wild gestikulierend immer wieder auf das Gebäude hinter Branders Rücken. Er war aufgebracht, so viel wurde deutlich. Brander hob bremsend beide Hände. »*Stop! I don't understand!*«

»Lass mich mal.« Stephan trat einen Schritt vor und stammelte ein paar Worte in gebrochenem Rumänisch. Die beiden Männer hörten konzentriert zu. Es entspann sich ein kurzer Dialog in einer Mischung aus Deutsch, Englisch und Rumänisch. Schließlich wandte sich Stephan zu dem Firmengebäude um. »Cosima, hier draußen ist es sehr ungemütlich. Können wir mit den beiden mal rein und uns da in Ruhe unterhalten?«

Die Vorarbeiterin verzog abweisend das Gesicht. »Ich weiß nicht ... Der Chef ...«

»Was ist mit dem Chef?«

»Keine Ahnung. Den habt ihr doch.«

»Nee, den haben wir nicht mehr.«

»Aber wo ist er dann?«

Stephan schnaufte ungeduldig. »Cosima, pass auf, die zwei haben sich nix zuschulden kommen lassen.«

»Die wollten hier rein!«

»Willste Anzeige erstatten? Sonst können wir nämlich gar nichts machen.«

Ganz so war es auch nicht, dachte Brander. Sie würden sich auf jeden Fall mit dem Bruder der Verstorbenen unterhalten müssen.

»Verflucht!« Cosima Fleck strich sich durch die blau gefärbten Haare, zog ihr Smartphone hervor und wählte eine Nummer. Schließlich steckte sie es frustriert wieder ein. »Ich erreiche den Chef nicht.«

»Frau Fleck«, schaltete Brander sich ein. »Der Mann hier ist Nicola Cazacu. Er ist der Bruder der verstorbenen Frau.«

Eine Mischung aus Unbehagen und Unsicherheit zeichnete sich auf Flecks Gesicht ab. »Ich kann nicht einfach jeden reinlassen.«

»Verstehen wir alles«, zeigte Stephan Verständnis. »Aber darf ich dich an deine christliche Nächstenliebe erinnern. Es ist saukalt.«

»Stephan, wir können mit den beiden in der Dienst–«

»Da kriegen wir aus denen gar nichts raus, mein Freund«, unterbrach der Hüne Brander leise, dann wandte er sich wieder laut an die Vorarbeiterin. »Was ist nun, Cosima?«

»Aber die bleiben nicht hier.« Sie wandte sich um und öffnete die Tür. Brander und Stephan folgten ihr mit den beiden Männern in das Gebäude. Sie delegierte das Quartett in den Aufenthaltsraum.

»Machste uns mal bitte 'nen Kaffee?« Stephan bedeutete den Männern, sich an den Tisch zu setzen.

Die Bitte gefiel ihr nicht, aber Cosima Fleck ging dennoch zu dem Vollautomaten, stellte eine Tasse unter den Kaffeeauslauf und drückte auf einen Knopf. Brander entging nicht, dass ihre

Hände zitterten. Das laute Mahlen der Kaffeebohnen schallte durch den Raum.

»Gibt's bei euch Rumänen im Team?« Stephan nahm der Frau eine gefüllte Tasse ab und stellte sie vor Nicola Cazacu.

»Nein.«

»Schade. Na denn, fürs Erste kommen wir vielleicht so klar.«

»Ich ruf in der Dienststelle an«, bot Brander an. »Vielleicht können die uns kurzfristig jemanden besorgen.«

Er trat in den Flur, als hinter ihm eine Tasse zerschepperte und Nicolas wütende Stimme durch den Raum schallte. Als er sich umsah, stand Stephan zwischen Fleck und Cazacu, der von seinem Stuhl aufgesprungen war, die zersplitterte Tasse zu seinen Füßen, Kaffee ergoss sich über den Boden. Der Rumäne fuchtelte mit den Armen in Richtung der Vorarbeiterin, die sich verschreckt an die Wand drückte. Stephan versuchte, den aufgebrachten Mann zu beruhigen.

»Ruhe!«, brüllte Brander in den Raum. Und als niemand reagierte: *»Shut up!«*

Die Männer verstummten.

»Was ist passiert?«

»Der hat die Tasse fallen lassen«, erwiderte Cosima Fleck, verängstigt und verärgert zugleich.

Sofort fing Nicola Cazacu wieder an zu zetern.

»Kommen Sie bitte zu mir, Frau Fleck. Wir müssen uns unterhalten.« Brander winkte sie zu sich heran. »Stephan, bring die beiden in die Dienststelle. Das hat so keinen Zweck.«

Stephan hob missfallend die Augenbrauen. »Und wie kommst du hier wieder weg?«

»Ich nehm den Dienstwagen.« Brander streckte die Hand nach dem Autoschlüssel aus. »Die Kollegen sollen euch mitnehmen.«

»Find ich nicht gut.« Widerwillig gab Stephan ihm die Schlüssel und wandte sich an die beiden Rumänen. *»Let's go.«*

Brander lotste die Vorarbeiterin in Walter Diekens Büro und deutete auf den Besucherstuhl. »Setzen Sie sich.«

Sie folgte seiner Aufforderung, das Kreuz durchgedrückt, die Knie zusammengepresst, die Hände im Schoß verschränkt, und sah zu ihm auf. Brander rollte den Schreibtischstuhl von Heike Hentschel heran und setzte sich vor die junge Frau. »Wovor haben Sie Angst?«

Cosima Fleck zuckte mit den Achseln. »Meinen Job zu verlieren.«

»Warum?«

»Sie haben gestern meinen Chef verhaftet.«

»Hat er Vasila Cazacu umgebracht?«

Sie riss entsetzt die Augen auf. »Nein!«

»Dann frage ich jetzt noch einmal: Wovor haben Sie Angst?«

Die Antwort war ein erneutes Achselzucken. Ihre trotzige Haltung erinnerte Brander einen Moment an seine Adoptivtochter. Nun gut, damit konnte er umgehen. Die blauen Haare, die Piercings, die Tätowierung am Hals, all diese Äußerlichkeiten ließen sie stark erscheinen, aber diese Frau hatte Angst.

Er sah auf seine Armbanduhr. »Vor einer guten halben Stunde haben Sie meinen Kollegen angerufen und ihm gesagt, dass zwei Rumänen bei Ihnen vor der Tür stehen. Warum haben Sie nicht einfach mit den beiden gesprochen?«

»Hab ich ja versucht. Aber ich hab die nicht verstanden.«

»Was haben sie denn gewollt?«

»Ich sagte doch, ich hab die nicht verstanden! Die haben geklopft. Ich bin zur Tür, und die schwätzten gleich auf mich ein. Ich hab denen gesagt, sie sollen gehen. Aber die haben weitergeredet. Und dann wollten sie rein, und da hab ich die Tür zugemacht. Aber die sind nicht weg. Die haben mit der Faust gegen die Tür gedonnert und durch die Scheiben geguckt und dagegengeschlagen.«

Das konnte einem schon Angst einjagen, insbesondere in Anbetracht der jüngsten Ereignisse. »Sie waren allein?«

»Ja, ich war heute Vormittag mit einem Putztrupp draußen und hab hinterher noch aufgeräumt. Der Chef kann es nicht leiden, wenn irgendwas nicht da steht, wo es hingehört.«

»Woher wussten Sie, dass die beiden Rumänen sind?«
»Der Lieferwagen. Das Kennzeichen.«
»Welcher Lieferwagen?«
»Na, der, der auf dem Parkplatz vom Chef steht.« Sie schlang die Arme um ihren Oberkörper. »Ich dachte, die wollen mich jetzt auch umbringen.«
»Wieso sollten die beiden Sie umbringen wollen?«
»Vasila hat doch auch irgendjemand umgebracht, und ich wusste doch nicht, wer die sind.«
Brander fragte sich, ob das die ganze Wahrheit war. Er strich sich nachdenklich über das Kinn. Was ging in diesem Reinigungsunternehmen vor sich? »Herr Dieken wurde heute Vormittag aus dem Polizeigewahrsam entlassen. Er war heute noch nicht da?«
Cosima Fleck schüttelte den Kopf. »Ich hab ihn gestern zuletzt gesehen, als Sie ihn verhaftet haben.«
»Wo könnte er sein?«
»Zu Hause oder vielleicht im Krankenhaus.«
»Sie wissen von Frau Hentschels Suizidversuch?«
Fleck nickte.
»Haben Sie eine Idee, was Frau Hentschel dazu veranlasst hat, sich das Leben nehmen zu wollen?«
»Keine Ahnung. Die ist labil.«
»Das ist kein Grund, sich umzubringen.«
»Fragen Sie den Chef. Die beiden sind so.« Sie verschränkte Zeige- und Mittelfinger.
»Rein freundschaftlich? Oder ist da mehr?«
Zum ersten Mal zeichnete sich der Ansatz eines Lächelns auf dem angespannten Gesicht der jungen Frau ab. »Ich hab die zwei noch nicht beim Knutschen erwischt.«
Brander erwiderte das Lächeln, wurde aber gleich wieder ernst. »Wie stand Frau Hentschel zu Frau Cazacu?«
»Keine Ahnung.«
Es war der unruhige Blick, der sie Lügen strafte.
»Frau Cazacu war anscheinend hin und wieder bei Frau Hentschel zu Hause. Wissen Sie, warum?«

»Nö.« Sie schaffte es nicht, Brander ins Gesicht zu sehen.
»Frau Fleck, ich mag es überhaupt nicht, wenn man mich anlügt.«
»Ich weiß es doch nicht.«
Nachdem Branders Blick ihr verriet, dass er ihr die Antwort nicht abnahm, fügte sie unwillig hinzu: »Ich glaub, sie hat versucht, ihr ein bisschen Deutsch beizubringen.«
Das klang gar nicht mal so abwegig. »Wussten Sie, dass Frau Cazacu schwarz für Herrn Dieken gearbeitet hat?«
»Nein.«
»Frau Fleck.« Brander sah sie mahnend an.
»Woher soll ich das denn wissen? Ich bin Putzfrau. Ich mach die Buchhaltung nicht. Der Chef teilt die Teams ein, und ich pass auf, dass alle ordentlich arbeiten. *That's it!* Fragen Sie Ihre Kollegen, ob die korrekt angemeldet sind?«
Sie nagte an ihrer Unterlippe und wandte sich zum Fenster. »Es ist Weihnachten, ich hab 'nen kleinen Jungen zu Hause. Der wartet auf mich. Und wegen diesen blöden Kerlen muss ich jetzt den Pausenraum noch wischen.«
»Dieser ›blöde Kerl‹ ist der Bruder von Vasila Cazacu.«
»Das gibt ihm trotzdem nicht das Recht, sich so aufzuführen!« Sie wandte ihm wieder ihr Gesicht zu. »Ich will jetzt nach Hause!«
»Okay.« Brander stand auf und musterte die Vorarbeiterin grübelnd. »Warum werde ich das Gefühl nicht los, dass Sie mir etwas verheimlichen?«
Sie erhob sich wortlos und ging in den Flur. »Ziehen Sie die Tür hinter sich zu.« Sie bog in den Seitengang, und er hörte sie mit Eimer und Wischmopp hantieren.

***

Im Kriminalkommissariat Tübingen war es ruhig. Wer konnte, hatte mittags den Computer ausgeschaltet und war ins lange Weihnachtswochenende gegangen. Lediglich in der Etage des

Arbeitsbereichs 1 herrschte Betriebsamkeit. Hendrik und Cory wirkten angespannt, als Brander ihnen im Flur begegnete. Sie gingen zum Fahrstuhl, aber es hatte nicht den Anschein, als wären sie auf dem Weg zu Christbaum und Familie. Brander verkniff sich mit Mühe die Frage, was los sei.

Er ging in das verwaiste Konferenzzimmer und fragte sich, wohin Stephan mit den beiden Rumänen verschwunden war. An seinem Laptop klebte ein Post-it: »Info Klinik: Hentschel aufgewacht«. War Stephan dort? Brander rief den Kollegen auf seinem Smartphone an. Nach dem dritten Klingeln nahm er ab. Im Hintergrund waren Motorengeräusche zu hören.

»Wo steckst du?«

»Bin gerade auf dem Weg nach Esslingen.«

»Und Cazacu?«

»Ich hab die beiden in ein Hotel gebracht.«

»Das war nicht das, was ich dir gesagt hatte!«, fuhr Brander auf.

»Pass auf, Andreas, die zwei wollten nicht in die Dienststelle kommen. Hätte ich sie verhaften sollen?«

Brander schnaufte entnervt.

»Die vertrauen uns nicht, Andreas. Wir müssen behutsam vorgehen.«

»Du und behutsam. Das ist ja mal ganz was Neues.«

»Kannste mal sehen. Morgen Mittag haben wir einen Dolmetscher, da können wir sie in Ruhe befragen.«

»Wenn sie dann noch da sind.«

»So schnell hauen die nicht ab. Die sind hergekommen, weil sie die Leiche von Nicolas Schwester mitnehmen wollen, so viel habe ich rausgekriegt.«

»Wie stellen die sich das denn vor?« Brander strich sich ratlos über die Glatze. »Die zwei sind nicht zufällig die beiden Gäste aus Wankmüllers Kneipe, die der Lämmle so verdächtig fand?«

Stephan lachte kurz auf. »Die hätte ich erkannt, mein Freund.«

»Aber die könnten sich alle vier untereinander kennen.«

»Darüber machen wir uns morgen Gedanken. Andreas, es ist Weihnachten, deine Familie wartet auf dich. Fahr nach Hause.«

Damit hatte Stephan nicht unrecht. Dennoch entschied sich Brander, auf dem Heimweg einen Umweg über das Krankenhaus zu machen. Er kam gehörig ins Schwitzen, als er den Schnarrenberg hinaufradelte. Im Eingangsbereich des Klinikkomplexes blieb er einen Moment stehen, um abzudampfen, bevor er sich am Empfang den Weg zu Hentschels Zimmer erklären ließ.

Heike Hentschel lag auf der Intensivstation, sodass er klingeln musste, um Zutritt zu bekommen. Er wies sich aus, aber die Schwester, die zur Tür kam, schüttelte den Kopf. »Es tut mir leid, sie hatte vorhin kurz Besuch, und jetzt schläft sie wieder.«

»Es ist aber sehr wichtig, dass ich mit ihr spreche.«

»Das glaube ich Ihnen, aber das Wohl der Patientin geht vor. Sie ist sehr geschwächt. Geben Sie ihr noch einen Tag.«

»Schwester …« Brander suchte ein Namensschild.

»Annegret«, half sie aus.

»Schwester Annegret, es geht um ein Tötungsdelikt.« Es konnte doch nicht sein, dass er sich umsonst mit dem Rad den Weg hochgequält hatte.

»Das hört sich nicht so an, als ob die Patientin sich bei einem Gespräch mit Ihnen entspannen würde.«

»Ich wäre ganz –«

»Nein. Sie können gern mit der behandelnden Ärztin sprechen, die wird Ihnen aber nichts anderes sagen. Ich muss mich jetzt wieder um meine Patienten kümmern.«

»Warten Sie, eine Frage noch: Sie sagten, Frau Hentschel hatte Besuch. Von wem?«

»Von ihrer Schwester.«

»Danke. Ich komme morgen wieder.«

»Rufen Sie am besten vorher an.« Ihr Blick glitt an seiner Schulter vorbei. »Dahinten am Ende des Gangs, die Frau in dem hellen Mantel, das ist die Schwester von Frau Hentschel. Vielleicht hilft Ihnen das weiter?«

Brander sah sich um, entdeckte eine Frau, die mit dem Rücken zu ihm vor dem Fenster stand und hinausstarrte. »Fürs Erste ja, danke, Schwester Annegr–«
Die Pflegerin hatte die Tür bereits geschlossen.
Brander schritt eilig durch den Flur. »Frau Hentschel?«
Die Frau wandte sich zu ihm um. Sie schien ein paar Jahre jünger zu sein als ihre Schwester, aber die Ähnlichkeit war nicht zu übersehen, mittelgroß, etwas mollig, dunkle Haare umrahmten ein rundes, kräftig geschminktes Gesicht. »Hentschel-Meyer, falls Sie mich meinen.«
»Ja, Brander, Kripo Esslingen. Ich würde mich gern kurz mit Ihnen unterhalten.«
Sie musterte ihn skeptisch in seinem eng anliegenden Radlerdress.
Brander zog seinen Dienstausweis aus der Tasche. »Ich war auf dem Heimweg und wollte kurz nach Ihrer Schwester sehen.«
»Wieso ermittelt die Kripo? Ich denke, es war ein Selbstmordversuch?«
»Beim Haupteingang gibt es ein kleines Bistro. Vielleicht gehen wir dorthin und unterhalten uns?«

Brander hatte mit Sabine Hentschel-Meyer im Bistro einen Kaffee getrunken. Als er die Klinik verließ, regnete es leicht. Statt wieder hinunter ins Tal zu radeln, wählte er den Weg oberhalb des Ammertals durch den Schönbuch. Die Strecke war länger und hatte mehr Steigung, aber sie gab Brander Zeit, seine Gedanken zu sortieren, bevor er in den Familien-Feiertagsmodus umschaltete.
Heike Hentschel litt seit Jahren an Depressionen, hatte Sabine Hentschel-Meyer ihm berichtet. Angefangen hatte es während ihrer Ehe, in der sie jahrelang erfolglos versucht hatte, schwanger zu werden. Die Ehe war daran zerbrochen.
»Alles war darauf ausgerichtet, ein Kind zu bekommen. Hormontherapie, künstliche Befruchtungen, Besuche bei irgendwelchen Quacksalbern. Sie richtete ihre Ernährung, ihr

Leben, ihr ganzes Lebensglück danach aus. Die beiden haben sich enorm verschuldet. Diese Behandlungen sind ja nicht billig, und die Kassen zahlen das nicht alles. Sie können sich vermutlich nicht vorstellen, was sie alles durchgemacht hat.«

Oh doch, das konnte Brander nur zu gut. Cecilia und er hatten selbst jahrelang versucht, ein Kind zu bekommen, bis sie sich irgendwann eingestehen mussten, dass es einfach nicht möglich war. Sie hatten einen Weg gefunden, gemeinsam diese Lücke zu schließen. Und dann hatte sich vor einigen Jahren Nathalie in ihr Leben gedrängt.

Heike Hentschels Ehe war an der Belastung zerbrochen. Nach den Worten ihrer Schwester war sie ein seelisches Wrack gewesen. Es folgten Psychotherapien und immer wieder lange Klinikaufenthalte. Sabine Hentschel-Meyer hätte ihrer Schwester gern geholfen, doch als sie mit ihrem ersten Kind schwanger wurde, zog Heike sich von ihr zurück. Zeitweise brach der Kontakt völlig ab. Sie ertrug den Kindersegen ihrer Schwester nicht, die mittlerweile Mutter dreier Kinder war. Mit Anfang vierzig hatte Heike Hentschel für Walter Dieken zu arbeiten begonnen.

»Sie mag ihren Chef, und er scheint sehr fürsorglich zu sein. Die Arbeit bei ihm tut ihr gut. Ich hatte eigentlich das Gefühl, dass es ihr besser ging und sie inzwischen recht gefestigt war.« Sabine Hentschel-Meyer hatte eine Weile still in ihre leere Tasse gestarrt. »Aber was weiß man schon von jemandem, mit dem man nur an Geburtstagen und zu Weihnachten telefoniert?«

»Hat sie etwas gesagt, als Sie bei ihr waren?«, hatte Brander in der Hoffnung gefragt, eine Erklärung für ihren Suizidversuch zu bekommen.

»Sie redete wirres Zeug. Ich habe sie nicht verstanden.« Die Frau hatte ihn schuldbewusst angesehen. »Sie hat mich am Montag angerufen und auf den Anrufbeantworter gesprochen. Ich war in einem Meeting, musste die Kinder zu Freunden kutschieren, tausend andere Sachen waren wichtiger, und dann hatte ich keinen Nerv mehr, sie zurückzurufen.«

»Was wollte Ihre Schwester?«
»Ich weiß es nicht. Etwas Schreckliches wäre geschehen. Aber sie hat immer so dramatisiert. Jedes kleine Missgeschick war eine Katastrophe. Ich habe den Anruf nicht ernst genommen.«
»Aber was geschehen war, hat sie nicht gesagt?«
Sabine Hentschel-Meyer hatte den Kopf geschüttelt.
Brander trat in die Pedale.
Hatte Vasila Cazacus Tod Heike Hentschel so erschüttert? Hatte sie etwas mit der Tat zu tun? Wusste sie, wer die Frau erschlagen hatte? Oder war sie es am Ende gar selbst? Wenn er Jens' Ausführungen folgte, war Vasila öfter bei ihr zu Hause gewesen. Um Deutsch zu lernen, wie Cosima Fleck vermutet hatte? Was verband die beiden Frauen?
Stephans alternative Theorie kam ihm in den Sinn: Was, wenn Einbruch und Tötung nichts miteinander zu tun hatten? Gab es eine indirekte Verbindung? Gesetzt den Fall, jemand war in die Firma eingebrochen und hatte die Geldkassette gestohlen. Vielleicht war Cazacu gar nicht in der Firma, als der Einbruch geschah. Weil es keine offensichtlichen Einbruchsspuren gab, kamen für Dieken jedoch nur die Personen in Betracht, die Zugang zu seinem Büro hatten. Das waren seine drei Vorarbeiter und Vasila Cazacu. Dieken hatte Hauser verdächtigt, der es mutmaßlich nicht war. Hatte Heike Hentschel Vasila verdächtigt? Hatte sie die junge Frau zur Rede gestellt, und das Gespräch war eskaliert?
Er musste unbedingt noch einmal mit Walter Dieken sprechen. Von Anfang an hatte er das Gefühl gehabt, dass der Unternehmer etwas vertuschen wollte. War es nicht nur das Auffinden der Leiche gewesen? Versuchte er, Heike Hentschel zu schützen? Und diese Cosima Fleck wusste auch mehr, als sie ihm gegenüber zugegeben hatte.

***

Im Hause Brander herrschte Trubel. Alle waren versammelt: seine Eltern, Julian, Karsten, Nathalie und Cecilia. Auch Branders Bruder Daniel war aus Düsseldorf eingetroffen. Er würde die Feiertage bei den Eltern wohnen und danach gemeinsam mit ihnen ins Allgäu fahren. Die Mannschaft war in Aufbruchsstimmung, als Brander hereinkam. Sie wollten zum weihnachtlichen Kurrendeblasen auf dem Kelterplatz gehen. Eine Tradition, die Brander ungern verpassen wollte. Schlimm genug, dass er nicht beim gemeinsamen Kaffeetrinken dabei gewesen war. Während die Familie sich auf den Weg machte, eilte er ins Bad, machte sich frisch und wechselte die Kleidung. Duschen konnte er später noch.

Daniel wartete vor dem Haus auf ihn. Gemeinsam marschierten sie durch die abendlichen Straßen. In den Fenstern strahlten Sterne, Lichterketten und Schwibbogen um die Wette. Der Regen hatte eine Pause eingelegt. Posaunenmusik und Gesang klangen ihnen schon von Weitem entgegen. Brander atmete auf. So langsam kam er in Weihnachtsstimmung. Er freute sich auf den Abend mit der Familie.

Zahlreiche Dorfbewohner hatten sich eingefunden, als sie den Kelterplatz erreichten. Brander blieb mit seinem Bruder am Rande stehen. »Hier auf dem Dorf ist die Welt noch in Ordnung«, stellte Daniel fest.

»Ja, manchmal schon.« Brander sah prüfend zu ihm. »Und bei dir?«

Vor drei Jahren hatte seine Frau sich von ihm getrennt, seit zwei Jahren waren sie geschieden. Unwillkürlich erinnerte er sich an das Gespräch mit Sabine Hentschel-Meyer. Aber die Probleme zwischen Daniel und seiner Frau waren andere gewesen.

»Ich habe jemanden kennengelernt.«

»Was Ernstes?«

Daniel nickte. »Fühlt sich ernst an. Ich weiß nur nicht, wie ich es Julian beibringen soll. Du weißt ja, dass er mir die Schuld an der Trennung von Babs gibt.«

»Meiner Erfahrung nach fährt man mit Offenheit und Ehrlichkeit am besten.« Sein Blick wanderte nachdenklich zu Nathalie, die etwas entfernt von ihnen zwischen Karsten und Julian lauthals Weihnachtslieder schmetterte. Er sollte ihr von dem Gespräch mit Marvin Feldkamp erzählen.

Samstag – erster Weihnachtstag

Nathalie stand unter Druck. Brander hatte es am Abend zuvor bemerkt, auch wenn sie versucht hatte, ihre Sorgen mit alberner Fröhlichkeit zu überspielen. In unbeobachteten Momenten wurden ihre Gesichtszüge hart, der Kiefer war angespannt. Gegen zehn Uhr abends hatte Brander Clewer eine Nachricht geschickt, dass er am nächsten Tag später zur Arbeit kommen würde. Dann hatte er in der Küche ein großes Stück Stollen abgeschnitten und war zu Nathalie gegangen. »Ich habe noch ein Geschenk für dich. Wir gehen morgen früh zusammen eine Runde laufen.«

Als Brander sich morgens um sieben aus dem Bett quälte, bereute er kurz seinen Entschluss. Auch Nathalie war so früh am Tag noch kein Sonnenschein. Die Morgendämmerung brach gerade erst an, als sie eine halbe Stunde später durch das schlafende Dorf trabten.

Sie bogen zum Freibad ab, und Brander quälte sich die Steigung zum Wald hinauf, während Nathalie leichtfüßig in zügigem Tempo voranlief. »Was ist, alter Mann? Soll ich dich tragen?«

Brander biss die Zähne zusammen. Er war in letzter Zeit nicht besonders fleißig gewesen. Der Vorsatz für das nächste Jahr war gefasst. Es ging doch nicht an, dass die Kleine ihm davonlief. Oben angekommen schlugen sie den Weg zum Wildgehege ein. Brander joggte gemächlich weiter, um wieder zu Atem zu kommen. Nathalie war gnädig und passte ihr Tempo seinem an.

»Wohin?«, fragte sie an einer Weggabelung.

»Königliche Jagdhütte?«

Seine Tochter warf ihm einen prüfenden Blick zu. Bis zur Jagdhütte waren einige Höhenmeter zu bewältigen. »Bist du sicher, dass du es bis dahin schaffst?«

»Ich schnauf zwar wie eine alte Dampflok, aber das mache ich nur, damit du dich besser fühlst.«

Sie grinste. »Ist klar.«

Das Mädel war fit. Taekwondo, Feuerwehrübungen, regelmäßiges Joggen und Krafttraining, dazu kamen dreißig Jahre Altersunterschied. Da konnte er nicht mehr so leicht mithalten. Eine Amsel trällerte über ihren Köpfen, als amüsierte sie sich über die Waldläufer. Schweigend joggten sie den breiten Weg entlang, der sich stetig steigend durch den Wald zur Jagdhütte hinaufschlängelte.

Doch die Schinderei war es wert, dachte Brander, als sie das kleine Plateau mit der über einhundert Jahre alten Holzhütte erreichten. Der Tag brach langsam an. Ein feiner Nebelschleier lag im Tal, in der Ferne erhob sich bläulich schimmernd die Schwäbische Alb vor einem hellgrauen Himmel, im Osten blinzelte zwischen den Bäumen orange die aufsteigende Sonne hindurch. Brander sog die kühle Luft tief in seine Lungen. Sie machten ein paar Dehnübungen. Schließlich lehnte Brander sich gegen das Geländer der Holzveranda, das die Frontseite der alten Blockhütte einnahm. Nathalie gesellte sich zu ihm.

»Dass ich mal fitter bin als du, hätte ich mir auch nicht träumen lassen«, stellte sie fest.

»Ich auch nicht. Es ist deprimierend.« Er sagte es mit einem Lächeln. »Aber ich bin stolz auf dich. Deine Feuerwehrkameraden können froh sein, dich in ihren Reihen zu haben.«

»Mhm.«

Die Zustimmung klang wenig überzeugend.

»Nathalie ...« Er musterte das Mädchen mit einem Seitenblick. Ihre Wangen schimmerten rosig, die kurzen dunklen Haare lugten keck unter der Strickmütze hervor. Er wünschte sich, er hätte mehr Zeit, könnte den Tag mit ihr verbringen, statt den Druck im Nacken zu haben, dass eine Mordermittlung auf ihn wartete. »Ich weiß, dass ich dir versprochen habe, nicht –«

»Und an Versprechen sollte man sich halten.«

Oha, Nathalie hatte sich gemerkt, was er ihr schon oft gepredigt hatte.

»Ich mache mir aber Sorgen um dich.« Es tat ihm leid, zu

sehen, wie sich ihre gerade noch gelösten Gesichtszüge wieder verhärteten. »Warum reagierst du nicht auf die Anrufe und Nachrichten deiner Kameraden?«

Sie warf ihm einen misstrauischen Blick zu. »Woher weißt du das denn?«

»Dieser Marvin Feldkamp hat sich schon zweimal bei mir nach dir erkundigt.« Das entsprach nicht ganz der Wahrheit, aber seine dumme Aktion im Weinhaus wollte er ihr lieber zu einem anderen Zeitpunkt beichten.

»Wieso bei dir?«

»Weil du nicht reagierst.«

Sie senkte schweigend den Blick und schob mit dem Fuß vertrocknetes Laub über den Boden.

»Ich will mich da nicht einmischen –«

»Dann lass es.«

Brander blickte ratlos in die Ferne. Er wollte sie nicht bedrängen, aber er wollte auch nicht, dass sie ihre Sorgen in sich hineinfraß. »Ich glaube, deine Kameraden würden dir gern in dieser Zeit beistehen.«

»Fuck! Ich brauche keinen Beistand.«

»Trauer ist –«

»Trauer?«, fuhr Nathalie auf. Sie stieß sich vom Geländer ab und wandte sich wutschnaubend zu ihm um. »Die Alte hat sich ihr Leben lang einen Scheißdreck um mich geschert. Das Einzige, was sie mir beigebracht hat, ist, dass ich nichts wert bin und dass man seinen Frust in Alkohol ertränkt. Und anstatt ganz normal zu krepieren, hab ich jetzt deine Kollegen am Hacken, und alle denken, ich hab die Alte umgebracht!«

»Niemand denkt das.«

»Natürlich denken die das! Ey, und ich soll um die Kuh trauern? Scheiße, Mann, das kann ich nicht.« Sie schlug sich mit der Faust auf die Brust. »Alles, was ich hier drinnen fühle, ist Wut! Nichts als Wut! Was soll ich denen denn vorspielen? Die trauernde Waise? Fuck, ey, ich kann das nicht, und ich will es auch nicht!«

Brander fragte sich, wie er sich in ihrer Situation fühlen würde. Seine Kindheit war unbeschwert und behütet gewesen.
»Nathalie, niemand denkt, dass du Gudrun umgebracht hast.«
»Ach, red doch keinen Scheiß!«
Er vergab ihr die rüde Reaktion und schickte stattdessen ein stummes Gebet zum Himmel, dass die Kollegen bald herausfanden, was Gudrun Böhme zugestoßen war. »Worüber bist du so wütend?«
»Über alles.« Nathalie schnaufte ratlos. »Dass sie so sterben musste, dass alle jetzt wissen, aus was für einer Asifamilie ich komme.«
»Deine Kameraden von der Ammerbucher Feuerwehr kannten deine Mutter ohnehin bereits.«
»Das ist schon schlimm genug, diese ganze Scheiße damals! Aber jetzt ... Jetzt wissen's auch die anderen Kameraden. Die sollen das nicht wissen!«
Es klang trotzig und verletzt. Auch wenn sie mit ihren neunzehn Jahren erwachsen war, die Scham nagte an ihr, und wie als junger Teenager herrschte noch immer Verzweiflung über die Hilflosigkeit, der sie in dieser Situation ausgesetzt war.
»Dieser Marvin wusste schon vorher Bescheid«, brachte Brander vorsichtig an.
Sie riss entsetzt die Augen auf. »Du lügst.«
»Habe ich dich jemals angelogen?«
»Woher soll er das denn wissen?«
»Auch Tübingen ist manchmal ein Dorf«, wich Brander einer konkreten Antwort aus. Aber war es fair, ihr nicht zu sagen, woher diese Information kam? Er berichtete ihr von dem Gespräch mit Marvin Feldkamp.
»Fuck!« Sie hob den Blick zum Himmel. »Ich geh nie wieder in irgendeine beschissene Kneipe.«
Theoretisch wäre es Brander ganz recht, so bestand immerhin weniger Gefahr, dass sie sich von Freunden zum Trinken verleiten ließ.
Nathalie ließ sich wieder neben ihn gegen das Holzgeländer

fallen. Sie rieb sich über das verschwitzte Gesicht. »Na toll, und jetzt denken die, dass ich die Alte umgebracht habe.«

»Das denkt niemand.«

»Haha«, erwiderte Nathalie unfroh. »Deine Kollegen haben mich aufm Kieker. Fuck, ey, ich sollte doch auswandern. Irgendwohin, wo mich niemand kennt.«

»Ich würde dich aber sehr vermissen.« Er strich ihr sanft über den Arm. »Du würdest uns allen fehlen.«

Ihr Kinn sank auf ihre Brust. »Das überfordert mich gerade einfach alles.«

»Wie wäre es, wenn du diesem Marvin wenigstens mal eine kurze Nachricht schickst, damit er weiß, dass du noch lebst.«

»Die werden mich alle verachten.«

»Das werden sie nicht. Du bist eine von ihnen, und du bist eine klasse Frau. Das hat er wortwörtlich zu mir gesagt.«

Nathalie seufzte schwer. »Mir wird kalt. Laufen wir zurück?«

***

Die morgendliche Sokositzung war bereits beendet, als Brander die Esslinger Dienststelle erreichte. Nach der Joggingrunde hatte er noch mit dem Tübinger Krankenhaus telefoniert in der Hoffnung, mit Heike Hentschel sprechen zu können. Aber die behandelnde Ärztin hatte eine Befragung abgelehnt. Die Patientin sei zu instabil.

Brander suchte Hans Ulrich Clewer in seinem Büro auf. Der Inspektionsleiter musterte ihn besorgt, als er hereinkam. »Alles klar zu Hause?«

Brander hob die Schultern. »Ich hoffe, dass die Ermittlungen im Fall Böhme bald abgeschlossen sind.«

Clewer presste kurz die Lippen zusammen. Brander hatte den Eindruck, sein Chef wollte ihm etwas sagen, aber letztendlich nickte er nur zustimmend.

»Was habe ich heute Morgen verpasst?«

»Setzen wir uns rüber.« Clewer erhob sich von seinem Schreibtisch und deutete auf die kleine Besprechungsecke, die er aus seinem privaten Fundus bestückt hatte: bunte Sesselchen, die um einen Nierentisch arrangiert waren.

»Ich habe das Gefühl, wir treten gerade ein wenig auf der Stelle.« Clewer goss Wasser in zwei Gläser. »Einen Haufen Lügen, keine Spuren, die uns weiterbringen, geschweige denn, dass wir ein Motiv für Vasila Cazacus Tötung hätten.«

»Anscheinend haben wir es ja nicht nur mit der Tötung der Frau zu tun, sondern auch mit einem Einbruch, also wäre es durchaus eine plausible Option, dass der überraschte Einbrecher sie niedergeschlagen hat.«

Zwischen den Wassergläsern lachte Brander eine Schale mit Nussecken und Vanillekipferln an. Er hatte zwar gut gefrühstückt, aber der morgendliche Sport regte seinen Appetit auf Süßes an. So dreist, unaufgefordert nach den Plätzchen zu greifen, wollte er jedoch nicht sein. »Der Täter hat laut Dieken keine Unordnung hinterlassen. Es gab also keinen Kampf mit Cazacu, und er wusste, wo er suchen muss. Demnach können wir von einem Insider ausgehen.«

»Wer kommt dafür in Frage?« Clewer steckte sich ein Vanillekipferl in den Mund.

»Ein paar Leute fallen mir da schon ein. Meik Hauser hat vor wenigen Wochen in seiner Stammkneipe die Info über das Schwarzgeld bei seinen Saufkumpanen zum Besten gegeben.«

»Das könnte dann aber sonst wer zufällig mitbekommen haben.«

Brander verzog abschlägig das Gesicht. »Die Kneipe ist ziemlich heruntergewirtschaftet. So viel Laufkundschaft gibt es da nicht. Ich vermute, in der Summe kommen wir auf eine Handvoll Stammkunden. Die könnten wir überprüfen.«

Clewer nickte.

»Stephan hatte gestern einen anderen interessanten Gedanken«, fiel Brander ein. »Was wäre, wenn Einbruch und Tötung nichts miteinander zu tun haben?«

Der Inspektionsleiter nahm grübelnd das nächste Plätzchen. »Dann stände wieder die Frage nach dem Motiv im Raum.«

»Wenn es eine Organisation gibt, die Mitarbeiter schwarz an Dieken vermittelt, könnte es mit denen Probleme gegeben haben.«

Clewer zog die Augenbrauen hoch. »Und der Tod von Cazacu sollte eine Warnung für ihn sein?«

»Warum sonst diese ganze Vertuschung? Die Mitarbeiter lügen bereitwillig, die haben Angst.«

Während Clewer den nächsten Keks verspeiste, berichtete Brander von dem Gespräch mit Cosima Fleck.

»Dass die junge Frau Angst hatte, wenn zwei wütende, fremde Männer vor der Tür stehen, ist verständlich«, gab Clewer zu bedenken. Er bemerkte Branders Blick, der bei dem Plätzchenteller hängen geblieben war. »Greif zu, oder soll ich allein dick werden? Hertha backt so leckere Guatsle. Ich nehme jedes Jahr in der Weihnachtszeit ein paar Kilo zu.«

Das konnte Brander nicht zulassen. Die Nussecken waren ein Gedicht. »Wie passt der Suizid von Heike Hentschel da rein?«, brachte er das nächste Rätsel auf den Tisch. Er berichtete über das Gespräch mit Hentschels Schwester.

»Psychisch labil, nimmt regelmäßig Medikamente. Vielleicht hat sie die ganze Situation schlichtweg überfordert«, schlug Clewer vor.

»Sie stand in irgendeiner Beziehung zu unserem Opfer.«

»In welcher, wusste die Schwester nicht zufällig?«

»Nein, die Schwestern haben nur sporadisch Kontakt zueinander. Aber das Bewegungsprofil, das Jens erstellt hat, zeigt ganz klar, dass Cazacu mehrfach zumindest in der Nähe von Hentschels Wohnhaus war.« Brander spürte ein leichtes Kribbeln im Nacken. Er war sich fast sicher, auf der richtigen Fährte zu sein. Übersah er einen wichtigen Hinweis?

»Was ist, wenn die Hentschel unsere Täterin ist? Das könnte Diekens Verhalten erklären. Er hat ein gutes Verhältnis zu seiner Angestellten, und er hat mit allen Mitteln versucht, Spuren zu vernichten. Dazu der psychische Zusammenbruch der Frau, als Peppi und ich in der Firma waren, und wenig später der Suizidversuch.«

Clewer starrte eine Weile grübelnd vor sich hin. »Eine Sache stört mich an dieser Theorie. Du hast ihre Wohnung gesehen.«

»Ja.«

»Sie hat alles picobello hinterlassen. Sie ist offensichtlich ein sehr ordentlicher und korrekter Mensch. Hätte sie nicht wenigstens einen kurzen Abschiedsbrief verfasst, in dem sie sich schuldig bekennt, um zu verhindern, dass jemand anderes unter Verdacht gerät?«

Gerade noch wähnte Brander sich auf dem richtigen Weg, nun bekam die Straße Schlaglöcher. »Ja, das würde eigentlich besser zu ihr passen.«

Die Melodie von Branders Smartphone erklang. Er zog es hervor. »Das ist Anne Dobler.«

»Ich hoffe, sie hat keine Kekse für uns«, flehte Clewer mit gespielter Leidensmiene, während Brander das Gespräch entgegennahm.

»Wo steckt ihr alle?«, schallte ihm Annes Stimme entgegen.

»In Esslingen.«

»Oh nee!«, jammerte die Kollegin frustriert. »Und ich renn hier durch sämtliche Büros! Warum sagt mir denn keiner was?«

»Weil du nicht zur Ermittlungsgruppe gehörst.«

»Aber ich sollte euch doch Infos liefern!«

»Tut mir leid. Ich dachte, du bist erst nach Weihnachten wieder im Dienst.«

»Ich habe unsere Einbruchdiebstähle mit eurem Fall abgeglichen«, ignorierte sie Branders Einwand.

»Ich sitz gerade beim Chef. Warte, ich stell dich mal laut.« Er schaltete den Lautsprecher seines Smartphones ein.

»Frohe Weihnachten, Frau Dobler«, grüßte Clewer.

»Frohe Weihnachten«, erwiderte Anne halbherzig. »Folgendes: Seit Sommer dieses Jahres habe ich drei Fälle im näheren Umkreis von Tübingen gefunden, die ein ähnliches Muster aufweisen wie der Fall Dieken: Einbruchswerkzeug war ein Elektropick. Außer Bargeld wurde nichts weiter gestohlen. Und die vielleicht interessanteste Übereinstimmung: Alle Einbrüche wurden mutmaßlich sonntagnachts zwischen ein und sechs Uhr morgens verübt.«

»Wurde bei Unternehmen oder Privatleuten eingebrochen?«, hakte Clewer nach.

»Zwei private Haushalte, ein Nebenerwerbs-Selbstständiger.«

»Gab es Verwüstungen?«, fragte Brander.

»Nicht wirklich. Beim ersten Objekt muss er gewusst haben, wo er fündig wird. Das war ein Rentner, dem seine Ersparnisse gestohlen wurden. Bei den anderen beiden hat er ein bisschen suchen müssen. Die Unordnung war aber überschaubar. Wir vermuten, dass er sich in keinem der Objekte lange aufgehalten hat. Die Einbrüche fanden in unterschiedlichen Orten in der Region statt. Der erste in Kusterdingen, der zweite in Neckartenzlingen und zuletzt in Ofterdingen.«

Das bedeutete, dass unterschiedliche Dienststellen involviert waren. Dadurch hatte sich der Zusammenhang – wenn es tatsächlich einen gab – nicht gezeigt, vermutete Brander. »Geht ihr von einem Einzeltäter oder einer Bande bei diesen Einbrüchen aus?«

»Tendenziell eher ein Einzeltäter.«

»Kannst du uns die Kontaktdaten der Opfer schicken?«, bat Brander. »Wir müssen uns mit den Betroffenen unterhalten.«

»Klar, schick ich gleich raus. Wenn ich sonst noch helfen kann, sag Bescheid.«

»Bist du heute im Dienst?«

Die Antwort war ein ausweichendes Schnauben, das alles bedeuten konnte.

»Danke, Anne.« Brander beendete das Gespräch.

»Bemerkenswert, die junge Dame«, stellte Clewer fest. »Sehr engagiert.«

Manchmal etwas zu engagiert, dachte Brander. Aber wer

war er, Anne einen Vorwurf zu machen? Schließlich saß er an diesem ersten Weihnachtstag in der Esslinger Polizeidirektion, statt sich um seine Adoptivtochter zu kümmern, die gerade ihre Mutter verloren hatte und unter Tatverdacht stand.

Brander hatte sich in sein Büro zurückgezogen und studierte die Unterlagen, die Anne ihm geschickt hatte. Der Kusterdinger Rentner, der um seine Ersparnisse gebracht worden war, hieß Gottfried Jäger, vierundsiebzig Jahre alt, verwitwet. Er war passionierter Angler und hatte an dem Wochenende, an dem bei ihm eingebrochen worden war, einen mehrtägigen Angelausflug mit Freunden gemacht. Es konnte nicht hundertprozentig belegt werden, dass der Einbruch tatsächlich in der Nacht von Sonntag auf Montag stattgefunden hatte. Die Annahme beruhte auf der Aussage eines Zeitungsboten, der montags in den frühen Morgenstunden jemanden das Haus verlassen sah. Da der Zeitungsausträger nur vertretungsweise den Bezirk übernommen hatte, hatte er den Mann für den Bewohner des Hauses gehalten. Er beschrieb ihn als mittelgroß, schlank und dunkel gekleidet.

In Ofterdingen war der Dieb in das frei stehende Einfamilienhaus der Familie Haas eingebrochen. Das junge Ehepaar mit einem Kleinkind war – und da horchte Brander auf – an dem Wochenende in Kusterdingen beim achtzigsten Geburtstag des Vaters des Ehemanns. Es war von vornherein vereinbart worden, bei den Eltern zu übernachten, um entspannt feiern zu können. Dreieinhalbtausend Euro hatte der Dieb erbeutet. Es war Geld aus dem Verkauf eines Motorrades, Haas betrieb eine kleine Schrauberwerkstatt im Nebenerwerb. Der Käufer war ein Rumäne, der mit seinem Freund gekommen war, um das Motorrad zu verladen. Haas hatte auf Barzahlung bestanden und das Geld in einem Umschlag bei seinen Bankunterlagen aufbewahrt.

Brander lehnte sich grübelnd zurück. In beiden Fällen tauchte Kusterdingen auf und im Fall Haas zudem noch zwei Rumänen. Das konnte doch kein Zufall sein. Er wünschte sich, er hätte ein Foto der zwei ausländischen Gäste aus Wankmüllers Kneipe. Das hätte er gern der Familie Haas gezeigt.

Er nahm sich den dritten Einbruch vor. Armin Aicheler. Zweiunddreißig Jahre alt, Junggeselle aus Neckartenzlingen. Ein Fliesenleger, der sich anscheinend hin und wieder nach Feierabend ein paar Euro dazuverdiente. Die Sondereinkünfte wurden bar gezahlt, und er hielt es für ratsamer, das Geld nicht auf ein Bankkonto einzuzahlen. Was dazu führte, dass knapp achttausend Euro in einer Sonntagnacht, in der er mit seinen Kumpeln den Junggesellenabschied eines Freundes auf Mallorca feierte, den Besitzer wechselten. Kein Kusterdingen, keine Rumänen. Handelte es sich um einen anderen Täter? Oder waren die Bezüge zu Kusterdingen bei den ersten beiden Fällen doch nur ein Zufall?

Brander suchte Aichelers Telefonnummer in den Unterlagen. Er wollte gerade wählen, als Stephan Klein in sein Büro schneite.

»Dachte, du kommst heute nicht.« Stephan ließ sich auf Peppis Schreibtischstuhl fallen.

»Nur später, von ›nicht‹ war nie die Rede.«

»Wie geht's Nathalie?«

»Sie braucht Zeit.«

»Hm.« Der Hüne nahm den Weihnachtselch auf Peppis Schreibtisch zur Hand. Er betätigte den Schalter, und im nächsten Moment schallte ein blechernes »Jingle Bells« durch den Raum, dazu wiegte das Tier munter sein Hinterteil und nickte mit dem Kopf. Stephan grinste, als er Branders Leidensmiene sah. »Das macht unsere Persephone so liebenswert.«

»Ihr Faible für diese blöden Dinger macht sie zu einer Nervensäge«, gab Brander zurück, obwohl er dem Kollegen insgeheim zustimmte.

»Bist du immer noch so griesgrämig?«

»Wann kriegen wir den Dolmetscher?«

»Der war schon da.«

Brander schnappte nach Luft. »Was heißt das?«

Der Weihnachtselch beendete seine Showeinlage. Stephan

verkniff es sich, das Tier ein zweites Mal zum Leben zu erwecken. »Er hat heute Morgen angerufen und darum gebeten, dass wir das Gespräch heute Vormittag führen, weil er heute Mittag zum Essen bei seinen Schwiegerleuten eingeladen ist. Ich komme gerade von unserem Treffen.«

»Du hättest mich anrufen können, verflucht noch eins!« Branders Hand landete krachend auf dem Tisch.

»Wie gesagt, ich dachte, du kommst heute nicht«, erwiderte Stephan unbeeindruckt von seiner Verärgerung.

»Und?«, fragte Brander unwirsch.

»Hast du schon Mittag gegessen?«

»Nein.« Lediglich die paar Guatsle von Hertha Clewer.

»Dann lass uns mal schauen, ob wir irgendwo was zum Schnabulieren finden. Deine Laune ist ja nicht auszuhalten.«

»Um diese Zeit?« Es war halb drei nachmittags. Die Geschäfte waren geschlossen. Der Mittagstisch der Restaurants war vorbei, und ohne Reservierung war am ersten Weihnachtstag ohnehin nirgendwo ein Platz zu bekommen.

»Ich weiß, wo es richtig gute Fritten gibt.«

»Fritten?« Brander verzog das Gesicht.

»Yep, heiß, kross, fettig. Und wenn du dann immer noch so schlechte Laune hast, kriegste meinen Schokoweihnachtsmann.«

»Das klingt nach einem grandiosen Weihnachtsmahl.« Mit Bedauern dachte er an das mehrgängige Abendessen, das Cecilia heute mit Karsten zubereiten wollte: Flädlesuppe, einen Mischbraten mit Kassler und Rouladen, dazu Rotkraut und Kartoffelklöße, und zum Nachtisch gab es Crêpes mit Vanilleeis und Himbeersoße. Allein bei dem Gedanken lief ihm das Wasser im Munde zusammen. Aber so, wie es aussah, würde er es nicht rechtzeitig zum Familienessen schaffen. Hoffentlich ließen sie ihm etwas übrig.

Wenig später saß Brander mit Stephan in »Pop's Burger« vor Pommes und Cheeseburger. Die Einrichtung mit hellen Imbisstischen in Holzoptik und schwarzen Plastikstühlen war nüchtern. Weihnachtliche Dekoration fehlte, dafür liefen auf einem großen Flachbildschirm Musikvideos mit Popsternchen in knappen Engelskostümen, die internationale Christmas Songs trällerten. Aber Stephan hatte nicht übertrieben. Die Pommes waren wirklich gut.

»Was hat das Gespräch mit Nicola Cazacu denn nun ergeben?«, drängte Brander endlich auf eine Antwort.

»Wie ich gestern schon vermutet hatte: Er ist mit einem Freund der Familie aus der Heimat gekommen, um den Leichnam seiner Schwester abzuholen.«

»Du hast ihm hoffentlich erklärt, dass das nicht geht.«

»Aber natürlich. Und ich habe ihm gleich noch geraten, er soll mal anfangen, zu sparen, damit er die teure Überführung bezahlen kann«, erwiderte Stephan nicht ohne Sarkasmus.

»Die können die Leiche nicht einfach in einem Lieferwagen durch die Lande fahren.«

»Das ist mir auch klar. Aber wie so was genau funktioniert, weiß ich nicht, und das ist auch nicht unser Bier. Soll Hans mit der Botschaft oder wem auch immer klären. Kommen wir mal zum Eigentlichen.«

Stephan biss in seinen Burger und fuhr kauend fort. »Nicola und Vasila haben letztes Jahr im Herbst auf den Fildern als Erntehelfer gearbeitet. Die waren in Mannschaftsbaracken untergebracht. Vasila hat sich mit einem Kollegen eingelassen, ein Landsmann, und der hat sie geschwängert, wollte aber nichts von dem Baby wissen. Wie sich rausstellte, hatte er zu Hause bereits Frau und Kinder. Durch diese Geschichte war Vasilas Ruf in der Gruppe, sagen wir mal, zumindest beschädigt. Deshalb wollte sie dort weg. Über Freunde von Freunden wurde sie schließlich an Walter Dieken vermittelt. Sie hat im letzten Jahr bei ihm bereits zwei Wochen gearbeitet, so lange war sie offiziell noch als Erntehelferin gemeldet. Dann ist sie zurück in die Heimat, hat ihr Kind bekommen, und nachdem das Baby ein paar Monate alt war, befand die Familie, dass sie Vasila wieder zum Arbeiten nach Deutschland schicken konnten.«

»Hat sie damals auch schon in Diekens Firma übernachtet?«
»Nein, damals ist sie bei einer Bekannten untergekommen.«
»Wie hieß die Bekannte?«
»Lioba Ciprian. Die lebt aber nicht mehr in Deutschland.«
»Was ist mit den Vermittlern?«
»Freunde von Freunden … Die Namen gibt man nicht preis.«
»Verfluchter Mist.« Brander ärgerte sich erneut, dass er bei dem Gespräch nicht dabei gewesen war.
»Hat die Cosima gestern noch was gesagt?«, fragte Stephan.
»Nein, aber sie verschweigt uns was, da bin ich mir sicher. Und sie hat Angst.«
»Vielleicht schauen wir uns mal ihren Lebenslauf ein bisschen genauer an.« Stephan nahm seine Colaflasche, betrachtete sie nachdenklich. »Hm.«
»Was?«
»Ich glaube, Nicola ist die Kaffeetasse gestern nicht aus der Hand gerutscht. Ich hab's nicht richtig gesehen, aber ich würde sagen, er hat sie ihr vor die Füße geworfen.« Der Hüne nickte nachdenklich. »Ist die Frage, warum?«
»Vielleicht hat er sie für die Chefin gehalten und gibt ihr die Schuld am Tod seiner Schwester.«
»Mhm.« Stephan leerte die Flasche. »Gibt's bei dir noch was Neues?«
»Anne hat uns eine Liste mit Einbrüchen zusammengestellt.« Brander gab ihm eine kurze Zusammenfassung. »Bemerkenswert finde ich, dass wir zwei Einbrüche haben, die nach Kusterdingen zeigen. Und einer von Diekens Mitarbeitern kommt auch aus Kusterdingen. Da hätten wir einen weiteren Berührungspunkt.«
»Das ist jetzt aber schon ein bisschen weit hergeholt. Der Meik ist ja nicht bestohlen worden.«
»Aber er wusste von dem Schwarzgeld und hat das herumposaunt.«
»Ist was dran.« Stephan wischte sich mit einer Serviette Reste der Burgersoße von den Fingern. »Dann fühlen wir dem Meik

doch noch mal auf den Zahn. Und wenn wir schon mal da sind, machen wir einen Abstecher zum Siggi. Wolltest du doch eh heute noch hin.«

»Wollte ich?«

»Yep, wir wollten mehr Informationen über die zwei rumänischen Stammgäste in Erfahrung bringen. Vielleicht kennen die Nicola und Matai. Nach dem, was du gerade erzählt hast, könnte das auch eine interessante Fährte sein.«

Aus dem Resteessen am Abend würde wohl ein Mitternachtsmahl werden, dachte Brander frustriert. Die letzte Pommes verschwand in seinem Mund. Sie zahlten und gingen durch die Innenstadt an den weihnachtlich geschmückten Schaufenstern der Geschäfte vorbei zurück zur Dienststelle. Vom Marktplatz erklang Musik eines Posaunenchors, der traditionell am Nachmittag des ersten Weihnachtstages vor dem Alten Rathaus spielte.

»Fahren wir mit zwei Wagen?«, fragte Brander.

»Wozu unnötig Sprit vergeuden? Wir fahren zusammen, und du nimmst mich hinterher mit zu dir. Ich will mir euren Tannenbaum noch anschauen.«

So war Stephan. Lud sich einfach selbst ein. Vielleicht versuchte er so, der Einsamkeit der Feiertage zu entkommen, vermutete Brander. An solchen Tagen wurde einem oft schmerzlich bewusst, was im Leben fehlte.

※※※

Meik Hauser war nicht allein zu Hause. Sein Sohn lümmelte auf dem Sofa im Wohnzimmer. Der Sechzehnjährige hatte einen Laptop auf dem Schoß, und Over-Ear-Kopfhörer schirmten ihn vom Rest der Welt ab. Er sah nicht einmal auf, als Brander mit Stephan die kleine Wohnung in Kusterdingen betrat.

»Können wir irgendwo ungestört mit Ihnen sprechen?«, fragte Brander.

»Ach, der Paul kriegt nix mit.« Abgesehen von dem dunkelblauen Bluterguss unter dem Auge war Hauser blass im Gesicht. Die Schwellung an der Unterlippe war zurückgegangen. Das dünne Haar hatte an diesem Tag noch keinen Kamm gesehen.

»Die Küche ist doch der beste Platz bei jeder Party«, befand Stephan.

Unwillig gewährte Hauser ihnen den Zutritt. Das Weihnachtsmahl war ein Fertig-Kartoffelsalat mit Bockwürstchen aus dem Glas gewesen, entnahm Brander den leeren Verpackungen auf der Anrichte. Der Topf mit dem Wasser, in dem die Würstchen warm gemacht worden waren, stand noch auf dem Herd.

Hauser nahm das gebrauchte Geschirr vom Küchentisch. »Sie hätten vorher anrufen können«, verteidigte er seine Unordnung.

»Ich dachte, du freust dich über unsere spontane Gesellschaft.« Stephan ließ sich auf einem der betagten Holzstühle nieder. »Sind noch ein paar Fragen aufgetaucht.«

Hauser stellte das Geschirr in die Spüle und wusch sich die Hände. Er trocknete sie mit einem Geschirrtuch, während er sich den Beamten wieder zuwandte.

»Herr Hauser, uns wurde gesagt, dass Sie vor einigen Wochen in Ihrer Stammkneipe erzählt haben, dass Herr Dieken regelmäßig Schwarzgelder einstreichen würde.« Brander zog es vor, stehen zu bleiben, um mit dem Mann auf Augenhöhe zu sein. »Gab es einen Grund, dass Sie so eine heikle Sache so freizügig zum Besten gegeben haben?«

Der Mann senkte den Blick. »Da hatte ich wohl zu viel getrunken.«

»Können Sie uns ein bisschen mehr über diese Schwarzgelder erzählen?«

»Nein.«

»Och, Meik!«, fuhr Stephan auf. »Du warst doch dabei, als dein Chef die Kohle eingestrichen hat.«

»Was hat das denn mit Vasilas Tod zu tun?«

»Das versuchen wir herauszufinden.« Brander musterte Hauser aufmerksam. Er raufte sich nervös durch die dünnen Haare.

»Der Chef hat die Vasila nicht umgebracht, und ich war es auch nicht.«

»Wer war es dann?«

»Das weiß ich nicht!«

»Herr Lämmle hat den Verdacht geäußert, dass die zwei ausländischen Gäste in Ihrer Stammkneipe etwas mit der Schlägerei zu tun haben, die Sie vor ein paar Tagen hatten.«

Hauser zog eine Grimasse. »Unsinn.«

»Kennen Sie die beiden?«

»Nein.« Nach einem Blick zu Stephan Klein betonte er: »Ehrlich, Mann, ich kenne sie wirklich nicht.«

»Und der Hasan? Kennt der die?«, fragte Stephan.

»Woher denn?«

Brander hatte das Gefühl, dass die Suche nach den Gästen in eine Sackgasse führte. »Wie kommt Herr Lämmle denn auf den Gedanken, dass es da einen Zusammenhang geben könnte?«

»Keine Ahnung. Der Randolph ist 'n Schwätzer. Weiß alles, kann alles. Der soll sich mal lieber um seinen eigenen Scheiß kümmern.«

»Hat er Schwierigkeiten?«, hakte Brander nach.

»Was denn für Schwierigkeiten?«

»Finanzielle Probleme vielleicht?«

»Keine Ahnung. Warum fragen Sie mich das? Fragen Sie ihn!«

»Wem haben Sie alles erzählt, dass Ihr Chef eine Schwarzgeldkasse im Büro verwahrt?«

»Niemandem. Mein Gott, an dem Abend ... Ich war besoffen, der Randolph ging mir mit seinem ewig besserwisserischen Geschwätz auf den Sack. Tut immer so, als wüsste er, wie man zu Kohle kommt. Dabei ist der, seit ich ihn kenne, auf Hartz IV. Der hat doch noch nie richtig geschafft. Tut groß, als wär er der große Macker, und seine Alte kann aufn Strich gehen, damit sie die Miete zahlen können.«

Randolph Lämmle hatte seine Situation etwas anders beschrieben, dachte Brander.

»Die Cosima, kommt die auch manchmal zu euch in die Kneipe?«, fragte Stephan.

Hauser zog eine Grimasse. »Wieso sollte sie?«

Der Hüne zuckte die Achseln. »Was hatte sie für ein Verhältnis zu Vasila?«

»Weiß ich doch nicht.« Hauser wich den prüfenden Blicken der Kommissare aus.

»Haben die sich vertragen?«

»Ja, klar.«

»Na, so klar ist das auch wieder nicht.«

»Die Cosima ist in der Flüchtlingshilfe, die kann mit Ausländern.«

Brander horchte auf. »Wissen Sie, für welche Organisation sie tätig ist?«

»Nee.« Hauser ging zum Kühlschrank und nahm eine Flasche Bier heraus. »Sie sind ja noch im Dienst, oder?« Er öffnete die Bügelflasche mit einem Ploppen. »Wenn Sie noch weitere Fragen haben, schicken Sie mir einen Termin. Ich hätte jetzt gern meine Ruhe.«

Stephan stand auf. »Wir melden uns. Frohe Weihnacht.«

Hauser begleitete sie in den Flur. Brander wandte sich noch einmal zu ihm um. »Kennen Sie Gottfried Jäger? Er wohnt auch in Kusterdingen.«

»Klar kenn ich den. Ist einer vom Stammtisch.«

»Bei ihm wurde vor einiger Zeit eingebrochen.«

Hauser nickte. »Ist schon ein paar Wochen her. Der muss auch gucken, wo er bleibt, jetzt, wo die ganze Kohle weg ist. Aber so bescheuert muss man erst mal sein, seine Ersparnisse im Gefrierfach aufzubewahren.«

»Woher wissen Sie das?«

Hausers Wangen verfärbten sich. »Hat er irgendwann mal am Stammtisch erzählt.«

In »Siggi's Kneiple« wurde ja einiges herumposaunt, stellte Brander fest. Und wenn Meik Hauser das alles mitbekam, wusste Randolph Lämmle das sicher auch.

»Dann haben wir jetzt nur noch den Siggi auf unserer Liste stehen«, stellte Stephan fest, als sie wieder im Wagen saßen. Brander hätte gern auf den Kneipenbesuch verzichtet.

Auf dem Weg zum Wirtshaus rief er Fabio an und bat ihn, mit Armin Aicheler zu sprechen. Er wollte wissen, ob das dritte Einbruchsopfer von Annes Liste auch eine Verbindung nach Kusterdingen hatte.

Der Anblick des Schankraums trieb einem Tränen in die Augen. Weder die zwei ausländischen Gäste waren gekommen, noch war der Stammtisch besetzt. Lediglich Bianka Keefer und Randolph Lämmle hatten ihre Plätze vor der Theke eingenommen. Siegfried Wankmüller saß mit hängenden Schultern auf einem Barhocker hinter dem Zapfhahn. Die Ankunft von Brander und Stephan Klein stimmte ihn nicht fröhlicher.

»Bisschen Weihnachtsmusik würde die Stimmung heben.« Stephan steuerte auf die Theke zu. »Mach mir mal 'n alkoholfreies Weizen. Bin noch im Dienst.« Er zwinkerte Bianka zu, während er sich auf dem Barhocker neben ihr niederließ. »Du bist mir ja eine. Einfach 'ne Vorladung missachten.«

Die Frau errötete.

»Weihnachten is einfach scheiße«, nuschelte sie und starrte auf das Weinglas vor ihr. Der Stimme nach zu urteilen, war es nicht das erste an diesem Tag.

»Wem sagste das?« Stephan sah zu Brander, der noch unschlüssig im Raum stand, und deutete mit einem Kopfnicken an, dass er sich dazusetzen solle.

Brander seufzte innerlich. Deprimierender konnte ein Weihnachtsabend kaum sein. Die trüben Gesichter, gepaart mit der altersschwachen Einrichtung und der muffigen, überhitzten Luft, nervten ihn, und es ärgerte ihn, dass Stephan ein Bier geordert hatte. Er wollte Feierabend machen und nach Hause zu seiner Familie.

Er bestellte eine Apfelschorle, um seinen Frust herunterzuspülen.

»Na, Siggi, hattest du gestern einen schönen freien Abend?«, wandte Stephan sich dem Wirt zu.

Der zuckte nur mit den Augenbrauen, während er mit emotionsloser Miene einen Rest Bier in der Weizenflasche kreisen ließ, um die Hefe zu lösen und zu dem Bier ins Glas zu gießen.

»Gelernt haste das aber nicht. Pass auf, ich zeig dir mal, wie man das macht. Gib mal 'ne Flasche und 'n Glas.«

Der Wirt reichte ihm beides wortlos über den Tresen. Er hatte anscheinend keine Lust, mit seinen Gästen zu diskutieren, und so konnte er Stephan schon zwei Weizen auf den Deckel schreiben.

Stephan stülpte das Glas über die Flasche, drehte beides um hundertachtzig Grad, sodass die Flasche auf dem Kopf stand, dann zog er sie in einem schwungvollen Bogen heraus. Das Weizenbier schäumte über den Glasrand und verteilte sich auf Shirt und Hose des Hünen, der Rest ergoss sich auf der Theke. Brander war gerade noch rechtzeitig zur Seite gesprungen, um nicht auch noch einen Teil der Bierdusche abzubekommen.

»Uppsa, bin wohl 'n bisschen aus der Übung.« Stephan sah frustriert auf seine Hose. »So ein Mist.«

Bianka kicherte. Der Wirt nahm einen Lappen und wischte den Biersee von der Theke.

»Bin gleich wieder da. Ich hoffe, du hast 'n Heißluftgebläse aufm Klo.«

Brander ließ sich den Lappen vom Wirt geben und wischte Stephans Barhocker ab. »Nicht viel los heute Abend«, bemühte er sich um etwas Small Talk.

»Wir halten zu Siggi«, meldete Lämmle sich zu Wort. »Der Meik kommt bestimmt auch noch.«

»Nee, dem sein Sohn ist doch da, da kann er nich weg«, wusste Bianka.

»Soll er den halt mitbringen. Ist doch kein Kleinkind mehr.«

»Ihre Frau muss heute arbeiten?«, wandte Brander sich an Randolph Lämmle.

»Klar, Weihnachten ist in ihrem Laden die Hölle los.« Er sah zu Siggi. »Mit 'ner hübschen Bedienung wäre hier auch mehr Betrieb.«

»Meine Kneipe ist kein Puff«, erwiderte der Wirt wenig taktvoll.

Lämmle blähte die Nasenflügel auf. »Was willst 'n damit sagen? Willst du behaupten, dass meine Judith in 'nem Puff arbeitet?«

»Nein, natürlich nicht«, ruderte Siegfried Wankmüller zurück.

»So hat sich's aber angehört! Ey, meine Judith lässt sich nicht für Geld bumsen!«

»So hab ich das auch nicht gemeint.«

»Wie denn dann? Hm? Wie denn dann?«

Auf die Antwort war Brander gespannt.

»Ich kann mir halt keine hübsche Bedienung leisten.« Der Wirt zog mit der Hand einen Halbkreis. »Siehst doch, was hier los ist.«

»Weil niemand dein schlecht gelauntes Gesicht sehen will. Die alten Säcke vom Stammtisch, die würden mehr konsumieren, wenn sie von einer ansprechenden Dame bedient werden würden.« Randolph Lämmles Stimme bekam einen Oberlehrerton. »Da sind ein paar dabei, die Geld haben. Du musst die Leute zum Trinken animieren, Mann! So kommt die Kohle rein! Ein hübsches Mädle, ein bissle Musik, da säh es hier ganz anders aus. Bisschen Weihnachtsdeko hättest du auch mal machen können. Die olle Lichterkette da, die hängt doch das ganze Jahr schon an der Decke. Keine Tannen, keine Kerzen –«

»Dass ihr mir die Bude noch abfackelt.«

»Trotzdem! Der Bruno hat schon recht. Gelernt haste das hier nicht.«

»Ich weiß, wie man ein Bier zapft.« Und mit Blick auf Stephans bis zur Hälfte mit Schaum gefülltes Weizenglas fügte er hinzu: »Und ein Weizen kann ich eingießen, ohne dass die Hälfte sich auf dem Fußboden verteilt. Und überhaupt: Sei du mal froh, dass ich heute für euch aufgemacht hab.«

»Ohne uns könntest du doch längst dichtmachen!«

»Du kannst ja gehen, wenn's dir hier nicht mehr passt.«

Siegfried Wankmüller war an diesem Abend anscheinend nicht auf kundenfreundliche Diplomatie eingestimmt, stellte Brander fest. Konnte man es ihm verübeln? Den ganzen Abend für zwei Gäste hinterm Tresen stehen und sich Gespräche anhören, die er vermutlich schon hundertmal gehört hatte. Der Frust war nachvollziehbar. Ob das die Situation des Gastwirtes verbesserte, bezweifelte er allerdings.

»Den Stammtisch haste ja schon vergrault«, maulte Lämmle zurück.

»Die sind morgen wieder da.«

»Bei Ihrem Stammtisch, da gehört doch ein Herr ...«, schnappte Brander das Stichwort auf und tat, als müsse er überlegen. Während er sich dem Wirt zugewandt hatte, beobachtete er aus den Augenwinkeln Randolph Lämmle. »Wie heißt er noch gleich, Jager ... Jäger ...«

»Jäger«, antwortete Wankmüller.

»Der Gottfried«, ergänzte Lämmle. »Was ist mit dem?«

»Sie kennen Gottfried Jäger?«

»Ja klar, ich kenn hier jeden. Der Gottfried war jetzt aber 'ne Weile nicht da, oder, Siggi?«

Der Wirt nickte achselzuckend. »An den Feiertagen ist er oft bei seiner Tochter.«

»Ja, genau, die wohnt in Freiburg. Da fährt er oft hin. Gut, dass er noch kann. Die kommt ja nie her.«

»Mit Mann und drei Kindern? Wie soll das gehen? So viel Platz hat der Gottfried nicht in seiner Wohnung«, verteidigte Wankmüller Jägers Tochter.

»Den Gottfried haben die doch letztens beklaut, wo er bei seiner Tochter war«, mischte sich Bianka in das Gespräch.

»Wer sind denn ›die‹?«, hakte Brander nach.

»Na, die ausm Osten. Diese Banden, die über die Grenze kommen und von Stadt zu Stadt ziehen. Kommen her und beklauen uns. Dabei haben wir doch selbst kaum genug zum Leben.«

»Die haben leichtes Spiel.« Lämmle nickte wissend. »Auf die Bank braucht man sein Geld heute ja nicht mehr bringen. Kriegste ja nix mehr für. Und dann kommen die und beklauen einen. Grenzen dicht machen. Das diebische Gesocks sollten die gar nicht mehr ins Land lassen!«

Der Blick des Wirtes glitt peinlich berührt von Brander zu seinem Gast. »Ist ja nicht sicher, dass es so eine Bande war. Und das war doch nur ein Einbruch hier in der Gegend. Wäre das 'ne Bande gewe–«

»Bei dem Haas seinem Sohn sind die auch rein!«, fiel Bianka ihm ins Wort.

»Haas?«, fragte Brander.

»Na, auch einer vom Stammtisch. Der Erwin, bei dem seinem Sohn sind die auch eingebrochen.«

»Aber das war ja nicht hier bei uns«, erwiderte Wankmüller.

»Nee, aber trotzdem! Gib mir mal noch 'n Viertele.« Sie streckte ihm ihr leeres Glas entgegen. »Da kriegste schon Angst. Man ist ja gar nicht mehr sicher.«

»Mach du dir mal keine Sorgen«, kam es von Lämmle. »Bei dir gibt's ja eh nix zu holen.«

»Das wissen die doch nicht! Und ich wohn allein. Meinste, da hab ich keinen Schiss, dass da plötzlich mal einer von denen in meiner Wohnung steht?«

»Wenn er dich sieht, ergreift er gleich die Flucht«, erwiderte ihr Saufkumpane wenig charmant.

»Du bist so ein Seggel!« Bianka Keefers Augen füllten sich mit Tränen.

»Jetzt heul doch nicht gleich. Kannste kein Spaß mehr verstehen?«

»Schätzle, was ist los?« Stephan gesellte sich wieder zu der Runde und tätschelte der Frau jovial die Schulter. »Machen die Jungs Ärger?«

»Ich weiß ja selbst, dass ich scheiße aussäh«, schniefte die Frau.

»Och, Schätzle, wir sind halt keine zwanzig mehr.« Stephan

legte eine Hand auf seine Brust. »Aber wahre Schönheit, die strahlt von innen.«

Obwohl Brander bei dieser Phrasendrescherei innerlich die Augen verdrehte, zollte er Stephan Respekt. Er nahm ihm die Herzlichkeit ab, mit der er die Gesellschaft hier behandelte.

»Siggi, du könntest echt mal Musik machen. Hier kann ja kein Frohsinn aufkommen«, forderte Stephan erneut. »Das ist 'ne Stimmung wie bei einer Beerdigung.«

»Dann hab ich morgen die Leute von der GEMA vor der Tür stehen.«

»Kannst ja die Tür abschließen, und wir machen eine kleine Privatfeier.« Stephan zwinkerte ihm verschwörerisch zu.

Bianka vergaß ihren Kummer und strahlte Stephan an.

»Nein, Stephan«, bremste Brander ihn. Eine Privatparty in diesem illustren Zirkel war das Letzte, wonach ihm der Sinn stand. »Trink dein Bier, dann machen wir uns auf den Weg.«

»Du alte Spaßbremse.«

Welcher Spaß?, lag Brander auf der Zunge. »Mach hinne. Wir müssen morgen früh raus.«

***

Als Brander mit Stephan nach Hause gekommen war, hatte die gesamte Familie inklusive Karsten Beckmann im Wohnzimmer gesessen und gemeinsam den traditionellen Familien-Weihnachtsfilm angesehen: die Muppets-Weihnachtsgeschichte. Wieder ein schöner Moment, den er verpasst hatte. Ein kleiner Trost war, dass genug vom Weihnachtsessen übrig geblieben war, sodass er und Stephan noch ein spätes Mahl bekamen. Sie hatten den Abend in gemütlicher Runde ausklingen lassen. Doch kaum dass er im Bett lag, kreisten seine Gedanken wieder um seine Ermittlungen. Unruhig wälzte er sich von der einen auf die andere Seite.

»Soll ich dir eine heiße Milch mit Honig machen?«, murmelte Cecilia müde unter der Decke.

Jetzt brachte er seine Frau auch noch um den Schlaf. »Tut mir leid, Ceci. Ich kann noch nicht abschalten.«

»Willst du reden?«

»Nein.« Er wollte Cecilia nicht mit seinen Ermittlungen belasten. Ohnehin durfte er nicht mit ihr darüber reden. »Ich geh runter und koche mir selbst eine heiße Milch.«

»Aber wiederkommen«, forderte sie.

»Das Wohnzimmer ist ja belegt.« Beckmann und Stephan hatten dort Revier bezogen. Er beugte sich zu Cecilia, strich ihr eine dunkle Haarsträhne aus dem Gesicht und küsste ihre Schläfe. Dann schlüpfte er in Jogginghose und Sweatshirt und schlich aus dem Zimmer.

Im Wohnzimmer sägte einer seiner Gäste den Tannenbaum ab. Brander ging in die Küche und schloss die Tür hinter sich. Eine Mischung aus Braten- und Plätzchenduft hing in der Luft. Die LED-Anzeige des Herds verkündete rot leuchtend die Uhrzeit. Es war kurz nach zwei. Er schaltete die Deckenlampe nicht an, füllte im Dunkeln ein Glas mit Leitungswasser und trat ans Fenster. Stockfinstere Nacht blickte ihm entgegen. Nach zwei Uhr wurde in Entringen ein Großteil der Straßenbeleuchtung abgeschaltet. Der Himmel war nur leicht bewölkt. Mond und Sterne beleuchteten matt die Umgebung.

Seine Gedanken sprangen umher. Von Nathalie zu Vasila Cazacu und Heike Hentschel. Er hoffte sehr, dass er am nächsten Tag mit der Buchhalterin reden konnte. Vielleicht würde ihre Aussage ein wenig Licht in diesen verworrenen Fall bringen.

Wie Walter Dieken das Weihnachtsfest wohl verbrachte? Und war Meik Hauser am späteren Abend doch noch in »Siggi's Kneiple« gegangen, während sein Sohn vor dem Laptop saß und zockte? Er wusste, dass sein Neffe Julian sich hin und wieder mit Onlinespielen die Nächte um die Ohren schlug. Auch Nathalie war im letzten Jahr kurz vom Computervirus infiziert worden. Allerdings spielte sie keine Ego-Shooter- oder Strategiespiele, sondern fuhr leidenschaftlich gern Autorennen. Weder Karsten noch Julian noch er oder Cecilia hatten eine Chance gegen sie.

Er trank einen Schluck Wasser, entdeckte eine Katze, die geduckt zwischen den Sträuchern vor seinem Haus saß. Automatisch tauchte die alte Marthe wieder vor seinem inneren Auge auf. Wen hatte sie in der Nacht, als Vasila Cazacu starb, beobachtet? Dünne und dicke Kater. Wenn sie nicht tatsächlich zwei Vierbeiner gemeint hatte, dann zwei Männer. Damit wäre die Hentschel aus dem Rennen und auch die Vorarbeiterin Cosima Fleck, aber die hatte ja ohnehin ein Alibi. Der dicke Kater – meinte sie damit Walter Dieken? Der Mann hatte einen stämmigen Körperbau, damit konnte er einen breiten Schatten werfen. *Doch ging einer hin und änderte alles*, erinnerte er sich an ihre Worte. Hatte sie Dieken beobachtet, wie er Vasila Cazacu auf die Wiese gelegt hatte?

Und der dünne? Wenn Einbruch und Totschlag zusammenhingen, waren Meik Hauser und Hasan Yüksel raus. Die hätten nicht in die Firma einbrechen müssen. Sie hatten Schlüssel. Wer blieb?

Randolph Lämmle, ein hagerer Bursche. Vermutlich saß er gerade allein zu Hause und wartete darauf, dass seine Frau von ihrer Arbeit im Nachtclub zurückkam. Ob sie tatsächlich nur Getränke servierte, wie Lämmle behauptete? Die Worte des Wirts hatten ihn gekränkt, das hatte seine heftige Reaktion eindeutig gezeigt. Was hatte der Hauser gesagt? Lämmle war nicht erst seit Kurzem Hartz-IV-Empfänger. Wie stand es um die Finanzen des Metallbauers? Brander machte sich gedanklich eine Notiz, dass sie den Mann überprüfen mussten.

Vier Einbrüche, von denen drei einen Bezug zu der Kusterdinger Kneipe aufwiesen. Nur ein Narr würde an einen Zufall glauben. Am Tresen und am Stammtisch wurde viel erzählt. Und Randolph Lämmle bekam viel mit, da machte er keinen Hehl draus. Auch Bianka Keefer schnappte eine Menge auf. Aber die Frau schloss Brander als Täterin aus. Sie trank zu viel. Nie und nimmer war sie imstande, nach ihrem Kneipenbesuch noch durch die Gegend zu fahren und unbemerkt in ein Haus einzusteigen.

Was war mit den ausländischen Gästen? Waren die vielleicht nicht nur in den letzten Wochen, sondern auch in den Monaten davor schon mal in der Kneipe gewesen? Oder Freunde von ihnen? Vielleicht war es tatsächlich eine Bande, so wie die Keefer vermutet hatte. Kannten Nicola Cazacu und Matai Goian die beiden womöglich?

Fabio hatte sich am Abend nicht zurückgemeldet, um über sein Gespräch mit Armin Aicheler zu berichten. Hatte der Mann Freunde, die in Wankmüllers Wirtshaus einkehrten? Brander konnte sich nicht vorstellen, dass junge Leute in dieser abgewirtschafteten Spelunke ihre Abende verbrachten. Andererseits hatte er an dem Abend, als er mit Stephan vor der Kneipe im Auto gesessen hatte, ein paar junge Männer aus dem Laden kommen sehen.

Aber wie passte Heike Hentschels Suizidversuch in all das rein? Brander ärgerte sich, dass die Ärztin ihm nicht gestattet hatte, mit der Frau zu sprechen. Was verband sie mit Vasila Cazacu? Was hatte sie so sehr aus der Bahn geworfen, dass sie einen durchaus ernst zu nehmenden Suizidversuch unternahm? Und Dieken? Hielt der seine Buchhalterin womöglich für die Täterin? Oder war er es am Ende doch selbst?

Zu viele Fragen. Brander spürte, wie sich die Gedanken in seinem Kopf schon wieder zu einem Knoten formierten. Er massierte sich mit den Fingerkuppen den Schädel, als könne er die Stränge damit lösen.

Die Tür hinter Brander öffnete sich. Karsten Beckmann schlurfte herein und schaltete das Licht ein. »Oh, entschuldige.«

»Schon okay.«

Beckmann deutete mit einer Kopfbewegung zum Wohnzimmer. »Dein Kollege zerlegt den ganzen Schönbuch zu Kleinholz.«

Brander grinste mitleidig.

»Kann ich bei euch in der Besucherritze pennen?«

»Ich kann dir ein paar Ohropax geben.«
»Du könntest mich auch einfach mit einem gezielten K.-o.-Schlag von meinem Leid erlösen«, erwiderte Beckmann gequält.
»Vielleicht hilft ein Schlummertrunk?«
»Da muss ich das Glas aber randvoll machen.« Beckmann streckte sich gähnend. Er war nur mit Boxershorts bekleidet, sodass er Brander einen Blick auf seinen durchtrainierten Oberkörper gewährte. Auch wenn Brander mehr oder weniger regelmäßig joggte und seinem Kumpel auf der Streuobstwiese beim Mähen und Baumschneiden zur Hand ging – die Zeiten, da er mit einem Sixpack aufwarten konnte, waren lange vorbei.

Beckmann nahm zwei Gläser aus dem Schrank und sah ratlos zur Tür. »Wie kommen wir denn jetzt an den Whisky?«

»Den hol ich uns.« Brander schlich ins Wohnzimmer und nahm eine Flasche aus seiner kleinen Bar. Stephan schlief den Schlaf des Gerechten.

Beckmann hatte einen Teller mit Weihnachtsgebäck gefüllt und es sich auf der Küchenbank bequem gemacht. Er nahm die Flasche, die Brander aus der runden Packung zog, erwartungsvoll entgegen.

»Ah, Clynelish, ab in die nördlichen Highlands. Ostküste, wenn ich mich nicht irre.« Er öffnete die Flasche und schnupperte am Korken. »Mhm, florale Note … eine leichte Süße … Was ist das, Honig?« Er goss den Scotch in die Gläser.

Brander studierte die Beschreibung. »Auf der Packung steht ›candle wax‹.«

Beckmann zog eine Kerze aus dem Weihnachtsgesteck, das auf dem Küchentisch stand, und roch zum Vergleich an Kerze und Destillat im Glas. »Ich bleib bei einem Hauch von Honig. Heidehonig, wenn ich mich festlegen soll. *Sláinte.*«

Sie probierten den Brand. Er war weich und ölig am Gaumen. Das florale Aroma blieb erhalten, und Brander meinte, eine salzige Note herauszuschmecken, gepaart mit der zarten Bitterkeit dunkler Schokolade. Kein Rauch, kein Torf, kein Sherry. Ein guter, ehrlicher Single Malt.

Beckmann grinste Brander verschmitzt an. »Nathalie hat dich heute beim Laufen abgehängt?«

»Hat sie das behauptet?«

»Sie hat ihren Triumph in den schillerndsten Farben zum Besten gegeben.«

»Ich habe ihr beim Freibad einen kleinen Vorsprung gegönnt«, wiegelte Brander ab.

»Ihren Worten nach hast du aus dem letzten Loch gepfiffen.«

»Nur damit sie sich besser fühlt.«

Beckmann lachte leise. »Ich glaube, du musst mal wieder zu mir ins Trainingslager.«

»Kann sicher nicht schaden.« Brander betrachtete die hellgoldene Flüssigkeit in seinem Glas. »Wer hätte gedacht, dass aus der Göre mal so eine Sportskanone wird?«

»Aber gut geht es ihr gerade nicht.«

»Nein, wir müssen ein bisschen auf sie achtgeben.«

»Mhm.« Beckmann lehnte sich zurück, legte den Kopf in den Nacken und schloss die Augen. »Manuel hat geschrieben.«

Manuel Heinrich war einige Jahre sein Lebensgefährte gewesen. Vor gut zwei Jahren hatte er sich unerwartet von Beckmann getrennt und war nach Wien gezogen.

»Er möchte mich besuchen.«

»Und?«

Beckmann zuckte die Achseln. Er leerte sein Glas, griff nach der Flasche.

»Langsam«, mahnte Brander.

»Ich muss mich gegen das Schnarchmonster nebenan ins Koma saufen.«

»Das lässt du mal schön bleiben.« Brander gestattete ihm einen zweiten Dram, dann verschloss er die Flasche und steckte sie zurück in die Packung. Auch wenn Nathalie ihr Alkoholproblem mittlerweile sehr gut im Griff hatte, wollte er nicht, dass ihr in irgendeiner Weise vorgeführt wurde, dass Alkohol vielleicht doch ein Problemlöser sein könnte. Nicht in seinem Haus und nicht in der Situation, in der seine Tochter sich gerade befand.

»Ihr braucht ein größeres Haus mit mehr Gästezimmern«, stellte Beckmann fest.
»Vielleicht sollten wir unsere Nachbarn rausgraulen, damit du da doch noch einziehen kannst«, flachste Brander.
»Oder Nathalie. In ein paar Jahren hat sie Mann und Kinder. Wenn die dann hier an den Feiertagen einfallen, ist kein Platz mehr für deinen besten Kumpel.«
»Für dich finden wir immer ein kleines Eckchen.«
»Ein stilles wäre mir ganz recht.«
Eine Erinnerung poppte in Branders Kopf auf und verschwand gleich wieder. Er zog grübelnd die Stirn in Falten.
»Was hast du gerade gesagt?«
»Dass ich ein stilles Eckchen für meinen Schlaf vorziehen würde.«
»Nein, ich … Verdammt …«
»Geht's um deinen Fall?«
»Ja.« Brander seufzte frustriert. Wo war dieser verfluchte Gedanke hin?
»Wenn du eine Nachtschicht einlegst, kann ich ja dein Bett –«
Brander tippte sich an die Schläfe. »So weit kommt's noch.«
»Andi, Schatz, was denkst du denn, was ich vorhabe? Wenn ich jemanden verführen wollte, sicher nicht deine Frau, so gern ich sie mag.« Beckmann zwinkerte ihm neckisch zu.

Sonntag – zweiter Weihnachtstag

Branders Nacht war kurz. Ein Muskelkater von der Joggingrunde mit Nathalie machte sich in den Oberschenkeln bemerkbar, sein Nacken war verspannt, und die Schulterzerrung, die er sich ein paar Tage zuvor bei dem Disput mit Walter Dieken geholt hatte, war auch noch nicht wieder verschwunden. Er war früh mit Stephan nach Esslingen aufgebrochen, damit Stephan vor der Sokositzung noch nach Hause fahren konnte, um sich umzuziehen. Nach dem Weizenbier-Fiasko vom Vorabend stank seine Kleidung fürchterlich. Die Temperaturen waren über Nacht gefallen, und ein nasser Schneeregen begleitete sie auf der Fahrt.

Brander hatte seinen Wagen am Straßenrand vor der Dienststelle geparkt. Der Christbaum leuchtete einsam vor sich hin, als er das Foyer betrat. Auf dem Weg die Treppen hinauf in die erste Etage traf er auf Manfred Tropper.

»Was machst du so früh hier?«, grüßte der Kriminaltechniker ihn überrascht.

»Dasselbe könnte ich dich fragen.«

»Auf mich warten zu Hause weder Frau noch Kind.« Tropper war geschieden. »Und hier gibt es jede Menge Arbeit.«

»Unser Fall?«

»Auch«, wich der Kollege einer konkreten Antwort aus. »Die übliche Sisyphusarbeit. Spuren abgleichen, kennst das ja ...«

»Lust auf einen Kaffee?

»Immer.« Tropper folgte Brander zum Pausenraum der Kriminalinspektion 1. Während Brander zwei Tassen aus dem Schrank nahm, öffnete er die Keksdose auf dem Tisch und bediente sich.

»Ich hatte gehofft, dass wir den Fall Cazacu bis zu den Feiertagen abgeschlossen hätten.« Brander stellte eine Tasse unter den Automaten.

»Hätte Walter Dieken die Spurenlage nicht so ruiniert, hätten wir sicher noch etwas Brauchbares finden können. Manchmal verstehe ich nicht, was in den Köpfen der Leute vor sich geht.«

Brander stellte die Tassen auf den Tisch und setzte sich dem Kollegen gegenüber. »Ich durchschaue diesen Fall nicht. Womit haben wir es zu tun?«

»Mutmaßlich Totschlag.«

»Ja, aber warum? War Vasila Cazacu das Ziel des Angriffs? Oder war sie eher so etwas wie ein Kollateralschaden?«

»Du meinst, jemand anderes sollte erschlagen werden?«

Brander sah Tropper nachdenklich an. »Die Option habe ich bisher noch gar nicht in Betracht gezogen. Ich dachte eher an den Einbrecher, dem sie in die Quere gekommen sein könnte.«

»Rekonstruieren wir doch mal die Situation. Der Einbrecher kam mutmaßlich durch den Seiteneingang. Wo war Vasila Cazacu zu dem Zeitpunkt?«

»Theoretisch in dem Lagerraum, von der Tür aus gesehen rechts des Flurs. Da stand ihre Pritsche.«

»Okay. Der Einbrecher geht rein, schaut aber nicht in den Lagerraum.«

»Weil er ein Ziel vor Augen hat«, fuhr Brander fort. »Er weiß, dass in Walter Diekens Büro eine Geldkassette im Schreibtisch versteckt ist.«

»Das heißt, er weiß, wo Diekens Büro ist.«

Brander nickte grübelnd. »Oder er hat in den Lagerraum geschaut, aber Cazacu dort nicht gesehen. Vielleicht hat sie sich versteckt. Vielleicht war sie zu dem Zeitpunkt gar nicht in dem Raum.«

»Wo könnte sie gewesen sein?«

»Überall.«

Tropper schüttelte den Kopf. »Nein, nicht überall. Wäre sie in Diekens Büro gewesen, hätte der Täter sie vermutlich gleich da erwischt, er hat schließlich die Geldkassette dort entwendet, und um aus dem Zimmer herauszukommen, hätte sie in dem Fall an ihm vorbeigemusst.«

»Gut, dann war sie da schon mal nicht.« Brander rief sich den Grundriss der Firma in Erinnerung. »Bleiben der Mitarbeiterraum und die Toilette. Da würde ich darauf tippen, dass sie gerade auf dem Klo war, als er hereinkam.«

»Dummer Zufall, aber gut möglich. Der Einbrecher gelangt also unbehelligt in Diekens Büro und entwendet dort zielgerichtet die Geldkassette. Was macht Cazacu? Hat sie mitbekommen, dass jemand im Gebäude ist?«

»Ich würde sie gern fragen, wenn ich könnte«, seufzte Brander. »Was sagt denn die Spurenlage?«

»Cazacu wurde im Seitenflur niedergeschlagen. Der Schlag erfolgte von hinten. Das heißt, sie war entweder auf dem Rückweg von der Toilette in den Lagerraum –«

»Aber warum hat der Täter sie dann erschlagen?«, warf Brander ein. »Er hätte warten können, bis sie weg ist, und sich dann wieder hinausschleichen können.«

»Das hat er nicht. Sie ging oder lief von ihm weg. Wenn sie gestanden hätte, hätte er sie weiter oberhalb auf dem Schädel getroffen. Er hat sie aber – und das mit Schwung, wenn ich den Obduktionsbericht richtig interpretiere – kurz unter dem Scheitelpunkt erwischt.«

Brander nickte. »Daraus würde ich schließen, dass sie in einer Fluchtbewegung gewesen sein muss. Wie dunkel war es in dem Flur? Konnte der Täter sie sehen?«

»Der Einbrecher wird sicherlich kein Licht eingeschaltet haben«, mutmaßte Tropper. »Aber sie könnte Licht gemacht haben. Wenn nicht: Die Notausgangsschilder beleuchten den Flur schwach. Er hätte sie zumindest schemenhaft erkennen können.«

»Theoretisch wäre also eine Verwechslung möglich. Aber mit wem? Sie war klein und zierlich. Hätte der Täter es auf Dieken abgesehen gehabt, hätte er den Unterschied erkannt, auch wenn er nur ihre Umrisse gesehen hätte.« Brander rieb sich über den Nacken. »Ist es denn sicher, dass sie tatsächlich dort im Flur erschlagen wurde?«

»Es spricht einiges dafür: der abgesplitterte Fingernagel, den wir zwischen den Putzcontainern gefunden haben. Die Blutanhaftungen, die wir im Flur noch sichern konnten, und nicht zuletzt habt ihr Diekens Aussage.«

In Brander regten sich noch immer Zweifel. Sein Smartphone klingelte. Er nahm es zur Hand. Die Nummer war ihm nicht bekannt. »Brander.«

»Sabine Hentschel-Meyer. Entschuldigen Sie, ich weiß, es ist Feiertag –«

»Kein Problem. Ich bin im Dienst. Was kann ich für Sie tun?«

»Es geht um meine Schwester.« Sie verstummte.

»Was ist mit ihr?«

»Ich will gleich zu ihr fahren. Hätten Sie Zeit … Könnte ich vorher mit Ihnen sprechen?«

Brander atmete auf. Er hatte schon befürchtet, Heike Hentschel wäre in der Nacht verstorben. »Worum geht es denn?«

»Das würde ich lieber persönlich mit Ihnen besprechen.«

»Okay. Wann werden Sie in Tübingen sein?«

»Ich mache mich gleich auf den Weg. In zweieinhalb Stunden könnte ich da sein, wenn es keinen Stau gibt.«

»Sie kommen aus Nürnberg, oder?«

»Ja.«

»Dann kommen Sie am besten vorher zu mir in die Dienststelle in Esslingen. Das liegt fast auf dem Weg, wenn Sie über die Autobahn fahren.« Brander gab ihr die Adresse.

Hans Ulrich Clewer saß einsam vor seinem Laptop, als Brander den Konferenzraum der Soko betrat. Er trug einen eleganten grauen Anzug mit Hemd und Krawatte, was ahnen ließ, dass der Inspektionsleiter an diesem Tag noch andere Pläne hatte.

»Morgen, Hans, wo ist der Rest der Truppe?«

»Fabio und Peter kommen gleich. Stephan – keine Ahnung.« Clewer lehnte sich zurück. »Hat Hendrik Marquardt schon mit dir gesprochen?«

»Nein. Wieso?« Augenblicklich zwickte es Brander im Magen. Ging es um Nathalies Mutter, oder war der Kollege verärgert, weil Anne Dobler für ihn an den Weihnachtstagen eine Sonderschicht eingelegt hatte?

Clewer zögerte. »Ich denke, er hätte es dir gern selbst gesagt. Jetzt erfährst du es halt von mir: Vermutlich haben sie den Täter.«

Brander setzte sich auf den nächstbesten Stuhl. »Was heißt ›vermutlich‹?«

»Es hat sich jemand gestellt. Ein Obdachloser, der behauptet, Frau Böhme im Streit versehentlich in den Neckar gestoßen zu haben. Seine Angaben werden zurzeit noch überprüft, aber Herr Marquardt hält die Aussage für glaubhaft. Der Mann hat ihnen den Ort gezeigt, wo es geschehen sein soll. Die Spurenauswertung läuft. Wir haben mobilisiert, wen wir konnten.«

War das die Sisyphusarbeit, von der Tropper gesprochen hatte?, überlegte Brander flüchtig. »Warum stellt der sich freiwillig?«

»Vielleicht hat er ein schlechtes Gewissen. Oder er spekuliert auf eine trockene Zelle und ein gutes Weihnachtsessen in eurem Café Dobler.« Die Bezeichnung hatte Clewer sich gut gemerkt.

Brander schwankte zwischen Erleichterung und der Sorge, dass der Inspektionsleiter mit seiner zweiten Vermutung recht haben könnte. Es brannte ihm unter den Nägeln, Hendrik anzurufen, um weitere Details zu erfahren. Doch das Eintreffen von Fabio und Peter bremste dieses Vorhaben fürs Erste aus.

»Ah, Andi, Gruß von den Kollegen vom Zoll«, richtete Fabio gut gelaunt aus. »Dein Büchlein ist Gold wert.«

»Welches Büchlein?«

»Das du in Walter Diekens Privatwohnung sichergestellt hast. Sie konnten anhand der Einträge mehrere Unternehmen identifizieren, und wie es scheint, sind das Firmen, die nicht in Diekens Steuererklärung auftauchen. Muss natürlich alles noch genau überprüft werden. Aber da braut sich ganz schön was zusammen, wenn die Kollegin von der FKS nicht übertrieben hat.«

»Dann hatten wir also den richtigen Riecher«, resümierte Brander.

»Sieht ganz danach aus.« Fabio setzte sich. Auch er war an diesem zweiten Weihnachtstag festlich gekleidet. Brander kam sich mit Jeans und Pulli schon fast ein wenig underdressed vor.

»Die Kollegen planen zwischen den Feiertagen Durchsuchungen bei mehreren Firmen«, ergänzte Fabio.

»Bleibt die Frage, ob die Tötung von Vasila Cazacu mit der Schwarzarbeit zusammenhängt.« Brander sah grübelnd auf seinen Notizblock. Dieser Fall war verzwickt.

Stephan Klein kam herein und verbreitete einen frischen Duft nach Duschgel und Rasierwasser. »Sorry, Kollegen, hab ich was verpasst?«

Clewer setzte ihn ins Bild.

»Und was ist mit der Diebstahlserie?«, erinnerte Stephan das Team an den Ermittlungsansatz von Anne Dobler.

»Hast du Armin Aicheler erreicht?«, wandte Brander sich wieder an Fabio.

»*Sì*, heute früh. Du wolltest wissen, ob er irgendeinen Bezug zu Kusterdingen hat, und den hat er tatsächlich: Das Wochenende, an dem bei ihm eingebrochen wurde, war er mit Freunden zum Junggesellenabschied auf Mallorca. Er war Trauzeuge des Bräutigams, und was denkt ihr, wo der Bräutigam lebt?«

»In Kusterdingen«, erwiderten Brander und Clewer im Chor.

Fabio grinste. »*Bravissimo*. Eine Woche zuvor war Aicheler bei ihm gewesen. Sie sind in Tübingen um die Häuser gezogen und auf dem Heimweg auf einen Absacker noch in ›Siggi's Kneiple‹ eingekehrt.«

»Im Ernst?« Damit war das der vierte Einbruchdiebstahl, der einen Bezug dorthin aufwies, summierte Brander gedanklich.

»Ist so was wie eine Tradition. Wenn sie abends in Tübingen unterwegs waren, war die letzte Station immer ›Siggi's Kneiple‹.« Fabio lächelte schief. »Und wollt ihr auch wissen, warum?«

»Nein, Fabio, warum sollte uns das interessieren?«, fragte Brander ironisch.

»Weil der Onkel des Bräutigams da immer abhängt und ihnen dann noch großzügig ein Gläschen spendiert.«

»Wer ist sein Onkel?«

»Randolph Lämmle.«

»Der Geizkragen gibt denen was aus?«, staunte Stephan.

»Laut Aussage Aicheler, ja.«

»Aber der Lämmle steigt doch nicht bei dem Trauzeugen seines Neffen ein und klaut ihm ein paar tausend Euro«, wiegelte Clewer ab.

»Ich würde das nicht so rigoros ausschließen«, widersprach Brander. »Er ist Metallbauer, und ich könnte mir vorstellen, dass er Kenntnisse hat, was den Schließmechanismus von Türen angeht.«

»Dazu hätte ich noch eine Ergänzung«, meldete Fabio sich noch einmal zu Wort. »Ich sollte doch eine Backgroundrecherche zu Lämmle machen.«

Brander nickte.

»Es stimmt, Randolph Lämmle hat eine Ausbildung zum Metallbauer gemacht, hat aber nach der Ausbildung nur kurz in dem Bereich gearbeitet. Er ist dann zur Bundeswehr gegangen und hat sich für zwölf Jahre verpflichtet. Als Unteroffizier hat er sich für die KSK beworben, wurde aber nicht genommen. Hat seinen Dienst nach vier Jahren vorzeitig beendet. Warum, weiß ich nicht.«

»Vermutlich, weil sie ihn beim KSK nicht genommen haben«, überlegte Peter.

»Möglich, ja. Danach verschiedene Gelegenheitsjobs, meistens bei irgendwelchen Sicherheitsfirmen, seit zehn Jahren ohne feste Arbeit. Er ist seit dreizehn Jahren verheiratet. Seine Frau Judith arbeitet im ›Five Stars‹ in Stuttgart, offiziell nur als Aushilfe im Service gemeldet.«

»Was hat Lämmle bei der Bundeswehr gemacht?«, hakte Brander nach.

»Er war bei den Gebirgsjägern.«

Stephan schürzte anerkennend die Lippen. »Hätte ich ihm

nicht zugetraut, wenn man das schmächtige Männlein am Tresen hocken sieht. Hat mächtig abgebaut, der Kerl.«

»Der Alkohol«, kommentierte Brander.

»So viel trinkt der nicht«, erwiderte Stephan.

»Ich fasse das mal zusammen.« Brander zählte an den Fingern auf. »Lämmle bekommt eine Menge in der Kneipe mit. Er hat vermutlich durch Ausbildung und Jobs Kenntnisse über Türschlösser. Er wirkt zwar schmächtig, wäre aber sicher stark genug, eine kleinere Frau gezielt niederzuschlagen. Seine finanziellen Mittel sind als Hartz-IV-Empfänger begrenzt. Durch die nächtlichen Arbeitszeiten seiner Frau fällt niemandem auf, wenn er nach seinem Kneipenbesuch noch unterwegs ist.«

»Wir brauchen von Lämmle eine Alibiprüfung für die fraglichen Nächte.« Clewer sah in die kleine Runde. »Wer übernimmt das?«

»Ich habe gleich noch einen Termin mit Hentschels Schwester«, erklärte Brander. »Aber danach unterhalte ich mich gern noch mal mit Herrn Lämmle.«

»Da bin ich dabei«, bot Stephan an.

Sabine Hentschel-Meyer hatte sich beeilt. Vielleicht war sie auch gut durchgekommen. An diesem Feiertagvormittag waren die Autobahnen nicht so voll. Brander führte sie in sein Büro. Die Frau war übernächtigt und angespannt. Sie setzte sich auf den zugewiesenen Stuhl und hielt ihre Handtasche krampfhaft auf ihrem Schoß zwischen den Fingern. Ein Getränk lehnte sie ab.

»Was kann ich für Sie tun?« Brander lächelte ihr aufmunternd zu.

»Ich, ähm, also Heike hat ...« Sie seufzte unschlüssig. »Ich weiß nicht, ob das richtig ist, was ich tue.«

»Was wollten Sie mir denn über Ihre Schwester sagen?«

Hentschel-Meyer presste die Lippen ratlos zusammen.

Branders Blick fiel auf die Handtasche in ihrem Schoß. Sie hielt sie so fest umklammert, als hätte sie Angst, beraubt zu werden.

»Ist da vielleicht etwas drin, was Sie mir zeigen möchten?«

Die Frau senkte den Blick. »Nein ... Also ... Es ist ein Brief. Bevor Heike die Tabletten geschluckt hat, hat sie mir einen Brief geschrieben. Er kam Heiligabend bei uns zu Hause an, da war ich gerade bei ihr. Ich habe ihn erst gestern gelesen. Und jetzt weiß ich nicht, was ich tun soll.«

»Was hat Ihre Schwester Ihnen geschrieben?«

Hentschel-Meyer wandte den Blick zur Seite, rieb sich mit den Fingerspitzen über die Stirn. »Es ist so lächerlich.«

Brander wartete schweigend auf die Fortsetzung.

»Heike wollte immer ein Kind. Das hatte ich Ihnen ja erzählt. Und jetzt ... In ihrem Brief schreibt sie mir, dass sie diese ausländische Frau adoptieren wollte. Dann hätte sie eine Tochter und dazu auch noch ein Enkelkind. Ein Baby.« Noch immer fassungslos über diese Information hielt sie sich die Hand vor den Mund. »Das ist so absurd. Sie kann doch nicht einfach eine erwachsene Frau adoptieren!«

»Nun ja, so etwas geht schon«, wusste Brander.

»Aber die Frau hielt sich doch illegal in Deutschland auf.«

»Sie meinen Frau Cazacu?«

»Ja, die Frau, die jetzt tot ist.«

Ihr Aufenthalt in Deutschland war nicht unbedingt illegal, nur die Tatsache, dass sie ungemeldet für Walter Dieken gearbeitet hatte. »Ihre Schwester wollte Vasila Cazacu also adoptieren?«

Sabine Hentschel-Meyer nickte.

»Durch den Tod von Frau Cazacu war das jedoch nicht mehr möglich. Wollte sie sich deswegen das Leben nehmen?«

»Auch, aber sie schrieb mir, dass sie Angst davor hätte, ins Gefängnis zu müssen.«

»Die Adoption eines erwachsenen Menschen bringt in der Regel niemanden ins Gefängnis.« Er musterte die Frau vor sich eingehend. »Hat sie etwas mit dem Tod von Frau Cazacu zu tun?«

»Um Gottes willen, nein!«

Worum ging es dann? Die Frau vor ihm schien Brander in höchster Ratlosigkeit. »Frau Hentschel-Meyer, wären Sie so nett und würden mir den Brief Ihrer Schwester einmal zeigen?«

Zögernd öffnete die Frau ihre Handtasche und reichte ihm einen dicken Umschlag. Er enthielt einen mehrseitigen handgeschriebenen Brief. Brander überflog die Zeilen. Es war kein Geständnis zum Tod der jungen Rumänin enthalten, aber Hentschel hatte von der Schwarzarbeit in der Firma gewusst und befürchtete nun, deswegen verurteilt zu werden.

»Darf ich eine Kopie davon machen?«

»Nein.«

Brander hob stirnrunzelnd die Zettel in seiner Hand. »Das ist eine Aussage Ihrer Schwester über die Schwarzarbeit im Reinigungsunternehmen von Walter Dieken. Sie haben mir diesen Brief zur Kenntnis gegeben, das kann ich nicht ignorieren. Ich werde einen richterlichen Beschluss zur Beschlagnahme einholen.«

Sabine Hentschel-Meyer starrte ihn flehentlich mit großen Augen an. »Sie dürfen Heike nicht einsperren. Das überlebt sie nicht.«

»Schwarzarbeit ist illegal. Das wusste Ihre Schwester, und sie wird sich vor Gericht für ihr Handeln verantworten müssen.«

»Er hat sie doch gezwungen. Heike war ihm hörig!«

»Wem?«

»Ihrem Chef!«

»Wie kommen Sie darauf?«

»Sonst hätte sie so etwas doch niemals mitgemacht!«

Wusste sie das so genau? Ein paar kurze Anrufe im Jahr, zum Geburtstag, zu Weihnachten. Da sprach man sicher nicht über solche Themen.

»Das müssen Gutachter und Gerichte entscheiden«, erklärte Brander.

»Oh Gott, ich hätte niemals herkommen dürfen. Geben Sie mir den Brief wieder zurück.« Sie streckte fordernd die Hand aus.

»Es tut mir leid, aber der Brief ist als Beweismittel beschlagnahmt.«

Brander atmete tief durch, als er wieder allein war. Manchmal hasste er seinen Job. Sabine Hentschel-Meyer hatte ihn mit Worten beschimpft, die er der gepflegten Mittfünfzigerin nicht zugetraut hätte. Er hatte von einer Anzeige wegen Beamtenbeleidigung abgesehen und sie zum Ausgang begleitet. Zuletzt hatte sie an sein Mitgefühl appelliert. Aber ihm blieb keine andere Wahl. Er musste hart bleiben.

Das Telefon verkündete einen Anruf von Peppi. Eigentlich hätte er ihren Anruf ignoriert. Sie hatte Urlaub. Aber zum einen hielt Marco Schmid sie garantiert über die Ermittlungen auf dem Laufenden, und zum anderen wollte er nach dem schlechten Ausgang des Gesprächs mit Hentschel-Meyer eine freundliche Stimme hören.

»Wer stört?«, meldete er sich mit aufgesetzter Fröhlichkeit.
»Heieiei, Andi, was ist los?«
Sie kannte ihn einfach zu gut. »Ich musste Arsch sein.«
»Erzähl.«
Er berichtete ihr von dem Gespräch mit Sabine Hentschel-Meyer.
»Was hat sie denn erwartet, was du machst? Du bist nicht ihr Beichtvater, du bist Polizeibeamter«, ergriff Peppi Partei für ihn.
Ihr Zuspruch tat ihm gut. »Wie läuft's bei dir? Habt ihr schöne Feiertage?«
»Ich hatte vergessen, wie anstrengend meine Eltern manchmal sein können. Zum Glück haben wir im Haus genug Platz, um uns zwischendurch mal aus dem Weg zu gehen.«
Brander lachte. »Seit wann sind deine Eltern jetzt zu Besuch?«
»Drei Tage. Und sie bleiben bis zum 7. Januar.«
»Sei nachsichtig mit den beiden. Wer weiß, wie lange du sie noch hast.«
»Hast recht. So schlimm ist es gar nicht. Und sie müssen mich ja auch ertragen, wenn ich zu Besuch komme.«

Wieder tauchte eine Erinnerung in Branders Gedächtnis auf. Es war wie in der Nacht zuvor, als Beckmann etwas gesagt hatte. Aber der Gedanke war zu schwach, er bekam ihn nicht zu fassen.

»Bist du noch dran?«

»Ja, sorry, war kurz abgelenkt.«

»Worüber denkst du nach?«

»Peppi, du hast Urlaub.« Er sah auf die Uhr. Halb drei. »Musst du nicht die Kaffeetafel für die Familie decken?«

»Erst in einer halben Stunde. Was hat die Hentschel denn geschrieben?«

Brander gab sich geschlagen und fasste ihr den Inhalt des mehrseitigen Briefes zusammen. Heike Hentschel hatte Vasila Cazacu im vergangenen Jahr kennengelernt. Eine Mitarbeiterin hatte Dieken gebeten, ihr Arbeit zu geben. Den Namen der Mitarbeiterin nannte Hentschel in ihrem Brief nicht. Dieken hatte die Frau zwei Wochen lang beschäftigt. Ein Abgleich mit den Daten, die Fabio zusammengetragen hatte, zeigte ihm, dass Cazacu offiziell zu der Zeit noch als Erntehelferin auf den Fildern gearbeitet hatte.

Hentschel hatte die junge Frau, die sie als fleißig, gut erzogen und verlässlich beschrieb, ins Herz geschlossen. Sie wollte ihr ermöglichen, legal in Deutschland zu leben und zu arbeiten, damit das ungeborene Kind die Chance auf ein besseres Leben bekäme. Und da war ihr die Idee gekommen, Vasila Cazacu zu adoptieren. Sie wollte sich sogar eine größere Wohnung suchen, damit Vasila mit dem Baby bei ihr wohnen konnte.

»Aber warum hat die Cazacu dann in Diekens Firma gehaust?«, unterbrach Peppi ihn. »Hat die überhaupt von den Plänen gewusst, oder war das nur ein Hirngespinst von der Hentschel?«

»Ich werde sie fragen, sobald die Ärzte mich mit ihr sprechen lassen. Aber es geht noch weiter.«

Die zweite Hälfte des Briefes befasste sich mit der Schwarzarbeit in Diekens Firma. Das Reinigungsunternehmen hatte immer wieder harte Zeiten durchlitten. Die Konkurrenz war groß, und ebenso stark war der Kostendruck. Und so hatte Walter Dieken vor ein paar Jahren angefangen, bei befreundeten Unternehmern schwarzzuarbeiten. Dazu hatte er ausländische Hilfskräfte eingesetzt. Es waren Flüchtlinge, die noch kein Bleiberecht hatten. Vorzugsweise junge Frauen. Offiziell durften sie in Deutschland nicht arbeiten. Sie bekamen keinen Mindestlohn, aber – so rechtfertige Hentschel es anscheinend vor sich – sie verdienten eigenes Geld und konnten so ein bisschen Eigenständigkeit erwerben.

»Wäre interessant zu erfahren, wer die Flüchtlinge vermittelt hat.«

Gab es tatsächlich eine Information, die Peppi noch nicht hatte? »Laut Aussage Hauser arbeitet Cosima Fleck ehrenamtlich für eine Flüchtlingsorganisation.«

»Ach was, die Fleck?«

»Ja.« Brander stellte den Lautsprecher seines Telefons an und startete eine kurze Internetrecherche. Tatsächlich fand er Diekens Vorarbeiterin als Ehrenamtliche einer Tübinger Flüchtlingsorganisation.

»Aber Vasila Cazacu war kein Flüchtling«, stellte Brander fest. »Sie war Saisonarbeiterin.«

Dennoch blieb das Gefühl, dass die Vorarbeiterin etwas mit der jungen Rumänin verband. Woher kam ihre Angst vor Cazacus Bruder? Warum hatte Nicola, wenn Stephan es richtig gesehen hatte, der jungen Frau die Tasse vor die Füße geworfen? Es musste eine Verbindung geben. Brander machte sich eine Notiz, dass er unbedingt noch einmal mit Cosima Fleck sprechen musste.

»Warte mal kurz«, bat Peppi. Er hörte, wie sie vom Hörer abgewandt jemandem sagte, dass die Flasche leer sei.

»Habt ihr gestern gezecht?«, erkundigte er sich amüsiert.

»Marco hat meinen Papa mit Ouzo abgefüllt, damit Papa Storys aus meiner Kindheit zum Besten gibt.«

»Und die zwei haben eine ganze Flasche geleert?«

»Du kannst dir vorstellen, wie die beiden sich heute fühlen.« Peppi lachte schadenfroh. »Marco dachte wohl, dass der Alkohol die Zunge lockert, aber ich glaube, er kann sich nicht mehr an allzu viel erinnern, und ich werde einen Teufel tun und es ihm erzählen.«

Unerwartet kam bei Peppis Bemerkung die Erinnerung an das Gespräch mit Marvin Feldkamp auf, das er vor dem Weinhaus Beck mit ihm geführt hatte. Der Feuerwehrtaucher hatte von der Kellnerin gesprochen, die Nathalie wiedererkannt hatte: *Die kriegen eine Menge über ihre Kunden mit, aber das sollten sie für sich behalten.*

»Warte mal …« Brander zog seine Skizze hervor.

»Was ist los?«

»Du hast mich gerade auf einen Gedanken gebracht.«

»Ah, gut. Und?«

»Ich weiß noch nicht. Lass mich mal in Ruhe überlegen.«

»Du legst jetzt aber nicht auf.«

»Du hast Urlaub, Peppi. Grüß deine Eltern.« Bevor seine Kollegin noch etwas erwidern konnte, hatte er den Anruf beendet. Er nahm ein leeres Blatt, notierte als Gedankenstütze die Namen Nathalie und Marvin und das Wort Kellnerin in einem Dreieck. Wieso kam ihm das jetzt im Zusammenhang mit dem Fall Cazacu in den Sinn?

Er nahm die Zeichnung zu seinem Fall, schrieb mehrere Namen, die noch fehlten, an den unteren Rand des Blattes: Jäger, Haas, Aicheler. Er betrachtete seine Skizzen, die er für die anderen Personen im Laufe der Zeit erstellt hatte. Cosima Fleck: Eimer und Wischmopp. Für Meik Hauser hatte er eine Flasche Bier gezeichnet. Randolph Lämmle fehlte. Metallbauer, Gebirgsjäger und Onkel eines Freundes von Armin Aicheler. Was machten Gebirgsjäger? Ski fahren, klettern. Brander skizzierte einen Berg. Er zog Verbindungslinien zwischen den einzelnen Zeichnungen. Und alle endeten bei einer Skizze.

»Wie blind …« Brander öffnete die Internetsuchmaske, gab einen Namen ein. Er scrollte durch die Ergebnisse. Zu viele.

Wie konnte er die Suche eingrenzen? Er wählte Fabio Espositos Nummer. »Fabio, ich brauche deine Hilfe.«

»Ich wollte eigentlich bald gehen …«

»Es ist wichtig, Fabio.« Brander diktierte ihm seinen Auftrag.

»Andreas, wir sollten langsam los.« Stephan erschien im Türrahmen.

»Einen Moment noch.« Brander wandte sich seiner Internetsuche wieder zu.

»Was ist los?«, fragte Stephan.

»Ich hatte gerade einen Gedanken. Gestern Abend in der Kneipe hat der Wankmüller gesagt, dass Gottfried Jäger nur eine kleine Wohnung hat.«

»Ja und?«

»Woher wusste er das?«

»Andreas!« Stephan schüttelte verständnislos den Kopf. »In der Kneipe wird über alles Mögliche geschwätzt. Das kann er irgendwann mal aufgeschnappt haben.«

»Ganz genau: Siegfried Wankmüller bekommt jede Menge mit von dem, was seine Kunden herausposaunen.«

»Hm.« Stephan ließ sich auf dem Besucherstuhl nieder. »Denkst du etwa, der Siegfried …«

Brander setzte seine Internetrecherche fort. »Wie lang hat er die Kneipe schon?«

»Gut drei Jahre, glaub ich.«

»Du hast gestern gesagt, er ist nicht vom Fach.«

»Kann ich mir jedenfalls nicht vorstellen. Ein Wirt muss doch so zack, zack ein Weizenbier einschenken können.« Stephan simulierte die schwungvolle Armbewegung.

»So wie du gestern?«, feixte Brander.

»Soll ich es dir noch mal zeigen?«

»Lass mal. Weißt du, was Wankmüller davor gemacht hat?«

»Nein.«

Brander gab seine Suche auf. Es waren einfach zu viele Einträge. Er hoffte auf Fabios Recherche. »Lass uns zu ihm fahren. Ich will ihm ein bisschen auf den Zahn fühlen.«

»Und der Randolph?«
»Um den kümmern wir uns später.«

※※※

Die Straßen waren frei, und sie schafften die Strecke von der Dienststelle in Esslingen nach Kusterdingen in rekordverdächtigen vierunddreißig Minuten. Das alte Gasthaus lag dunkel und verlassen vor ihnen. Nichts deutete auf Leben hinter den Fenstern hin. Brander musterte die Fassade. »Der Wankmüller wohnt auch in dem Haus, oder?«

»Soweit ich weiß, hat er oben eine kleine Dachgeschosswohnung.«

Sie umrundeten das Gebäude und fanden einen Seiteneingang. Auf ihr Klingeln reagierte niemand. Als sie wieder zum Haupteingang kamen, trafen sie Bianka Keefer, die verfroren unter dem Vordach stand.

»Wieso is 'n da zu?«, fragte sie verwundert.

»Das wüssten wir auch gern.« Stephan studierte das verwitterte Schild mit den Öffnungszeiten. Es gab die Auskunft, dass täglich von elf bis elf geöffnet sei. Er klopfte laut mit der Faust gegen die Tür. »Siegfried, mach mal auf!«

Drinnen regte sich nichts.

»Hat Herr Wankmüller gestern angedeutet, dass er heute nicht öffnen wollte?«, erkundigte Brander sich.

»Nee, aber der war gestern echt scheiße drauf«, murrte Bianka. »Hat uns rausgeschmissen, gleich nachdem ihr weg wart. Dabei war's noch nicht mal zehn.«

»Hat er noch etwas gesagt?«

»Was soll er denn sagen? Nix hat er gesagt. Rausgeschmissen hat er uns. Will Feierabend machen, wäre sowieso alles scheiße.« Sie sah betrübt auf die verschlossene Tür. »Mach ich 'n jetzt?«

Brander spürte eine Unruhe in sich aufsteigen. Der Wirt war am Abend zuvor wirklich in sehr schlechter Verfassung gewesen. »Hat er vielleicht angedeutet, dass er sich etwas antun könnte?«

Die Frau riss erschreckt die Augen auf. »Der Siggi? Ach je, das kann er doch nicht … Aber der hat ja auch niemanden.«

Brander musterte grübelnd die verschlossene Tür.

»Wenn du mich fragst: Da ist Gefahr im Verzug«, sprach Stephan seinen Gedanken aus.

»Ich informiere Hans.« Brander nahm sein Smartphone.

»Bianka, Schätzle, du gehst mal besser nach Haus und machst es dir da gemütlich. Wir müssen hier jetzt ermitteln.« Stephan fasste die Frau an den Schultern und drehte sie in die Richtung ihres Heimweges.

»Aber ich –«

»Nee, Schätzle, keine Diskussion. Das ist hier nicht dein Terrain. Wir müssen gucken, was mit dem Siegfried los ist.«

Sie wandte sich dennoch wieder zu Stephan um. »Kann ich mir nicht wenigstens 'n Fläschchen von dem Trollinger mitnehmen? Ich hab zu Hause nix mehr, und ich zahl's dem Siggi auch.«

»Du siehst doch, dass hier zu ist.«

»Ja, aber … der hat ja einen Ersatzschlüssel hinten.«

Stephan wechselte einen Blick mit Brander, und bevor der etwas sagen konnte, wandte er sich wieder Bianka Keefer zu. »Wo?«

Nachdem Bianka Keefer ihnen das Versteck des Ersatzschlüssels gezeigt hatte, schickten sie die Frau fort. Über den Lieferanteneingang gelangten sie in den Schankraum. Siegfried Wankmüller hatte aufgeräumt, die Gläser waren gespült, die Tische abgeputzt, dennoch hing ein schaler Biergeruch in der Luft.

»Siegfried?«, rief Stephan laut und vergeblich in das Haus.

Brander warf einen Blick in die kleine Küche hinter der Theke, aber auch dort war niemand.

Sie stiegen die Treppe zur Dachgeschosswohnung hinauf. Die alten Holzdielen knarrten unter den schweren Schritten. Branders Unwohlsein verstärkte sich, je näher sie der Wohnungstür kamen. Er klopfte. »Herr Wankmüller? Bitte machen Sie auf, Polizei!«

Seine Worte verhallten ungehört. Er drückte die Klinke. Die Tür war verschlossen.

»Lass mich mal.« Stephan zog einen Bund Dietriche aus der Jackentasche.

»Er hat sicherlich unten irgendwo einen Schlüssel deponiert«, überlegte Brander.

»Die Suche können wir uns sparen.« Mit einem Klicken schnappte das Schloss auf. »Hereinspaziert.« Stephan drückte die Tür auf. »Siegfried? Alles klar?«

Doch alles, was sie empfing, war kalte Stille.

Brander trat in den schwach beleuchteten Flur. Die Luft war abgestanden. Sie arbeiteten sich durch die kleine Wohnung von Tür zu Tür. Das Bett im Schlafzimmer war zerwühlt, Decken und Matratze jedoch kalt. Dem Bad hätte eine Reinigung gutgetan. In der Küche standen eine Flasche Schnaps und ein benutztes Glas, daneben eine halb geleerte Tasse kalter Kaffee.

»Der Vogel ist nicht erst vor fünf Minuten ausgeflogen«, stellte Stephan fest.

»Hat er ein Auto?«

»Mit Sicherheit.«

Im Hof hatte kein Wagen gestanden.

Brander ging in das kleine Wohnzimmer. Ein abgewetztes grau meliertes Sofa stand vor einem braunen Couchtisch. Dazu bildeten ein Einbauschrank und ein altmodischer Servierwagen, auf dem angebrochene Spirituosenflaschen aufgereiht waren, den Rest der feudalen Einrichtung. Auf dem Couchtisch stand ein verstaubtes Adventsgesteck mit einer einzelnen Kerze, daneben ein Bilderrahmen mit dem Foto einer jungen Frau. Ein zusammengefaltetes Blatt lag darunter. Brander nahm es und faltete es auseinander. Die Notiz war kurz. »Verfluchter Mist.« Seine Gedanken begannen zu rotieren.

Stephan kam aus der Küche zu ihm. »Was ist los?«

Brander reichte ihm das Blatt.

»›Liebe Lisa, du hattest mal wieder recht. Es tut mir leid, aber ich kann nicht mehr. Siggi‹.« Stephan sah auf. »Wer ist Lisa?«

»Vermutlich seine Ex. Der Zettel lag unter dem Bilderrahmen.« Er deutete mit der Hand auf den Couchtisch.
»Will er sich tatsächlich was antun?«
»Du kennst ihn besser als ich.« Branders Blick glitt noch einmal über die Einrichtung. Gab es einen Hinweis darauf, wo sie Siegfried Wankmüller suchen mussten? »Hast du irgendwo ein Adressbuch gesehen?«
Stephan zog skeptisch die Stirn in Falten. »Haben die jungen Leute heute so etwas überhaupt noch?« Er wedelte mit dem Blatt. »Vielleicht ist das keine Suizidandrohung. Vielleicht will er sich einfach nur absetzen.«
Brander ging ins Schlafzimmer und öffnete die Schränke. Sie waren nicht vollgestopft, aber auch nicht leer. »Schwer zu sagen, ob er was mitgenommen hat. Allerdings hängen hier ein paar leere Kleiderbügel.«
»Ich würde vorschlagen, wir geben den Siegfried mal zur Fahndung raus.«
»Das mache ich von unterwegs. Lass uns zu Randolph Lämmle fahren. Der weiß doch immer über alles Bescheid.«

Randolph Lämmle öffnete nach dem dritten Klingeln. Statt Festtagskleidung trug er einen dunklen Jogginganzug und erweckte den Eindruck, als wäre er gerade erst aufgestanden, obwohl es bereits wieder dämmerte. Vielleicht hatten sie ihn beim verlängerten Mittagsschlaf gestört.
»Was wollt ihr denn?«, wunderte er sich.
»Reden.« Stephan drückte die Tür ein Stück weiter auf. »Dürfen wir reinkommen?«
Lämmle war nicht begeistert, trat jedoch zur Seite.
Die Wohnung war klein und aufgeräumt. Der Duft eines süßen Parfums hing schwer in der Luft. Lämmle führte sie ins Wohnzimmer. Auf dem Sofa saß eine schlanke Frau mit blondierter Mähne und ausladendem Busen in Leopardenbody und Glitzerleggins zwischen paillettenbesticktem Kissen und Samtdecke.

»Kannst du deine Freunde nicht in der Kneipe treffen? Ich will keine Fremden in unserer Wohnung«, erklärte sie unumwunden bei Erscheinen der beiden Beamten.

»Kripo Esslingen.« Brander streckte ihr seinen Dienstausweis entgegen. »Wir haben ein paar Fragen an Sie und Ihren Mann.«

Sie seufzte theatralisch. »Ich hasse Bullen.«

»Vorsicht, junge Frau«, mahnte Stephan.

Judith Lämmle lächelte spöttisch. »Du musst dich ja nicht angesprochen fühlen, Süßer.«

Randolph Lämmle warf seiner Frau einen ärgerlichen Blick zu. »Worum geht's denn?«

»Wir suchen Siegfried Wankmüller«, erklärte Brander.

»Hier bei uns?«, fragte Lämmle verdutzt.

»Wissen Sie, wo er sich aufhalten könnte? Wir müssen ihn dringend sprechen.«

»Den Siggi? Warum das denn?«

»Wo könnten wir ihn finden?«, drängte Brander auf eine Antwort.

»Wo soll er schon sein? In der Kneipe.«

Stephan schnaubte ungeduldig. »Pass auf, Randolph, wenn er da wäre, wären wir jetzt nicht bei dir. Streng deinen Grips mal an. Weißt doch sonst immer alles.«

»Sie hatten mal angedeutet, dass er eine Freundin hatte«, erinnerte Brander sich. »Heißt die Lisa?«

»Ja.«

»Und wie weiter?«

Lämmle seufzte ratlos aus. »Judith, du weißt das doch. Ihr trefft euch doch manchmal.«

»Federle?«

»Jetzt verarsch uns nicht! Sonst kriegste eins dran wegen Behinderung der Justiz, kapiert?«, fuhr Stephan die Frau an. Lisa Federle war eine stadtbekannte Tübinger Notärztin und garantiert nicht Siegfried Wankmüllers Ex-Freundin.

Der Busen hob sich unter dem Leopardenbody, als Judith Lämmle erbost nach Luft schnappte.

»Judith, das ist kein Spaß«, erkannte Randolph Lämmle. »Lisa Reiter oder Ritter oder – verflucht, wie heißt die denn?«

»Reutter«, kam es beleidigt von seiner Lebensgefährtin.

Brander notierte sich den Namen. »Haben Sie auch ihre Telefonnummer?«

Wieder war die Antwort ein genervtes Schnaufen. Nach einem Blick zu ihrem Mann nahm sie jedoch ihr Smartphone zur Hand und diktierte Brander eine Handynummer.

»Danke.« Brander wandte sich an Lämmle. »Haben Sie eine Idee, wo wir sonst noch nach Herrn Wankmüller suchen könnten?«

»Der ist ja jeden Tag in der Kneipe. Wo soll er sonst sein, wenn nicht da?« Lämmle kratzte sich im Nacken. »Worum geht es denn? Der hat doch nichts mit dieser toten Frau zu tun, oder?«

»Ich hab dir immer gesagt, dass der nichts taugt«, kam es vom Sofa. »War schon richtig von der Lisa, dass sie da die Biege gemacht hat.«

»Sie kennen Siegfried Wankmüller?«, fragte Brander.

Judith Lämmle zuckte die Achseln. »Ich war am Anfang, als er die Kneipe übernommen hat, ein paarmal da. Da hab ich auch die Lisa kennengelernt. Die macht in Kosmetik.« Sie streckte Brander ihre langen künstlichen Fingernägel entgegen. »Daher kennen wir uns.«

»Warum haben Sie so eine schlechte Meinung von Herrn Wankmüller?«

»Schauen Sie sich den Laden doch an! Eine Szenekneipe wollt er draus machen, eine In-Kneipe, gehobene Kundschaft mit Kohle. Das hat er Lisa immer erzählt. Ganz große Pläne hatte der Herr. Aber der hat's Arbeiten nicht erfunden, keine Ideen, keinen Geschmack, und wie man mit Kunden umgeht, weiß der auch nicht. In der Gastronomie, da ist der Kunde König, ich kenn mich da aus. Da muss man freundlich lächeln, auch wenn einen die Leute ankotzen. Aber das hat der nicht kapiert. Der ist kein Geschäftsmann, der ist ein Träumer.«

»Judith, das kannst du so doch nicht sagen.«

»Ach komm, du hast das doch selbst gesagt. Wie oft hat der dich blöd angeblafft und einen Scheiß erzählt. Der tut immer, als würde er bald den großen Reibach machen, und am Ende kommt nix bei dem rum! Ist doch nicht der erste Laden, mit dem er pleitegeht.«

»Hat er vorher schon mal eine Kneipe geführt?«, fragte Brander.

»Ach, Unsinn. 'nen Schlüsseldienst hat er gehabt, Franchise. Ganz große Sache, hat er immer erzählt, als ob ihm die ganze Kette gehörte. Ein kleiner Popelladen war's, in 'ner Ecke von 'nem Einkaufszentrum.« Sie tippte sich an die Stirn. »Der hat nur rumgesponnen.«

Brander sah ungläubig zu Stephan. »Siegfried Wankmüller hatte einen Schlüsseldienst?«

»Na, wenn die Judith das sagt ...« Der Hüne hob die Schultern.

»Herr Lämmle, wussten Sie davon?«

»Ja, sicher, hat er irgendwann mal erzählt. Franchise, das ist ja nicht billig. Aber die Leute haben halt die Rechnungen nicht bezahlt, und dann ist er auf den ganzen Kosten sitzen geblieben.«

Judith Lämmle gab ein abfälliges »A wa!« von sich. »Ein Spinner isser! Aber von nix kommt nix!«

Brander fragte sich einen winzigen Moment, was Judith Lämmle davon hielt, dass ihr Mann seit Jahren Hartz IV bezog. »Wissen Sie zufällig, ob Herr Wankmüller noch Familie hat, Eltern oder Geschwister, bei denen er sein könnte?«

»Nein, keine Ahnung«, erwiderte Lämmle.

»Wenn euch irgendwas einfällt, wo der Siegfried sein könnte, meldet ihr euch bei uns. Meine Nummer hast du ja«, wandte Stephan sich an Randolph Lämmle.

»Ich hätte gern seine Nummer.« Die Frau im Leopardenbody streckte Brander ihre langen Fingernägel entgegen und mimte augenzwinkernd die Krallen einer Katze.

»Wie kommt ein Kerl wie Randolph Lämmle an so einen heißen Feger?«, wunderte sich Stephan, als sie wieder im Auto saßen.

»Nicht mein Typ.«

Stephan grinste. »Du hättest aber Chancen.«

Brander wählte Lisa Reutters Nummer. Eine weibliche Stimme meldete sich, die so jung klang, als hätte er ein zwölfjähriges Mädchen in der Leitung.

»Brander, Kripo Esslingen, spreche ich mit Lisa Reutter?«

»Ja«, kam es verwundert aus dem Hörer.

»Sie sind die ehemalige Lebensgefährtin von Siegfried Wankmüller?«

»Oje.« Ihr Seufzen klang nicht mehr nach jungem Mädchen. »Was hat er angestellt?«

»Wann hatten Sie zuletzt Kontakt zu ihm?«

»Ziemlich genau vor zwei Jahren.« Die Antwort kam prompt.

»Und seither nicht mehr?«

»Ich habe mir damals ein neues Smartphone mit neuer Nummer zugelegt und seine Nummer gesperrt.«

Das klang nicht nach einer einvernehmlichen Trennung.

»Wieso sucht die Kripo nach ihm?«, fragte sie.

»Es besteht der Verdacht, dass er sich das Leben nehmen will.«

Sie lachte kurz auf. »Ach, der bringt sich nicht um«, erwiderte sie kühl.

»Das kann man nicht wissen.«

»Er hat damals, als ich mich von ihm getrennt habe, ständig damit gedroht, sich was anzutun. Hat er aber nicht. Also wird er es jetzt auch nicht machen.«

»Hat er gesagt, was er sich antun wollte?«

»Ich glaube, Sprung vom Dach eines Hochhauses war sein Favorit.«

»Hat er mal in einem Hochhaus gewohnt?«

»Nein.«

»Seine Eltern? Geschwister?«

»Nein, zu seinem Vater hat er sowieso schon seit Jahren keinen Kontakt mehr. Geschwister hat er keine.«

»Und seine Mutter?«

»Keine Ahnung, wo die steckt. Die ist abgehauen, als er siebzehn war. Da fällt mir ein, Eisenbahnbrücke war auch mal im Gespräch. Kurz bevor der Zug kommt, damit nix schiefgehen kann.«

So abgeklärt, wie die junge Frau über die Suizidabsichten ihres Ex-Freundes sprach, schien sie wirklich nicht damit zu rechnen, dass er ernst machen könnte. Aber es war etwas anderes, von einem geliebten Menschen verlassen zu werden, als für den Tod einer jungen Frau und Mutter verantwortlich zu sein.

Branders Smartphone verkündete den nächsten Anruf, kaum dass das Gespräch mit Lisa Reutter beendet war. Es war Fabio.

»Das glaubst du nicht, Andi, weißt du, was der Wankmüller gemacht hat, bevor er die Kneipe übernommen hat?«

»Er ist mit einem Schlüsseldienst pleitegegangen.«

»Eh, *collega*! Du nimmst einem den ganzen Spaß an der Arbeit. Warum lässt du mich stundenlang recherchieren, wenn du es eh schon weißt?«

»Wir haben es gerade erst erfahren. Wo hatte er den Schlüsseldienst?«

»In Tübingen.«

»Hast du sonst etwas Interessantes über ihn herausfinden können?«

»Nicht wirklich. Mit siebzehn Mittlere Reife, Ausbildung im Einzelhandel, verschiedene Jobs, dann mit sechsundzwanzig in die Selbstständigkeit mit dem Schlüsseldienst. Zwei Jahre später war er insolvent. Ein halbes Jahr arbeitslos, dann hat er die Kneipe übernommen.«

»Woher hatte er das Geld?«, fragte Brander verwundert.

»Er hat die Kneipe nicht gekauft, sondern nur gepachtet. Inventar war vorhanden. Laut Verpächter ist er mit den Zahlungen regelmäßig im Rückstand, aber solange er niemanden findet, der den Laden übernimmt, lässt er ihn weitermachen.«

»Vermutlich besser, als wenn die Hütte leer steht«, kommentierte Stephan.

»In der ganzen Region ist Wohnraummangel. Der hätte das Haus doch gut an irgendeinen Immobilienhai verkaufen können.«

»Das kannst du gern bei Gelegenheit mit ihm ausdiskutieren«, bot Fabio an. »Peter checkt gerade am Flughafen, ob er in irgendeinen Flieger gestiegen ist. Kann ich noch irgendwas für euch tun?«

»Du könn–«

»Warte mal kurz.« Fabios Stimme entfernte sich. »Hab ich gerade am Apparat, warum?«

Brander verstand nur Bruchstücke. »Ja … Oh … Okay, ich geb's weiter.«

»Was ist los?«, fragte Brander ungeduldig. Hatten die Kollegen Siegfried Wankmüller gefunden? Stand der Kerl bereits auf irgendeiner Brücke?

»Das war Hans«, wandte Fabio sich ihm wieder zu. »Heike Hentschel ist vor einer Stunde verstorben.«

Die Nachricht erwischte ihn kalt. Brander hatte das Gefühl, dass sein Herz einen Schlag lang aussetzte. Er stieß die Luft aus. Stephan warf ihm einen irritierten Blick zu.

»Seid ihr noch da?«, fragte Fabio.

»Ja, ich melde mich später noch mal«, erwiderte Brander. Seine eigene Stimme klang ihm fremd in den Ohren. Er spürte einen unangenehmen Druck auf seinem Brustkorb, meinte, nicht genug Sauerstoff in seine Lungen zu bekommen. »Halt bitte kurz an.«

Stephan lenkte den Wagen an den Straßenrand. Brander sprang heraus und sog die kühle Luft tief ein. Kalter Nieselregen tröpfelte auf sein Gesicht. Sabine Hentschel-Meyers Beschimpfungen hallten in seinem Kopf. Er spürte seinen Herzschlag beunruhigend deutlich.

»Andreas?«, fragte Stephan besorgt von der anderen Seite des Wagens. Er kam um das Auto herum. »Was ist los?«

»Nichts, ich … Ich brauchte frische Luft.«

»Du kriegst mir jetzt aber keinen Herzinfarkt!«

»Unsinn.« Brander versuchte, die irrationalen Gedanken, die ihm nach Fabios Auskunft durch den Kopf gejagt waren, zu verscheuchen. »Das ist einfach ein verfluchter Scheißfall.«

Stephan blieb stumm an seiner Seite. »Alles ein bisschen viel im Moment, oder?«, durchbrach er nach einer Weile die Stille.

»Geht schon.«

»Den Eindruck habe ich nicht.«

So oberflächlich er sich auch oft gab, dem Hünen konnte man so leicht nichts vormachen.

»Ich hatte vorhin ein unerfreuliches Gespräch mit Hentschels Schwester.«

»Das hat aber nichts mit Heikes Tod zu tun.«

»Weiß ich doch«, erwiderte Brander, obwohl er genau diesen absurden Gedanken kurz zuvor gehabt hatte. »Ist ungemütlich hier draußen. Lass uns wieder einsteigen.«

»Okay.« Stephan sah ihm prüfend ins Gesicht. »Sicher nichts mit dem Herzen? Vielleicht solltest du es auch mal mit Yoga versuchen, wie Jens.«

Der IT-Forensiker Jens Schöne hatte vor einiger Zeit Yoga für sich entdeckt, um seinen Rückenschmerzen durch die viele Schreibtischarbeit entgegenzuwirken.

»Fang du auch noch an.« Brander schlug einen scherzhaften Ton an, um die Anspannung zu vertreiben. »Ceci will mich auch immer überreden.«

Stephan ging nicht darauf ein. »Du musst auf dich aufpassen, Andreas.«

Brander wollte mit einem lockeren Spruch parieren, aber vielleicht hatte der Kollege recht. Die heftige Reaktion seines Körpers auf die Nachricht von Hentschels Tod hatte ihn selbst erschreckt. Er atmete tief durch. Noch fünf Tage, dann hatte er Urlaub. Dann konnte er ausschlafen, joggen gehen, sich in aller Ruhe um Nathalie kümmern und einfach mal die Seele baumeln lassen. Er öffnete die Autotür. »Lass uns Siegfried Wankmüller finden. Ich will nicht noch einen Toten an Weihnachten.«

In der Hoffnung, einen Hinweis auf den Verbleib des Wirts zu finden, fuhren sie zurück zu Wankmüllers Kneipe. Aber weder im Gastraum noch in seiner Wohnung fanden sie eine Spur. Peter Sänger meldete sich und teilte Brander mit, dass Wankmüller seit dem Vorabend nicht am Stuttgarter Flughafen in eines der Flugzeuge gestiegen war. Auch die Fahndung der Kollegen in der Umgebung war bisher erfolglos verlaufen.

»Wo kann der Kerl sein?« Branders Blick glitt ratlos über das betagte Mobiliar. Wankmüllers Wohnung war ebenso lieblos eingerichtet wie der Schankraum unter ihnen. Keine Blumen, kaum Bilder, es fehlte gänzlich an fröhlichen Farben. Die Räume verrieten kaum etwas über den Menschen, der hier wohnte, außer eine innere Trostlosigkeit.

»Wenn er die Kohle von Dieken noch hat, würde das sicher für eine kleine Auslandsreise reichen.« Stephan schob die Schublade zu, die er gerade durchsucht hatte. Sie hatten in keinem der Räume einen höheren Geldbetrag gefunden. Lediglich in einer alten Zigarrenkiste unter der Thèke hatten ein paar Cent gelegen.

»Mit etwas Pech ist er heute Nacht bereits über die französische oder Schweizer Grenze gefahren«, überlegte Brander.

»Du denkst tatsächlich, dass er unser Mann ist?«

»In Wankmüllers Kneipe laufen alle Spuren zusammen. Jeder der Einbrüche, die Anne uns rausgesucht hat, weist eine Verbindung dorthin auf. Und Wankmüller hat für einen Schlüsseldienst gearbeitet. Er ist damit zwar pleitegegangen, aber er weiß, wie man eine Tür öffnet, und vermutlich besitzt er auch noch das passende Werkzeug.«

»Wo hat er das? Ich hab nix gefunden.«

»Das hat er wahrscheinlich entsorgt oder versteckt. Der wird kalte Füße bekommen haben, nachdem er erfahren hat, wer da seit Neuestem Abend für Abend bei ihm am Tresen sitzt.«

Stephan strich sich über seinen Bauch. »Von so viel Denken krieg ich Hunger. Entweder wir nehmen unten die Fleischküchle aus dem Kühlschrank, oder wir bestellen uns eine Pizza.«

»Pizza«, entschied Brander. Während Stephan einen Lieferservice anrief, erklang Branders Smartphonemelodie.

»Jens, was gibt's?«

»Handyortung Siegfried Wankmüller. Tübinger Zentrum, irgendwo in der Umgebung des Zinser-Dreiecks«, berichtete der IT-Forensiker im Telegrammstil. »Tübinger Kollegen sind bereits informiert und auf dem Weg.«

Brander ballte die Hand zur Faust. »Jens, du bist der Beste!« Er steckte das Telefon eilig zurück in die Jacke. »Stephan, komm, wir müssen.«

»Wohin?«

»Tübingen.«

»Ich hab gerade die Pizza hierherbestellt.«

Brander war bereits auf der Treppe. Zinser-Dreieck. Was gab es da? Die Blaue Brücke fiel ihm ein, eine breite Straßenbrücke, die über mehrere Bahngleise verlief. Unweit davon gab es eine Fußgängerbrücke, die die mehrspurige Bundesstraße überquerte und das Parkhaus Metropol mit der Innenstadt verband. Das Adrenalin schoss Brander durch die Adern. Meinte es Wankmüller mit seiner Ankündigung dieses Mal ernst?

Stephan hatte das Signal aufs Autodach gesetzt und raste die kurze Strecke über die Bundesstraße von Kusterdingen ins Tübinger Zentrum. Vor dem Ibis-Hotel stand auf dem Gästeparkplatz am Straßenrand ein Streifenwagen. Stephan wendete den Wagen und parkte dahinter.

»Keine Spur von ihm«, erklärte der uniformierte Kollege. »Weder auf noch unter der Brücke.«

Brander sah zu dem hohen Hotel vor sich. »Könnte er da aufs Dach gestiegen sein?«

»Prüfen wir gerade, aber eigentlich kommt da niemand unbemerkt rauf.«

Branders Blick scannte die Umgebung, blieb beim Metropol-Parkhaus hängen. »Was ist mit dem Parkhaus?«

»Sind die Kollegen gerade raufgefahren. Da ist niemand.«

»Wir müssen die anderen Häuser absuchen, ob er da irgendwo aufs Dach gestiegen ist.« Brander nahm sein Smartphone, wählte Jens Schönes Nummer. »Kannst du den Radius enger eingrenzen?«

»Ich versuch's schon. Das Signal hat sich noch ein kleines Stück bewegt. Wo seid ihr gerade?«

»Blaue Brücke.«

»Hm … Nein, falsche Richtung. Ihr müsst eher Richtung Karlstraße … Oder warte mal … Richtung Neckar.«

Aus dem Streifenwagen erklang ein Funkspruch: »… Springer auf dem Neckarparkhaus.«

»Jens, ich glaub, wir haben ihn.«

Stephan saß bereits hinterm Steuer, vollführte einen U-Turn, kaum dass Brander die Tür zugezogen hatte.

»Das kurze Stück hätten wir auch laufen können«, bemerkte Brander, als sie mit quietschenden Reifen vor dem viereckigen, mit Waschbetonplatten verkleideten Klotz zum Halten kamen. Er stieg aus, sah die triste Fassade hinauf. Die einzelnen Ebenen waren schwach beleuchtet, das obere Parkdeck lag im Dunkeln, lediglich die Einfahrt zum Parkhaus erstrahlte im hellen Neonlicht.

Während zwei Streifenwagen hinter ihnen eintrafen, kam eine uniformierte Kollegin aus dem Parkhaus. Brander erkannte Indra Frege. Die junge Frau sah sich suchend um und strahlte erleichtert, als sie ihn mit Stephan Klein entdeckte.

»Wir sind raufgefahren, mein Kollege ist oben geblieben«, berichtete sie. »Wir kommen aber nicht an den Mann ran. Er droht zu springen, sobald wir ihm zu nahe kommen. Die Situation ist riskant. Er sitzt auf dem Geländer.«

Brander wusste, dass auf dem oberen Parkdeck ein zusätzliches Gitter auf der Schutzmauer angebracht war. Sein Blick glitt hinauf, aber in der Dunkelheit war nichts zu erkennen. »Wo?«

»Auf der anderen Seite, Richtung Neckar.«

»Die Umgebung muss abgesperrt werden, wir brauchen

Notarzt, Sanitäter und Taucher.« Brander nahm sein Handy, steckte sich einen In-Ear-Kopfhörer ins rechte Ohr und zog die Strickmütze darüber. »Stephan, wir bleiben über Handy in Verbindung. Indra, du übernimmst die Einweisung der Kollegen. Ich gehe rauf.«

Der Nieselregen vom späten Nachmittag war in Schneeregen übergegangen. Kalter Wind trieb Brander kleine Flocken ins Gesicht, als er das obere Parkdeck betrat. Statt den Fahrstuhl zu nehmen, war er die Treppen hinaufgespurtet. Er zog den Reißverschluss seiner Lederjacke zu und schlug den Kragen hoch.

Wenige Meter von ihm entfernt parkte ein Streifenwagen. Der uniformierte Kollege stand daneben und sprach auf einen Mann ein, der an der Längsseite des Parkhauses mit dem Rücken zu ihnen auf dem Geländer saß. Die Scheinwerfer des Streifenwagens hatten ihn erfasst. Der Boden vor dem Wagen glänzte feucht, der Rest des Parkdecks lag im Dunkeln.

Siegfried Wankmüller trug Jeans und einen alten Parka. Er hatte keine Handschuhe an, fiel Brander auf. Die Finger mussten kalt und steif sein, das Metallgeländer rutschig. Zu viel Zeit sollte er sich nicht lassen, den Mann von der Brüstung zu reden, sonst würde der sich nicht mehr halten können und hinabstürzen – ob er wollte oder nicht.

»Herr Wankmüller, Andreas Brander, wir kennen uns«, rief Brander über das Parkdeck. Da er selbst auch nicht an Handschuhe gedacht hatte, steckte er die Hände in seine Jackentaschen. Er ging zu dem Mann in Uniform und deutete ihm mit einem Kopfnicken an, sich zurückzuziehen.

»Kommen Sie nicht näher, sonst springe ich!« Die Stimme klang eher verzweifelt als entschlossen.

Brander blieb bei dem Streifenwagen stehen. »Das sollten Sie nicht tun, Herr Wankmüller.«

»Verschwinden Sie!«

»Weihnachten ist eine schwierige Zeit, das verstehe ich. Da kann einem vieles schlimmer erscheinen, als es ist.«

Der Wirt klammerte sich an das metallene Geländer und starrte stumm nach unten.

»Herr Wankmüller, Sie sind jung, Sie haben das Leben noch vor sich.« Verfluchte Plattitüden. Streng deinen Grips an, Andreas, mahnte er sich innerlich.

Sein Blick glitt über das Parkdeck. Unweit von der Stelle, an der der Wirt saß, parkte ein betagter Dacia Kastenwagen. Vermutlich Wankmüllers Auto. Bis zur Balustrade waren es vom Streifenwagen aus nur wenige Meter. Brander bewegte sich langsam seitlich auf das Geländer zu.

»Bleiben Sie stehen!«

»Keine Sorge, ich komme Ihnen nicht zu nahe. Lassen Sie mich nur mal kurz runterschauen.« Brander setzte seinen Weg vorsichtig fort. Er warf einen Blick über das Geländer nach unten. Der Neckar lag wie ein breites schwarzes Band unter ihnen. Auf der gegenüberliegenden Seite reflektierten die Lichter der alten Villen, die das Ufer säumten, im Wasser. Weiter links erstrahlten Lampen und Weihnachtsdeko des Brauereiwirtshauses. Dort war Hochbetrieb. Ob die Gäste mitbekamen, was hier vor sich ging? Sensationslüsterne Gaffer waren das Letzte, was er jetzt brauchen konnte.

»Viele Leute denken, dass die Weihnachtszeit die Zeit mit den meisten Suiziden ist.« Brander schlug einen Plauderton an. »Das stimmt gar nicht. Interessanterweise waren in den letzten Jahren die Suizidzahlen in den Frühjahrs- und Sommermonaten meist höher.«

»Interessiert mich einen Dreck.«

»Statistisch gesehen gehören Sie nicht zur Peakgruppe der männlichen Suizide, die liegt bei den Fünfzig- bis Sechzigjährigen.«

»Komm nicht auf Ideen«, raunte Stephan ihm ins Ohr.

»Aber Herr Wankmüller, ich sehe Sie da ohnehin in keiner Statistik«, fuhr Brander im gleichbleibend ungezwungenen Tonfall fort. »Denn das hier wird nicht funktionieren.«

»Was?«

»Wenn Sie hier runterspringen. Das bringt Sie nicht um.«
»Wenn ich unten gegen die Platten schlage, bin ich mausetot.«
»Sie werden nicht gegen die Platten schlagen. Sie müssen die Flugkurve mit einberechnen. Sie landen direkt im Wasser. Wenn Sie mit den Füßen voranspringen, brechen Sie sich bei dieser Höhe vielleicht die Knöchel. Wenn Sie unglücklich auf dem Rücken landen, schlimmstenfalls ein paar Wirbel. Dann könnten Sie für den Rest Ihres Lebens im Rollstuhl sitzen. Aber umbringen wird Sie der Sprung nicht.«

Wankmüller wandte ihm sein Gesicht wütend zu. »Sie reden Scheiß!«

Brander bemerkte im fahlen Licht die Irritation in seinem Blick. Sein Gerede hatte den Wirt verunsichert. *Der bringt sich nicht um*, hallten die Worte von Lisa Reutter in ihm wider.

»Unsere Taucher sind unten, Notarzt und Sanitäter sind da. Man wird Sie ruckzuck aus dem Wasser fischen und behandeln. Sie werden hier nicht sterben.«

»Halten Sie 's Maul, verflucht!«

»Du musst ihn noch ein bisschen hinhalten. Notarzt ist unterwegs, und Taucher sind noch nicht einsatzbereit«, informierte Stephan ihn über seinen Knopf im Ohr.

»Ich hatte heute noch nicht viel zu essen«, schlug Brander einen anderen Weg ein. »Hatten Sie heute schon was? Wenn ich Hunger habe, sieht die Welt immer viel grauer aus. Ich krieg da manchmal richtig schlechte Laune. Geht Ihnen das auch so?«

»Ich hab gesagt, Sie sollen 's Maul halten! Verschwinden Sie!«

»Ich könnte uns eine Pizza bestellen. Geht aufs Haus. Was mögen Sie?«

»Ich will keine Scheißpizza! Ich will, dass Sie sich verpissen!«

Brander verschränkte die Hände vor der Brust. Die kalte, feuchte Luft kroch ihm in die Glieder. Der Mann auf der Balustrade musste fürchterlich frieren. Aber vermutlich war er voll Adrenalin und Verzweiflung, sodass er es nicht spürte.

»Okay, Sie wollen Ihre Ruhe. Das verstehe ich. Aber bevor

ich gehe, will ich von Ihnen wissen, was letzten Sonntag passiert ist.«

»Nichts ist passiert.«

Branders Stimme wurde strenger. »Eine Frau ist gestorben. Sie war Mutter eines Kindes, und dieses Kind hat ein Recht zu erfahren, was geschehen ist.«

Er bemerkte, wie die Schultern des Mannes herabsackten. Der Blick war wieder nach unten auf das Wasser gesenkt.

»Die Taucher sollen den Neckar beleuchten«, wisperte Brander in das Mikro seines Smartphones. »Er soll sehen, wohin er springt.«

»Mit wem reden Sie?«

»Mit mir selbst. Sie schulden mir noch eine Antwort.«

»Verschwinden Sie!«

»Nicht, bevor ich eine Antwort von Ihnen habe.«

Siegfried Wankmüller schwieg.

»Ihre finanzielle Lage sieht nicht besonders rosig aus«, ergriff Brander wieder das Wort. »Es gibt Schuldnerberatungen, die können helfen.«

Wankmüller schnaubte abfällig. Immerhin hörte er weiter zu, registrierte Brander.

Die Glocken der Stiftskirche verkündeten die Uhrzeit. Vom Parkdeck hatten sie einen schönen Blick auf den großen spätgotischen Bau, dessen beleuchtete Fassade mit dem breiten roten Dach sich malerisch und mächtig über der Neckarfront erhob. Andere Kirchturmglocken fielen in den Glockenschlag ein. Brander wartete, bis das Geläut verstummt war, bevor er fortfuhr.

»Na gut, Schuldnerberatung war nichts für Sie. Sie hatten eine andere Idee, wie Sie zu Geld kommen könnten. Ihre Gäste waren Ihnen da unbewusst eine große Hilfe. Es ist schon erstaunlich, was man als Wirt so alles erfährt.«

»Es ist jeden Tag dasselbe dumme, besoffene Geschwätz!«

»Sie haben sich den Job doch selbst ausgesucht.«

»Das waren Scheißstammkunden vom alten Wirt. Die wird

man ja nicht los. Wie soll ich da den Laden auf Vordermann bringen? Ich hab doch alles versucht!«

An Einrichtung, Dekoration, Angebot und Freundlichkeit hatte der Wirt allerdings nicht gedacht, sinnierte Brander still. Unter ihnen wurde es hell. Siegfried Wankmüllers Oberkörper zuckte zurück.

»Taucher sind in Position, Notarzt vor Ort«, informierte Stephan ihn über das Smartphone.

Brander hoffte, dass sie nicht gebraucht wurden. Er musste diesen Mann irgendwie zurück auf das Parkdeck holen. Er wollte keinen zweiten Suizidtoten an diesem Weihnachtsfest.

»Manchmal rutscht man in Situationen, die man so nicht vorhergesehen hatte«, ergriff er wieder das Wort, versöhnlich, verständnisvoll jetzt. »Es geschehen Dinge, die man nicht wollte.«

Wankmüllers Atmung ging flach, während er den Blick auf den beleuchteten Neckar hielt. Branders Plan schien aufzugehen. Das Ziel deutlich unter seinen Füßen zu sehen schien den Wirt zu verunsichern.

»Ich glaube nicht, dass Sie Vasila Cazacu töten wollten«, fuhr Brander fort, während er einen kleinen Schritt in Wankmüllers Richtung wagte. »Sie wussten nicht, dass sich die junge Frau in dem Gebäude aufhielt, oder?«

Er bewegte sich weiter auf den Mann zu. Seine Finger waren klamm, der Schneeregen hatte an einer Stelle seine Strickmütze durchweicht. Er rieb verstohlen die Hände an der Hose, damit sie trocken waren und einen besseren Halt gewährten. Er wartete unendlich scheinende Sekunden auf eine Reaktion des Mannes. Wankmüller wirkte erschöpft. Das konnte zu einer Kurzschlussreaktion führen. Nein, verflucht! Brander trat einen weiteren Schritt vor.

»Kommen Sie wieder auf das Parkdeck, Herr Wankmüller. Lassen Sie uns in Ruhe über alles reden.«

»Wenn ich auf das Parkdeck komme, wandere ich in den Knast.«

»Das kommt darauf an. Sie sind nicht vorbestraft. Und wenn ich es richtig sehe, war es keine vorsätzliche Tötung.«

Wieder war er einen Schritt näher. Keine zwei Meter trennten ihn noch von dem Wirt.

»Das Gesetz macht da ganz genaue Unterschiede«, fuhr Brander fort. »Wenn es kein Vorsatz war, war es kein Mord. Sie dachten, Sie wären allein in dem Gebäude, nicht wahr? Das fehlende Geld hätte niemandem wehgetan, aber Sie waren in einer Notlage, Sie brauchten das Geld.«

Brander verharrte in seiner Position. Wie weit konnte er gehen, ohne den Mann zu einer Kurzschlusshandlung zu treiben?

»Ich denke, es war vermutlich eher ein Unfall. Sie haben das nicht gewollt.«

Die Schneeflocken schmolzen in seinem Nacken und suchten sich einen Weg in seinen Jackenkragen hinab. Brander spürte die kalte Feuchtigkeit auf seiner Haut.

»Sie stand mit einem Mal vor mir«, wisperte Siegfried Wankmüller. »Ich kam aus dem Büro. Sie geriet in Panik. Ich geriet in Panik.« Er stieß die Luft aus den Lungen.

Brander hielt den Atem an. Nicht springen! Der Abstand war noch zu groß, um ihn zu packen und auf das Parkdeck zurückzuziehen.

»Es war ein Reflex. Ich hatte das Eisen in der Hand … Ich hab einfach zugeschlagen. Und dann … Dann lag sie da.«

»Es war kein Vorsatz.« Brander wagte den nächsten Schritt nach vorn. »Herr Wankmüller, kommen Sie zurück auf das Parkdeck, okay? Sie wollen da nicht runterspringen. Und ich will auch nicht, dass Sie das tun. Niemand will das. Kommen Sie, ich helfe Ihnen.«

Branders Herz schlug im Stakkato, als er einen Arm nach dem Wirt ausstreckte. »Nicht erschrecken. Ich fasse jetzt Ihren Arm.«

Er ließ den Mann nicht aus den Augen, versuchte, jede minimale Regung zu registrieren. Seine Hand krallte sich um Wankmüllers linken Oberarm. Er schlang den rechten Arm von hinten um den Oberkörper. Mit einem kräftigen Ruck zog er den Mann rücklings vom Geländer. Sie stürzten zu Boden. Brander rappelte sich auf die Knie. Dreck klebte an seinen Handrücken. Seine Kleidung war durchnässt. Siegfried Wankmüller blieb zitternd auf dem kalten Boden liegen. Regen tropfte auf das tränennasse Gesicht, während Einsatzkräfte auf das Parkdeck strömten.

※※※

Brander saß im Heck eines Einsatzwagens. Er hatte sich eine Decke um die Schultern gelegt, und Indra Frege hatte ihn mit heißem Tee versorgt. Die Anspannung der letzten Stunden, die Erschöpfung und die Kälte in seinem Körper ließen seine Glieder unkontrolliert zittern.

Die Seitentür des Bullis wurde geöffnet, und mit Hans Ulrich Clewer wehte kalte, feuchte Luft in den Wagen. Er schloss eilig die Tür wieder und setzte sich Brander gegenüber.

»Ist das ein Sauwetter.« Clewer knöpfte seinen dicken Mantel auf, unter dem sich der edle Anzug verbarg, den er am Morgen bei der Sokositzung getragen hatte.

»Wie geht's ihm?« Brander deutete unbestimmt mit dem Kopf in die Richtung, wo er den Rettungswagen vermutete.

»Die Sanitäter haben ihn fürs Erste versorgt. Er ist unterkühlt und in einem psychisch sehr labilen Zustand. Peter begleitet ihn mit den Tübinger Kollegen ins Krankenhaus, und dann werden wir schauen, ob er haftfähig ist.« Clewer zog die Stirn in Falten. »Du hast dem Kerl einen ganz schönen Schmarren erzählt. Der Sprung hätte sehr wohl tödlich enden können.«

»Ich glaube nicht, dass er tatsächlich springen wollte. Er war unentschlossen, und ich musste ihn darin bestärken, dass sein Vorhaben nicht zum Erfolg führen wird.«

»Es hätte auch schiefgehen können.«

»Ja.« Brander sah durch das Seitenfenster auf den Betonklotz. »Es kann immer schiefgehen.«

»Nimm dir den Tod von Heike Hentschel nicht so zu Herzen.«

Irritiert wandte sich Brander seinem Chef wieder zu.

»Stephan hat mir von dem kleinen Zwischenfall erzählt.« Clewer sah ihm fest in die Augen. »Er fährt dich gleich nach Hause. Wankmüllers Vernehmung übernehme ich. Ich will, dass du dich morgen ordentlich ausschläfst. Deine Aussage kannst du später machen, und dann feierst du den Rest des Jahres ein paar Überstunden ab.«

Brander schüttelte den Kopf, obwohl es genau das war, wonach er sich sehnte: eine heiße Dusche, ein warmes Bett und schlafen. »Mir geht's gut, Hans. Ich bin gerade ein bisschen durchgefroren, aber mir geht's gut.«

»Es war trotzdem eine anstrengende Woche. Außerdem werde ich dazu angehalten, zu verhindern, dass meine Leute ständig eine Riesenbugwelle an Überstunden vor sich herschieben.«

»Er hat gestanden.«

»Ich weiß, wir haben mitgehört. Ich habe alle Informationen, die ich fürs Erste brauche. Und du befolgst jetzt meine Anordnung.« Clewer stand auf und öffnete den Wagen. Bevor er ausstieg, wandte er sich noch einmal um. »Gute Arbeit, Andreas.«

Brander war froh, als er endlich die Tür seines Hauses hinter sich zuziehen konnte. Er schloss einen Moment die Augen und lauschte auf die Stille. Es war kurz nach Mitternacht. Die Tür zum Wohnzimmer wurde geöffnet, und Cecilia kam in den Flur.

»Du bist noch auf?«

»Ich habe auf dich gewartet.« Ihr Lächeln wirkte besorgt. »Peppi hat mich angerufen und mich über deinen Einsatz informiert. Ich dachte mir, du brauchst jetzt vielleicht jemanden.«

Brander wusste, dass die beiden Frauen sich gut miteinander verstanden. Und natürlich hatte Peppi von ihrem Lebensgefährten aus erster Hand erfahren, was sich unweit ihres Hauses auf dem Oberdeck eines Parkhauses zutrug.

Cecilia legte ihre warmen Hände an seine Wangen und küsste ihn. »Du bist eiskalt.«

»Eine heiße Dusche, eine Umarmung, dazu ein doppelter Scotch, und ich bin wieder ein geerdeter Mensch«, erwiderte Brander. »Gib mir ein Viertelstündchen.«

Im Bad blieb er ein paar Minuten unter dem heißen Duschstrahl stehen, spürte das Wasser wie kleine Nadelstiche auf der Haut. Nur allmählich drang die Wärme von der Oberfläche in seinen Körper. Stress, Sorgen, Hunger und zu wenig Schlaf. Er musste sich eingestehen, dass sein Körper das alles nicht mehr so leicht wegsteckte wie noch vor zehn oder zwanzig Jahren.

Als er aus dem Bad kam und wieder nach unten gehen wollte, meinte er, ein Geräusch aus Nathalies Zimmer zu hören. Er lauschte. War sie noch wach? Er schaltete das Licht im Flur aus und sah einen schwachen Lichtschein unter ihrer Zimmertür durchschimmern. Er klopfte und öffnete die Tür.

Nathalie lag im Jogginganzug auf dem Bett, die Arme hinter dem Kopf verschränkt, und starrte an die Decke. Die Stöpsel ihres Smartphones steckten in den Ohren. Ihre Wangen glänzten feucht. Sie bemerkte Brander erst, als er näher an ihr Bett trat.

»Hey.« Er setzte sich auf die Bettkante, nahm die Packung Taschentücher von ihrem Nachttisch, fischte eines heraus und reichte es ihr.

Sie tupfte sich über Augen und Wangen und putzte sich die Nase.

»Was hörst du?«

Wortlos reichte sie ihm ihre Ohrstöpsel.

»Bist du okay?«, schallte es Brander viel zu laut entgegen. Er hielt die Stöpsel auf Abstand. »Ich bin zwar alt, aber nicht taub. Kannst du die Lautstärke etwas runterdrehen?«

Sie tat ihm den Gefallen, und er lauschte dem Sänger. Der Text ging ihm nah.

»Forster?«, fragte er, als das Lied geendet hatte.

Sie nickte. »Hat Marvin mir geschickt.«

Der Mann war wirklich hartnäckig, dachte Brander, und abgesehen von der Botschaft, die er ihr mit dem Songtext schickte, kannte er offensichtlich Nathalies Faible für den Pfälzer Musiker.

»Er hat geschrieben, er wäre mit dir im Einsatz.«

»Ach so?« Brander hatte nicht mit den Tauchern vor Ort gesprochen. Nachdem er von dem Parkdeck runter war, wollte er nur noch schleunigst ins Trockene.

»Wieder eine Wasserleiche?«

»Nein, jemand wollte von einem Parkhaus in den Neckar springen.«

»Und?«

»Ich hab ihm so lange zugeredet, bis er eingesehen hat, dass das eine ganz blöde Idee ist.«

Nathalie hob einen Mundwinkel zu einem sanften Lächeln. »Gut gemacht, Bulle.«

»Willst du ihm nicht endlich mal antworten?« Brander deutete auf ihr Smartphone.

Das Lächeln verschwand. »Ich will kein Mitleid.«

»Das klingt nicht nach Mitleid.« Er deutete auf die Ohrstöpsel. »Ich glaube, deine Kameraden machen sich ernsthaft Sorgen um dich.«

»Sind ja gar nicht meine Kameraden. Ich gehöre nicht zu Tübingen. Ich gehöre zu Ammerbuch.«

»Du bist Teil der Feuerwehr-Familie.« Er musterte seine Adoptivtochter aufmerksam. »Aber darum geht es gar nicht, oder?«

Sie wandte den Blick zur Wand. »Die Tritschler war heute hier. Die haben ihn.«

Sie musste Brander nicht sagen, wen sie hatten. Clewer hatte es ihm bereits am Morgen mitgeteilt. Er rechnete es seiner Kollegin hoch an, dass sie sich trotz des Feiertags die Zeit genommen hatte, Nathalie persönlich zu informieren. Er drückte sanft Nathalies Hand.

Sie drehte ihm ihr Gesicht wieder zu. »Andi, in mir ist alles so durcheinander. Ich bin so wütend. Und ich schäme mich.

Und ich weiß auch nicht …« Sie sah ihm hilflos in die Augen. »Bin ich schuld, dass sie tot ist?«

»Was?«

»Hätte ich bei ihr bleiben müssen? Hätte ich auf sie aufpassen müssen? Ist es meine Schuld?«

»Um Gottes willen, Nathalie, nein! Es ist nicht deine Schuld. Denk so etwas nicht.«

Seine Antwort überzeugte sie nicht. Er sah die Zweifel in ihrem Blick. »Wenn du bei ihr geblieben wärst, hätte es nichts geändert. Du warst damals noch ein Kind. Sie hätte dich mit runtergezogen.«

Sie biss die Zähne zusammen und schluckte trocken. »Das Leben war einfacher, als ich es noch mit 'ner Pulle Wodka runterspülen konnte.«

»Nein, Nathalie, das war es nicht. Es hat dir vielleicht geholfen, den Moment zu vergessen. Aber es hilft dir nicht, um zu leben.«

Er sah, wie es hinter ihrer jungen Stirn arbeitete. »Ich erzähl dir jetzt mal ganz offen, was passiert wäre, wenn du bei ihr geblieben wärst, okay?«

Sie nickte abwartend.

»So wie ich dich damals kennengelernt habe, wäre es nur eine Frage der Zeit gewesen, bis du von Alkohol auf härtere Drogen umgestiegen wärst. Den richtigen Freundeskreis hattest du schon. Und als Junkie hättest du deiner Mutter nicht helfen können. Du wärst in die Beschaffungskriminalität abgerutscht, und spätestens mit sechzehn wärst du bei deiner kriminellen Vorgeschichte vermutlich zum ersten Mal in den Jugendknast gewandert. Da hättest du deiner Mutter auch nicht helfen können.«

»Ey, ich bin nur einmal zu Sozialstunden verknackt worden. Und das nur, weil du mich verpfiffen hast.«

»Du hast schon geklaut wie ein Rabe, bevor du vierzehn wurdest. Dafür konnte man dich aufgrund deines Alters zwar nicht verurteilen, aber du warst bei uns bekannt.«

Sie zog einen Flunsch.

»Es geht noch weiter: Du wärst wieder rausgekommen, hättest dich in irgendeinen Idioten verknallt, der hätte dir die große Liebe vorgespielt und dich nach wenigen Wochen auf den Strich geschickt. Und dann hättest du auch nichts mehr für deine Mutter tun können.«

Sie verschränkte die Arme vor der Brust. »Ich hätte mich doch nicht in einen Zuhälter verknallt.«

»Nathalie, ich habe an die dreißig Jahre Berufserfahrung. Glaub mir, du wärst eine Eins-a-Kandidatin für diese Laufbahn gewesen. Du warst ein Kind, vernachlässigt, naiv und auf der Suche nach Anerkennung und Liebe.« Er strich ihr sanft über die Wange. »Und Ceci und ich sind sehr froh, dass du damals zu uns gekommen bist und wir dir ein Zuhause geben konnten.«

»Du denkst echt, ich wäre aufm Strich gelandet?«

»Ich weiß es nicht, Nathalie.« Vielleicht wäre ihr statt eines Zuhälters ein Marvin Feldkamp über den Weg gelaufen, der ihr aus dem Sumpf geholfen hätte. »Aber ich weiß, dass es nichts gibt, wofür du dich schämen musst, und Gudruns Tod ist nicht deine Schuld.«

Und genauso wenig ist Heike Hentschels Suizid meine Schuld, ergänzte er im Stillen.

»Du siehst müde aus«, stellte Nathalie fest.

»Ich bin hundemüde.«

Sie setzte sich auf und schlang die Arme um seinen Hals. »Danke, Paps.«

Montag

Branders Auto stand noch vom Tag zuvor in Esslingen, und so musste er mit der Bahn zu seiner Dienststelle fahren. Er erwischte einen guten Tag. Die Züge kamen pünktlich, er erreichte die Anschlussbahn und war kurz nach zwei am Nachmittag in Esslingen. Vom Bahnhof marschierte er durch die Esslinger Einkaufsstraße. Der Schneeregen vom Vortag hatte sich verzogen, der Himmel war dennoch bewölkt und schimmerte als grauer Hintergrund vor der Weihnachtsbeleuchtung. In der Fußgängerzone herrschte reger Betrieb – das Umtauschgeschäft florierte. Plakate warben für Silvesterböller und -raketen.

Auch in der Dienststelle war die Arbeit in vollem Gang. Brander ging in sein Büro, fand eine Notiz von Käpten Huc mit der Bitte, sich bei ihm zu melden, wenn er da wäre. Der Inspektionsleiter saß weniger festlich gekleidet als an den Tagen zuvor in seinem Büro. Er sah erfreut auf, als Brander hereinkam.

»Andreas, wie geht es dir?« Clewer stand auf, deutete auf seine Sitzecke und folgte Brander dorthin.

»Bin wieder aufgetaut. Hast du mit Wankmüller gesprochen?«

»Jetzt setz dich erst einmal hin.« Clewer goss Wasser in zwei Gläser. »Ich habe ihn heute Vormittag mit dem Staatsanwalt vernommen. Er ist geständig. Neben dem Einbruch bei Dieken und den von Frau Dobler aufgezeigten Fällen hat er noch vier weitere Einbrüche gestanden. Das Werkzeug befand sich in seinem Wagen. Die KT kümmert sich darum. Im Auto waren auch ein Koffer mit Kleidung und ein Umschlag mit dem Geld, das er bei Dieken erbeutet hat. Sein ursprünglicher Plan war, sich abzusetzen. Er ist eine ganze Weile mit dem Wagen umhergefahren, wusste aber nicht, wohin, und so ist er abends auf dem Parkdeck gelandet. Er hat darum gebeten, das Geld der Familie der Toten zu geben. Das geht natürlich nicht.«

»Hat er sich zu der Tat geäußert?«

»Er hatte die Geldkassette aus Diekens Schreibtisch an sich genommen und kam aus dem Büro, als Frau Cazacu im selben Moment aus den Sanitärräumen kam. Sie hat geschrien, wollte wegrennen, im Affekt hat er zugeschlagen. Er hatte dummerweise ein Brecheisen in der Hand, was er für seinen Einbruch gar nicht gebraucht hätte.«

Es war eine Tragödie, dachte Brander bedauernd. Cazacu war ein Zufallsopfer, zur falschen Zeit am falschen Ort. Hätte sie im Lagerraum geschlafen, wäre sie vielleicht noch am Leben.

»Die Einbrüche hat er begangen, um die Pacht für seine Kneipe zahlen zu können. Der Verpächter hat bestätigt, dass Wankmüller einige Raten bar gezahlt hat.«

»Hat ihn das nicht stutzig gemacht?«

Clewer schüttelte den Kopf. »Er war froh, dass er sein Geld bekommen hat. Andreas, verrate mir noch eins: Wie bist du auf den Wirt gekommen?«

»Zunächst hatten wir den Hinweis von Anne auf die Einbrüche. Und alle zeigten eine Verbindung zu Wankmüllers Kneipe. Da kamen nicht mehr viele Personen in Betracht. Und dann hat ein Bekannter von Nathalie vor Kurzem eine Bemerkung gemacht, dass Wirtsleute sehr viel von ihrer Kundschaft mitbekommen und nicht jeder tatsächlich vertrauensvoll damit umgeht.«

»Hast du mit diesem Bekannten über unseren Fall gesprochen?«

»Hans! Natürlich nicht«, erwiderte Brander empört. »Es ging um Nathalie.«

»Wie geht es ihr?«

»Sie braucht Zeit, um den Tod ihrer Mutter zu verarbeiten.«

»Da fällt mir ein, du sollst dich noch bei den Kollegen Marquardt und Tritschler melden. Vielleicht fährst du gleich auf dem Heimweg kurz in Tübingen vorbei.«

»Gleich ist gut. Ich habe noch Berichte zu schreiben.«

»Habe ich mich gestern undeutlich ausgedrückt? Du hast die Anordnung, deine Überstunden abzubauen.«

»Ja, aber ...« Er schluckte seinen Protest runter, als er Clewers unerbittlichen Blick bemerkte. »Dann verrate mir wenigstens noch, wie es mit Walter Dieken weitergeht.«

»Oh, auf den kommt einiges zu. Und auch auf seine Vorarbeiterin Cosima Fleck. Stephan und Fabio haben sich heute Vormittag mit ihr unterhalten. Es scheint tatsächlich so zu sein, dass Frau Fleck Vasila Cazacu an Dieken vermittelt hat.«

»Wie kam es dazu?«

»Frau Fleck kennt ein paar Leute von einer Organisation, die Saisonarbeiter vermitteln. Und da hat sich eine von denen an sie gewandt, weil Frau Cazacu damals, als sie schwanger sitzen gelassen worden war, so schnell wie möglich von dem Betrieb fortwollte, bei dem sie gearbeitet hat. So kam der Kontakt zu Dieken zustande. Frau Fleck hatte zuvor schon Asylbewerberinnen an Dieken vermittelt, die schwarz für ihn gearbeitet haben.«

»Wusste Frau Fleck etwas von den Adoptionsambitionen von Frau Hentschel?«, fragte Brander.

»Nein, aber Walter Dieken wusste anscheinend davon. Er hatte übrigens tatsächlich ein Foto von Hentschels Kühlschrank entfernt. Sie hatte ein Bild von Cazacu mit ihrem Baby dort hängen, und er wollte nicht, dass seine Mitarbeiterin durch dieses Foto in unseren Fokus gerät. Er überlegt, die Familie des Kindes finanziell zu unterstützen. Allerdings wird er in nächster Zeit mit anderen Problemen beschäftigt sein. Aber das ist nicht mehr unsere Baustelle, darum kümmern sich die Kollegen vom Zoll.« Clewer leerte sein Wasserglas. »Und du machst jetzt Feierabend. Wir sehen uns nächstes Jahr. Beste Grüße an deine Familie.«

Brander fügte sich der Anweisung des Inspektionsleiters. Innerlich war er froh, dass sein Chef so rigoros geblieben war. So konnte er für Nathalie da sein, und er brauchte Zeit für sich, um Abstand zu den Geschehnissen der letzten Tage zu bekommen. Er drehte eine Runde durch die Flure, um den Kollegen einen guten Rutsch zu wünschen, dann machte er sich auf den Weg nach Tübingen.

Hendrik Marquardt saß in seinem Büro im Kriminalkommissariat. Tristan Vogel war bei ihm. Der junge Kommissar lehnte sich mit vor der Brust verschränkten Armen und abweisendem Blick zurück, als Brander eintrat. Sie waren weit davon entfernt, gute Kollegen zu werden. Brander grüßte knapp und wandte sich Hendrik zu. »Du wolltest mich sprechen?«

»Ja.« Hendrik bemerkte die unterkühlte Atmosphäre zwischen Brander und Vogel. Er lächelte unverbindlich. »Ist allerdings privat. Trinken wir einen Kaffee?«

»Gern.« Kam jetzt der Rüffel, dass er Anne an den Weihnachtstagen beschäftigt hatte?

Hendrik stand auf. »Soll ich dir einen Tee mitbringen?«, wandte er sich an Vogel.

»Nein, danke.«

Brander spürte Vogels misstrauischen Blick im Rücken, während er mit Hendrik das Büro verließ.

»Worum geht's?«, fragte er, als sie außer Hörweite waren.

»Dein Chef hat dir schon gesagt, dass wir den Mann haben, der Gudrun Böhme in den Neckar gestoßen hat?«

»Ja. Ist es sicher, dass er es war?«

»Sieht ganz danach aus. Der Tatort, an den er uns geführt hat, passt. Es gab abgebrochene Zweige am Ufer, an denen die Techniker noch Faserspuren sichern konnten, die zu Gudruns Kleidung passen. Er sagt, er hatte Trouble mit ihr, dabei hat er sie versehentlich in den Neckar gestoßen. Er kann nicht schwimmen, Gudrun Böhme konnte es übrigens auch nicht. Darum ist er losmarschiert, um Hilfe zu holen. Unterwegs hat er einen Saufkumpanen getroffen, der ist mit ihm zurückgegangen, aber da war keine Gudrun Böhme mehr zu sehen. Maggie meint, dass sie aufgrund des hohen Alkoholkonsums, schlechter körperlicher Konstitution und des plötzlichen Kälteschocks im Wasser relativ schnell das Bewusstsein verloren hat und ertrunken ist.

Tja, und nachdem die zwei Gudrun nicht mehr gesehen haben, haben sie sich die Kante gegeben.«

Brander stieß die Luft laut aus. »Und niemand hat etwas davon mitbekommen?«

Hendrik zuckte die Achseln. »Wir haben ein paar Ohrenzeugen, die meinten, etwas gehört zu haben, aber was genau, konnten sie nicht sagen, und gesehen haben sie nichts.«

»Warum hat er sich gestellt?«

»Es kursierte unter den Obdachlosen ein Gerücht, dass eine alte Kräuterhexe auf der Suche nach Gudruns Mörder sei. Sie hätte mit schlimmsten Torturen und ewiger Verdammnis seiner Seele gedroht, wenn er nicht zu seiner Tat stehen würde.«

Marthe, die harmlose Lavendel-Omi. Dicke und dünne Kater, erinnerte er sich an das erste Gespräch. Sie musste sowohl Dieken als auch Wankmüller gesehen haben. Brander schüttelte gedankenverloren den Kopf.

»Ja, genau, was die sich manchmal im Suff alles einbilden.« Hendrik missdeutete seine Geste und wedelte mit der Hand vor der Stirn. »Aber gut für uns.«

»Hoffen wir mal, dass es für einen Prozess reicht.«

Hendrik nickte ernst. »Cory war gestern bei Nathalie, um sie zu informieren. Hat sie dir sicher erzählt.«

»Ja.«

»Wir haben ein paar persönliche Sachen von Gudrun Böhme, die nicht für die Ermittlungen gebraucht werden. Nathalie hat gesagt, sie will nichts davon haben.«

»Und?«

»Sollen wir das Zeug wirklich entsorgen?«

»Wenn sie es nicht will.«

Hendrik seufzte unwillig. »Das ist hart. Sie war immerhin ihre Mutter.«

»Du kennst Nathalies Kindheit.«

»Ja.« Der Kollege lächelte dennoch. »Ich weiß noch, wie wir ihre Vermisstenakte auf den Tisch bekommen haben. Diese türkisblauen Augen in diesem ernsten Gesicht.«

»Wie kann so ein hübsches Mädchen so böse gucken?«, zitierte Brander Hendriks damaligen Kommentar.

»Das hast du dir aber gut gemerkt.« Hendrik füllte zwei Tassen. »Und jetzt schau dir an, was für eine tolle Frau sie geworden ist.«

Brander blies in seine Tasse, um den Kaffee abzukühlen. Eine Frau. So richtig wollte es ihm noch nicht in den Sinn, dass seine Adoptivtochter erwachsen war. Dass erwachsene Männer sie als Frau betrachteten. Was sah Marvin Feldkamp in ihr? Nur eine Kameradin, um die er sich sorgte? Mit ihren dunklen Haaren und den im Kontrast dazu strahlend blauen Augen konnte sie einen in ihren Bann ziehen.

Ein anderes Bild schob sich in seine Erinnerung. »Sag mal, dieses Foto, das ihr bei Gudrun gefunden habt … Habt ihr herausgefunden, wer der Mann ist?«

»Nein.«

»Könnte ich eine Kopie von dem Foto bekommen?«

»Warum?«

»Erzähl mir nicht, dass du die Ähnlichkeit nicht bemerkt hast. Wenn der Mann auf dem Bild Nathalies Vater ist, hat sie ein Recht darauf, das zu erfahren.«

Hendrik warf ihm einen skeptischen Blick zu. »Manchmal ist es besser, die Vergangenheit ruhen zu lassen.«

Brander trank grübelnd seinen Kaffee. Hatte Hendrik recht? Er würde mit Cecilia sprechen, beschloss er, dann würde er weitersehen.

Januar

Das neue Jahr hatte mit trübem Wetter begonnen. Grauer Himmel, fahles Licht, Temperaturen kurz vor dem Gefrierpunkt. Am vorangegangenen Tag hatte eine kleine Trauerfeier für Gudrun Böhme stattgefunden. Die Leiche würde eingeäschert und in einem Urnengrab in Tübingen beigesetzt werden. Brander war froh, dass Nathalie schließlich in die Beerdigung eingewilligt hatte und so Abschied von ihrer Mutter nehmen konnte. Es war ein erster Schritt, um sich mit ihrer Vergangenheit auszusöhnen.

Am Samstagnachmittag war Karsten Beckmann nach Entringen gekommen, und sie waren zu dritt zu einer Runde durch den Schönbuch aufgebrochen. Es war fast dunkel, als sie aus dem Wald zurückkehrten.

Ein Wagen mit Tübinger Kennzeichen bog kurz vor ihnen in die Sackgasse ein, in der Brander wohnte. Das Auto hielt direkt vor seinem Haus. Ein junger Mann stieg aus, groß, breitschultrig, das rotblonde Haar leicht zerzaust. Nathalie reduzierte abrupt ihr Tempo.

»Wen haben wir denn da?«, fragte Beckmann interessiert.

Der Mann schloss die Autotür, vergrub die Hände in den Taschen seiner Jacke und sah ihnen entgegen. Nathalie blieb stehen.

Brander drehte sich zu ihr, erkannte den Fluchtreflex in ihren Augen. »Komm schon, irgendwann musst du mit ihm reden.«

Er ging auf Marvin Feldkamp zu, nickte grüßend. »Ich reiche Ihnen nicht die Hand, ich bin total verschwitzt. Aber zu mir wollen Sie vermutlich nicht?«

»Stimmt, ich wollte zu Nathalie.«

»Hallo, ich bin Nathalies Onkel Karsten.« Beckmann streckte dem Feuerwehrmann seine Rechte entgegen. »Ich wünsche Ihnen noch ein frohes neues Jahr, junger Mann.«

Feldkamp erwiderte den Gruß, sein Blick glitt jedoch an ihm vorbei zu Nathalie. »Hey, gut zu sehen, dass du lebst.«

Nathalie sah zu Brander. »Könnt ihr uns bitte allein lassen?«

Brander marschierte mit Beckmann zum Hauseingang. »Wir haben dich beim Neckarabschwimmen vermisst«, hörte er Feldkamp sagen, während er die Tür aufschloss.

Beckmann eilte hinein, stupste die Schuhe von den Füßen und lief in die Küche.

»Was machst du?«, rief Brander ihm hinterher.

»Sie reden.«

Brander folgte ihm in die Küche. Beckmann stand am Fenster und schaute hinaus.

»Becks!«, tadelte er seinen Kumpel, gesellte sich aber neugierig zu ihm.

»Das ist also Marvin«, stellte Beckmann fest. »Hübscher Bursche, schöne Augen, markantes Gesicht, knackiger Arsch.«

»Und verdammt hartnäckig.« Brander versuchte, Nathalies Gesichtsausdruck zu deuten. Aber er sah nur ihr Profil. Sie war recht einsilbig, hörte zu, was Marvin Feldkamp ihr zu sagen hatte. Sie rieb sich fröstelnd über die Arme. Feldkamp zog seine Jacke aus und legte sie ihr um die Schulter.

»Ach Gott, wie süß, ein Gentleman«, kommentierte Beckmann verzückt.

»Was macht ihr beiden da?«, erklang Cecilias Stimme hinter ihnen.

»Nathalie hat einen Verehrer«, erklärte Beckmann.

»Das ist doch wohl nicht zu fassen. Geht ihr sofort vom Fenster weg!«

»Wir müssen doch auf die Kleine aufpassen«, verteidigte Brander seine Neugierde.

»Indem ihr sie mit eurer Gafferei blamiert?«

»Hast du ihn schon überprüft?«, ignorierte Beckmann Cecilias Protest. »Ist er aktenkundig? Den laden wir erst einmal zum Verhör vor.«

»Gar nichts werdet ihr! Und jetzt lasst die beiden in Ruhe.«

Nur widerwillig gaben sie ihren Posten am Fenster auf.

Sie standen noch in der Küche, als die Haustür aufging und Nathalie kurz darauf vor ihnen stand. »Ihr seid so peinlich!«

Cecilia hob die Hände. »Ich habe nicht am Fenster gestanden.«

»Ich meine auch die zwei Spanner da.«

»Der ist aber schnell wieder weggefahren«, stellte Beckmann fest.

»Warum wohl?«

Brander verzog beschämt das Gesicht. »Das war nicht unsere Absicht.«

»Ich geh duschen.« Nathalie machte auf dem Absatz kehrt und verschwand.

»Oh Mist, das haben wir verbockt.«

Cecilia bedachte sie mit einem Kopfschütteln und überließ sie ihren Schuldgefühlen.

»Verflucht, sie wird erwachsen«, stellte Brander seufzend fest. »Ich weiß nicht, ob ich damit klarkomme.«

»Sie *ist* erwachsen«, korrigierte Beckmann ihn.

Das machte es nicht leichter. »Ich brauch einen Scotch.«

»Guter Plan.« Sein Kumpel nickte begeistert.

Da das Badezimmer ohnehin die nächste halbe Stunde besetzt sein würde, ging Brander zu seiner kleinen Bar und suchte nach einem passenden Getränk. Er fühlte sich elend. Es war nicht nur die Tatsache, dass er einsehen musste, dass Nathalie nicht mehr der kleine Teenager war.

Die ganze Zeit hatte er versucht, Nathalie dazu zu bewegen, die Nachrichten ihres Kameraden zu beantworten. Und jetzt kam Marvin Feldkamp nach Entringen, und sie fasste den Mut, mit ihm zu sprechen, und er hatte sie blamiert. Feldkamp musste ihn für einen Kontrollfreak halten. Das verlangte nach einem starken Tropfen. Er entschied sich für den Kilchoman Sanaig, einen Islay Single Malt Whisky mit kräftigen Raucharomen, gepaart mit Zitrus- und Fruchtnoten.

Sie zogen Jacken und Mützen über und setzten sich auf die Bank vor dem Haus.

Beckmann erhob sein Glas. »Auf unsere Kleine.«

Brander prostete ihm stumm zu. Er spürte eine Sentimentalität in sich, die ihm gar nicht gefiel. Es war klar gewesen, dass Nathalie nicht ewig der kleine Wildfang bleiben würde. Bahnte sich etwas zwischen ihr und diesem Feuerwehrtaucher an? Oder war es doch nur Kameradschaft?

Wenn er Nathalie schon loslassen musste, war es vielleicht gar nicht schlecht, einen Marvin Feldkamp an ihrer Seite zu wissen. Der Mann machte einen sympathischen Eindruck.

Kurz stieg die Erinnerung an Vasila Cazacu vor seinen Augen auf. Sie war kaum älter gewesen als Nathalie, und obwohl sie eine Familie hatte, war niemand bei ihr gewesen, der ihr hatte helfen können. Warum hatte Heike Hentschel der jungen Frau nicht angeboten, bei sich zu wohnen, wenn sie sich ohnehin mit dem Gedanken getragen hatte, die Rumänin zu adoptieren? Es war ein Rätsel, das sie mit ins Grab genommen hatte.

Die Tür ging auf, und Nathalie kam heraus: Jeans, Stiefel, Winterjacke. »Paps, ich nehm dein Auto.«

»Wo willst du hin?«

»Ich treffe mich mit Marvin, und ich will sichergehen, dass ihr mir nicht folgt.«

»Ich wüsste aber schon gern, wo ihr euch rumtreibt.«

»Wir treiben uns nicht rum, wir wollen spazieren gehen.«

»Im Dunkeln?«

»Hier hat man ja keine Privatsphäre«, streute sie noch einmal Salz in Branders Wunde.

»Um zehn bist du zu Hause.«

»Klar, Paps.«

»Hast du Kondome dabei?«, fragte Beckmann.

Nathalie zog eine Grimasse. »Was verstehst du denn unter Spazierengehen? Ey, Marvin ist ein Kamerad, mehr nicht. Und ihr packt den Whisky jetzt mal besser weg und geht duschen. Immer diese Sauferei. Was seid ihr eigentlich für Vorbilder?«

»Fräulein Neunmalklug, steck Geld ein, ich glaube, der Tank ist leer.« Brander musste grinsen.

Nathalie hatte recht. Jetzt war erst einmal Schluss mit Whisky. Er musste wieder in Form kommen, damit sie ihm am Berg nicht immer davonlief.

Sie sahen ihr nach, bis die Rücklichter von Branders Wagen um die Ecke verschwanden.

»Gehen wir zusammen duschen?« Beckmann zwinkerte ihm lüstern zu.

»Nicht mal in deinen Träumen.« Brander nahm ihm das leere Glas aus der Hand. »Aber du darfst zum Essen bleiben. Ich vermute, dass Nathalie nicht bis zum Abendessen zurück ist.«

Folgende Whiskys begleiteten Kommissar Brander bei seinem zehnten Fall:

Auchentoshan Three Wood
Single Malt Scotch Whisky
Ohne Altersangabe, 43 % vol.
The Auchentoshan Distillery, Clydebank, Glasgow (Lowland)

Blair Athol
Single Malt Scotch Whisky
Alter: 12 Jahre, 43 % vol.
Blair Athol Distillery, Pitlochry, Perthshire (Highland)

Clynelish
Single Malt Scotch Whisky
Alter: 14 Jahre, 46 % vol.
Clynelish Distillery, Brora, Sutherland (Highland)

Great King Street – Glasgow Blend
Blend Whisky
Ohne Altersangabe, 43 % vol.
Compass Box Delicious Whisky Ltd., Edinburgh

Kilchoman Sanaig
Single Malt Scotch Whisky
Ohne Altersangabe, 46 % vol.
Kilchoman Distillery, Bruichladdich (Islay)

Whisky ist ein Genussmittel.
Bitte trinken Sie verantwortungsvoll.

Danke!

Kommissar Brander hat seinen zehnten Fall gelöst! Wenn ich auf die vergangenen Jahre zurückblicke, erfüllt mich große Freude und Dankbarkeit. Bei jedem einzelnen Fall habe ich viel gelernt und großartige Menschen getroffen, die mich bei meiner Arbeit begleitet und unterstützt haben.

Ich danke ganz besonders meinem Mann für seine immerwährende Unterstützung, Begleitung bei mancher Recherchetour, Vermittlung von Kontakten zu Fachleuten und vor allem sein wertvolles Feedback zu jedem einzelnen Fall.

Auch meiner Familie, die seit Anbeginn mit jedem Brander-Fall mitfiebert, möchte ich an dieser Stelle danken.

Mein tiefer Dank gilt den Kripobeamten in Tübingen, Esslingen und Reutlingen, wo ich in all den Jahren immer freundlich empfangen und – trotz meiner Verbrechensplanungen – immer wieder auf freien Fuß gesetzt wurde. Vielen Dank für die großartigen Einblicke in die Arbeit der Kriminalpolizei! Insbesondere zu Branders zehntem Fall danke ich KHK Claus Sitter von der Kripo Esslingen für das prüfende Auge auf die Arbeit der KT und KHK Werner Schray von der Kripo Tübingen für Einblicke in die Arbeit des Tübinger Kriminalkommissariats. Auch der ehemalige Ermittler und Kriminalist Dr. Manfred Lukaschewski stand mir dieses Mal helfend zur Seite. Vielen Dank, Manne, für die schnellen Antworten auf meine Fragen!

Rechtsmedizinisch gilt mein herzlicher Dank Privatdozent Dr. Frank Wehner vom Institut für Gerichtliche Medizin in Tübingen. Lieber Frank, es ist großartig, dass du Kommissar Brander und mir seit so vielen Jahren mit deinem Fachwissen zur Seite stehst!

Trotz aller Recherche können sich natürlich hier und da ermittlungstechnische, juristische oder medizinische Ungenauigkeiten ergeben. Diese gehen auf meine Kappe und sind gegebenenfalls meiner schriftstellerischen Freiheit geschuldet.

Dr. Michael Steffens danke ich für gute Hinweise nach der Testlektüre.

Unvergessen ist mir ein gemütlicher Abend mit meiner Freundin Sandra, durch den ein Zuständigkeitspatzer im vorliegenden Roman verhindert werden konnte. Danke, liebe Sandra!

Danken möchte ich auch Dr. Christel Steinmetz, die Brander vor vielen Jahren eine Chance gab. Ebenfalls danke ich dem Team des Emons Verlags und meiner Lektorin Hilla Czinczoll für die gute und konstruktive Zusammenarbeit.

Und nicht vergessen möchte ich, Ihnen zu danken, liebe Leserinnen und Leser, für die Treue, das Mitlesen und Mitfiebern, wie es mit Brander, Peppi, Nathalie und Co. weitergeht. Ich freue mich auf die nächsten gemeinsamen Ermittlungen!

Sybille Baecker
EISBLUME
Broschur, 256 Seiten
ISBN 978-3-89705-782-1

»Mit scharfem Blick und feinem Gespür beleuchtet die Autorin die Abgründe des zwischenmenschlichen Miteinanders, die Distanz zwischen den einzelnen Mitgliedern der Gesellschaft. ›Eisblume‹ ist ebenso sehr Gesellschaftsroman wie Krimi.«   Gäubote

www.emons-verlag.de

Sybille Baecker
NECKARTREIBEN
Broschur, 320 Seiten
ISBN 978-3-89705-947-4

»Mit einem überzeugend konstruierten Plot und authentischen Charakteren lässt Sybille Baecker in Branders viertem Mordfall ein berührendes und bisweilen bedrückendes Gesellschaftsporträt entstehen.«   Schönes Schwaben

www.emons-verlag.de

Sybille Baecker
SIEBENMÜHLENTAL
Broschur, 368 Seiten
ISBN 978-3-7408-0498-5

Constantin Dreyer hat alles: eine lukrative Firma, eine treusorgende Ehefrau, eine hübsche Geliebte und eine Fluglizenz. Er wäre sorgenfrei – wäre er nicht tot, hinabgestürzt von einem Viadukt im Siebenmühlental. War es Suizid oder Mord? Diese Frage führt Kommissar Brander und das Team der Kripo Esslingen auf den Flugplatz, an dem Dreyer als Fluglehrer tätig war. Dort hat Brander eine Begegnung, die ihn in seine Vergangenheit katapultiert. Und plötzlich überschlagen sich die Ereignisse …

Sybille Baecker
SCHWABENTOD
Broschur, 336 Seiten
ISBN 978-3-7408-0927-0

Ein Mann wird ermordet in seinem Haus aufgefunden – marionettengleich arrangiert und rosa lackiert. Die einzigen Tatzeugen: sechs lebensgroße Silikonpuppen, ausgestattet mit Sprachfunktion und internetfähigem Betriebssystem. Die Zukunftslösung gegen Einsamkeit? Oder ein perfides Mittel, um die Privatsphäre der Besitzer auszuspionieren? Während Kommissar Brander und seine Kollegen der Kripo Esslingen fieberhaft versuchen, die digitale Welt zu verstehen, werden weitere bizarr hergerichtete Leichen entdeckt.

www.emons-verlag.de